BASTEI
LÜBBE

*Matrosen, begann Bill,
haben mir einmal von Haifischen erzählt,
die ein Schiff verfolgten.
Diese Bestien sind Haifische auf dem Lande.*

(Jack London, WOLFSBLUT)

RUDOLF BRAUNBURG
Der TÖTER

BASTEI LÜBBE

BASTEI-LÜBBE-TASCHENBUCH
Band 10 291

© by Franz Schneekluth Verlag KG, München 1976
Lizenzausgabe mit Genehmigung des Schneekluth Verlages:
Gustav Lübbe Verlag GmbH,
Bergisch Gladbach
Printed in Hungary 1983
Einbandgestaltung: Roberto Patelli
ISBN 3-404-10291-6

Der Preis dieses Bandes versteht sich einschließlich
der gesetzlichen Mehrwertsteuer

Für A. B. – wie immer

Dank gebührt der Bayernwerk AG,
Herrn Dr.-Ing. Lupberger und Herrn Beck,
durch deren Initiative die Besichtigung
des Ismaninger Teichgebietes möglich wurde.
Hier entstand die Idee für diesen Roman.
Besonders herzlich verbunden
fühle ich mich Dr. Erik Zimen.
Trotz der Aufregungen,
die seine im Winter 75/76
ausgebrochenen Wölfe verursachten,
fand er Zeit, mir alle notwendigen
Sachinformationen zu geben.

Erster Teil
Spuren im Schnee

1

»Die Luft riecht nach Neuschnee!« sagte der Mann und beobachtete, wie das Mädchen auf die Skier stieg und die Sicherheitsbindung schloß.
Das Kind atmete tief ein. Seine Wangen röteten sich. Es stemmte die Stöcke auf den vereisten Hofplatz und machte einen prüfenden Sprung.
»Noch einmal so viel Schnee – das wäre ein Weihnachtsgeschenk!«
Die Frau im Hintergrund warf einen besorgten Blick über die Winterlandschaft. Von ihrem Bauernhaus aus schlängelte sich der Fußweg durch weiß schimmernde Fichtenwälder ins Tal. Darüber hing ein Fleckchen Blau am Nachmittagshimmel.
»Komm gut heim, Christiane. Und nicht übermütig werden bei der Abfahrt! Ein halbes Jahr Streckverband genügt!«
»Sie hat es bergauf geschafft, sie wird es bergab schaffen!« sagte der Mann begütigend. »Sie ist erst elf. Aber sie läuft Ski, als hätte sie schon im Mutterleib welche angehabt!«
»Aber ihre Kniescheiben!« beharrte die Frau und verfolgte mit den Blicken einen Habicht, der über eine Kiefernschonung hinwegschoß. »Sie hat nach dem Autounfall genug gelitten. Armes Bobbelche!«
Wenn die Frau zärtlich wurde, verfiel sie in den Dialekt ihrer Eltern, die längst auf dem Dorffriedhof lagen.
Das Mädchen warf die langen, dunklen Zöpfe in den Nakken, winkte zum Abschied und stieß sich ab. Berauscht

spürte es, wie die Bretter Fahrt aufnahmen. Der klare, eiskalte Wind umstrich seine Stirn. Die Narbe an der linken Schläfe prickelte. Ein Schwarm Saatkrähen stob auf. Macht Platz, Christiane kommt! Vorbei sind die Muskelstreck- und Wassertretübungen, vergessen Lysol und Sagrotan.
Am Fuß des ersten Hügels bremste Christiane scharf. Schnee stäubte auf und sank in feinen Kristallen auf ihr glühendes Gesicht. Kein Laut, kein Geräusch mehr. Atemlose Stille. Der Wald, eine weiße Wand, Stämme und Geäst umkrustet vom Schnee wie von Zuckerwerk. Nebelschlieren schwebten aus den Lichtungen.
Dann spürte sie die Veränderung. Leichtes Zittern lief über die Zweige; Flocken rieselten zu Boden. Angestrengt starrte sie in den Dunst.
Jetzt klang dumpfes Knurren auf. Das Knurren wurde zum Grunzen; Schnee klatschte zu Boden. Der erleichterte Ast federte hoch und fegte schwerere Lasten hinab. Sie duckte sich: Aus dem Wald, über dem Wald, hinter dem Wald röhrte es heran. Blutrot sprang es auf sie zu, über sie hinweg. Schläge wie Keulenhiebe trafen sie in die Magengrube.
Dann war der Hubschrauber vorbei. Sie richtete sich auf und winkte hinter ihm her; so niedrig hatte sie noch nie einen fliegen sehen. Die winzige Heckluftschraube wedelte wie eine Fischflosse über die Baumwipfel. Zum Schluß blieb nichts als das rotierende Navigationslicht.
Sie stieß sich erneut ab und glitt ins Tal hinunter. Trotz der frühen Nachmittagsstunde glommen in den Fenstern der Kurhotels bereits die ersten Lichter auf. Die grauen Flachdächer der Reihenhaussiedlungen verschmolzen mit dem Schnee. Zum Stadtzentrum hin setzten die beiden backsteinroten Türme des Sankt-Michael-Doms eine senkrechte Zäsur, als wollten sie sagen: Bis hierher und nicht weiter mit der Zersiedelung!

In spätestens einer halben Stunde würde sie neben der Kirche in der gemütlich-warmen Küche sitzen, vorweihnachtlichen Duft von Mandeln, Zimt und Spekulatius um sich, dampfenden Kakao vor sich. Jetzt wollte sie noch einmal, nach all den trostlosen Krankenhaus-Monaten, den Rausch der Kälte, der Geschwindigkeit, der Lebensfreude auskosten.
Sie half ruckartig mit dem Oberkörper nach, wurde schneller und schneller und raste, mit einer Bugwelle aus sprühender Schneegischt vor sich, heimwärts.

Das Tier stand hechelnd zwischen den Stämmen, die Lauscher steil emporgerichtet, die Lichter grünfunkelnd im Dämmer des Wintertages. Drohend hob sich das Rot seiner Zunge, seines zitternden Rachens hervor. Sein fleckiges Fell war zerschunden von den Dornen wilden Brombeergestrüpps. Tückische Glassplittermauern und Stacheldrähte hatten ihre stechenden Male in seine Haut geritzt.
Dicht unter den Haarwurzeln hatten sich Brutkolonien von Zecken eingegraben, die permanentes Brennen erzeugten.
Als der Hubschrauber über es hinwegpflügte, hatte es sich mit schlagenden Flanken in den Schnee geduckt. Aus seinen zuckenden Lefzen troff Speichel. Die Lauscher schlaff angelegt, schielte es aus den Augenwinkeln auf das rotblinkende fliegende Ungeheuer über ihm. Seine Haare hatten sich schmerzhaft gesträubt.
Seit Tagen hatte das Tier keine stärkende Nahrung mehr zwischen den Kiefern zermahlen. Der erregende Geruch frischsprudelnden Blutes war ihm genauso fremd geworden wie die endlosen Weiten der Steppe.
Als die dröhnenden Tiefschläge der Hubschrauberturbine sich in ein sanftes, gleichmäßiges Surren auflösten, richtete das Tier sich jäh auf. Ein Hauch, an den es sich nur

noch in den Tiefen seiner Eingeweide erinnerte, streifte seine Nüstern: Blut...
Mit kurzen, mühsamen Sprüngen den hohen Schnee überwindend, setzte das Tier über erfrorene Heckenrosenbüsche und Farnwedel hinweg.
Es nahm Witterung auf.
Wochen voller Entbehrung, Schrecken und Bedrohung lagen hinter ihm. Fluchtstrecken über Schleif- und Holzwege, Lein- und Treidelpfade. Stromer- und Streuntage, herumvagabundieren und herumstrolchen, sich einfach treiben lassen im Nebel, von Schneevorhang zu Schneevorhang. Vage Konturen waren um es gewesen, vorbeigeschwankt, wenn es mit hängender Zunge getrabt, getrabt, getrabt war.
Mulden, Buckel, Gräben, Schneewälle. Sackige, triefende Wolken bis in den Farn. Das öffnende Spreizen von Büschen und dornigen Hecken, der jähe, schmerzhafte Widerstand undurchdringlichen Gestrüpps. Blätterschirme über ihm, die Licht durchperlen ließen, Schnee und frostiges Moderlaub ausschütteten. Saugendes Moos und eiskrustenüberzogene Schlammhalden mit toten Baumstümpfen, die sich verloren in die Nebelnacht reckten.
Das Zischen und die klare Frische sprudelnder Bäche. Die Kühle des Wassers, das den Schlund hinunterrann. Tümpel mit sauren Gräsern. Das Dröhnen brechender Eichen im Sturm. Wolken von Staub, Laub, Flocken. Die Unruhe, die unbezwingbar in ihm steckte, jeden Bach zu überspringen, jedes Gebüsch hechelnd zu durchforschen, jeden Kamm zu überqueren.
Der Ostwind, der es mit sich schleifte wie ein Blatt. Böen, Luftstrudel, Flockenwirbel. Schemen und Schatten und die Angststunden hinter kaum schützenden Bodenwellen, wenn die Hunde bellten, die Büchsen knallten.
Die brennenden Eingeweide, der Hunger. Gerüche voller

Blut und Fleisch, die vorbeiwehten, unverfolgbar, unerreichbar. Und jetzt hatte das Tier Witterung aufgenommen. Eindeutig und unwiderstehlich.

Sie flog talwärts. Leicht wie der Wind, schwerelos.
Nie hatte es das Krankenhaus Sankt Katharinen gegeben. Nie die grauenvollen Stunden morgens um sechs, wenn man so richtig erschöpft von einer schlaflosen Nacht mit juckenden Operationsnarben einschlafen wollte und die bleichen, kalten Schwestern erschienen und an den Kopfkissenzipfeln rüttelten und schüttelten: Aufstehen! Nie die sinnlosen Stunden zwischen acht und zehn, wenn man die Morgenwäsche, die Spritzen, die Pillen hinter sich gebracht hatte und dalag: zu müde für die Comichefte mit Mickymaus und Asterix, zu wach zum Träumen.
In einer Wolke aus sprühenden Schneekristallen stob sie durch die Kiefernschonungen – schneller, schwindelnder.
Dann stürzte sie.
Mit dem rechten Brett hatte sie in einer Steilkurve einen halbverschneiten Findling geschrammt. Sie überschlug sich und lag reglos da im weichen Schnee. Eigentlich war nicht viel passiert; und sie wollte, fast erheitert, wieder aufstehen.
Beide Bretter hatten sich in das verschneite Heidekraut gebohrt und klemmten. Sie kam nicht frei.
Sie richtete sich mit dem Oberkörper auf.
Steil unterhalb des Hanges dämmerten die Lichter der Kurhotels herauf, nah, ganz nah jetzt. In zehn Minuten würde sie unten sein, daheim in der gemütlich-warmen Küche mit vorweihnachtlichem Gewürzgeruch. Sie mußte nur freikommen.
Als sie mit ihren Beinen strampelte und zerrte, sah sie die Blutspur.

Ein schmales Rinnsal lief von ihrem rechten Schienbein abwärts; sie hatte sich am Stein die Haut abgeschürft. Sie lehnte den Kopf zurück und überlegte. Wenn sie den Oberkörper weit genug vorbog, konnte sie mit den Händen nachhelfen. Sie versuchte es.
Um sie herum war das graue Schweigen des dämmernden Waldes. Weit ausgreifende Buchen verdeckten dicht gepflanzte Fichtenstämme, die sich mit vereisten Zapfen steif und starr wie Beamte in ihrer bürokratischen Würde reckten.
Christiane lachte laut auf. Dann erstarrten ihre Gesichtszüge.
Für den Bruchteil einer Sekunde hatte sie das Empfinden einer unheimlichen Lautlosigkeit. Zum erstenmal spürte sie Furcht: vor der Stille, den grauen Schatten zwischen den Stämmen. Fieberhafte Hitze durchschoß ihre Adern. Ihre Schläfen pochten – wie damals, vor der Operation.
Die Rute des Tieres peitschte jetzt die knochigen Flanken. Langsam zog sich die Oberlippe zurück; die blitzende Reihe der Vorderzähne bis zu den riesig ausgewachsenen Eckzähnen reckte sich gierig vor. Aus den geblähten Nüstern troff Schleim.
Das Kind hatte sich von den Skiern befreit. Es sprang auf und sackte mit den Füßen bis zum Ende der Stiefelschäfte ein. Es zerrte mit den Händen an den klemmenden Brettern; die Handschuhe störten, und es streifte sie hastig ab. Die Schrammwunde schmerzte kaum. Sie strampelte sich mit den Füßen frei und sprang zurück auf die Bretter.
Das Tier versteifte sich, als sei es im Frost erstarrt. Die Lichter waren zu winzigen Schlitzen verengt. Nur die hechelnde Zunge zeigte Leben.
Panik befiel Christiane. Sie hatte die rechte Bindung geschlossen und stand gebückt da. Vor ihr, im diffusen Dämmer des Waldes, hockte *die Bedrohung*. Sie riß die Bindung des linken Skis zu und sprang auf.

Das Tier war nur noch drei Sprünge entfernt und kauerte sich zitternd in den tiefen Schnee. Die Rute war jetzt fest in den Schnee gepreßt, die Oberlippe so weit zurückgezogen, daß ihm mit jedem Atemzug ein Knurren entsprang.

Sie stand fahrbereit auf den Brettern. Aber als sie sich abstoßen wollte, entfiel ihr der linke Stock. Sie streckte ihre Hand aus.

Ein grauer Blitz zuckte aus dem Halbdämmer und schleuderte sie zu Boden. Sie glaubte, ein brechender Ast habe sie getroffen.

Dann spürte sie die Wärme des nachstoßenden Körpers. Fell. Speichel. Noch hatte sie keine Schmerzen. Aber als sie unter dem gewaltigen Tierkörper begraben lag, kämpfte sie mit der gleichen Atemnot wie früher, wenn ihr Vater spielerisch ein Kopfkissen über sie warf.

Als die hechelnde Schwere von ihr wich, fühlte sie sich fast erleichtert. Erst als sie die feuerrote, geifernde Öffnung mit dem Weiß der Zähne vor ihrem Gesicht sah, schrie sie auf. Laut und durchdringend. Krampfhaft fegten ihre Hände übers Gesicht, bis sie, zum erstenmal, den stechenden Schmerz verspürte.

Sie wußte nicht, wo.

»Nicht in die Knie!« wimmerte sie. »Bitte nicht in die Knie!«

2

»Scheißklima in Ihrem Hubschrauber!« sagte der Pilot und zog den Reißverschluß seines Overalls höher. »Sie sollten sich mal was Größeres, Komfortableres zulegen!«
Waitzenburg, Oberbürgermeister und Kurdirektor, schob den Kragen seiner polnischen Biberpelzjoppe höher und grinste.
»Recht haben Sie, Jagel! Alles nach dieser Wintersaison. Es wird die beste Saison in der Geschichte Bad Frankenthals werden.«
»Hoffe, ich bleibe auch dann noch Ihr Pilot und Mann für alles, wenn Sie sich einmal einen richtigen Jet zulegen? Mit Bar und Hostessen und *Jetset-Life*?«
»Immer, Jagel. Immer! So lange der Erfolg gesichert ist!« Erfolgssicherung war eine Lieblingsvokabel des Direktors. »Was halten Sie vom gegenwärtigen Wetter, Jagel?«
»Das Wetter macht in spätestens einer Stunde zu!« sagte der Pilot und hielt mühsam den Sicherheitsabstand zwischen Wolken und Waldhügel ein. Gelegentlich streiften tief hängende Nebelfetzen die Vollsichtkanzel. »Egelsbach ist eine halbe Stunde entfernt. Wir sollten umkehren.«
Waitzenburg schob das Meßtischblatt auf seinen Knien zusammen.
»Ihr Wort in meinem Ohr. Kehren Sie um! Wenn erst die Vögel zu Fuß gehen, ist alles zu spät. Ich habe alles im Kasten!« Er klopfte auf seine Karte und steckte zufrie-

den den Kugelschreiber ein. »Die ganze Skiwanderroute ausgearbeitet. Es geht doch nichts über den großen Überblick, Jagel! Dafür hätte ich den ganzen Tag lang mit Skiern bergauf, bergab keuchen müssen!«
Der Pilot riß den Hubschrauber in einer Steilkurve hoch und machte sozusagen auf der Hinterhand kehrt. Sekundenlang taumelten sie blind durch Stratusfetzen; dann war die Erde wieder da: verschneite Berghänge, offene Täler mit überwältigendem Grün, die frühen Lichter der Kurhotels.
»Seltsam«, kommentierte Jagel seine rasante Kehrtwendung. »Da war doch eben dieser Skitourist, der aus dem Rohrbrunner Forst kam. Spurlos verschwunden, der Mann.«
»Kein Mann. Frau! Mit rotem Kopftuch. Ziemlich kleine Figur. Ich riech so was, Jagel! Zehn Meilen gegen den Wind!«
Der Pilot drückte den Hubschrauber an und den Pfad zu dem einsamen Gehöft hinauf. Fachwerkhaus, Skispur, Kiefernschonung – alles da. Keine Skifahrerin. Nebelfelder, bleiche Hochebenen, vereiste Bachläufe. Hügelkette hinter Hügelkette. Totale Einsamkeit.
»Ihr Geruchssinn läßt Sie im Stich. Die Frau ist fort!«
Waitzenburg hatte seine Karten zusammengepackt, endgültig, wie ein Beamter seine Akten gegen Dienstschluß zusammenpackt. Er hatte seinen neuen, genialen Plan für die eben angelaufene Wintersaison verwirklicht, die Skiwanderer-Trimm-dich-Route für seine Kurgäste festgelegt; morgen würde er die erflogene Strecke mit Fähnchen abstecken lassen. Die Raiffeisenbank Frankenthal hatte Rastbänke zugesagt; an der ermüdendsten Aufstiegstelle würde er ein Bierzelt installieren lassen...
»Lassen Sie die Frau, wo sie ist, Jagel. Wenn das Wetter demnächst baden geht, stehen wir schön dumm da mit unserem kurzen Hemd!«

»Da ist was!« rief Jagel und riß den Hubschrauber über eine Fichtengruppe hinweg in eine steile Linkskurve. »Neben der Lichtung!«
Waitzenburg richtete sich mühsam auf; sein korpulenter Körper, seine kurzen Beine machten ihm Schwierigkeiten.
»Himmel, Jagel – was ist das? Genau dort, wo mein Privatforst anfängt – an der Jägerklause?«
Jagel hängte den Hubschrauber wie einen gewaltigen, rüttelnden Greif an den grauen Nachmittagshimmel und starrte hinab. Dann sagte er:
»Ich weiß nicht, was es ist. Aber was immer es sein mag – es ist was Scheußliches!«

Der Hubschrauber landete in einer blendenden Wolke aus aufgewirbeltem Schnee. Als sie hinaussprangen und die Rotorblätter längst standen, schwebten noch immer dichte Flocken auf sie herab.
Sie waren unterhalb des obersten Hanges auf einem Plateau gelandet, das Waitzenburg einmal als Bauplatz für ein Skihotel eingeplant, die Stadt aber trotz aller Manipulationen nicht genehmigt hatte.
Jagel war, wie immer, als erster auf den Beinen, nachdem sie beim Versuch, den Hang anzugehen, bis zu den Knien versackt waren. Er rangelte sich an den Strünken verdorrter Sträucher hoch, bis er den Höhenweg erreichte. Der Bürgermeister keuchte mit seinen einhundertundzweiundachtzig Pfund und rheumatischen Knochen unbeholfen hinter ihm her. Auf halber Höhe klammerte er sich mit der behandschuhten Rechten fast waagerecht an einen Ast und rief seinem Piloten zu:
»Sie werden mich vorwarnen müssen, Jagel. Sie wissen, ich kann kein Blut sehen. Und von oben sah das verdammt nach Blut aus!«
»Es sieht auch von unten verdammt nach Blut aus!«

In Jagels Gesicht zeichnete sich nicht nur nackter Schrekken ab. Er hatte die Gewalt über seine Gesichtsmuskeln verloren. Er hatte die Skispur erreicht und war ihr bis zu der Stelle nachgegangen, die sie von oben entdeckt hatten. Jetzt stand er bei einer Kieferngruppe, vor der der Ostwind mannshohe Schneeverwehungen aufgetürmt hatte. Sein Oberkörper knickte zusammen, und er übergab sich.

Waitzenburg hatte sich unter Aufgebot aller Kräfte bis zur Piste vorgekämpft und starrte, den Kopf mit dem üppigen grauen Haar fast völlig in seinen Pelzkragen vergraben, entsetzt auf die Szene: Schneehügel, Kieferngruppe, der gekrümmte, sich übergebende, Jagel. Zu seinen Füßen ... Zu meinen Füßen, dachte er, in jähem Grauen näherstapfend, etwas, was ich im Krieg zum letztenmal gesehen habe. Vor Stalingrad, kurz bevor sie uns ausflogen: der gleiche Schneehügel, klirrender Frost, die Zerfetzten am Waldrand, nachdem die russischen Raketenwerfer drei Stunden lang gefeuert hatten – die Stalinorgeln ...

»Himmelherrgott, Jagel!« keuchte er und übergab sich noch immer nicht. »Das ist gar keine Frau. Das ist ein Kind!«

Jagel richtete sich auf. Aus seinen Mundwinkeln rann nur noch wenig Speichel.

»Das *war* ein Kind!« sagte er.

3

Es schneite, schneite seit Wochen.
Das Wetteramt Offenbach hatte mitgeteilt, einen ähnlich strengen, schneereichen Winter habe es zum letztenmal 1946 gegeben. Einige Boulevard-Zeitungen bemühten das 19. Jahrhundert, um Vergleiche aufzustellen. Zum erstenmal seit einem Jahrzehnt war schon weit vor Weihnachten Schnee gefallen; der Bundesbürger hatte sich inzwischen an ein schneereiches Osterfest gewöhnt.
Tief über Tief jagte von Westen heran; sie brachten zwar milde, aber sehr feuchte Meeresluft. Im Osten, erst mit dem Zentrum über Moskau, später bis nach Masuren westwärts wandernd, stand ein Hoch, wie es im Dezember seit Jahrzehnten nicht mehr existiert hatte, schleuste sibirische Kälte nach Europa, kollidierte zwischen Berlin, Leipzig, München mit den feuchten Atlantiktiefs und bescherte Deutschland den schneereichsten Dezember des Jahrhunderts.
Im Englischen Garten von München tauchten Schwärme von Seidenschwänzen auf – Kälteflüchter aus dem Nordosten. Im Odenwald und Hunsrück wurden Tannenhäher beobachtet – Unglücksboten aus dem Osten, denen frühere Jahrhunderte die Verbreitung von Pest und Pocken zuschrieben.
Amateurornithologen im Taunus und im Spessart hatten Rosenstare (*Pastor roseus*) an ihren Futterhäuschen entdeckt. Ein mittelasiatischer Steppenvogel, erschien der Rosenstar in extrem kalten Wintern in Westeuropa: 1875 zeigten sich Schwärme bis zu dreißig Stück in der nord-

deutschen Tiefebene und in der Schweiz. Ein größerer Zug Rosenstare erschien 1905 in Deutschland, Dänemark und Finnland. In Vorarlberg wurde ein Rosenstar am 5. Juni 1908 erlegt. Bei Villafranca kamen am 3. Juni 1875 rund 12000 an, die sich im Festungsgemäuer ansiedelten.

Jetzt, zwischen der späten Dämmerung des Morgens und der frühen des Abends, hatte der Schneefall aufgehört. Das permanente diffuse Grau war aufgerissen, so daß Wälder, Dächer, Himmel auftauchten; und Waitzenburg hatte den Hubschrauber ELISABETH II klarmachen lassen und war gestartet, um für die beste Saison des Jahrzehnts die Strecke für die *Frankenthaler Skiwander-Trimmdich-Route* festzulegen. Elisabeth war der Name seiner Gattin, mit der er, unter größtmöglicher Beachtung seitens der Lokalpresse, gerade Silberhochzeit gefeiert hatte. Er hatte sie stets treu zur Seite, wo es um Repräsentationszwecke ging. Ging es um Bettangelegenheiten, so ließ er sich gern von Jagel mit Jüngerem versorgen.
Jagel verschaffte ihm die Mädchen über dasselbe amerikanische Luftwaffendepot, von dem er auch seinen verbilligten Treibstoff bezog. Er war im Grunde genommen ein einfacher, ehrlicher Kerl, der immer gradlinig auf sein Ziel zuging. Daß er beim Oberbürgermeister mit unmerklicher Neigung auf die schiefe Bahn geriet, machte er sich erst klar, als er sich an die großzügigen Gehaltsabrechnungen, Spesen und Sonderzuwendungen gewöhnt hatte.
Er schwor sich dreimal monatlich, aufzuhören, sobald sich ihm eine befriedigendere Stellung zeigen würde. Aber Hubschrauberpiloten gab es, bedingt durch den Nachschub aus der Luftwaffe, wie Sand am Meer.
Er hatte sich die Seele aus dem Leib gekotzt und starrte jetzt auf das, was vor ihm lag.

Vor ihm, wie auf bonbonrote Watte gebettet, lag ein Kinderkörper. Die Jeansbeine mit den grotesk abgewinkelten Skiern schienen, sah man von dem blutgetränkten Hosenstoff ab, unversehrt zu sein. Aber oberhalb der Hüfte begann, was Jagels Magen nicht hatte verkraften können.
Der rechte Arm ruhte, wie ein nicht zum Körper gehörender Gegenstand, steil abgewinkelt auf einer Unterlage aus vergilbtem Farnkraut. Zwischen Ellbogen und Schulter hielt ihn nur noch eine winzige, blutrote Sehne wie am seidenen Faden. Die linke Schulter fehlte. Der Brustkasten war nichts als ein schleimiges Gemisch aus Stoffetzen, Haut, Blut, Fleisch. Das Gesicht des Mädchens ähnelte keinem menschlichen Gesicht mehr. Gliedmaßen und Körper waren gleichermaßen verzerrt.
Das Grauenvollste war der Schnee, der wie rote Zuckerwatte aussah. Die Äste, Zweige und Nadeln über dem leblosen Körper waren wie in rote Farbe getaucht. *Wie durch den Wolf gedreht*, dachte Jagel und starrte unverwandt die Brust des Mädchens an.
»Reißen Sie sich zusammen, Jagel! Die ist hin!«
Er hörte die eiskalte Stimme des Oberbürgermeisters. Dessen Gefühle schienen in zwei trostlosen Rußlandfeldzug-Wintern endgültig eingefroren zu sein. Bei Woronesch, Smolensk, Wilikij Luki, Stalingrad.
»Die ist nicht hin!« Er hatte sich niedergekniet; plötzlich hatte er keinen Brechreiz mehr. »Sie . . . das, was da vor uns liegt . . . lebt.«
Er riß sich den Overall herunter. Einen Augenblick, nicht länger, blickte er Waitzenburg an. Als hoffe er, der würde seine besser geeignete Pelzjoppe ausziehen.
»Hat doch keinen Zweck mehr, Jagel, das nicht!«
»Anfassen!« kommandierte Jagel und ergriff die übelste Stelle: Kopf und Schulterreste.
Waitzenburg tastete, eiskalt nur im Empfinden, hilflos

nach den intakten Füßen. Sie wälzten den Körper auf den Overall. Als sie sich aufrichteten, sackte der Mädchenkörper durch wie in einer Hängematte.

Sie starteten in einer dichten Wolke, die jede Sicht nahm.
Als sie freigekommen waren und auf die Würzburger Autobahn zuhielten, stellte Waitzenburg sachlich fest: »Sie werden diese Außenlandung begründen müssen, Jagel! Das gibt *trouble*!«
Als läge hinter ihnen im Kofferraum kein verstümmelter Körper, aus dem es noch immer atmete! Er muß sein Grauen abreagieren, dachte Jagel. Wie ich – nur anders!
Er nahm Funkkontakt mit Egelsbach Tower auf und forderte auf der Frequenz 122.1 ärztliche Hilfe an. *Most urgent*, Dringlichkeitsstufe eins.
Die Sicht ging bereits wieder zurück; kein Himmel mehr zu sehen. Ein letzter Rest zerschmolzener grauer Sonne im Mausgrau des Nachmittagsdämmers. Die Autoschlangen auf der Autobahn hatten Lichter gesetzt, Mattgelb reihte sich an Mattgelb, Rot an Rot auf der Gegenfahrbahn.
Bis Hösbach flog er, jeder Kurve exakt folgend, nach Nordwesten. An der Abfahrt dämmerten die Lichter Aschaffenburgs auf. Er zitterte, ohne Overall. Von seinen Händen färbte das Blut auf die Steuersäule ab.
Schloß Johannesburg war bereits angestrahlt. Warmes, gelbliches Licht. Dichter Abendverkehr im Stadtzentrum und auf den Ausfallstraßen, nach Hanau, Lohr, Offenbach. Von hier aus steuerte er die Hochhäuser am Mainparksee an; gleichzeitig tauchte der Schornstein von Stockstadt auf. Die Sicht ging weiter zurück. Wolkenfetzen klatschten wie feuchte Lappen gegen die Kanzel.
Von Stockstadt aus hielt er auf Oberroden zu; das Freiluftbad war ein markanter Navigationspunkt. Egelsbach

Tower meldete, Arzt und Sani stünden bereit. »Spätestens heute nacht schneit es wieder!« sagte er, als er die ELISABETH II herumschwenkte und sanft auf die Piste von Egelsbach setzte.
Waitzenburg beobachtete argwöhnisch das Umladen. Als der Körper auf einer Tragbahre in den Krankenwagen geschoben wurde, warf einer der beiden Sanitäter Jagels befleckten Overall wie einen Putzlappen zurück.
»Hin!« konstatierte Jagel und fing ihn geschickt auf.
»Sie kriegen einen neuen!« tröstete ihn Waitzenburg. »Das war der schlimmste Skiunfall, den ich jemals gesehen habe!«
Jagel zerknüllte das Kleidungsstück wie einen Fetzen Packpapier und starrte seinen Chef an.
»Wieso Skiunfall?«
»Kein Skiunfall? Was denn sonst, Jagel?«
»Ich weiß es nicht. Aber das waren einwandfrei Bißwunden!«
»Bißwunden?«
»Bißwunden. Keine Rißwunden!«
»Wer soll denn in meinem Privatforst beißen, Jagel?« Waitzenburg lachte nervös. »Meine Rehe, Igel, Kaninchen? Meine fachmännisch vergasten Füchse etwa? Jagel!«
»Ich weiß nicht, wer gebissen hat. Aber das Mädchen ist angefallen worden. Von einem Tier!«
»Von einem Tier?« Der Bürgermeister ließ sich breit in den Cockpitsitz zurückfallen, ungeduldig, jetzt, da er seine Pflicht getan hatte. »Von was für einem Tier? Vielleicht von einem wildernden Schäferhund?«
»Wenn das«, sagte Jagel und ließ das Triebwerk an, »ein Schäferhund war, dann war es der größte Schäferhund meines Lebens!«

4

Hannes Köhlert, Revierförster und Jägermeister im Privatforst Spessart III des Oberbürgermeisters und Kurdirektors Waitzenburg, schrak auf.
Er saß vor dem Fernseher und hatte die ZDF-Sendung »Mosaik« eingeschaltet: *Die Gürtelrose und ihre Nachwehen. Aktuelle Rentenfragen. Ein Altenheim mit offenen Türen – die Martin-Luther-Stiftung des Diakonischen Werkes in Hanau.*
Das Telefon klingelte; es war 16 Uhr.
»Hier Köhlert.«
»Äh, ist dort der Oberforstmeister?«
»Hier Köhlert, Revierförster, ja?«
»Äh, ich bin ein Autofahrer an der B 26 bei Rechtenbach, kurz vor Lohr. Ich habe hier ein Tier überfahren.«
»Ja? Was für ein Tier?«
»Einen Hund. Schäferhund. Er ist mir einfach . . . ich bin höchstens sechzig gefahren. In den Wagen gerannt. Von links nach rechts.«
»Ein Schäferhund? Sie sind an der falschen Adresse. Ich bin nur für den Wildbestand in meinem Revier zuständig!«
»Ja, sehe ich ein. Dachte nur . . . ich wollte die Polizei nicht . . .«
»Ja. Ist er tot?«
»Mausetot! Was soll ich machen?«
»Wo genau stecken Sie?«
»Drei Kilometer vor Lohr. An der Südkrümmung. Querab von Molkenbrunnen.«

»Bleiben Sie, wo Sie sind. Ich komme! Was für einen Wagen haben Sie?«
»Roter Fiat 126. Unverkennbar.«
»Bleiben Sie, wo Sie sind. Ich bin in spätestens einer halben Stunde bei Ihnen. Dann klären wir die Zuständigkeiten!«
»Fein!«
Köhlert seufzte.
Er war achtundfünfzig – in sieben Jahren würde er pensioniert werden. Aber manchmal fühlte er sich frischer, forscher als ein Fünfundvierzigjähriger. Trotz der Sendung »Mosaik«. Sie machte aus kessen Pensionären in spe uralte, verkalkte Greise! *Krampfadern und ihre Behandlung. Die guten, alten Schlager Peter Kreuders. Wie war das damals, vor der Währungsreform?*
»Was für ein überdimensionaler Scheiß!« sagte er laut; er hatte aufgelegt.
»Was oder wen meinst du?« fragte seine Frau.
»Die Glotze!« sagte er. »Muß mal, Gott sei Dank, rasch auf die Straße. Tier überfahren, scheint bloß ein wildernder Hund zu sein!«
»Ich setze schon mal die Bratkartoffeln auf!« sagte die Frau.
»Bis gleich!« rief er, schon im Gehen.
Er startete seinen Kombi. Sprang erst nach dem dritten Versuch an, bei der Kälte! Scheißkarren!
Das liebe Geld! Keiner zahlte so gut wie die Stadtverwaltung. Oberbürgermeister Waitzenburg. Aber die Befriedigung, die tiefe, wahre Befriedigung war das nicht.
Vor drei Jahren war er in Tansania und Kenia gewesen: Warzenschweine, Löwen, Wasserbüffel. Tagelang hatte er ein Gepardenpärchen verfolgt. Durch Stechpalmen, Dschungeldickicht, Monsunregen. An einem Seitenfluß des Kenia-Rivers suhlten sich Krokodile. Scharen von Marabus, Ibissen. Weißhalsstörche vor ihren Schlafbäu-

men. Flußpferde – jeder unterschätzte sie. Sie konnten heimtückischer als Rhinos sein!
Und jetzt: ein überfahrener wildernder Schäferhund!
Er gab Gas, jagte die B 26 hinunter nach Lohr am Main. Gestreut hatte man; keine Glätte, selbst in den Kurven nicht. Um diese Zeit waren Horden von Lkws unterwegs. Die richteten mehr Schaden an als eine ganze Meute wildernder Hunde – falls es die gab.
Seine Wagenuhr zeigte 16.26 Uhr, als er den geparkten Fiat entdeckte.

Klaus Jagel kaute mißmutig an seinem zu trocken geratenen Pilzomelett. Gleichzeitig versuchte er sich durch die Lektüre des neuesten Simmel abzulenken. Noch immer hockte ihm der Schock in den Knochen – ein ungebetener Gast, der fortwährend wiederholte: *Hier bin ich, hier bleib ich!*
Bei Simmel ging es wieder einmal um einen kleinen Angestellten, der ins Räderwerk der großen bösen Mächte geraten war und nicht so gut sein durfte, wie er eigentlich wollte. Jagel konnte sich sofort mit dem Romanhelden identifizieren: Er war Waitzenburgs Machenschaften leid – bei den Stadtratswahlen, beim Aufkaufen billiger Grundstücke und bei der Beschaffung von Kurgästen für das »Exelsior«, das auf den Namen seiner Frau eingetragen war.
Ich bin es leid, leid, leid! Er schlug mit der Faust auf den Tisch und schrie sich nicht nur den Schrecken über den grausigen Fund hinaus, sondern auch die enttäuschten Illusionen, nicht erfüllten Hoffnungen.
Er hatte sein Soziologie-Studium abgebrochen, weil er kein Sitzfleisch besaß. Weil er die trockene, sterile Luft von Hörsälen und Bibliotheken nicht ertrug. Weil er täglich erleben wollte, daß der Himmel noch blau, die Wiesen noch grün waren. Die Werbebranche hätte ihn als ei-

nen Mann klassifiziert, der Gauloises rauchte und in offenen Sportwagen fuhr. Der seine eigenen Wege ging und durch nichts zu erschüttern war.
Das Hubschrauber-Training in der deutschen Luftwaffe war ihm als ein großes Abenteuer erschienen. Jetzt, nach dreijähriger Privattätigkeit für Waitzenburg, erschienen ihm seine einstigen Ideale schal und billig. Ja, der Himmel war blau, die Wiese grün – *so what?* Er war weit über dreißig – reichte diese Erkenntnis zum Leben?
Mißmutig schleuderte er ein neues Ei in die Pfanne. Nie verzagen – selbst bei der Omelett-Zubereitung nicht!
Von seinem Junggesellen-Appartement in der Wilhelm-Hauff-Allee aus hatte er einen Überblick über den Prachtteil des Kurorts. Hier waren die elegantesten Hotels untergebracht, die gepflegtesten Parks und Anlagen erwarteten den Gast. Der überraschend aufgeklarte Himmel hatte Hunderte von Unternehmungslustigen auf die Straßen gelockt. Selbst auf den Bänken (eine Spende der Raiffeisenbank Frankenthal) saßen, in flauschige Pelze gehüllt, die Verwegensten der Kurgäste.
Die bis auf den Knochen durchgenagte rechte Schulter des Mädchens . . .
Er versuchte, die Bilder zu verscheuchen. Den taubenblauen Brei zerfetzter Sehnen und Muskelstränge. Das wie im Veitstanz verzerrte Gesicht. Den karminrot getränkten Schnee.
Ein unbezähmbarer Zwang, *etwas zu tun*, befiel ihn. Er rief seinen Chef an: es war kurz vor achtzehn Uhr.
Die gnädige Frau war am Apparat.
»Oh, Jagel – hallo!«
»Ist Ihr . . . Gatte da?«
Wenn ihm seine Phantasie das Gesicht Waitzenburgs vorzauberte, kam ihm die Vokabel *Gatte* besonders schwer über die Lippen. Er sah all die hübschen kleinen Betthäschen, die er ihm vermittelt hatte.

James Last tönte unverbindlich und optimistisch aus dem Hintergrund.
»Ja, natürlich, Jagel! Wollen Sie nicht rüberkommen? Wir geben eine kleine Party, erwarten die ersten Gäste gegen halb acht. Nichts Großes, nur so. Kommen Sie?«
»Gnädige Frau – nach dem Nachmittag? Mir ist nicht danach zumute!«
»Richtig! Dieser bedauernswerte Zwischenfall!«
»Ja. Dieser bedauernswerte Zwischenfall. Könnte ich ihn sprechen – Ihren Gatten?«
Waitzenburgs Stimme klang wie immer frisch und zuversichtlich.
»Jagel, mein Bester? Probleme, so spät am Abend noch?«
»Dieses Mädchen . . . Haben Sie schon mit dem Chirurgen gesprochen?«
Stolz klang durch, als der Oberbürgermeister antwortete:
»Habe, Jagel. Habe! Man kann noch nichts Definitives sagen nach so kurzer Zeit – verständlich. Aber die Aussichten durchzukommen sind gut.«
»Dieses Mädchen wird überleben?«
»Es wird! Ohne Gewähr. Im wesentlichen handelt es sich um Fleischwunden. Unsere rasche Vermittlung hat das Kind vor dem Verbluten bewahrt. Das war die größte Gefahr!«
»Ist das Mädchen schon identifiziert worden?«
»Es ist . . .« Zum Hintergrund gewandt: »Och, Kinder, seid doch mal leiser! Ich führe hier ein todernstes Gespräch!« In den Apparat: »Jagel?«
»Bitte!«
»Christiane Bruhns. Hatte ihre Großeltern besucht – oben auf dem Geyerskopf. Hab schon mit dem Vater gesprochen, netter Mensch. Sie sehen, alles läuft, was nun noch, Jagel?«
»Eigentlich nichts . . .«

Jagel kaute auf der Unterlippe, ein Zeichen, daß er nervös und hilflos wurde.

»Fein, Jagel. Machen Sie sich's nett. Morgen früh brauche ich Sie nicht ...«

»Eigentlich doch was ...«

»Jagel ...« Immer wieder war Jagel überrascht, wie schlagartig der leutselige, gönnerhafte Ton seines Chefs umschlug, wenn die Dinge nicht nach seinem Plan liefen. »Ich erwarte meine Gäste ...«

»Es ist nur: Ich bin doch lange Zeit Rettungshubschrauber geflogen, den Münchener CHRISTOPHORUS. Ich habe Hunderte von Verletzten transportiert. Ich kenne mich etwas aus. Was hat denn der zuständige Arzt über die Ursache mitgeteilt?«

»Jagel, Sie kennen doch Ärzte! Fachidioten! Wie wir alle heutzutage! Eine Menge medizinisches Bla-Bla, von dem der Laie fälschlicherweise hofft, wenigstens der Fachmann verstünde es! Chirurgen sind keine Kriminalisten, keine Spurensicherer. Verletzungen, die durch Einwirkung eines Bisses entstanden sind, eines Carnivoren mit gut ausgeprägten Schneide- und Eckzähnen – vermutlich eines Hundes. Er hat's komplizierter ausgedrückt, der Große Meister vom klirrenden Messer. Aber das war der Inhalt. Streichen Sie das *vermutlich*, Jagel, und lecken Sie mich jetzt am Arsch!«

Jagel wußte, daß dieser Rückfall in kumpelhaften Kommißton ihm seine letzte Chance gab, glimpflich davonzukommen.

»Es ist nur«, zögerte Jagel und biß sich auf die Unterlippe, »daß an der linken Schulter ... an dieser scheußlichen Wunde ... ein Stück ... nicht zerbissen war. Sondern fehlte! Faustgroß!«

Er ballte die Faust. Die Stimme am anderen Ende war jetzt weltraumfern und -kalt.

»Ja, Jagel. Und am 31. Februar des Jahres 1984 hat die uns

allen unvergeßliche Liz Taylor einem vollausgewachsenen Knaben das Leben geschenkt. Vermittels unbefleckter Empfängnis. Gute Nacht!«
»Aber ... wenn ein wildernder Schäferhund nicht nur Menschen beißt, sondern frißt ... dann sollte man ihn schleunigst aus dem Verkehr ziehen!«
Doch da hatte Waitzenburg längst den Hörer hingeknallt.

Das Tier lag neben dem Straßengraben der B 26.
Der Straßengraben war fast völlig zugeschneit. Der Abendverkehr tobte mit der Vehemenz eines unwetterbegleiteten Erdbebens vorüber. Die linke Flanke des Tieres war aufgerissen, das Blut geronnen, die Leichenstarre längst eingetreten. Auch das Maul war blut- und speichelverkrustet; das Tier mußte nach den inneren Verletzungen gewürgt und lange gelitten haben.
»Bin ich jetzt aus allem raus?« fragte der Fiat-Fahrer, ein ängstlicher Mann um die Fünfzig mit Glatze und Cordanzug.
Köhlert hieb ihm gutmütig seine Pranke auf die Schulter, daß er fast im hohen Schnee versank.
»Wenn Sie mir noch beim Verladen helfen, erteile ich Ihnen Absolution!« Er blinzelte in den scheinwerferbeflackerten Dunst, der neuen Schnee verhieß. »Fürs Schneeräumen hat die Gemeinde Geld. Aber an Wildschutzzäunen fehlt's!«
Der Mann ergriff zaghaft die Hinterbeine des Tieres; und Köhlert schleifte den Kadaver mühsam an seinen Kombi und hievte ihn fast ohne Hilfe hinein – eine athletische Leistung!
»Darf ich Ihnen für Ihre Mühe ein Bier anbieten?« fragte das Männchen und förderte aus dem Handschuhfach eine Dose zutage. »Als Autofahrer darf ich sowieso nicht trinken.«

Geschicklichkeit läßt grüßen! dachte Köhlert. Armes, frustriertes, gehemmtes Schwein! Laut sagte er: »Ich schon! Man dankt!« Riß den Verschluß ab und nahm einen tüchtigen Schluck. »Das war's dann. Erledigt. Gute Fahrt und triumphale Heimkehr zur liebenden Gattin!« Sprach's und stelzte an seinen Wagenschlag, während das Männchen hinterher fragte: »Was für eine Heimkehr? Wo?«

5

Jagel lag der Länge nach auf der Couch, ein Whiskyglas zur Rechten auf dem Abstelltisch. Die Tagesschau war gelaufen; jetzt war der Wettermann dran mit seinen Handleseprognosen.

Das russische Hoch, man sah es überdeutlich auf der Wetterkarte, hatte sich verstärkt. Die westlichen Tiefs waren weit nach Norden abgedrängt worden. Das bedeutete, laut Wettermann, einwandfrei trocknere Luft aus dem Osten.

Klingt wie eine verschlüsselte NATO-Meldung westlicher Geheimdienste, dachte Jagel. Er schob sich, ohne sich zu erheben, näher ans Fenster. Der gesamte Lichterpegel von Bad Frankenthal wurde nach wenigen hundert Metern durch eine gespenstisch reflektierende Dunstschicht zurückgestrahlt. Keine Spur von einem trockenen Hoch. In spätestens fünf, sechs Stunden mußte neuer Schnee fallen.

Kaffeesatz-Meteorologie! Das ganze Elend moderner Wetterwarten bestand darin, daß sie keine Fenster mehr hatten, durch die man das Wetter beobachten konnte. Nur noch kostspielige Elektronik, falsch justiert, von kleinen Pipimädchen falsch abgelesen.

Für den morgigen Tag, so verkündete der Wettermann, sei mit weiterem Aufklaren zu rechnen. Bei gleichzeitigem Temperaturabfall. Alles logisch einwandfrei aus den hübsch kolorierten, tv-gerechten Wetterkarten zu ersehen.

Jeden Abend, dachte Jagel und schenkte sich wütend aus

einer Literflasche nach, starrte Dreiviertel-Deutschland auf diesen akademischen Wahrsager, glaubte ihm, erlebte am nächsten Tag das Gegenteil der Prognose, schimpfte am frühen Stammtisch auf ihn, starrte am späteren Abend wieder fasziniert auf den Schirm, glaubte ihm. Ad infinitum. Ein eindrucksvolles Beispiel internationaler Wissenschaftsäußerung und totaler Verblödung!
Dabei bezog sich seine Wut in erster Linie auf sich selber! Er hatte sich wieder einmal neben seinen Stuhl gesetzt. Er würde es nie weit bringen in dieser Welt des Erfolgszwanges. Waitzenburg bot ihm einen günstig gelegenen Sitzplatz an, von dem aus man aus gebührender Entfernung weit unter sich die profane Masse beobachten konnte; er brauchte nur *jawohl* zu sagen ...
Statt dessen legte er vermittels drahtloser Fernsteuerung seinen Wettermann, *die alte, handauflegende Zigeunerin des Jet-Zeitalters*, lahm und griff zum Telefon, wählte ...
Sechsmaliges Anläuten.
»Hier Köhlert! Was gibt's – verdammt noch mal?«
»Oh, hier Jagel. Störe ich?«
»Ah, Jagel, Klaus – der Kurier des Zaren!« Köhlert vergaß jedesmal, ob er die *rechte Hand des Chefs* nun eigentlich duzte oder nicht. Sie waren oft gemeinsam über das hinweggeflogen, was er als das *Klondike des Spessarts* bezeichnete: Goldpfründe für Leute wie Waitzenburg.
»Natürlich stören Sie! Ich bin mitten im Geschlechtsverkehr!«
»Tut mir leid! So früh schon – bei der Tagesschau?«
»Hören Sie, ich habe eine um zehn Jahre jüngere Frau!«
»Tut mir auch furchtbar leid. Ich meine: die Störung, nicht Ihre Frau. Aber ich komme nicht klar!«
»Womit nicht?«
»Wir hatten heute nachmittag ein furchtbares Erlebnis, der Chef und ich.«

»Ah, diese Skiunfall-Sache. Big Chief hat mich schon angerufen!«
»Ach nee?«
»Echt! Okay, ich zieh mir mal die Hose hoch. Wird 'ne längere Sache, sehe ich schon!«
»Tut mir leid, Köhlert! Aber Männer wie Sie kommen mit jeder Situation klar, schätze ich!«
»Worauf Sie sich verlassen können! Also Big Chief hat mir, was eigentlich selbstverständlich ist, diese scheußliche Sache durchgegeben. Natürlich müßte ich jetzt einen Report machen. Hilfloses Kind von Schäferhund angefallen. In meinem Revier! In seinem Revier!«
»Müßte?«
»Er bat mich, es nicht zu tun. Wenn Sie wissen, was das bei Big Chief heißt – bitten!«
»Und warum nicht?«
»Jagel, Sie und ich . . . wir nehmen zwar auch unsere Vorteile wahr. Aber in Grenzen! Nicht so radikal bis zum letzten Pfennig. Aber Leute, die politisch denken, Jagel – die sehen schon reißende Wölfe, wo wir noch sanft entbundene Lämmer beobachten!«
»Wölfe?«
»Bildhaft natürlich. Big Chief sieht seinen Sessel, was sage ich, seinen Thron schon wanken weil er Einbußen im Winter-Tourismusgeschäft befürchtet.«
»Durch diesen Zwischenfall?«
»Ja. Man kann nicht mal mehr als harmloser Wandersmann zum Geyerskopf rauf, ohne Gefahr zu laufen – Sie ahnen schon!«
»Von wildernden Hunden angefallen zu werden. Ich verstehe! Keine Publicity!«
»Nicht die geringste! Heute ist Montag. Ab Sonntag läuft bei uns in Bad Frankenthal die ganz große Show. Der ganze Spessart ein einziges deutsches Schnee-Festival! Früher mußte Heidelberg, mußten das Münchener Ok-

toberfest und die Kieler Woche herhalten als Köder für die Amerikaner. Heute ist es Bad Frankenthal im urdeutschen Spessart! Die Plakate dafür hängen in jedem amerikanischen LUFTHANSA-Büro aus! Heil Waitzenburg! Heil Frankenthal!«
Jagel seufzte.
»Köhlert?«
»Jagel?«
»Können Sie mir, trotz Ihrer unbezwingbaren urdeutschen Männlichkeit und Ihrer liebreizenden Gattin, noch fünf Minuten zuhören? Ungetrübt durch Ihre drängenden Hormone?«
»Man bemüht sich!«
»Sie wissen, weshalb mir ein . . . Unglücksfall zu schaffen macht, bei dem ein minderjähriges Mädchen in Mitleidenschaft gezogen wird?«
»Sie haben mir das einmal erzählt, Jagel. In einer Nacht am Lagerfeuer – wissen Sie noch: bei Bad Orb, im Staatsforst Burgjoß? Die Waldkäuzchen heulten nur so vorbei!«
»Ja. Jetzt diese Sache. Und ein Mann, der versucht, die Tatsachen herunterzuspielen!«
»Sie haben nicht zufällig vor, ein Komplott einzufädeln? Das hätte bis morgen Zeit. Meine Frau wartet!«
»Verdammt, Köhlert! Nehmen wenigstens Sie mich ernst! Ich kenne mich aus mit Verletzungen! Dieses Kind, diese Christiane Bruhns, ist nicht nur gebissen worden! Sie ist . . .«
»Bitte, Jagel?«
»Sie ist gefressen worden! Gefressen!«
»Ach, Jagel, teurer Freund! Ich gebe zu, Sie haben nicht das Glück, im Vollbesitz einer so hervorragenden Frau zu sein wie meine . . .«
»Gefressen! Ich schwöre es Ihnen, Köhlert!«
»Ach, Jagel . . .«

»Ich weiß, wenn es um junge Mädchen geht, spiele ich verrückt . . .«
Am anderen Ende der Leitung trat eine lange Pause ein. Flüstern. Zischen.
»Jagel?«
»Bitte?«
»Meine Frau gibt Ihnen noch drei Minuten! Hören Sie gut zu: Die Bestie, die Ihrer Sympathisantin mitgespielt hat: sie ist gefaßt! Identifiziert! Und tot!«
»Tot?«
»Ja. Ich bin gerade . . . na ja, nicht gerade . . . Also inzwischen hat sich schon wieder eine Menge abgespielt im Spessart. Ich bin fast gerade von einer Bestien-Identifizierung zurückgekehrt. Ein wildernder Schäferhund ist überfahren worden. Auf der B 26. Kurz vor Lohr!«
»Auf der B 26? Kurz vor Lohr am Main?«
»Er hat ein ehrenvolles Begräbnis erhalten, in unserem idyllisch verwilderten Garten! Es muß, das steht eigentlich unumstößlich fest, der gleiche gewesen sein, der die Christiane Bruhns angefallen hat.«
»Ja, leuchtet ein!« Jagel leerte sein Glas. »Und wieso sind Sie sicher, daß es sich um einen simplen Schäferhund handelt?«
Das Grinsen klang jetzt hörbar durch die Leitung.
»Wenn ich Ihnen die Antwort gebe, Jagel – darf ich dann wieder ans Vergnügen gehen?«
»Ja.«
»Ihre menschenfressende Bestie hatte, entschuldigen Sie, ein Halsband um!«
»Ein Halsband?«
»Mit einer Steuermarke dran!«
»Steuermarke?«
»Hundesteuer! Es handelt sich echt um einen simplen, streunenden Schäferhund, Jagel! Morgen ermittle ich den Besitzer!«

Jagel seufzte auf.
»Ich danke Ihnen, Köhlert! Machen Sie weiter, was immer auch! Gute Nacht!«
»Gute Nacht, Jagel!«

6

Bad Frankenthal im Spessart, 368 m ü. M., 61 000 E., Kurhöhenort. Sehenswürdigkeiten: Burgruine, erbaut durch Kurmainz Anfang des 15. Jh.s, fränkische Spätgotik. Schloß Schöllbronn, Wasserburg mit z. T. erhaltener Ringmauer aus dem 12. Jh., heute Tagungssitz, Konferenzsäle etc. Heimatmuseum, mit z. T. historisch wertvollen Funden aus Mittel-Franken.
In nächster Umgebung zahlreiche Höhenwanderwege, z. B. Frankenthal – Geyerskopf – Buchenau – Frankenthal (5 St.), Naturdenkmäler (u. a. Basaltsteingruppen, Kreuzsteine inmitten alter Eichenhaine), Naturschutzgebiet Hailstein mit Basaltstock in Buntsandsteinschichten, seltene Flora. Lehrpfade und Wudgehege.
Luxushotels: Excelsior, Frankfurter Hof, Kurhotel, Residence, Astoria. Erster Klasse: Zum Wilden Mann, Spessartblick, Hauff, Hocheich.
Im Zentrum des Naturparks Bayrischer Spessart gelegen, ist Bad Frankenthal die Perle des Hochspessarts. Mit seinen exquisiten Sportmöglichkeiten, Rundwanderwegen, insbesondere aber seinem hohen Erholungs- und Freizeitwert im Winter stellt es die optimale Verbindung zwischen Romantik, weltoffener High Society, internationalem Sportgeschehen, Naturverbundenheit und Kulturgeschehen dar ...
Waitzenburg selber hatte den ganzen Herbst über an dem neuen, farbenfroh bebilderten Hochglanzprospekt gefeilt, den er jetzt seinen Partygästen vorzeigte. Er hatte Bad Frankenthal zur Perle des Spessarts gemacht, er

würde es weiterhin zum internationalen Treffpunkt des Jetsets vervollkommen.
Waitzenburgs strahlender Aufstiegs-Optimismus wurde durch drei winzige Fleckchen getrübt, die sich jedoch nie würden beseitigen lassen: 1. Er hätte zu gern ein »von« vor seinem Namen gehabt. 2. Er besaß keinen Doktortitel. 3. Es gab bereits ein Frankenthal in der Pfalz, für das er sozusagen unfreiwillig Reklame machte.
Dr. Heino K. von Waitzenburg, Oberbürgermeister und Kurdirektor des exklusivsten Kurortes von Deutschland! Bad Frankenthal, das Baden-Baden der endsiebziger Jahre! Bad Frankenthal, das neue Heidelberg der Amerika-Touristen!
Er seufzte.

Schräg gegenüber blickte Klaus Jagel aus dem beschlagenen Appartement-Fenster auf die zahlreichen Mercedes und BMWs, die zur kleinen Party geparkt hatten.
Alle Straßenlampen hatten im Dunst farbige Ringe um sich. Es schneite noch immer nicht; aber er war sicher, daß der neue Schnee innerhalb der nächsten Stunden fallen würde. Neuschnee bedeutete für Jagel: keine Möglichkeit, mit dem Hubschrauber zu fliegen. Er würde wieder Chauffeurs- und Bürodienste für den Chef verrichten müssen.
Bürodienste: Waitzenburg brüstete sich geradezu damit, keine Fremdsprache zu sprechen. Nicht aus Unfähigkeit, sondern aus einem ähnlichen Unwillen heraus wie die Amerikaner. Für die Beantwortung ausländischer Korrespondenz hielt er sich Jagel, dessen Geschäftsenglisch vorbildlich war.
Waitzenburg war, über seine Frau Elisabeth, nicht nur Teilhaber am *»Excelsior«*, dem exklusivsten Kurhotel, sondern auch an den Konferenzräumen des Wasserschlosses Schöllbronn, die ganzjährig ausgebucht waren.

Die diesbezügliche Reservierungs-Korrespondenz lag in den erfahrenen Händen von Jagel – an jenen Tagen, an denen weder Hubschrauber noch Direktionswagen bedient werden mußten.
Wahrscheinlich wäre nicht nur dieser Abend, diese Wintersaison, wahrscheinlich wäre Jagels ganze Zukunft anders verlaufen, wenn er um 21 Uhr nicht noch einmal »Heute« eingeschaltet hätte.
Dezember: o holdseliger Monat der Depressionen!
Er hatte sie zur Genüge kennengelernt, diese blauvioletten Stimmungen voller Selbstmordgedanken. Oder – wenn es zum Selbstmord schon an Mut mangelte – voller Vorsätze, *alles von Grund auf zu ändern!* Sich. Das Leben. Die Welt schlechthin. Die Welt ändern, das ging noch an. Aber sich selber?
O holdselige Scheiße! sagte er laut vor sich hin, als er, zum siebentenmal in dieser Woche, integer erscheinende Politiker, die jederzeit bereit waren, das Werfen der Bombe gutzuheißen, lächelnd Hände schütteln, Toasts ausbringen, Statements deklamieren sah.
»O holdselige Scheiße!« wiederholte Jagel noch lauter und leerte sein Whiskyglas in einem Zug.
»Und jetzt«, fuhr der Nachrichtensprecher fort, »zum Abschluß eine Kuriosität. Aus München erreicht uns die Nachricht, daß im Ismaninger Teichgebiet die Spuren eines Wolfes gesichtet worden sein sollen. Die Speicherseen sind Teil einer Abwasser-Kläranlage und gleichzeitig Vogelschutzgebiet im Rahmen der Europa-Reservate. Dr. Schilling gilt als der Entdecker der im nicht öffentlich zugänglichen Abschnitt festgestellten Spuren. Seine Behauptung wurde von anderen Fachleuten angezweifelt. Er ist Spezialist und hält sich zur Zeit für wissenschaftliche Zwecke im Reservat auf. Er mußte einräumen, daß auch ihm eine einwandfreie Identifizierung nicht möglich sei.
– Nun zum Wetter . . .«

Jagel sprang so plötzlich von der Couch, daß der dritte Whisky den Simmel bespritzte.

Sein Gehirn begann zu rotieren. Wenn Köhlert mindestens um halb acht wieder zu Hause gewesen war, konnte er den Hund bei Lohr spätestens um sieben als tot entdeckt haben. Dann mußte er auf jeden Fall eine Stunde eher überfahren worden sein. (Anruf des Fahrers bei Köhlert, Hinfahrt im Abendstau.) Wahrscheinlich viel, viel eher.

Er entrollte seine Navigationskarte, markierte die B 26 vor Lohr und den Fundort von Christiane Bruhns. Beide Stellen lagen rund 18 Kilometer auseinander. Luftlinie! Selbst auf direktem Weg (was unmöglich war), in gemäßigtem Trab, würde das Tier etwa anderthalb Stunden benötigen. Spätestens um halb fünf also hätte das Tier sein Opfer an der Jägerklause verlassen müssen.

Ja, das hatte es. Jagel hatte das Kind vom Hubschrauber aus um 15.20 Uhr gesichtet.

Aber sofort befiel ihn Zweifel. Der Hund konnte genausogut schon zwei Stunden eher überfahren worden sein. Und er konnte nicht auf direktem Weg die Strecke weitertraben.

Jagel kämpfte mit der Versuchung, Köhlert noch einmal anzurufen. Er warf einen Blick in den Abendhimmel. Seine Pilotennase roch den neuen Schneefall durch alle Fehlprognosen der Meteorologen hindurch! Morgen früh würde keine Spur von einer Spur mehr vorhanden sein. Sein Entschluß stand fest.

Er holte seine NIKKORMAT und deckte sich mit Blitzwürfeln ein. Er suchte seine dickste Pelzjoppe, eine graublaue gefütterte amerikanische Luftwaffenjacke; dann zog er aus einer Schublade eine Waffe hervor. Es war ein GOLD-CUP-COLT, National Match, wie er von der amerikanischen Armee benutzt wurde. Die Waffe hatte einen 6-inch-Lauf und war eine Spezialausführung.

Er hatte seit seiner Dienstzeit nie mehr eine Waffe benutzt und glaubte nicht daran, daß er einen ausgewachsenen Stier auf mehr als fünf Meter treffen würde; aber sie verlieh ihm psychologischen Schutz.
Vor dem Spiegel blieb er stehen.
Sieh dich noch einmal gut an, Klaus Jagel, sprach er zu seinem Spiegelbild. So gut und männlich wirst du nie wieder aussehen. Nachdem du deine GOLD CUP leergeschossen hast und *das Monster* deine Kugel wie Wassertropfen aus seinem Fell geschüttelt hat, wird selbst die anspruchsloseste Kurschönheit keine müde Mark mehr für dich ausgeben!

Sie waren seit Monaten unterwegs, teilten und trennten sich, fanden sich irgendwo wieder. Selbst der Instinkt der ältesten Tiere war nicht auf einen derart strengen Winter eingestellt. Von Minsk, von Smolensk und Kursk her wehte der eisigste, unerbittlichste Schneesturm des Jahrhunderts in Polens Wälder hinein.
Zunächst war es nur eine vage Unruhe gewesen, die die Leittiere in ihren Hautnerven gespürt hatten. Mit weit geöffneten Nüstern standen sie gegen Abend in der klirrenden Kälte und atmeten tief das Beunruhigende, die Bedrohung ein. Ihre Konturen hoben sich regungslos gegen den flammendroten Abendhimmel ab. Mit feuchten Flanken konnten sie so lange stehen, als wollten sie die kurze Zeit wolkenlosen Himmels auskosten, bevor neue Schneeschwaden die Einsamkeit der Steppen und Urwälder schwängerten.
Bald nahmen die erfahrensten eine neue Art von Drohung war: Geräusche, Gerüche, Veränderungen der Landschaft, denen ihr Instinkt nicht zu begegnen wußte. Da war das Rasseln, Klirren und Knattern einer Welt, der sie bisher immer hatten entfliehen können. Aber jetzt drang sie unaufhaltbar in ihre geheimsten Reviere vor;

und manchmal erbebte der vertraute Boden unter ihnen in heftigen Eruptionen. Druckwellen von Gewalt und Terror erreichten ihre Haut; und ihre Haare sträubten sich reflexhaft, drohend zogen sich ihre Lippen von den furchtbaren Schneidezähnen zurück.

Eines Tages zerstob das ganze Rudel in Panik. Nichts blieb in den Wäldern Ostpolens als die Anhäufung von Spuren, die der nächste Schneesturm verwehte, verwirbelte, zuschüttete.

7

Jagel warf sich in seinen Wagen und jagte los.
Innerhalb der Stadt waren alle Straßen geradezu pedantisch gesäubert oder gestreut. Man wußte, was man als exklusiver Kurort seinen Wintergästen schuldig war. Alleen und Plätze waren menschenleer, riesig reckten sich die bereiften Platanen des Theodor-Heuss-Platzes aus dem eisigen Dunst. Ein paar späte Taxis waren unterwegs; er kam gut voran. Vor der Diskothek »Night Beat« herrschte der übliche Trubel.
Kaum hatte er die erste Serpentine zum Geyerskopf vor sich, mußte er den Fuß vom Gaspedal nehmen. Der Waldweg war alles andere als eine Durchgangsstraße und schon bei guten Wetterverhältnissen nur mäßig befahrbar. Der Schnee der letzten Tage und die Eisnebel dieses Abends hatten sie in eine Rutschbahn verwandelt, an der höchstens rodelnde Kinder ihre Freude gehabt hätten.
Kurve um Kurve kämpfte sich Jagel aufwärts. Als er zum drittenmal quer stand, war er noch einen halben Kilometer von seinem Ziel entfernt. Wenn die Scheinwerfer voll in den Wald strahlten, hoben sich die schwarzen Stämme der Fichten wie verkohlte Stümpfe aus dem fahlen Schimmer der schneeüberladenen Zweige und Bodenwellen.
Nach weiteren zweihundert Metern, die ihm Minuten kosteten, gab er endgültig auf. Sein Alfa Romeo hatte sich um hundertachtzig Grad gedreht und war mit dem rechten Hinterrad im Bankett versackt; immerhin brauchte er nicht mehr zu wenden.

Er schaltete den Motor ab und löschte die Scheinwerfer. Stille und Finsternis setzten gleichzeitig ein. Er schluckte mühsam. Er war kein übermäßig naturvertrauter Mensch und verbrachte den größten Teil seiner Zeit im Hubschrauber, im Auto oder im Büro des Chefs. Das widersprach nicht seinem Drang, freie, frische Luft zu atmen. Aber die Gegend um die Jägerklause mit dem düster dahinter aufragenden Geyerskopf erschien ihm gastlich wie ein schottischer Schloßkeller. Von sechs Pilzsorten hätte er fünf falsch identifiziert – was nicht ausschloß, daß er das teuerste Tiefkühlsteak für den Genuß erdigfrischer Steinpilze hätte stehenlassen.
Jagel steckte seine GOLD CUP griffbereit in die rechte Jackentasche, schlug den Kragen hoch und öffnete die Wagentür. Eiseskälte schlug ihm wie aus einem geöffneten Kühlschrank entgegen. Er sprang hinaus, rutschte, hielt sich und hängte sich die Kamera mit dem aufgesetzten Blitzlicht-Sechserpack um.
Instinktiv hatte er sich zu Hause derbe Schuhe mit geriffelten Gummisohlen angezogen, so kam er trotz der Glätte gut voran. Zur Rechten wölbte sich der Hang abwärts, an dem sie vom Plateau aus hochgeklettert waren. Er zog seine Taschenlampe hervor: Ja, ihre Spuren waren noch klar und unverwischt im verharschten Schnee. Selbst die Schleifspuren des Mädchenkörpers lagen deutlich sichtbar im Lichtkegel.
Plötzlich nahm er einen Geruch von Verwesung wahr.
Noch einmal zog er sich genauso am verdorrten Astwerk hoch wie am Nachmittag. Er spürte, wie klamm seine Hände schon waren. Dabei wollte er fotografieren.
Jetzt erkannte er die Ursache des Geruchs, der sich so markant und übelerregend von der klaren Nachtluft abhob: gelb und speichelgrün lag die Stelle vor ihm, wo er sich übergeben hatte. Der blutgetränkte Schnee hatte sich inzwischen braun gefärbt.

Als er über die Stätte des Grauens leuchtete, kam die Panik zurück, die ihn am Nachmittag befallen hatte. Erst jetzt entdeckte er Details, die ihnen am Nachmittag entgangen waren: Anorakfetzen an einem Zweig, Blutspritzer weit entfernt auf einer Schneeverwehung. Skiholzsplitter. Ein Stück karminrotes Kopftuch. Und noch immer, wie das Gewölle eines Raubvogels, ein blutiger Ballen Fleischbrei, Haare, Knochensplitter.
Jagel schrak jäh auf. Eine seltsame Faszination ging von der angestrahlten Szene aus. Hatte er Äste knacken hören? Was hatte ihn aus seiner Versenkung gerissen? Er versuchte das Dunkel um sich auszuleuchten: vermorschtes Holz, verfaultes Laub, ein Skistock, den sie am Nachmittag nicht beachtet hatten.
Dann sah er die Spur.
Sie führte aus dem Chaos der Unglücksstätte klar verfolgbar hinein in den Wald. Jagel kniete nieder. Jede Einheit bestand aus fünf Abdrücken; und jede Einheit mußte von einer Pfote, Tatze oder Klaue herrühren. Er verstand so gut wie nichts von Wildspuren und konnte kaum unterscheiden, in welcher Richtung die einzelnen Abdrücke verliefen. Aber er kannte sich mit Schäferhunden aus, und er wußte, daß diese Abdrücke größer waren als alles, was er jemals von einem großen Hund gesehen hatte.
Fieberhaft machte er sich an die Arbeit und begann zu blitzen. Nach dem dritten Bild wurde ihm klar, daß die Größenrelation fehlte. Niemand hätte anhand der beziehungslosen Abdrücke die Maße feststellen können. Er arbeitete jetzt hastig und aufgeregt, weil mit der Kälte Furcht in ihn eindrang. Ihm fiel nichts Besseres ein, als seinen linken Schuh auszuziehen und neben die Abdrücke zu stellen. Dann fotografierte er wieder. Als das Blitzpack verbraucht war und er es auswechseln wollte, fiel ihm die Kamera in den Schnee. Während er sie säuberte, wurden seine Finger steifer und steifer, und als er

die neuen Blitzwürfel anschließen wollte, fielen auch die in den Schnee.
Jetzt geriet er langsam in Panik, plötzlich schien die Finsternis von tausend Augen durchlöchert, die ihn starr beobachteten. Mit dem Mut der Verzweiflung sprang er tiefer in den Wald hinein, während sein linker Fuß wie ein Klotz hinterher schleifte. Einmal strauchelte er, verwischte dabei einen der deutlichsten Abdrücke. Dann blitzte er wie rasend drauflos, als wolle er seine Angst statt aus der Pistole aus seiner NIKKORMAT feuern.
Fertig, alles im Kasten! Er schüttete den Schnee aus seinem Schuh, vergaß seinen Strumpf abzuklopfen, zerrte den Schuh über den Fuß und trat den Rückweg an. Zum erstenmal nahm er bewußt das Knirschen des Schnees unter seinen Tritten wahr. Sein vereister Fuß begann zu kribbeln, als der Schnee an ihm schmolz. Er hatte höchstens fünfzig Meter zurückzulegen bis zum Auto.
Er sackte mit beiden Beinen gleichzeitig in einen Quergraben, der nur lose überdeckt war mit gefrorenem Laub. Als er sich wieder hochgerappelt hatte, stand er einen Atemzug lang regungslos und lauschte auf die zermürbende Stille.
Dann hörte er es.
Es brach so plötzlich über ihn herein, daß er keine Zeit zum Schießen mehr hatte. Er riß die Pistole heraus. Bevor er schoß, war es über ihm. Es hatte in den Bäumen gezischt, war angeschwollen zu einem infernalischen Dröhnen und stürzte sich jetzt fahlgrau über ihn.
Als er frei kam, schüttelte er sich verblüfft.
Er hatte halb unter einer Schneelawine begraben gelegen. Aus den Wipfeln der Spessartfichten mußte sich ein gewaltiger Schneepacken gelöst und lawinenartig beim Sturz weitere Schneemassen mitgerissen haben. Er kämpfte sich frei und stürzte zurück zum Auto.
Vertrauter, rettender Alfa Romeo! *Jagel, der Großwild-*

jäger, eine Farce in vielen lächerlichen Akten! Er warf die Tür hinter sich zu und drückte die Sperre herunter. Er startete den Wagen, ließ die Kamera von der Schulter, Lampe und Pistole aus den Taschen gleiten und den Wagen talwärts rutschen.

8

Gegen Morgen begann es zu schneien. Düster und drohend legte sich ein lückenloser Flockenteppich über Deutschland. Von der Ostsee bis zu den Alpen, von der Elbe bis zum Rhein setzte sich der Schneefall fort, der mit kurzer Unterbrechung schon seit Mitte November Mitteleuropa bedrängte.
Die Luft war still, die Welt lautlos. Aus dem Vorhang, der die Straßen und Häuser von Bad Frankenthal in diffusem Grau dahindämmern ließ, hob sich hier ein vermummter Fußgänger, dort ein eingeschneites Auto. Vor den Eingängen der Luxushotels wurde gekehrt und geschaufelt. Schon in den Frühnachrichten war von eingestellten Bus- und Bahnlinien die Rede, von Verspätungen, Umleitungen, Sperrungen. Im nächtlichen Autobahnverkehr hatte es Massenkarambolagen gegeben. Der Luftverkehr, der schon seit Einsetzen der Nebelperiode nur sporadisch funktioniert hatte, war auf fast allen deutschen Flughäfen eingestellt worden.
Jagel war erst gegen vier ins Bett gekommen und um zehn wieder auf den Beinen. Er hatte eine Nummer aus dem Münchner Bereich gewählt und lauschte auf das Anschlagen des Signals. Die Nummer hatte ihm Eberhard Ellertsen, der Chefredakteur des »Bad Frankenthaler Kuriers«, besorgt – ein guter Freund und Helfer in jeder nur erdenklichen Lage.
Ellertsen war noch nachts um halb zwei aus dem Bett geklingelt worden – ja, Klaus Jagel der Störer, ob er ihm den Schlüssel zum Fotolabor durch den Türspalt schieben

könne, er käme gleich vorbei, dringende Entwicklungsarbeiten, und hoffentlich läge er, E. E., nicht auch gerade mit einer Frau im Bett! – Wieso auch und wieso hoffentlich nicht? wollte der Redakteur wissen. – Aber Jagel hatte schon eingehängt.
Dann war er ins Labor gerast, sofern man bei Eis, Nacht und Nebel rasen konnte. Anderthalb Stunden später war er mit einem Dutzend 18×24-Vergrößerungen zurückgekehrt. Und jetzt meldete sich Ismaning bei München.
»Sekretariat Bayernwerk AG.«
»Jagel, Bad Frankenthal, guten Morgen. Könnte ich Dr. Schilling sprechen?«
»Dr. Schilling ist zur Zeit nicht zu sprechen. Aber wir haben alle Vollmachten. Worum geht es?«
Jagel zögerte, der zwar charmanten, aber anonymen Sekretärinnenstimme sein Problem anzuvertrauen.
»Okay, es geht um das Problem Wolfsspur. Ich beziehe mich auf die Nachricht in der gestrigen ›Heute‹-Sendung.«
»Haben Sie eine?«
»Vielleicht...«
»Gratuliere, Sie sind der fünfundzwanzigste!«
Jagel war so verblüfft über den unverhohlenen Spott, daß er fast den Hörer fallen ließ.
»Bitte?«
»Hören Sie, Herr Kagel... Seit der Sendung steht bei uns das Telefon nicht mehr still. Sie haben keine Ahnung, wie viele Wolfsrudel es seit gestern abend in Deutschland gibt. Ich schätze: an die einhundertundzwanzig Wölfe! Und alle einwandfrei identifiziert natürlich. Augenzeugen noch und noch! Dabei haben wir gar keine Belohnung ausgesetzt!«
»Okay, entschuldigen Sie die...«
»Herr Kagel?«
»Jagel! Bitte?«

»Was veranlaßt Sie zu der Annahme, Sie hätten eine Wolfsspur entdeckt? Und wo genau, bitte?«
»Ich habe Aufnahmen gemacht, Abdrücke im Schnee von einem Tier, das ein Schäferhund sein könnte, aber ein zehnjähriges Mädchen angefallen hat.«
»Oh, Fotos. Da sind Sie der erste! Moment, ich stelle durch zu Dr. Schilling . . .«
»Sagen Sie dem Herrn, ich könnte ihm die Fotos mit einem Pressekurier zukommen lassen . . .«
Jetzt war die Verblüffung auf der anderen Seite.
»Sagten Sie: Herrn? Richtig, wir hatten in der Sendung kein Bild. Es handelt sich um Frau Dr. Doris Schilling. Ich stelle Sie jetzt durch.«
Auch das noch, dachte Jagel, ohnehin verärgert. Entweder ein verknöchertes Mannweib oder eine von diesen überemanzipierten Männerhasserinnen.
»Hier Schilling. Ich habe auf dem Anschluß mitgehört. Was zeigen Ihre Fotos?«
Die Stimme war klar, dunkel, prägnant.
»Sie zeigen Tierpfotenabdrücke im Schnee. Bei Nacht mit Blitzlicht aufgenommen. Das dazugehörige Tier hat am Nachmittag eine zehnjährige Skifahrerin angefallen. Tatort: Bayrischer Spessart. Etwa sieben Kilometer von Schöllkrippen entfernt, drei von Bad Frankenthal. Ich bin . . .«
»Beschreiben Sie mir die Abdrücke. Wieviel Eindrücke pro Pfote?«
»Fünf. Wie bei einem Schäferhund.«
»Wie groß ist der Durchmesser des Gesamtpfotenabdrucks?«
»Ein Drittel Schuhgröße.«
»Welche Schuhgröße haben Sie denn, Herr Jagel?«
»Einundvierzig, das macht also elf Zentimeter.«
»Vorn oder hinten?«
»Was: vorn oder hinten?«

»Die Vorderfußspur eines Wolfes oder Hundes ist größer als die Hinterfußspur. War dies die größte?«
»Ja, es gab kleinere.«
»Kennen Sie Hundespuren?«
»Flüchtig. Übrigens komme ich bei einer der . . . Vorderpfotenspuren auf zwölf Zentimeter.«
»Herr Jagel, Schäferhundspuren sind wesentlich kleiner. Beschreiben Sie die Zehenballen und Krallenabdrücke.«
»Wie denn? Ich bin kein Fachmann!«
»Aber Sie wollen mir Wolfsspuren verkaufen! Stehen die Zehenballen dicht zusammen?«
»Was halten Sie davon, wenn ich Ihnen die Bilder mit Eilboten schicke?«
»Sind die Zehenballen gestreckt?«
»Ja . . . könnte man sagen.«
»Dann sagen Sie's doch! Dies ist kein politisches Interview. Sind die Krallenabdrücke kräftig?«
»Ja.«
»Lang?«
»Ja.«
»Spitz?«
»Ja.«
»Herr Jagel, ich nehme den TEE um 11.20 Uhr und bin gegen Abend bei Ihnen. Wo kann ich Sie erreichen?«
»Bad Frankenthal im Spessart, Wilhelm-Hauff-Allee 17b. Hören Sie . . .«
Verblüfft hielt er lange den Hörer in der Hand. Frau Dr. Doris Schilling hatte längst aufgelegt.

Der Empfangschef des »Excelsior« warf einen mißbilligenden Blick auf die Frau in ausgefransten Cordhosen, die ihren Rucksack und einen Koffer abgestellt hatte, der garantiert nicht aus der Création Clyde-France stammte. Dann wandte er sich wieder dem Leiter der Konferenzgruppe zu.

»Der Shuttle-Bus steht bereit für die Herren!«
Ein gutes Dutzend dynamischer, dezent-elegant gekleideter Männer über dreißig strebte den kupferverspiegelten Glastüren zu.
Draußen sagte der Fahrer des wartenden Kleinbusses zum Portier: »Achtung! Die Macher kommen!«
Die Herren stiegen ein, um sich in die Konferenzräume des Wasserschlosses fahren zu lassen. Sie nahmen eine Woche lang an einem Fortbildungslehrgang für Führungskräfte teil: *Führungspraxis – Erfolg, Kritik, Autorität*. Referate und Diskussionen am Vormittag, Vorträge am Spätnachmittag. Dazwischen Teilnahme an den mannigfaltigen Erholungs- und Kurmöglichkeiten der Stadt: Sauna, Schwimmen im geheizten Indoor-Pool, Sonnenbad im Solarium. Abends das pulsierende Nachtleben der Stadt: charmante Hostessen, Oben-ohne-Service, gemütliche Appelwoi-Kneipen, exklusive Clubs, englische Pubs ...
Der Empfangschef wandte sich wieder der Frau zu, die leger und mit neugierigen Blicken wartete. Mit ihrem ausdrucksvollen Gesicht, dem dunklen Haar, das unter dem Neonlicht der Reception wie Rabenflügel glänzte, den perlengrauen Augen und den langen Beinen, die sich selbst unter den verwaschenen Hosen noch vorteilhaft abzeichneten, war sie von ausgeprägter, aparter Schönheit. Aber des Empfangschefs Aufgeschlossenheit für Frauenschönheit hörte auf, wo es um die Exklusivität seines Hotels ging.
»Wie gesagt – alles voll belegt. Ausgebucht für die ganze Saison. Ich kann Ihnen wirklich nicht helfen. Auch nicht für eine Nacht!«
»Aber ich war schon in drei Hotels; ich kenne mich hier nicht aus.«
Er ließ seine Blicke kühl über ihren abgetragenen Männerpullover gleiten. In den VIP-Räumen der Fluggesell-

schaften würde sie selbst mit einem *Golden Pass* nicht geduldet werden. Und hier mußte sie auch allmählich aus dem Weg geräumt werden – ein dunkler Fleck im feierlichen Glanz von Luxus und Eleganz. Mit gnädiger Miene begann er zu telefonieren. Schon nach wenigen Sekunden war alles geklärt.
»Im ›Grünen Hof‹ ist ein Zimmer frei für Sie! Natürlich . . .« Wieder ein distanzierter Blick. »Das Niveau des ›Grünen Hofes‹ entspricht nicht ganz dem hiesigen, falls Sie das . . .« (mit überdeutlicher Ironie) »nicht stört.«
»Oh.« Die Frau schwang sich erleichtert den Rucksack über. »Es stört mich überhaupt nicht!«
Aufseufzend sah er sie durch die Tür entschwinden. Niemand hatte ihr mit dem Gepäck geholfen; und er sah keine Veranlassung, den zuständigen Gepäckboy zu tadeln.
Ein Winterhalbjahr wie vom lieben Gott persönlich geschenkt! Fast zärtlich betrachtete er immer wieder die in der Kristallüster-Empfangshalle aufgestellten Ankündigungstafeln, die Freuden rund um die Uhr und für jedes Alter, jede Körperverfassung verhießen.
SKIWANDERWEGE, RODELBAHNEN, EISSCHIESSPLÄTZE, SONNENTERRASSEN, HALLENBÄDER!
PFERDESCHLITTENFAHRTEN, WILDFÜTTERUNGEN, HEIMATABENDE, MODESCHAUEN!
BAUERNTHEATER, NATURRODEL, KUNSTEISBAHNEN, SKIBOB-PISTEN!
Natürlich, schon seit den frühen Morgenstunden wurde der Empfangschef mit einem Problem konfrontiert, das ihm von Stunde zu Stunde immer mehr zu schaffen machte. Auf die Frage, wie denn das Wetter wohl werde, hatte er zuversichtlich geantwortet, im Fernsehen sei Aufklaren vorausgesagt worden. Aber je dichter und dikker der Flockenteppich sich über Bad Frankenthal, Deutschland, Mitteleuropa breitete, um so zweifelnder

gab er die wetterkundlichen Zitate zum besten. Zuviel Schnee konnte die schönsten Eisschießplätze, Kunsteisbahnen und Skibobpisten genauso unbrauchbar machen wie zu wenig.

Waitzenburg war an diesem Tag schon sehr aktiv gewesen. Er hatte sich durch höchstpersönlichen Anruf im Darmstädter Stadtkrankenhaus, Chirurgische Abteilung Professor Dr. Trapps, nach dem Zustand der kleinen Christiane Bruhns erkundigt. (Nein, noch immer in tiefem Koma, noch nicht über dem Berg, aber gute Aussichten.) Dann hatte er einen kurzen, sozusagen halboffiziellen Bericht über den Vorfall abgesprochen, den seine Sekretärin sofort aufnahm. Wesentlichster Passus: *Bißwunden, mit an Sicherheit grenzender Wahrscheinlichkeit von einem Hund herrührend.*
Als sich Polizeihauptwachtmeister Drenkendorff vom Polizeirevier 3 meldete, herrschte schon eindeutig Klarheit darüber, daß die Mordkommission nicht eingeschaltet zu werden brauchte: Nein, kein Verbrechen. Einwandfrei festgestellte Tierbißwunden (Waitzenburg konnte Professor Dr. Trapps Aussage bereits fertig vom Blatt vorlesen), eventuell kombiniert mit einem Sturz (Prellwunden, Blutergüsse, zersplitterte Skier und Stöcke).
Keine zehn Minuten später war Köhlert am Apparat des Kurdirektors: Diese verdammte Schweinerei im Revier, die sei ja nun wohl geklärt durch den überfahrenen Schäferhund, der habe übrigens dem Tierheim Mahler in Schöllkrippen gehört, sei ausgebrochen, ob man das Tierheim nun haftbar machen solle für die kleine Christiane?
Das wußte Waitzenburg auf Anhieb auch nicht; es interessierte ihn auch nicht. Statt dessen interessierte ihn die Ansicht Köhlerts, der Schäferhund Lassie habe das Kind

angesprungen und sei inzwischen in Frieden überfahren und begraben worden und ob man nun noch einen weiteren Bericht machen solle. Nein, das solle man nicht, um Himmels willen – der Fall solle damit zu den Akten gelegt werden, an möglichst verstaubter Stelle.

Das war das; jetzt blieb nur noch die Presse.

Die rief unmittelbar danach an. Chefredakteur Ellertsen.

»Ah, Ellertsen! Läuft die Sache mit meiner Anzeigenserie über die Perle des Hochspessart?«

»Da müßte ich beim Anzeigen-Ressort nachfragen; aber ich denke, sie läuft. Sagen Sie mal: Da soll was sein mit einem wilden Schäferhund, der Menschen, Kinder und alte Frauen anfällt?«

»Ach, dieser bedauernswerte Zwischenfall. Wir sollten ihn nicht hochspielen!«

»Sie meinen: Wir sollten ihn runterspielen?«

»Primär hat es da wohl einen Skiunfall gegeben. Dann kam ein Hund dazu, der inzwischen überfahren worden ist.«

»Gott segne den Fahrer – interpretiere ich Sie da richtig? Wir müssen auf jeden Fall eine Notiz darüber bringen, daran kommen wir nicht vorbei.«

»Wollen wir auch nicht. Aber der Hund ist tot, das Mädchen wird überleben. Ein Teil der Wunden scheint vom bloßen Sturz herzurühren. Ellertsen, das Ganze ist eine Sache der Betonung. Wir wollen doch beide nicht, daß die nähere Umgebung unseres Kurortes für unsicher gehalten wird – nicht wahr?«

»Will sehen, was wir tun können«, sagte Ellertsen und legte auf.

9

Mit seinen taubenblauen Augen, seinem blonden Haarschopf und seiner leichten Unbeholfenheit, die zu wohlwollendem Verständnis und lächelnder Hilfsbereitschaft herausforderte, wirkte Klaus Jagel weitaus sympathischer, als er oft meinte.
Seine innere Zerrissenheit, seine Unsicherheit über seinen weiteren Lebensweg machten ihm von Jahr zu Jahr mehr zu schaffen. Einmal hatte er ein aussichtsreiches Studium abgebrochen; dieser falsche Entschluß ließ sich in seinem Alter kaum noch gutmachen. Alles war daran gescheitert, daß seine Eltern kurz nacheinander relativ früh gestorben, die Geldquellen versiegt waren. So war er langsam, aber sicher auf die Bahn des simplen Geldverdienens gerutscht.
Er hatte gerade das Kaffeewasser aufgesetzt, gegen halb fünf, da klingelte es. Die junge Frau in den abgetragenen Cordhosen vor seiner Tür stellte sich als Dr. Schilling vor. Von Anfang an war er fasziniert von ihrer Natürlichkeit und Spontaneität. Sie konnte nicht viel älter als dreißig sein. Die frische Bräune ihrer Haut hob sich wohlwollend von der Tristheit des Dezemberhimmels ab.
Sie saß kaum, als sie sofort zur Sache kam:
»Die Bilder bitte, Herr Jagel!«
Er schob ihr den Stapel, das Ergebnis der letzten abenteuerlichen Nacht, wortlos zu. Sie studierte die Bilder genauso wortlos, mit geradezu pedantischer Akribie. Gelegentlich kratzte sie sich die Stirn, einmal kräuselte sie leicht ihre Oberlippe.

»Kaffee?«
»Gern!« Sie sah gar nicht auf. »Etwas mehr Sahne, bitte!« Etwas später: »Ihr Schuh ist der rettende Engel, sozusagen.« Sie schob den ganzen Stapel beiseite und lehnte sich zurück. »Ja . . .«
Er wartete geduldig und dachte darüber nach, was eine so attraktive Frau dazu bringen konnte, sich mit einer Tiergattung zu beschäftigen, die in Deutschland gar nicht vorkam. Wie konnte man heutzutage als Deutscher überhaupt noch Erfahrungen mit Wölfen sammeln? Als er aufblickte, stellte er fest, daß sie ihn, offenbar bereits schon eine Zeitlang, ansah und sich den Nasenflügel rieb. Strenge Züge, weiche Wangen- und Halslinien – eine ungewöhnliche Kombination, dachte er.
»Sagen die Fotos Ihnen etwas?« fragte er endlich unsicher.
»Sie sagen mir zweierlei. Erstens . . . Dürfte ich noch etwas Kaffee haben? Danke . . . Erstens stammen diese Spuren von der gleichen Tiergattung wie die im Ismaninger Teichgebiet.«
»Zweitens?«
»Zweitens stammen sie mit Sicherheit nicht von einem Schäferhund.«
»Sondern?«
»Natürlich, es gibt Kälber mit zwei Köpfen. Neulich wurde ein siamesischer Zwilling geboren, der seine Schwester als Fötus in sich trug. Es kann also auch Schäferhunde geben, die eine derartige Spur erzeugen. Aber das ist unwahrscheinlich.«
»Also?«
»Es handelt sich mit an Sicherheit grenzender Wahrscheinlichkeit um einen Wolf.«
»Haben Sie viele Wölfe in Ihrem Leben gesehen, Frau Dr. Schilling?«
»Herr Jagel, ich bin vor zwei Monaten aus Polen zurück-

gekommen. Dort gibt es etwa zweitausend Standwölfe. Und mit Polen meine ich keinesfalls den äußersten, mehr oder weniger russischen Osten. Sie wissen es garantiert nicht – obwohl wir im sogenannten Zeitalter der totalen Information leben. Niemand hier weiß es. Aber die Wölfe dort bilden regelrechte Stoßtrupps, durch die sie Keile vortreiben bis Danzig und Breslau. Nördlich von Masuren zum Beispiel bevölkern sie sogar die Puszcza Romincka...«
»Bitte?«
»Die ehemalige Rominter Heide, wo Göring seine Kapitalböcke zu schießen pflegte. Sie sind auch bis Pommern vorgedrungen und bei Köslin beobachtet worden. Die Tucheler Heide, südlich von Danzig, die Johannesburger Heide und die Heide bei Landsberg an der Warthe, Grünberg und Oppeln in Schlesien – all diese Landschaften sind bevölkert von Wölfen!«
»Wieviel Kilometer Luftlinie wären das – vom Spessart aus?«
»Weit unter tausend!«
»Dann ist die kleine Christiane Bruhns eindeutig von einem Wolf gebissen worden!«
»Christiane! Jetzt berichten Sie mal der Reihe nach!«
»Ich nehme mir vorher einen Cognac auf diese Feststellung! Sie auch?«
»Geben Sie mir auch einen Cognac!« sagte Frau Dr. Doris Schilling.

Klaus Jagel war gerade mit seiner lückenlosen Schilderung fertig geworden, als das Telefon klingelte.
»Hier Jagel!«
»'n Abend, Jagel, Waitzenburg hier. *How goes it?*«
»Gut, habe Besuch. Brauchen Sie mich morgen?«
»Nicht direkt, das nicht! Wollte Ihnen nur rasch ausrichten: Man wird Sie wegen der Bruhns-Affäre nicht mehr

belästigen. Ich habe das in einer Zeugenaussage geklärt, endgültig.«
»Prima, ich danke Ihnen!«
»Keine Ursache! Also: Der Schäferhund, der auf der B 26 überfahren wurde, hat . . .«
». . . vorher die kleine Christiane angefallen, ich weiß!«
»Fein, Jagel. Und Sie wissen, wir wollen keine allzu dicke Publicity um diesen Fall. Sie wissen . . . die Kurgäste!«
»Ich weiß! Herr Waitzenburg?«
»Bitte?«
»Ich habe hier Frau Dr. Schilling bei mir. Frau Dr. Schilling ist Spezialistin für Wolfsfragen.«
»Für was, Jagel? Was haben Sie da für perverse Hobbies?«
»Wolfsfragen. Frau Dr. Schilling meint, der . . . bedauernswerte Unfall mit der kleinen Christiane könnte auch durch einen Wolf verursacht worden sein . . .«
»Einen was, Jagel?«
»Wolf.«
Stille in der Leitung. Dann:
»Jagel, wer hat Sie beauftragt, externe . . . äh . . . Spezialisten hinzuzuziehen?«
»Niemand. Die Sache macht mir zu schaffen!«
Schweigen. Die Stille vor dem Sturm, dachte Jagel. So ballt sich ein Unwetter zusammen. Weh dem, der ihm ungeschützt ausgesetzt ist!
Dann erklang die Stimme des Oberbürgermeisters mit geradezu unglaubhafter Sanftmütigkeit.
»Hören Sie, Jagel: Ich hätte Sie heute abend sowieso gern noch kurz wegen einiger Geschäftsbriefe aus England gesprochen. Meine Frau ist zum wöchentlichen Bridge-Abend. Was halten Sie davon: Sie beide kommen gemeinsam auf einen unkonventionellen Sprung zu mir herüber? Auf die schnelle? Ich lade Sie beide ein zu einem formlosen Abendsnack. Okay?«

»Und so«, schloß der Lehrgangsleiter, »entstehen also negative Verhaltensgewohnheiten.« Er versuchte durch die in Blei gefaßten Scheiben einen Blick auf den Schloßvorplatz zu werfen, der von den Brückenlampen spärlich erhellt wurde. »Beobachten Sie also unter den dargelegten Gesichtspunkten Ihre Mitarbeiter im Betrieb. Wenn sie Vorschriften nicht beachten, herumschlampen, trödeln und gegen Ihre Anweisungen verstoßen, fragen Sie sich: Liegt ihrem Verhalten ein Erfolgserlebnis oder ein Mißerfolgserlebnis zugrunde? Genug für heute!«
Die Teilnehmer erhoben sich. Einige fröstelten. Der Raum war für ein simples Dutzend Menschen zu groß und zu schlecht zu heizen in dieser Jahreszeit. Draußen wartete der Bus, der sie ins »Excelsior« zurückbringen würde. Auch er fühlte sich innen klamm und ungemütlich an.
»Geht doch nichts über die gute warme Stube bei Muttern Excelsior!« sagte Peter Brinkmann, der von den ALUMEX-Werken kam. Seine Visitenkarten wiesen ihn als Peter K. Brinkmann, Generalmanager, ALUMEX, Hannover, aus. »Das nächste Mal laß ich mich nur noch im Hochsommer auf die Kanarischen Inseln verfrachten! Nie wieder im Winter in den Spessart! Wißt ihr, was mich vor dem Erfrieren retten könnte? Ein richtig schöner heißfeuchter Mädchenhintern!«
Der Bus ruckte an; und dann ging es von dem einsam gelegenen Wasserschloß Schöllbronn zurück in die Zivilisation. Fünfeinhalb Kilometer durch Bäume, Bäume, Bäume. Der dichte Wald, dessen Loblied in allen Broschüren und Reisebeschreibungen gesungen wurde – den zwölf Machern vom Hochspessart – wie Brinkmann die Gruppe auf dem ersten obligatorischen Bar-Besäufnis getauft hatte – hing er geradezu zum Hals heraus. Tag für Tag die gleiche öde Strecke; und auch über die nächtlichen oder wenigstens spätabendlichen Vergnügungen der

Kurstadt konnte man geteilter Meinung sein. Das Heidelberg der sechziger Jahre war das nicht!
Die Herren rückten eng zusammen, um während der Fahrt durch die unwirtliche Gegend nicht allzusehr zu frösteln.
Obwohl sich Brinkmann während des Lehrgangs mit den Problemen seiner Firmenuntergebenen beschäftigte, hatte er genug eigene. Einer der Teilnehmer brauchte nur, wie jetzt, zu fragen (sie duzten sich vom zweiten Bierabend an):
»Was machen deine Sprößlinge, Peter?«
Und er erwiderte:
»Sie stellen Ansprüche, Leute! Ja, sie haben es gar nicht nötig, sich mal Gedanken über ihr Fortkommen zu machen. Man hat sie in die Welt gesetzt; und sie halten das für eine ausreichende Legitimierung, Versorgungsansprüche anzumelden – mit knapp 21! –, die wir mit 65 kaum zu äußern wagen! Luxus ist heutzutage das Selbstverständliche. Nicht: nacktes Überleben! Schlechte Manieren, Autoritätsverachtung, Schwatzhaftigkeit – Ausdiskutieren nennen sie das! Aber Geld von der verachteten Autorität annehmen, dazu ist man sich nicht zu schade! Natürlich steht man nicht mehr auf, wenn ältere Leute die verhaschte Bude betreten! Ehrfurcht vor dem Alter, wo führt das hin! Aber Ehrfurcht vor dem Bankkonto des Alten, das haben sie schon, die Unehrfürchtigen, ganz anderen! Die Beine übereinanderlegen auf dem Bürotisch des Sponsors, oh, das können sie gut. Daß man an einem Bürotisch auch arbeiten kann und muß – das entgeht ihnen.«
»Generationsprobleme, Peter?« fragte der Public-Relations-Manager der TRANSAERO, Dietrich Kürschner.
»Wie wir alle!« bestätigte Brinkmann. »Gibt es denn einen unter uns, der vielleicht mit seinen Sprößlingen glücklich wäre?«

Als Antwort machte der Kleinbus einen jähen Satz, rutschte seitlich weg und stand. Auch der Motor schwieg; die jähe Stille des Waldabends ließ alle Gespräche verstummen.
»Platten!« stellte der Fahrer lakonisch fest.
Türenschlagen vorn, Taschenlampenblinken. Weiße Birkenstämme im Lichtkegel.
»Dauert's lange?« fragte Kürschner.
Er war ein kleiner, hagerer Mann, mit Sommersprossen im Sommer, extrem bleicher Haut in den Wintermonaten. Seine Frau war stark gesellschaftlich engagiert in Kaiserslautern, wo sie im Westend ein hübsches villenartiges Haus mit Säulenportal und Auffahrt besaßen: Krebsbekämpfung, geistig gestörte Kinder.
Kürschner trat nie betont in Erscheinung; aber wenn er irgendwo gefehlt hätte, wäre er sofort vermißt worden. Er hatte vier Kinder, so viele hatte kein anderer Lehrgangsteilnehmer, und Generationsprobleme schien er nicht zu kennen; ein glücklicher Vater. Nicht eindruckerweckend, aber beliebt.
»Reifenwechsel!« teilte der Fahrer wortkarg mit.
»Scheißgegend zum Reifenwechsel!« stellte einer fest.
Der Fahrer machte sich kommentarlos an die Arbeit. Alle waren ausgestiegen. Draußen war die Kälte »spürbar kälter«, wie einer bemerkte. Trotzdem blieben sie alle draußen, sanken im Schnee ein, schlugen die Arme, atmeten tief durch, machten Witze, armselige, wie Kürschner befand. Er schlug vor:
»Kommt, Leute, wir machen eine Schlitterbahn!«
Bald darauf fegten zwölf Industriegewaltige Schneehaufen beiseite, stellten sich an, schlitterten über glattes frostblaues Eis, schrien, juchzten, machten obszöne Witze an den unpassendsten Stellen, taumelten, rappelten sich auf – ein Dutzend Bauernjungen hätte nicht ausgelassener sein können, im einsamen Hochspessart,

während der Schnee langsam und lautlos zu Boden sank. Der Fahrer hatte sich zwei Taschenlampen so festbinden lassen, daß sie klar und gezielt auf die Szenerie seiner Tätigkeit leuchteten.
Als sie nach knapp zehn Minuten alle mehr oder weniger atemringend den Fahrer umstanden, äußerte Brinkmann:
»Üble Gegend zum Pausemachen, nicht?«
»Wieso?«
»Wißt ihr genau, stand im ›Bad Frankenthaler Kurier‹: *Mädchen von wilderndem Schäferhund angefallen – verstümmelt.* Das war nicht allzuweit entfernt von dieser Stätte. Am Geyerskopf!«
»Es stand aber auch dabei, der Schäferhund sei inzwischen unschädlich gemacht worden – überfahren!« ergänzte Kürschner.
»Ich kenne mich mit Bilanzen und Autoritätsproblemen aus«, sagte Brinkmann. »Hier im Spessart-Dschungel ...«, er warf einen nervösen Blick um sich, »ist mir alles fremdartig. Dies könnte ein Krokodilsumpf am Mississippi sein – ich würde mich bestimmt nicht unwohler fühlen!«
»Am Mississippi«, sagte Kürschner, »gibt es Alligatoren. Keine Krokodile!«
»Was ist der Unterschied?« fragte Brinkmann. Er freute sich auf den Donnerstag; da würde Evelyn ihn besuchen, die langschenkelige, cognacbraunhäutige, mandeläugige. »Gefressen ist gefressen!«
»Noch knapp fünf Minuten!« versprach der Fahrer. »Dann bin ich fertig. Dann geht es weiter!«
»Fein!« sagte Kürschner. »Dann geh ich mal eben. Pinkeln im deutschen Wald!«
Einer aus der Gruppe sang lauthals vor sich hin: »Ich pinkelte im Wald so für mich hin, und nur zu pinkeln, hatt' ich im Sinn ...«

Die Gruppe amüsierte sich jedesmal köstlich über den scheuen, keuschen Kürschner, der in der Stammtischrunde in der rustikalen »Spessartstube« des Hotels bei allen Witzen rot wurde. Selbst seine harmlosesten Bedürfnisse verrichtete er abseits von den anderen – still für sich hin.
Als erläutere das alles, bemerkte Brinkmann: »Nun ja, er ist Vegetarier!«
Der Fahrer sagte: »Mist, verdammter! Das ganze Jahr über keinen Platten! Aber ausgerechnet in der schneereichsten Woche des Jahrhunderts – da passiert's! Wenn die Herren schon mal Platz nehmen würden?«
Die Herren nahmen Platz; einer fragte die anderen: »Gehn wir morgen abend mal wieder saunanieren?«
Man würde gehen. Einer schob die Wagentür zu; von draußen wehte eisige Kälte herein. Irgendwo in der Dunkelheit war ein riesiger Schwarm Krähen aufgeflogen und tobte über den Bus hinweg. Der Fahrer verstaute sein Werkzeug; jedesmal wenn er ein Stück in den Wagen warf, dröhnte die Karosserie.
Es wurde kälter und kälter.
Ein paar Herren sprangen wieder aus dem Bus und machten Freiübungen. Der Fahrer suchte einen Schraubenschlüssel, der ihm in den Schnee gefallen war. Eine Taschenlampe gab den Geist auf. Die Krähen kehrten wild krächzend zurück und ließen sich irgendwo nieder. Der Fahrer warf sich hinters Steuer.
»Alles klar!«
Der Motor sprang an; die Scheinwerfer flammten auf. Der Bus ruckte an.
»Moment mal!« rief Brinkmann. »Wollen wir den Kürschner im ewigen Eis aussetzen?«
Kürschner war noch nicht da.
»Der taut uns bestimmt noch den ganzen Wald auf«, mutmaßte einer.

»Gute Blase, der Mann!«
»Durchfall, würde ich sagen!«
»Bringt ihm jemand Klopapier?«
»In dieser unwirtlichen Gegend?«
»Sollte mal ein ordentliches T-Bone-Steak essen statt Mais mit kastrierten Bohnensprossen!«
Brinkmann schlug vor:
»Ruft ihn doch mal!«
Die zuletzt eingestiegenen Freiübler sprangen fluchend zurück in den Schnee und begannen Kürschner zu rufen. Der Wind schien zugenommen zu haben und wirbelte die Laute wie Papierfetzen in den Schnee, der sie sofort verschluckte. Die Stille zwischen den Rufen war um so intensiver.
Sie sprangen alle wieder hinaus, nur der Fahrer blieb hokken und ließ den Motor laufen.
»Kürschner! Kürschner!! Kürschner!!!«
»Zwecklos, Kinder!« kommentierte Brinkmann. »Hat Kürschner denn irgendwie schlecht ausgesehen heute nachmittag? Über Übelkeit geklagt?«
Keiner von ihnen hatte entsprechende Beobachtungen gemacht.
»Der scheißt sich in Ruhe aus, während wir uns die Seele aus dem Leib brüllen!«
»Wenn dem schlecht geworden ist, dann erfriert der im Schnee«, meinte ein Public-Relations-Mann aus Karlsruhe.
»Also suchen! Zurückholen!« entschied Brinkmann. Zum Fahrer: »Drehn Sie mal die Karre so, daß Sie den Wald beleuchten! Der müßte ja deutlich Spuren hinterlassen haben!«
Als der Wagen sich quer stellte, begannen dichte Flocken zu fallen. Der zunehmende Wind trieb die bläulichen Schwaden der Auspuffgase direkt ins grelle Scheinwerferlicht.

Ja, da waren die Fußabdrücke von Kürschner. Er war –
»Elegant, elegant!« kommentierte einer – über den heimtückisch mit lockerem Schnee aufgefüllten Straßengraben gesprungen. Der Waldrand bestand aus lockeren Buchen, die durch Lärchen unterbrochen wurden. Die Spur ließ sich deutlich verfolgen bis zu einem dichtgefügten Wall aus hauteng zusammengedrängten Fichtenstämmen. Genau bis hierher reichte das Scheinwerferlicht.
Brinkmann beugte sich staunend und frierend über die Spur im Fichtenwaldrand.
»Er ist hinter diesem Dickicht verschwunden! Die Spur führt eindeutig hinein! Hier sind Zweige frisch abgebrochen worden, als er sich hindurchgezwängt hat!«
»Das gibt es nicht!« sagte der Public-Relations-Mann, der Freiß hieß und mit seinen dreiundvierzig Jahren der Älteste war. »Er hat sieben . . . acht . . . zwölf große Buchen zur Verfügung gehabt. Und er hat sie nicht angepinkelt, sondern ist hier in der Wildnis verschwunden? Unmöglich!«
Aber alle überzeugten sich von dem Mysterium: Kürschners Fußspur führte eindeutig ins Dickicht und verschwand im absoluten Dunkel.
Sie stellten sich am Rand auf und riefen im Chor in die Finsternis hinein Kürschners Namen – wieder und immer wieder.
Und erneut stob der Krähenschwarm aus den Wipfeln auf und machte sich zeternd davon. Alle froren erbärmlich; niemand hatte einen Mantel dabei. Endlich sprach Brinkmann aus, was allen entgegenkam:
»Wir können hier nicht ewig Bielefelder Weihnachtschor spielen! Der Mann ist unauffindbar! Schlage vor: Wir jagen in die Stadt und alarmieren die Polizei! Oder möchte hier jemand auf Arktis-Expedition machen?«
Keiner wollte, ohne Mantel schon gar nicht. Zitternd und

verstört stapften alle zurück an den Bus. Einer zitierte, während der Wagen mit grotesken Sprüngen davonrutschte, Nietzsche:
»Die Krähen schrein
Und ziehen schwirren Flugs zur Stadt:
Bald wird es schnein –
Wohl dem, der jetzt noch Heimat hat!«

10

»Das Verblüffendste an einem Reporter sind seine intelligenten Fragen!« sagte Dr. Doris Schilling zum Oberbürgermeister. »Sie hätten sie hören sollen, als ich im Ismaninger Teichgebiet den Herren vom Fernsehen die Abdrücke zeigte. Natürlich, es war nur das 3. Programm. Das Bayrische!«
»Sie sind eine intelligente und gleichermaßen charmante und anregende Frau!« lobte Waitzenburg.
Man saß im kleinen Salon seiner Villa – bei Toast Caracas und überbackenen gefüllten Brötchen. Der Toast war mit gegrillten Bananenscheiben belegt, die mit Schweizer Käse überdeckt waren. Aus den Brötchen hatte man die Krume herausgenommen, mit Tomatenheringen gefüllt und Champignonscheiben, Zwiebeln und Paprika hinzugefügt. Waitzinger hatte die Snackplatte rasch aus dem »Excelsior« herüberbringen lassen, dazu einen leichten, aber ausgezeichneten Bocksbeutel, der aus dem Muschelkalk um Kitzingen stammte.
»Dieses Ismaninger Teichgebiet – was genau ist das? Kann man es mit unserem Spessart vergleichen? Ich glaube, nicht!«
»Es dient der Abwasserbeseitigung Münchens. Genaugenommen, der biologischen Nachreinigung. Ich arbeite dort auf dem Teichgut Birkenhof. Man kontrolliert die ordnungsgemäße Reinigung, indem man Speisefische in den Teichen aussetzt und ihr Gedeihen überwacht. Das saubere Wasser und das Angebot an Fischen hat freilich eine unvorhergesehene Nebenwirkung gezeitigt . . .«

»Wer hat denn die Reporter mit einer Wolfsspur herangelockt? Sie?«
»Für die Ismaninger Teiche ist die Bayernwerk AG zuständig. Als ich unter einem Erlengehölz die Spuren entdeckte, war zufällig ein Vorstandsmitglied auf dem Gut – Dr. Wesselhöfer.«
»Und die Nebenwirkung, von der Sie sprachen?« fragte Jagel. Er spürte genau, worauf Waitzenburg hinauswollte, und hatte das Bestreben, Dr. Schilling immer wieder in ihre Bahn zurückzuschieben.
»Die Zugvögel haben rasch entdeckt, daß man an den Teichen ungestört und wohlgenährt die schlechte Jahreszeit überbrücken kann. Wir arbeiten eng mit der bayrischen Sektion der Ornithologischen Gesellschaft zusammen. Wußten Sie, daß an den Teichen inzwischen 260 Vogelarten registriert wurden, die vorher in Bayern überhaupt nicht vorkamen? Und inzwischen überwintern hier nicht nur Hunderte von Schwänen und Graureihern, sondern im Sommer mausern bis zu zwanzigtausend Tafelenten. Wir sind inzwischen das erste ›Europareservat‹!«
»Also gut« – Waitzenburg schob freundlich und geduldig lächelnd eine neue Platte heran –, »Sie gehen dort über die Deiche, vorausgesetzt, es gibt dort Deiche?«
»Natürlich. Und überall können Sie sogenannte Sprengler stehen sehen, Metallbecken, an denen die Abwässer mit Isarwasser gemischt und gleichzeitig mit Sauerstoff angereichert werden.«
»Sehr interessant. Sie gingen also über die Deiche und entdeckten die Wolfsspur. Unter einem, wie sagten Sie, Erlengebüsch?«
»Dicht am Speichersee, der durch einen Deich von den kleineren Fischteichen getrennt ist. Die Teiche, Herr Waitzenburg, sind übrigens im Winter abgelassen. Man kann dann anhand der Bodenproben die Klärung oder

Verunreinigung überprüfen. Im Frühjahr sind hier Karpfen ausgesetzt – aus leistungsfähigen Zuchtbetrieben. Zweisömmerliche Fische. Sie wiegen zwischen 200 und 500 Gramm. Während des Sommers erreicht jeder Karpfen das Fünf- bis Achtfache dieses Gewichts.«
Sie strapaziert seine Geduld wie ein Rockdrummer sein Schlagzeug, dachte Jagel; aber der Chef hält sich ausgezeichnet.
»Ich zweifle nicht daran, daß Sie eine echte Wolfsspur entdeckt haben.« Waitzenburg sog genußvoll und nachdenklich an seiner Havanna. »Dort in Ismaningen!« Er starrte dem Rauch nach, der vor dem Kamin in den Sog geriet und verschluckt wurde. »Aber hier . . . hier haben Sie gar keine Wolfsspur gesehen. Nur ein paar, entschuldigen Sie, Jagel, Amateurfotos.«
»Deshalb bin ich hergekommen . . .«
»Hat Sie jemand damit beauftragt?«
»Reines Privatinteresse, Herr Waitzenburg.«
Doris Schilling schlug die Beine so kokett übereinander, als trüge sie ein enggeschnittenes Cocktailkleid statt derber Cordhosen.
»Könnten Sie dieses Privatinteresse genauer definieren?«
Sie sah ihn kurz, aber entschieden an.
»Nein. Noch nicht!«
Der Kurdirektor sah aus, als genüge ihm diese Antwort. Er nickte und erhob sich, um ein Scheit nachzulegen. Das offene Kaminfeuer knisterte und duftete heimelig. Jagel hätte diese Atmosphäre von Geselligkeit, nach der er sich manchmal an den langen Abenden sehnte, genossen, hätte er nicht die Spannung gespürt, die in der Luft lag.
Waitzenburg war ein Mann um die fünfzig, der zwar deutlich zur Korpulenz und Kahlköpfigkeit neigte, aber trotzdem in seinen Bewegungen, in der Art, sich zu ge-

ben, sportlich, vital und ausgeprägt männlich wirkte. Zumindest auf eine ganze Reihe von Frauen. Seine geistige Regsamkeit hatte er oft und erfolgreich zum Aufstieg auf der Leiter des politischen Prestiges und Erfolges verwendet.

Er ließ sich wieder in seinen Sessel nieder, dessen Rückenlehne von einem locker überhängenden Stierfell mit sehr viel Braun bedeckt wurde. Nachdem er sich in aller Ruhe eine neue Havanna angezündet hatte, holte er zu einer längeren Erläuterung aus.

»Bad Frankenthal steht am Anfang der Wintersaison. Von ihr, das können Sie nicht wissen, Frau Dr. Schilling, hängt das Einkommen unzähliger Einwohner ab. Der Ort besitzt kaum Industrie, bewußt nicht; wir wollen Luftkurort sein und bleiben. Aber Städte ohne Industrie, die hohe Steuereinnahmen und feste Arbeitsplätze garantiert, leben von der Hand in den Mund. Vom finanzkräftigsten Hotelier bis zum kleinen Schuhputzer, Skihilfslehrer und Feinkostlieferanten für Pensionen sind hier alle auf die Saison angewiesen.«

»Sie haben aber doch auch eine Sommersaison«, warf Doris Schilling ein.

»Wir haben sogar, wenn es hoch kommt, eine Herbst-, eine Frühlingssaison. Das Unglück ist nur: Wir haben sie nie alle vier hintereinander. Ein guter Sommer – okay, aber dann war garantiert das Frühjahr verregnet; und der Herbst wird so grauenvoll, daß selbst der Wilde Jäger vor Kälte schnattert! Und wann haben wir in den letzten Jahren schon mal einen schneereichen Winter gehabt? Vor Weihnachten ohnehin nicht. Die Einkünfte einer einzigen ertragreichen Saison müssen dann oft über drei weitere Fehlschläge gestreckt werden. Das kann sehr hart sein. Jagel, Sie wissen ... Jagel?!«

Jagel hatte nicht schnell genug Aufmerksamkeit bekundet. Er war völlig in den Anblick der langen, feingliedri-

gen Finger seines Gastes versunken. Wie auf Knopfdruck ergänzte er nun die Ausführungen des Oberbürgermeisters und Kurdirektors:
»Herr Waitzenburg hat gerade in seiner Funktion als Kurdirektor keine Mühe gescheut, Arbeitsplätze dadurch zu erhalten, daß er neue Ideen für die sogenannten kleinen Übergangssaisons entwickelt und fruchtbar angewendet hat.«
Doris Schilling warf ihm einen amüsierten Blick zu. Dann sagte sie trocken:
»Und jetzt steht Ihnen endlich die Saison des Jahrhunderts bevor. Vorausgesetzt, Sie schneien mit Ihrem Spessart nicht total und rettungslos ein. Mit Kegelbahn und Bolzplatz und Gastspiel und Bobrennen.«
»Richtig!« bestätigte Waitzenburg.
»Und bei diesem sich anbahnenden Großerfolg können Sie selbstverständlich keinen Wolf gebrauchen!« schloß Doris Schilling.
Waitzenburg war ein viel zu guter Diplomat, um über die unerwartete Offenherzigkeit schockiert zu sein. Er betrachtete abwechselnd seine Zigarre, an der sich ein ebenmäßiger Aschenkegel gebildet hatte, und die Frau, deren sanftmatte perlgraue Augen so hart und sachlich aufblitzen konnten.
»Ein weiser Mann, es könnte Aristoteles gewesen sein, hat einmal gesagt: *Amicus Plato, sed magis amica veritas.* Lieb ist mir Plato, aber lieber noch die Wahrheit. Gnädige Frau, Sie haben recht!«
In derartigen Situationen bewunderte Jagel seinen Chef uneingeschränkt. Er reagierte in einer Weise, von der Jagel in seiner Unbeholfenheit und undiplomatischen Direktheit kaum zu träumen wagte.
»Und deshalb«, fuhr Doris Schilling unbarmherzig fort, »haben Sie mich heute abend hergebeten!«
»Wiederum richtig!« sagte Waitzenburg.

Jetzt allerdings schob er ein Birkenscheit nach, für das noch gar kein Platz war. Jagel versuchte durch Ablenken auszugleichen: Die ganze Angelegenheit sei doch inzwischen ohnehin in die bewährten Hände der Polizei übergegangen, oder?
»Das Kommissariat ist gleich nach unserer Landung in Egelsbach benachrichtigt worden. Ich weiß nicht, wieweit Sie unterrichtet sind, gnädige Frau: Der Standort für unseren Hubschrauber, in dem wir die kleine Christiane befördert haben, ist Egelsbach bei Darmstadt. Der Hubschrauber gehört einer Interessengemeinschaft von fünf Kurverwaltungen. Ein einzelner könnte sich selbstverständlich einen so teuren Luxus nicht leisten. Ich hatte lediglich das Vorrecht, ihm den Namen meiner Gattin verleihen zu dürfen.« Er strich sich über die Stirn. »Man hat sofort eine Polizeistreife hinaufgeschickt auf den Geyerskopf. Aber ehe die oben war, hatte erneut der Schneefall eingesetzt. War nichts mehr mit Spurensicherung und so.«
»Das verstehe ich nicht«, wandte Doris Schilling ein. »Herr Jagel hat die Abdrücke doch noch in den Nachtstunden fotografieren können.«
»Mag durchaus sein; ich bin so speziell nicht informiert worden. Aber vergessen Sie nicht: Die Polizei versteht unter Spurensicherung nicht das Abfotografieren von hundeähnlichen Pfotenabdrücken. Es ging vielmehr um die Frage, ob hier ein Verbrechen – ein Sittlichkeitsdelikt zum Beispiel – stattgefunden haben konnte. Das war nicht der Fall. Die Polizei stellte, Herr Jagel weiß das bereits, unmißverständlich fest: Bißspuren, mit an Sicherheit grenzender Wahrscheinlichkeit verursacht durch einen herumstrolchenden Schäferhund, der übrigens – mein Forstmeister, Herr Köhlert, hat mir das mitgeteilt – inzwischen überfahren wurde.«
»Die Polizei, Frau Doktor Schilling, ist über meine nächt-

lichen Eskapaden nicht informiert worden«, ergänzte Jagel.
»Mit anderen Worten: Nur wir drei wissen davon?«
»Wiederum richtig!« sagte Waitzenburg, blickte versonnen auf seine Zigarre, streckte und ballte dann mehrmals hintereinander seine rechte Hand und bestätigte dann nachdrücklich: »Wiederum richtig!«

11

Dietrich Kürschner war während sämtlicher Lehrgänge immer ein liebenswerter, aber unbedeutender Kollege gewesen. Jedermann fragte sich, was um Himmels willen ihn auf die harte Bahn des Managements getrieben hatte. Dietrich Kürschner als Inhaber eines Reformhauses, als Vortragender in pazifistischen Vereinen, philanthropischen Gesellschaften – das war vorstellbar. Als Pressechef von »Amnesty International« oder Initiator von »Terres des hommes« – auch das!
Aber als eiskalter Macher? Immerhin, es schien funktioniert zu haben bis hierher. Man mußte umdenken.
Kürschner grinste still in sich hinein, als er den Straßengraben übersprungen hatte und sich die nächste pralle Buche für seine innersten Bedürfnisse ausgesucht hatte.
Seltsam, all diese sogenannten Realisten und Menschenkenner verstanden nichts, absolut nichts von der Psyche ihres nächsten Kollegen. Ihre stereotype Antwort lautete in derartigen Situationen, man habe ein solches positives Verhalten einfach nicht erwartet. Statt: Man habe sich geirrt in seiner Beurteilung und solle lieber drei Semester Psychologie nachholen. Immer war der andere schuld (er hatte sich anders gegeben als er war). Die eigene Beurteilungs-Blamage wollte keiner zugeben.
Zufrieden stellte sich Kürschner an eine silbern schimmernde Buche und öffnete den Hosenschlitz. Er war, das Wasser lief, in Harmonie mit sich und der Welt.
Er hatte geschafft, was er schaffen wollte. Einst – aber auch diese Zeit lag äonenweit zurück – hatte sein Chef ge-

äußert, ehe aus ihm, Kürschner, ein vernünftiger Mann würde, eher würde, nein, nicht das berühmte Kamel durchs Nadelöhr gehen, das sei noch harmlos, eher würde, sagen wir, ein Lyriker Kommandant eines Superjumbos werden. Ein Kriegsdienstverweigerer Präsident der Vereinigten Staaten. Eine Türkentaube ein Aasgeier. Und so weiter.
Er knöpfte die Hose zu. Er hatte sie geschafft, die große Verwandlung.
Dann sah er ihn.
Er mußte am Waldrand gelegen haben, dort, wo die Fichten dicht an dicht standen und keinen durchließen. Er schien ermattet zu sein, hob sich zwar jäh aus dem Unterholz, schüttelte Schnee und Laub von seinem Pelz, aber hatte Ohren und Rute eingezogen, grunzte, stand plötzlich extrem hoch auf den Beinen und machte einen Satz zurück.
Der Schäferhund, *inzwischen unschädlich gemacht!*
Reflexhaft duckte sich Kürschner hinter dem dicken, schutzversprechenden Buchenstamm.
Dann wurde ihm bewußt, daß er das Tier gar nicht gesehen hatte.
Um ihn war die Finsternis der Schneeluft, fern hinter ihm geisterte blaß der Kegel einer Taschenlampe. Wie konnte er da einen aufspringenden Hund erkannt haben? . . .
Aber da stand er, direkt vor ihm. Keine fünf Schritte entfernt! Ein grauer Schemen in grauer Düsternis. Er ahnte ihn mehr, als er ihn sah. Er roch ihn. Ja, er roch ihn. Tierschweiß, Speichel, Verwesung. Verwesung? Ja, auch die.
»Leute, kommt!« flehte Kürschner.
Er flehte lautlos, weil er das Tier nicht heranlocken wollte, aber das wurde ihm nicht bewußt.
Er wich zurück; plötzlich spürte er hinter sich die zitternde Wärme eines Körpers.

Blitzschnell wandte er sich um: Da stand es, das Tier. Keine drei Schritte entfernt.

Er warf den Kopf zurück, zur Waldecke hin. Nein, da war nichts mehr. Das Tier mußte sich sekundenschnell hinter ihn gesetzt haben, stand jetzt zwischen ihm und dem Bus.

Er taumelte auf den Waldrand zu. Das Tier konnte sich nicht verdoppelt haben, also war der Waldrand frei.

»Helft, Leute, helft!« rief Kürschner lautlos.

Deutlich sah er den Kegel der Taschenlampe, deutlich den Schattenriß von Brinkmann, der sich über das Vorderrad beugte. Deutlich sah er die Kontur des Tieres, die gesträubten Nackenhaare, den zurückgeworfenen Kopf.

Er preßte sich in das morsche Astwerk der Fichtenstämme; mit dem Rücken drängte er sich verzweifelt in das rettende Dickicht, Auge in Auge mit dem Tier, das mit gefletschten Zähnen und sich von Schritt zu Schritt tiefer Duckend auf ihn zukam.

Er stürzte rücklings ins schneebedeckte Moos . . .

Ein jäher, grauer Blitz über ihm.

Dann war der Schreck, der Schock vorbei. Mit seltsamer Klarheit registrierte er alle Einzelheiten.

Seine Hüfte weitete sich. Die Magengrube blähte sich, wie er es oft in seinen Kindheitsträumen gespürt hatte. Der ganze Unterleib schien sich flach und widerstandslos im weichen Schnee auszubreiten. Etwas Schweres belastete seinen rechten Unterarm. Mit übermenschlicher Kraftanstrengung schleuderte er die Schwere von sich und griff mit der Hand an seinen Bauch.

Da war Wärme, die Wohltat.

Er wühlte sich mit den Fingern tief in die pulsierende Wärme hinein; er knetete Feuchtweiches, als wolle er seine nervös zuckenden Finger beruhigen.

Im Mund spürte er die gleiche feuchte Wärme. Dickflüssig quoll es über seine Lippen.

Vor seinen Augen, die ganz klar sahen, erblickte er Rot. Flammenrot. Feuerrot.
»Es brennt, Leute!« flüsterte er lautlos. »Schnee, bitte mehr Schnee!«
Seine linke Hand krampfte sich in den Boden und preßte eine Handvoll in seinen Unterleib. Ein unkontrollierbares Zucken lief durch seinen Körper. Eiseskälte umklammerte seinen Schädel. Im nächsten Augenblick durchflutete ihn unerträgliche Hitze.
Dann hatte er einen Moment von letzter Klarheit. Ihm wurde bewußt, daß er dabei war, in schockartigen Bewegungen seine Gedärme aus dem Unterleib zu reißen.
Dann starb er. Abends um acht, in einem Waldstück namens Heigenhöhe.

»Hat es überhaupt jemals Wölfe in Westdeutschland gegeben?« fragte Waitzenburg; man war beim vierten Bocksbeutel angelangt.
»Mehr als Sie glauben«, bestätigte Doris Schilling. Sie hatte ihre Beine unter sich auf den Sessel gezogen und sah, nach einem kurzen Besuch im Bad des Kurdirektors, frisch wie der junge Tag aus – trotz der langen Zugfahrt, nach der sie auch noch in die Kleinbahn in Aschaffenburg umsteigen mußte. »Als spektakulärsten Fall hat es in den fünfziger Jahren den sogenannten *Würger vom Lichtenmoor* gegeben. Er hat die gesamte Lüneburger Heide mit ihrer Be- und Anwohnerschaft in Angst und Schrecken versetzt. Die Jagd auf ihn zog sich wochenlang hin, bis er endlich in der Gegend von Celle erlegt werden konnte.«
»Ein echter Wolf?«
»Ein echter Wolf! *Canis lupus dybowskii*. Der Sibirische.«
»Und er hat eine ganze Landschaft in Angst und Schrecken versetzt?«

»In den Heidedörfern, ja in den Kleinstädten durften die Kinder nicht mehr auf die Landstraße. Die Touristen, Herr Waitzenburg, sind massenweise abgereist. Der Würger hat tagelang für Schlagzeilen gesorgt, nicht nur in der Lokalpresse! Vor dem Zweiten Weltkrieg wanderten in strengen Wintern die Wölfe aus den Ardennen hinunter in die wärmeren Täler von Saar und Mosel.«
»Aus den Ardennen?«
»Die allerdings brauchen Sie nicht mehr zu fürchten. Sie sind ausgerottet.«
»Na, Gott sei Dank! Heute haben wir nur die aus dem Osten zu fürchten, nicht wahr? *Ex oriente lupus* – aus dem Osten kommt nicht nur das Licht!«
»Im Bayerischen Wald sind sie sporadisch aufgetreten. Die ostdeutschen Wölfe, die heutzutage in Pommern und Schlesien leben, kommen nicht über die Zonengrenze. Wenn Sie wissen, was ich meine!«
Jagel sah Waitzenburg ironisch an und äußerte: »Die Minenfelder und Selbstschußanlagen haben auch ihr Gutes: Sie halten die Wölfe ab.«
Waitzenburg warf Jagel einen schockierten Blick zu; er nahm ihn offenbar völlig ernst. Jagel seinerseits, beschwingt durch den Frankenwein, empfand Dr. Schilling als eine lang entbehrte Verbündete.
Das Telefon läutete, und Waitzenburg griff neben sich auf den Rokoko-Beistelltisch und meldete sich. Während er hörte und sprach, begann sein Gesicht Überraschung und Verärgerung auszudrücken. Zwischendurch sah er Jagel bedeutungsvoll an. Er brach nach kurzer Zeit mit der Bemerkung ab, er werde in Kürze zurückrufen.
Als er sich wieder seinen Gästen widmete, wurde offenbar, daß er sich über den Anruf nicht äußern wollte. Statt dessen sah er auf seine Uhr und fragte Doris Schilling, ob sie gut untergebracht sei.
Es ginge: im »Grünen Hof«.

Entsetzen beim Bürgermeister: Im wo? Doch nicht etwa im »Grünen Hof«?
»Im ›Grünen Hof‹!« wiederholte Doris Schilling.
»Moment, gnädige Frau! Sie kommen natürlich ins ›Excelsior‹.«
»Das ›Excelsior‹ ist ausgebucht, da war ich schon, Herr Waitzenburg!«
Der Bürgermeister sah sein Gegenüber fast mitleidig lächelnd an. Er hatte schon den Hörer abgenommen und sich mit dem »Excelsior« verbinden lassen. Nach knapp einer Minute konnte er mitteilen:
»Sie haben Zimmer 341, das hat den Blick auf den Kurpark. Natürlich sind Sie mein Gast!«
Doris Schilling ließ ihre Blicke lange und sehr nachdenklich auf Waitzenburg ruhen und verharrte in Schweigen. Um die peinliche Stille, die nach dem generösen Angebot eingetreten war, zu unterbrechen, fragte Jagel:
»Und was, genau, haben Sie morgen in dieser Angelegenheit vor, Frau Doktor Schilling?«
»Ich möchte nach Darmstadt fahren«, antwortete sie ohne Zögern. »Ins Krankenhaus zur Christiane ... wie heißt sie mit Nachnamen?«
»Bruhns«, erwiderte Waitzenburg. »Jagel, ich glaube, den Hubschrauber können wir erst mal in den Keller stellen, bei dem Wetter. Würden Sie Frau Doktor Schilling morgen nach Darmstadt fahren?«
»Was ist mit den Geschäftsbriefen aus England?« fragte Jagel unbarmherzig, gleichermaßen durch Frankenwein und Doris Schilling ermutigt.
»Die können warten, Jagel.« Er machte eine betonte Pause. »Frau Doktor Schilling, natürlich würde ich mich freuen, wenn Sie mit mir in Verbindung bleiben und mich über jedes Zwischenergebnis, mag es noch so unbedeutend scheinen, auf dem laufenden halten. Wie immer es aussehen mag.«

»Wie immer es aussehen mag?«
»Wie immer es aussehen mag. Jagel, würden Sie Frau Doktor Schilling beim Umzug aus dem ... äh ... ›Grünen Baum‹ ins ›Excelsior‹ freundlicherweise behilflich sein?«
»Gern!« sagte Jagel.

12

»Wäre wirklich nicht nötig gewesen!« bedankte sich Doris Schilling vor der Tür von Zimmer 341. »Ein Rucksack, ein Koffer, eine Tasche – damit kommt man um die ganze Welt.«
Klaus Jagel stand unbeholfen vor der Tür und wußte nicht recht, wie er sich verabschieden sollte. »Frau Doktor Schilling – glauben Sie allen Ernstes an Wölfe?«
»Klingt wie ein Interview. Hatte ich schon im Teichgebiet. Jede Frage voller Skepsis; aber abends in der Fernsehsendung hieß es plötzlich: *Wölfe vor den Toren Münchens!* Das war um tausend Prozent mehr, als ich jemals anzudeuten gewagt hatte. Unter dem verkniffenen Gelächter der Reporter, versteht sich!«
»Hier fragt Sie kein Reporter. Glauben Sie an Wölfe, echt und ehrlich?«
»Ja«, sagte Doris Schilling und sah ihr Gegenüber prüfend an. »Daran glaube ich!«
»Daran glauben Sie also.« Jagel biß sich auf die Unterlippe. »Was versprechen Sie sich davon? Ich meine...«
»Was, bitte, meinen Sie?«
»Gut, Sie identifizieren hier einen Wolf als Mörder der kleinen Christiane...«
»Nicht Mörder, Herr Jagel! Die kleine Christiane lebt ja noch!«
»Meinetwegen! Ich meine: Weshalb machen Sie sich so viel Mühe? Sie sind gerade, haben Sie berichtet, aus Polen zurück. Dort gibt es Wölfe am laufenden Band, sagten Sie. Warum sind Sie hier hinter ihnen her?«

»Interessiert Sie das wirklich?«
»Ja!«
»Weshalb eigentlich?«
Jagel stützte sich mit der rechten Hand am Türrahmen ab und beobachtete, wie Doris Schilling die Stehlampen im Zimmer überprüfte.
»In erster Linie interessiert mich nicht der Wolf, Frau Doktor Schilling. Sondern das Schicksal der Christiane Bruhns.«
»Ich bleibe bei meiner Frage: Weshalb?«
»Weil ich«, sagte Jagel leise und zog seine Hand von der Türleiste zurück, »eine Tochter im gleichen Alter verloren habe. Nicht an einen Wolf natürlich. An einen Gewaltverbrecher.« Er winkte ab. »Nein, sparen Sie sich die Antwort! Vorbei ist vorbei. Sagen Sie mir lieber: Weshalb sind Sie so hinter den Wölfen her?«
»Weil ich«, antwortete Doris Schilling genauso leise, »meinen Vater verloren habe. Neunzehnhundertfünfundvierzig. Nicht an einen Gewaltverbrecher natürlich. An einen Wolf.« Sie winkte ab. »Nein, sparen Sie sich die Antwort! Es war in Masuren. Vorbei ist vorbei.«
»Und jetzt . . . hassen Sie die Wölfe?«
»Nein«, erwiderte Doris Schilling. »Ich liebe sie!«

»Hier Waitzenburg! Ellertsen?«
»Hier Ellertsen! Ja, schlimme Sache, Herr Waitzenburg. Ich wollte Ihnen das eben schon in Ruhe berichten; aber Sie . . .«
»Jetzt habe ich ja zurückgerufen! Berichten Sie!«
»Also: Auf dem Polizeifunk war eine erwähnenswerte Sache. Ich habe gleich einen Mann hingeschickt.«
»Wohin?«
»Zur Heigenhöhe. Sie wissen, das liegt auf dem Weg zwischen Schöllbronn und der Stadt.«
»Ja?«

»Da ist ein Mann als vermißt gemeldet worden. Seit neunzehn Uhr dreißig. Aus Ihrem Hotel!«
»Ja, Sie deuteten das vorhin an. Was ist nun?« fragte Waitzenburg ein wenig ungehalten.
»Der Mann ist spurlos verschwunden. Spurlos!«
»Die Polizei ist am Tatort?«
»Ja, am Tatort. Es handelt sich um einen gewissen Dietrich Kürschner. Er gehört zu diesem Führungspraxis-Lehrgang ...«
»Erfolg, Kritik, Autorität – ich weiß.«
»Die Gruppe ist planmäßig aus Schöllbronn abgefahren. Unterwegs gab es einen Platten. Einer mußte mal rasch im Wald verschwinden: Dietrich Kürschner.«
»Ja – und?«
»Er ist verschwunden. Endgültig.«
»Und was habe ich damit zu tun, Ellertsen?«
»Direkt nichts. Aber indirekt wollten Sie, daß ich Sie auf dem laufenden halte.«
»Ellertsen, unser bösartiger Schäferhund, der gestern die kleine bedauernswerte Christiane ...«
»Ich weiß, er ist überfahren worden. Aber vielleicht, Herr Waitzenburg ...«
»Bitte, Ellertsen?«
»Vielleicht gibt es noch einen zweiten streunenden Schäferhund? Und dann könnten wir nicht mehr so dezent hinterm Berg halten mit der Nachricht!«

Das Tier schlug seine Zähne in die Beute und begann sie hechelnd tiefer in den Fichtenhain zu schleifen. Dichte Flocken fielen; der Wind wirbelte Schnee auf. Vor seinen Nüstern blähte sich grünlicher Schleim; es stand unter Streß und fühlte sich bedroht: Da waren die Lichtkegel aus den Autoscheinwerfern gewesen. Da waren die Schrecknisse der vergangenen Hungerwochen gewesen: Lärmorgien bis in die tiefsten Wälder hinein, blendendes

Licht in mitternächtlicher Finsternis, kaum Oasen der Stille und Ungestörtheit.
Das Tier war jetzt weit in den dichtbestandenen Fichtenwald zurückgekrochen. Als es sich sicher fühlte, begann es gierig, das frischwarme Blut aufzulecken, das aus dem Unterleib quoll. Dann riß es den ersten Brocken Fleisch, Sehnen und Knochen heraus. Seine grünen Augen sprühten Feuer. Sein kurzer, muskulöser Hals arbeitete kräftig.
Als das Tier zwischendurch aufblickte, zog sich sofort seine Oberlippe zurück, und es begann drohend zu grummeln. Es hatte die Witterung eines Widersachers aufgenommen; ein zweites Tier machte sich heran und versuchte an der Beute teilzuhaben, kroch, heftig mit der Rute schlagend, bis auf wenig Meter heran und blieb dort, leise jaulend, im Schnee hocken.
Erst als das erste Tier drei Bissen genommen hatte, duldete es den Mitfresser neben sich. Zu zweit, die Vorderläufe weit gespreizt, standen sie Schulter an Schulter; und ihr Schlecken und Schlürfen und das Krachen zersplitternder Knochen klang weit durch die Schneenacht.

Kurdirektor und Oberbürgermeister: die Wölfe – oder waren es doch nur streunende Hunde? Allmählich glaubte er selbst schon nicht mehr so recht daran –, die Wölfe hatten Waitzenburg in eine schizophrene Situation manövriert.
Als Kurdirektor wollte er ihr Treiben vertuschen, als Oberbürgermeister war er verpflichtet, mit den ausführenden Organen und Behörden zusammenzuarbeiten, um ihrem Treiben möglichst rasch Einhalt zu gebieten.
So hatte er in seiner Funktion als Oberbürgermeister längst die Zusammenarbeit mit Polizei und Bundeswehr angekurbelt und Kriminalhauptkommissar Schnell eingeschaltet. Inzwischen hatte er immer mehr zu spüren

bekommen, wie sich die Absichten des Kurdirektors und die Pflichten des Oberbürgermeisters gegenseitig den Rang abliefen; und jetzt saßen dem Oberbürgermeister Schnell und Bundeswehrmajor Thönissen von der Pioniereinheit Schöllkrippen gegenüber. Seit einer Stunde hatten sie alle erforderlichen Maßnahmen durchdiskutiert: der mächtige Major ganz *Power* und Draufgänger, der Kommissar mit seinen rheumatischen Schmerzen in den Gliedern ganz leidendes Opfer, dessen Dienststelle bei der Verteilung der Gelder stets zu kurz käme – man sähe es ja; er könne rein gar nichts tun. Nicht einmal mit Skiern könne er seine Leute ausrüsten.

»Meine Männer«, faßte Thönissen abschließend das ihn betreffende Ergebnis zusammen, »werden ab morgen im pausenlosen Einsatz gegen die Bestien stehen! Zur Not setzen wir Panzerschützenwagen ein.«

»Das halte ich für ein krasses Mißverständnis zwischen Aufwand und Ergebnis. Wir müssen nicht gleich, meine Herren, mit Kanonen auf Spatzen schießen!« Der Kurdirektor in Waitzenburg hatte ihm dieses den Thönissenschen Tatendrang bremsende Argument eingeflüstert. »Natürlich sollen die Wölfe beseitigt werden. Aber geht es nicht etwas leiser?«

Thönissen reckte seine Einssechsundneunzig amüsiert zur vollen Größe auf.

»Manchmal habe ich den Eindruck, daß unser Oberbürgermeister auf zwei Hochzeiten tanzt, nicht wahr, Herr Kommissar? Einerseits fordert er die Vernichtung der Bestien. Andererseits darf es niemand erfahren.«

»Richtig!« bestätigte Waitzenburg. »Mir sind Ihre Publicity-Aktionen manchmal etwas zu laut. Ich erinnere nur an das Unternehmen WILDSCHWEIN. Da haben Sie gegen ein Rudel Wildschweine, das den Bauern von Kleinlaudenbach zusetzte, Maschinengewehre und leichte Panzerabwehrwaffen eingesetzt. Dieser Aufwand hat Ihnen,

seien wir doch ehrlich, Schlagzeilen und zumindest eine beförderungswirksame Fürsprache eingebracht. Mein Revierförster, der die ganze Angelegenheit genauso treffsicher, aber weniger spektakulär über die Runden gebracht hätte, kam gar nicht zum Zug. Vor lauter Pioniereinheiten hat er kein Schwarzwild mehr vors Visier bekommen.«

»Sie wollen aber doch nicht etwa Ihren ... nichts gegen den Mann an sich ... ich meine, auf diese Bestien ... Ich meine, ab und zu mal ein Rehkitz, gut und schön! Aber richtige Raubtiere? Ich finde, da sind meine Schützenpanzer erfolgve prechender.«

»Für Sie ganz bestimmt!« sagte Schnell. »Unsere Polizeifunktion wird sich wieder einmal mehr als beschränken müssen. Wir sind schon froh, wenn wir herausbekommen, daß kein Sittlichkeitsverbrechen vorliegt.«

»Ich bin ein alter Märchenfan«, äußerte der Major leutselig. »Wenn Sie die Sache mit Rotkäppchen und dem Wolf – und dem Wolf im Bett der Großmutter mal richtig durchstudieren: Da ist 'ne Menge Sitte drin. Oder besser: Unsitte. Homosexualität, Tuntendreß, Sodomie – alles!«

»Also bitte, meine Herren!« bat Waitzenburg und erhob sich demonstrativ. »Fort mit den Wölfen oder wem immer, aber bitte ohne großes Aufhebens.«

»Wo gehobelt wird, fallen Späne!« sagte Thönissen.

»Wo die Bundeswehr hinballert, wächst kein Gras mehr!« spottete Schnell.

Waitzenburg wischte sich den Schweiß vom Gesicht, als er die Herren endlich los war. Er hatte Köhlerts Funktion immerhin verschweigen können, ohne direkt Stellung nehmen zu müssen – ein winziger Erfolg des Kurdirektors.

Er seufzte, als, kaum nachdem er gelüftet hatte, geklopft wurde.

Die Sekretärin erschien. Draußen seien drei Herren, Bürger der Stadt, die wünschten ihn zu sprechen. Im Interesse von Bad Frankenthal.

»Lassen Sie sie herein«, sagte Waitzenburg. »Im Interesse von Bad Frankenthal.«

Er kannte sie: den kleinen Baader, Einkäufer für den METRO-Großhandel; den wuchtigen Karlshoofen, Leiter der HUMMEL-Filiale; Weber, den Direktor der städtischen Elektrizitätswerke. Und er wußte, was ihnen am Herzen lag: der Winterkurort Bad Frankenthal.

»Mir auch!« begann er sofort, als die drei Herren ihm gegenübersaßen. »Mir liegt das Image Bad Frankenthals genauso am Herzen wie Ihnen. Ich habe die Wölfe nicht herbestellt.«

»Sie müssen verschwinden!« kündigte Baader düster an.

»Wir sind uns einig!« hoffte Waitzenburg optimistisch.

»Nicht ganz, Herr Waitzenburg!« Das war Weber, den er am meisten fürchtete. SPD, also Opposition, natürlich: So konnte man aus einem simplen Wolfsrudel ein Politikum machen! »In den Maßnahmen, da sind wir uns nicht einig!«

»Ich tue, was ich kann!«

»Nicht genug!«

»... Was in meiner Macht als Oberbürgermeister steht. Und als Kurdirektor.«

Karlshoofen kratzte sich am kahlen Schädel.

»Wäre richtig. Nur: Sie selber haben sich immer wieder für zuständig erklärt für das Wohl und Wehe Bad Frankenthals! Solange das Wohl an der Reihe war, haben Sie sich niemals als Oberbürgermeister empfunden. Jetzt sind wir beim Wehe. Da sollten Sie sich mehr als Oberbürgermeister empfinden. Unsere Stadt ist nicht nur für die Gäste da ...«

»... die uns herzlich willkommen sind!« ergänzte Baader.

»Sondern ein Oberbürgermeister sollte auch für die eigenen Bürger dasein. Für ihren Schutz!«
»Was, genau, fordern Sie?«
»Rechenschaft. Über das, was geschehen ist. Geschehen wird. Im Interesse einer Volksgemeinschaft, die es ablehnt, Opfer einer ...« Wenn Weber auf Touren kam, schoß er oft über das Ziel hinaus. ». . . Opfer einer kleinen Minderheit zu werden, die mit ihrem Terror unser aller Leben bedroht.«
Jetzt lehnte sich Waitzenburg gemächlich in seinem Sessel zurück. Beide, der Kurdirektor und der Oberbürgermeister in ihm, kamen zur Ruhe und atmeten aus.
»Meine Herren. Sie sind die ersten Bürger, die meine Maßnahmen erfahren könnten. Dafür allerdings müßte ich Sie noch um Geheimhaltung bitten. Wenn Sie dazu bereit wären ... meine Herren, ich kann Sie umfassend informieren.«
»Natürlich können wir unseren Mund halten, nicht wahr?« fragte Karlshoofen seine Begleiter.
»Ich zweifle nicht daran, meine Herren.« Waitzenburg reckte sich. Jetzt fühlte er sich weitaus wohler als in seiner Funktion als instruierender Oberbürgermeister. »Also: Ich hatte eben die Vertreter von Polizei und Bundeswehr bei mir; und ich habe ihnen klare Anweisungen erteilt: Vernichtung des Wolfsrudels!«
»Schluß mit dem Terror!« bekräftigte Weber.
»Richtig! Aber ... ich habe noch mehr getan, meine Herren.«
»Ehrlich gesagt«, warf Baader ein, »zur Polizei hätte ich nicht übermäßiges Vertrauen in dieser Angelegenheit. Sie hat sich in unserem, Gott sei Dank, friedlichen Kurort noch nicht einmal gegen aufsässige Studenten bewähren können. Wie sollte sie da, sehr verehrter Herr Oberbürgermeister, mit mordgierigen Bestien fertig werden?«
Weber hakte ein: »Herr Waitzenburg, das Ganze ist doch

eine ausgemachte Schweinerei! In welchem Jahrhundert leben wir denn? Hunderte, Tausende von Kurgästen bedroht! Die einheimische Stadt- und Landbevölkerung ist ihres Lebens nicht mehr sicher. Unsere Schulkinder, die auf dem Land Kilometer zu Fuß zurücklegen müssen, von reißenden Wölfen gefährdet! Seit wann dürfen die ersten besten reißenden Bestien mir nichts, dir nichts Menschen anfallen? Wozu haben wir eigentlich eine Regierung in Bonn? Leben wir nun in einer Demokratie oder nicht? Das Volk möchte nicht von mordgierigen Monstern verschlungen werden! Also: Forderung Nummer eins – Sperrung aller öffentlichen Wald- und Wanderwege! Der gesamte Spessart im Nahbereich Bad Frankenthals wird zum Sperrgebiet erklärt!«
Karlshoofen ergänzte: »Uns ist bekannt, daß hier ganz in der Nähe, zwischen hessischem und bayrischem Spessart, Napalmbomben der bundesdeutschen Luftwaffe gelagert sind. Bundeswehr ... gut und schön! Bundesluftwaffe wäre besser. Ein paar Napalmbömbchen auf die Bestien – der ganze Spuk wäre beseitigt!«
»Aber Herr Karlshoofen! So einfach ist die Sache nun wirklich nicht!«
»Wenn sie Ihnen als zu schwierig erscheint«, äußerte Baader aufsässig, »dann sollten Sie sie an fähigere Leute abgeben! Aber wir Bürger – und ich kann ohne Scham hinzufügen: ehrbare Bürger – zahlen pünktlich unsere Steuern. Wir haben ein Recht auf Schutz! Und da kommt irgend so ein dreckiges Untier aus dem Osten und versucht ... Herr Waitzenburg, ich hoffe, in Ihrem und unserem Interesse, Sie haben Möglichkeiten, diesen Skandal aus der Welt zu schaffen! Sonst ...«
»Sonst sollte die Sache vor den Bundestag!« ergänzte Weber. »Unter Nennung der Namen der Unfähigen!«
Waitzenburg lehnte sich demonstrativ noch entspannter zurück.

»Meine Herren! Wenn Sie mich nicht mit emotionellen, noch dazu unsachlichen Argumenten aufgehalten hätten, wären Sie längst besser und absolut zufriedenstellend informiert worden!«
»Hört, hört!« äußerte Karlshoofen leise.
»Ich habe sofort erkannt, daß unsere – trotz Ihrer Einwände, Herr Baader – bestens bewährte Polizei hier nicht ausreicht. Also habe ich – weitaus früher, als Ihnen bekannt sein dürfte – unsere Pioniere eingeschaltet. Sie haben, wie Sie inzwischen wissen, die Leiche Kürschners aufgespürt. Ich habe den zuständigen Kompanieführer, Major Thönissen, sofort mit der Weiterführung der Vernichtungskampagne beauftragt. Soeben sind wir uns über die letzten Einzelheiten, völlig übereinstimmend selbstverständlich, klargeworden. Die Losung heißt: Vernichtung der Wölfe um jeden Preis!«
»Aber Napalm wäre besser!« maulte Karlshoofen.
»Herr Karlshoofen, ich bin als Oberbürgermeister selbstverständlich bestens informiert über die Möglichkeiten unserer Luftwaffe. Darf ich Ihnen, als repräsentative Volksvertreter, ein offenes Geheimnis anvertrauen? Unsere Bundesluftwaffe mit ihren hochempfindlichen STARFIGHTERS und PHANTOMS, meine Herren, ist eine reine Schönwetterluftwaffe. Zur Zeit haben wir aufliegende Wolkendecke. Da wagt sich kein Luftwaffenbomber in die Luft. Selbst die Vögel gehen zur Zeit zu Fuß. Der nächste Krieg, meine Herren, kann nur bei schönem Wetter stattfinden!«
»Und der Feind«, fragte Weber verblüfft, »ist in der gleichen Lage?«
»In der gleichen! Ich dachte« – er grinste amüsiert –, »das wäre Ihnen als informierter Bundesbürger bekannt?« Er machte eine lange Pause. »Aber über diese rein formellen, selbstverständlichen Initiativen zum Schutz der Bad Frankenthaler Bevölkerung und ihrer Kurgäste hinaus,

habe ich noch mehr getan. Rein privat, aber nach meiner Ansicht kaum weniger wirkungsvoll. Können Sie schweigen?« Und wissend, daß sie nicht schweigen und seine Initiative publicityträchtig herumerzählen würden, fuhr er triumphierend fort: »Ich habe eine kleine Gruppe von Spezialisten zusammengestellt, die im kleinen Rahmen, aber konzentriert die Wölfe bekämpfen wird. Als fachliche Beraterin steht im Mittelpunkt Frau Doktor Doris Schilling. Bekannt durch Funk und Fernsehen. *Die Wolfsspezialistin schlechthin!*«

Die Herren zeigten sich beeindruckt.

»Weiter?« forschte Weber. »Eine Frau kann keine blutrünstigen Bestien unschädlich machen.«

»Dafür steht Herr Köhlert ein, unser Revierförster. Er hat, das nur nebenbei, Großwilderfahrung! Er war in Kenia, Afrika. Er hat Löwen, Leoparden und . . . Er hat dort effektiv gejagt, meine Herren!«

Die Herren zeigten sich noch mehr beeindruckt.

»Wer zählt noch zur Gruppe?« wollte Karlshoofen wissen.

»Herr Jagel, mein Hubschrauberpilot. Er kommt aus der Bundesluftwaffe. Er hat Überlebenstraining im Eis und Schnee der Polarzonen mitgemacht. Er kennt sich aus und weiß sogar, wie man einen Iglu baut, meine Herren! Falls es hart auf hart geht bei der Verfolgung der Wölfe.«

Die Herren waren zufrieden. Lediglich Karlshoofen wandte abschließend ein: Das beste Mittel sei und bleibe Napalm.

Waitzenburg zündete sich genüßlich eine Havanna an.

»Meine Herren! Sie sehen, ich habe alles zur Erfolgssicherung Nötige veranlaßt!«

13

»Wir bitten Sie, sich zur Landung anzuschnallen und Ihre Rückenlehnen senkrecht zu stellen. In wenigen Minuten werden wir in Frankfurt landen.«
Die PAN-AM-Boeing hatte das Fahrwerk ausgefahren. Das NICHT RAUCHEN-Schild leuchtete auf. Auf der Steuerbordseite glitt der Henninger Turm im Grau der Wolkenfetzen vorüber. Die weißen Teichflächen des Stadtwaldes hoben sich mit schmalen, dunklen Umrandungen aus dem Weiß der Bäume. Nach der Landung rutschte das dreistrahlige Düsenflugzeug leicht seitlich weg und machte einen jähen Schlenker. Dann rollte es behutsam von der Landebahn dem Terminal West zu, das hinter einem dichten Flockenschauer verborgen lag.
»Bitte bleiben Sie noch so lange sitzen, bis das Flugzeug vollständig zum Stillstand gekommen ist . . .«
Die Stewardeß, die von der vorderen Galley aus diese Ansagen gemacht hatte, wandte sich jetzt ihrer Kollegin zu und äußerte ärgerlich:
»Man sollte sich wirklich mal wünschen, daß sich einer von diesen Frühaufstehern ganz gewaltig auf seinen Allerwertesten setzt! Der Captain braucht nur sanft auf die Bremsen zu latschen, dann kleben sie alle vorn an der Cockpitscheibe.«
»Gegen Dummheit kämpfen Stewardessen selbst vergebens!« erwiderte die Kollegin seufzend und verschwand in der Kabine, um wieder einmal zwei eiligen Herren, die trotz der Ansage mitten im Gang standen, klarzumachen, was passiert, wenn ein mit auch nur 40 Kilometer pro

Stunde daherrollendes Flugzeug schlagartig zum Stillstand kommt, weil zum Beispiel einer der vielen Busse oder Catering-Wagen auf dem überfüllten Vorfeld die Vorfahrt nicht beachtet.
Gott sei Dank habe ich jetzt fünf Tage frei, dachte die Stewardeß, die die Ansagen gemacht hatte und Chef-de-Cabine war. Fünf lange, fünf verheißungsvolle Tage! Im Spessart! Bei Schnee und Skiwandern und Kaminfeuer-Bar und Peter Brinkmann!
Sie öffnete die vordere Tür und verabschiedete, automatisch lächelnd bei zumindest jedem zweiten Passagier, die Gäste, die keinen allzu ruhigen Flug von Berlin-Tegel gehabt hatten. Turbulenz in Schneeschauern – kein großer Service möglich!
Evelyn Bach flog als deutsche Stewardeß seit fast sechs Jahren auf den diversen Berlin-Strecken der PAN AM. Sie war aus Deutschland nicht hinausgekommen; dafür kannte sie Hannover, Frankfurt, München, Stuttgart und Köln bis ins letzte Geheimnis. Sie war neunundzwanzig, und mit ihrem cognacbraunen Haar, ihrer kaum weniger braunen Haut, ihrer Lebenserfahrung, ihrem Savoir-vivre, ihrer Mischung aus Sex, Erotik und Charme, die sie jedem beachtenswerten Mann entgegensignalisierte, war sie eindeutig *Number one* im Arsenal der deutschen PAN-AM-Stewardessen.
Sie sei die einzige deutsche Stewardeß der siebziger Jahre, deren Maße noch ideal wären, gab die PAN-AM-Chefstewardeß bei der Aufnahme unumwunden zu. Brust 92, Taille 62, Hüfte 91. So wunderte es niemanden, daß sie im Lauf ihrer gleichermaßen erfreulichen wie erlebnisreichen Jahre zwei Schönheitswettbewerbe gewann. Einen für Miß PAN AM – die schönste Stewardeß im Europa-Dienst der Fluggesellschaft. Einen weiteren für das attraktivste Mädchen Berlins, das mindestens eine Woche pro Monat in der Spreemetropole verbrachte.

Es war gegen dreizehn Uhr, als Evelyn Bach ihren Wagen auf dem Parkplatz vor dem Terminal entdeckte – besser gesagt: ausgrub. Er war unter einer dicken Schneeschicht begraben; und auf dem nichtasphaltierten Gelände standen bereits drei Wagen von Leidensgenossinnen quer und hatten sich in den Schneeverwehungen verfangen. Zwei weitere wurden abgeschleppt, weil die Batterie streikte.
Als sie das Chaos erblickte, fragte sie sich, ob ihr Entschluß, diesmal nicht zu ihrer Mutter nach Stuttgart zu fliegen, richtig gewesen war. Bei der Wetterlage! Normalerweise verbrachte sie alle Ruhepausen, die länger als vier Tage dauerten, bei ihrer Mutter in Vaihingen, die auf die Sechzig zuging und sich jedesmal freute, eine riesige Buttercremetorte für ihre erfolgreiche Tochter backen zu können – obwohl Evelyn ihr jedesmal klarzumachen versuchte, daß sie erstens Buttercremetorten grundsätzlich nicht übermäßig mochte und sich zweitens keine leisten konnte wegen ihrer Idealmaße, die sie unbedingt behalten wollte. Nach zahlreichen vergeblichen Ablehnungsversuchen, dezent genug, um ihre Mutter nicht zu kränken, hatte sie eingesehen, daß für liebende Mütter Illusionen gesünder seien als harte Tatsachen. Von da an schüttete sie die überreichlich bemessenen Portionen lieber heimlich ins Klo – was ihr jedesmal einen Stich in ihre liebende Tochterseele versetzte.
Seitdem sie Peter Brinkmann kennengelernt hatte, mußte ihre Mutter auch in anderer Hinsicht zurückstekken. Wie es sich für eine echte Stewardeß gehörte, war sie ihrer großen Liebe an Bord begegnet. Brinkmann pendelte häufig mit der PAN AM zwischen den ALUMEX-Werken in Hannover und einem Zweigwerk in Berlin. Anfangs hatten sie sich gegenseitig die interessantesten Bars in Berlin gezeigt, bald darauf trafen sie sich ungeniert in den Hotels; und Brinkmann wechselte sein Hotel am Lietzensee gegen das Crewhotel auf dem Ku-Damm.

Natürlich war Brinkmann, wie sich das für einen nicht mehr übermäßig jungen, aber um so erfolgreicheren Geschäftsmann gehörte, stramm verheiratet. Mit einer gleichaltrigen Frau, die er, natürlich, nicht mehr liebte. (»Ehrlich, Evchen, ich bin mit ihr vor fünf, sechs Jahren zum letztenmal ins Bett gegangen! Ehrlich!«)
Evelyn Bach wußte inzwischen, daß eine Stewardeß von neunundzwanzig, die noch immer nicht verheiratet ist, endgültig verloren war. Sie fand die unerfahrenen Jünglinge ihres Alters genauso fade, wie die Piloten gleichaltrige Provinz- und Bürgermädchen langweilig fanden. Welcher junge, aufstrebende Mann, dessen Bürostunden morgens um halb neun begannen und der sich für sein Fortkommen keine Verspätung oder auch nur Müdigkeit leisten konnte, war schon bereit, bis nachts um zwei auf seine Angebetete zu warten, die sich als Stewardeß mit ihrem Flugzeug um schlichte sieben Stunden wegen Schlechtwetter verspätet hatte oder statt mit der Boeing aus Stuttgart mit dem Wagen über überfüllte Autobahnen aus Nürnberg kam, weil ihr Flugzeug dorthin umgeleitet worden war?
Das hielt auf die Dauer kein Spießbürger durch; und so blieben einer im Dienst ergrauten Stewardeß nur noch die außergewöhnlichen, erfahrenen Männer, die bei einer Geliebten aufregend fanden, was sie bei ihrer eigenen Gattin (die hätte sich mal eine einzige Stunde verspäten sollen!) verdammt hätten.
Brinkmann, Peter also: Er nahm an einem Lehrgang in Bad Frankenthal teil. Und er hatte angefragt, ob sie bereit wäre, ab Mitte der Woche zu ihm zu kommen. Natürlich könne man sich dort im exklusiven Kurort nicht gemeinsam öffentlich zeigen, schon gar nicht vor den anderen Teilnehmern, aber die schönsten Stunden seien ja ohnehin immer jene der totalen Zweisamkeit gewesen...
Evelyn Bach machten derartige Formulierungen längst

nichts mehr aus; immerhin bestanden ja noch konkrete Aussichten, daß die eingeleitete Scheidung Brinkmann gegen Brinkmann demnächst zustande kam. Bis dahin machte ihr das Abenteuer noch immer als Abenteuer Spaß; was nach einer endgültigen negativen Klarstellung geschehen würde, wußte sie noch nicht.
Sie hatte endlich ihr Fiat-Coupé so weit ausgegraben, daß sie die Tür öffnen konnte. Der Motor sprang – o Wunder für einen südlichere Zonen gewohnten italienischen Wagen – sofort an. Hoffentlich sah es im Spessart nicht allzu wüst aus mit den Schneeverwehungen. Bis Hösbach konnte sie die Würzburger Autobahn benutzen; danach würde die Fahrt wahrscheinlich eine wilde Rutscherei werden.
Als sie endlich an der kaum zwei Kilometer entfernten Auffahrt am Frankfurter Kreuz ankam, hatte sie fast zwanzig Minuten gebraucht und bereits drei Auffahrunfälle passiert. Das schwere Schneetreiben und die glitschigen Betonbahnen erlaubten keine höhere Geschwindigkeit als sechzig. Die Autos zuckelten in einer endlosen Schlange geduldig und brav hintereinander her.
Wenn sie in Bad Frankenthal ankam, würde sie erst einmal ein Nachmittagsschläfchen machen, ehe sie Peter Brinkmann anrief. Bis neunzehn Uhr würde er an diesem Tag ohnehin mit seinem Lehrgang beschäftigt sein ...
Sie zog ihren rechten Lederhandschuh mit den Zähnen aus und zündete sich eine Zigarette an, die erste nach der Landung. Sie warf einen reflexhaften Blick in den Make-up-Spiegel und strich automatisch das lockere Haar nach hinten. Ihre Fußspitzen spielten geschickt zwischen Kupplung, Bremse und Gas hin und her.

Das Tier, das später »Der Töter« genannt werden sollte, hatte die Nüstern dicht über dem fremden Erdboden. Es vermißte den feucht-modrigen Geruch der herbstlichen

Pilze und Moose seiner östlichen Heimat, die Reinheit der Luft über den Steppen Rußlands, die Stille einer dämmernden Winternacht. Es war Tag und Nacht mit Lärm, mit Gerüchen konfrontiert worden, die ihm fremd und unbehaglich waren.

Seine Nüstern versuchten verzweifelt, aus dem Schneeboden Vertrautes zu atmen: die Mythen der Erde. Die verborgenen Zeichen, die ihm Hinweise gaben für sein Verhalten. Die Geborgenheit, die es seit langen Wanderwochen vermißte. Nach dem großen Schock, der großen Panik, waren sie weggezogen, hechelnd, gehetzt in den ersten Tagen, nachlassend im Tempo, als sie immer tiefer und unausweichlicher in die neue, fremde Welt der unerwarteten Gerüche und Geräusche hineingerieten.

Und wieder waren die gleichen Ungeheuer dagewesen, die sie einst aus dem Osten fortgetrieben hatten, die gleichen Lärmorgien, die gleichen Eruptionen des hartgefrorenen Bodens. In Panik waren sie abermals auseinandergestoben, nachdem sie sich gerade wiedergefunden hatten: ein Rudel von rund zwölf Tieren. Wellen von Schrecken liefen über sein Rückgrat, wenn es sich ähnlichen Situationen gegenübergestellt sah. Beim Überqueren einer Straße, beim Wechsel durch einen reißenden Fluß, dessen Gewässer von seltsamen Giften, Säuren und Schlieren durchzogen waren, die seine Sinne verwirrten, lähmten oder reizten.

Es mußte ausweichen, flüchten, im Schlaf aufspringen; und jetzt, als es, in einer fremdartigen Umgebung, über eine kahle, langhingezogene Asphaltfläche sprang, spürte es beißenden Schmerz in den Hinterläufen, jaulte, heulte auf, zog sich mit den Vorderläufen ins rettende Dickicht, blieb liegen, heulte den milchblauen Schnee an . . .

14

Bei Hösbach bogen sie auf die Würzburger Autobahn ein. Jagel fuhr Waitzenburgs »kleinen« Mercedes; der Wagen war auf den ungestreuten Waldstraßen mehr gerutscht, als er eigentlich hatte verantworten können. Dreimal war die Landstraße blockiert gewesen durch Schneepflüge, die nur mühsam vorwärtskamen.
Über Hessen 3 kamen fast pausenlos neue Warnungen durch – über gesperrte Straßen, vereiste Abfahrten, Auffahrunfälle wegen schlechter Sicht und dichten Schneefalls im Taunus und im hessischen Spessart. Am Frankfurter Kreuz gab es Schlangen bis zu zwölf Kilometer Länge. An einer Brücke auf der Darmstädter Autobahn war ein Laster gegen den Pfeiler gerast: sämtliche Spuren waren mit Trümmern übersät, beide Richtungen blockiert.
Der Wald, durch den Deutschlands landschaftlich schönste Autobahn führte, stand wie eine weiße Mauer zu beiden Seiten der Fahrspuren. Im dichten Schneegestöber waren Einzelheiten nicht zu erkennen. Wenn sie einen der zahlreichen Laster überholten, quälten sich die Scheibenwischer mühsam und jaulend durch die aufgewirbelten Schneemassen.
Jagel war, als Waitzenburgs Fahrer, Kummer gewohnt und brachte es fertig, beim riskantesten Überholmanöver noch entspannt zu plaudern.
»Sie fragen sich natürlich verzweifelt, weshalb ich hinter einer simplen Wolfsspur herjage«, sagte Doris Schilling, als kurz zur Linken wie eine Vision das Johannisberger

Schloß von Aschaffenburg auftauchte und sofort wieder ausgelöscht wurde.
»Die Vierundsechzigtausend-Dollar-Frage!« gab Jagel zu.
»Wissen Sie, wann der letzte eingeborene Wolf in Deutschland erlegt wurde?«
»Natürlich nicht!«
»Achtzehnhundertsechsundvierzig!«
»Aber seit der Zeit sind Wölfe trotzdem immer wieder sporadisch im Westen aufgetreten?«
»Ich habe das gestern abend schon erwähnt, bei diesem ominösen Gespräch mit Ihrem Direktor.«
»Wieso ominös?«
»Nun, Ihrem . . . äh, Chef? Ihrem Chef also war es darum zu tun, die Schuld auf die wildernden Schäferhunde zu schieben statt auf einen Wolf. Er hielt die Schäferhunde im Hinblick auf das Renommee seines geliebten Kurortes für harmloser als einen waschechten Wolf. Das, Herr Jagel, hat mir fast die Tränen in die Augen getrieben!«
»Machen Sie mal, Frau Doktor Schilling!«
»Später! Alles der Reihe nach: Ich bin deshalb so intensiv hinter jedem Wolf her, weil diese Gattung so überaus selten geworden ist. Wenn es wieder Wölfe in Deutschland geben sollte – und es scheint so –, dann möchte ich gern über jeden einzelnen informiert sein.«
»Seit wann beschäftigen Sie sich damit?«
»Genaugenommen seit meinem fünften Lebensjahr. Sagen wir so: Ich war im letzten Sommer in Polen. In Bialowieza. Das ist ein geschützter Urwald an der russischen Grenze. Der Wald selber dehnt sich weit nach Rußland hinein aus und ist auch dort geschützt. Aber ich habe nur im polnischen Teil vier Monate verbracht. In der mitteleuropäischen Tiefebene ist dieser Urwald der letzte seiner Art.«
»Ah, warten Sie! Hat man dort nicht Wisente ausgesetzt?«

»Ihre grauen Zellen haben die richtige Karteikarte gezogen, Herr Jagel! Falls Sie ein Statistik-Fan sind: Zwischen den Jahren 1821 und 1889 schwankte ihr Bestand zwischen 722 und knapp 1900. Im Winter 1919 waren nur noch neun Wisente vorhanden. Und schon im Februar 1919 fiel der letzte den Wilderern zum Opfer. Erst 1929 hat man die Wisentzucht wiederaufgenommen. 1939, bei dem Überfall auf Polen, gab es wieder sechzehn Wisente. Nach Kriegsende siebzehn. Das besagt nichts darüber, daß die Zahl während der Kriegsjahre zunächst enorm anstieg, dann aber durch die rücksichtslose Bejagung durch Offiziere der deutschen Wehrmacht wiederum sank. Um es kurz zu machen, Herr Jagel: Schon 1972 hatten wir dort weit über zweihundert Tiere. Die Zahl nimmt jetzt ständig zu.«
»Frau Doktor Schilling, man merkt, wie begeistert Sie von dem Bialowieza-Urwald sind! Aber was ist mit den Wölfen?«
»Auch die Wölfe verschwanden aus dem Urwald. Wie auch Wildkatzen, fliegende Eichhörnchen, Auerochsen und Wildpferde. Aber sie wurden erneut angesiedelt. Und schon vor fünf Jahren gab es dort neben zwölf Elchen und vierzehn Luchsen wieder ein gutes Dutzend Wölfe, die sich von Jahr zu Jahr vermehrt haben. Ich habe mich mit Verhaltensforschung beschäftigt, insbesondere mit dem Verhalten der Wölfe.«
»Und zu welchem Ergebnis sind Sie gekommen?«
»Herr Jagel, vielleicht später mal. Jetzt sollten wir versuchen, die richtige Abfahrt nach Darmstadt zu finden. Die Sicht wird von Minute zu Minute schlechter!«
Jagel hatte den Main überquert und war in die Abfahrt Aschaffenburg-West eingebogen. Von hier wollte er über Stockstadt, Babenhausen und Dieburg nach Darmstadt weiterfahren. Die Flocken fielen jetzt so dicht, daß sich der Schnee wie ein Wall vor den Autoscheiben auftürmte

und die Scheibenwischer kaum befriedigend wischen konnten. Im Schrittempo ordnete er sich auf die U 75 ein und quälte sich kilometerweit hinter einem VW mit vereister Heckscheibe her.
Während der größten Anspannung hatte Doris Schilling das Autoradio angestellt und begann plötzlich laut zu lachen.
»Dieser Song paßt ja wie die Faust aufs Auge!« erklärte sie dann.
»Das ist die Gruppe STEPPENWOLF III, die ist gerade sehr populär«, erläuterte Jagel. »Vor vierzehn Tagen war sie im ›Musikladen‹ der ARD. Mit diesem Lied.«
Die Gruppe sang:
»Ich möchte leben
In den Sümpfen der Dinosaurier,
Wo Wölfe spielen
mit dem Tand der Technik ...«
Jagel bog auf die B 26 nach Babenhausen ein. Er mußte einen schweren Lastwagen vorbeilassen, der ein holländisches Nummernschild trug.
»Hübsch!« kommentierte Doris Schilling. »Ich mag den Rhythmus!«
»Die uranische Stille
Im bleckenden Vakuum
des Wolfsmauls!«
Jagel sah verstohlen zu der Frau hinüber, die da neben ihm mit dem ganzen verführerischen Körper den Takt mitschlug.
»Originell arrangiert!«
»... Der Wolf und ich
Und Sturm und Schnee und Stern ...«
»Und Sturm und Schnee und Stern!« wiederholte Jagel ironisch. »Hoffentlich kommen wir heil und pünktlich nach Darmstadt!«

»Ich glaube nicht, daß Sie das Richtige tun!« äußerte die Krankenschwester höflich, aber entschieden.
»Aber ich muß eine klare Auskunft haben!« wandte Doris Schilling verzweifelt, aber kaum weniger entschieden ein. »Von dem, was das Kind sagt, kann das Schicksal weiterer Kinder abhängen!«
Sie saßen am Krankenbett von Christiane Bruhns. Das Kind lag bleich und geschwächt von der Operation in den Kissen. Alles im Krankensaal der chirurgischen Abteilung war weiß: Wände, Laken, Kissen, Decken und Verbände, Krankenschwestern und Patienten. Der Oberkörper des Mädchens war in einen dicken Verband gewickelt, ihr rechter Arm geschient und in Gips gelegt. Von der Stirn bis zum Hinterkopf zog sich ebenfalls ein Verband hin.
Doris Schilling holte ein weiteres Foto aus ihrer Tasche und beugte sich vor.
»Sieh mal, Christiane: Dieses Tier hier ähnelt einem Schäferhund, ist aber keiner. Ich erklär dir mal, was alles anders ist.« Sie warf der Schwester einen unruhigen Blick zu – eine gut aussehende, aber äußerst energische Frau um die Vierzig, der man das Anordnungengeben schon am resolut vorgestreckten Kinn ansah. »Anders ist zum Beispiel die Schnauze. Sie wirkt von vorn schmaler als bei einem Hund. Die Augen stehen ziemlich schräg und wirken zurückgezogen, genauso die Ohren. Sie stehen nicht so steil wie bei einem Hund. Und die Rute . . .«
»Was ist das, die Rute?« fragte Christiane schwach und warf ihren Kopf mit den langen Zöpfen nervös hin und her.
»Der Schwanz, Christiane. Ein Wolf wedelt nicht wie ein Hund. Der Schwanz steht beim Trab fast waagerecht, und im übrigen ist er häufig eingezogen.«
»Ich weiß nicht«, jammerte Christiane jetzt leise. Ihr standen Tränen in den Augen. Doris Schilling sah zwei-

felnd ihren Begleiter an. »Der Hund hatte ganz, ganz hohe Beine und einen ... einen ganz engen Körper!«
»Ganz hohe Beine?« Doris Schilling jauchzte es fast. »Und einen ganz, ganz schlanken Körper? Weniger durchhängend wie bei einem Schäferhund?«
»Ganz hohe Beine, ja«, zögerte Christiane. »Könnten Sie mal meine Stirn kratzen? Es juckt so gräßlich!«
Sie begann die Stirn des Kindes zu streicheln, während Jagel mit überaus freundlichen Blicken versuchte, die Schwester von erneuten Unmutsbekundungen abzuhalten. Dann zog Doris Schilling rasch ein neues Bild aus der Tasche und hielt es dem Mädchen vor. Es zeigte die Frontalaufnahme eines Wolfsgesichtes, mit zurückgezogener Oberlippe, entblößten Schneidezähnen und gesträubtem Fell.
»Sah das Tier etwa so aus?«
»Ja!« wimmerte Christiane jetzt und versuchte instinktiv, die einzige freie Hand vor die Augen zu halten.
»So, jetzt reicht es mir!« Die Krankenschwester näherte sich drohend. Doris Schilling und Jagel sprangen von ihren Stühlen auf. »Sonst muß ich den Chefarzt benachrichtigen!«
Doris Schilling strich sich über die Stirn.
»Es tut mir leid«, sagte sie leise. »Glauben Sie nicht, es wäre meine Absicht gewesen, dieses arme Kind zu quälen. Wirklich nicht! Ich möchte nur weitere Kinder vor dem gleichen Schicksal bewahren.«
Als sie sich von dem Mädchen verabschiedet und einen Riesenkorb mit Früchten und Schokolade und Adventsgebäck zurückgelassen hatten, meinte Jagel:
»Ja, es war hart für das Kind. Aber jetzt sind Sie wenigstens sicher, daß es sich – unabhängig von meinen Spurenfotos – um einen Wolf handeln muß?«
»In derartigen Situationen geht mein Forschungsdrang immer mit mir durch. Es war falsch, das Kind so zu quä-

len. Frau Doktor Doris Schilling, Sie haben mal wieder Mist gemacht!«
Diese selbstkritische Äußerung war so privater Natur, daß Jagel überrascht vor seinem Wagen stehenblieb. Bisher hatte er sie als eine zurückhaltende, kühl kalkulierende Wissenschaftlerin kennengelernt, die einen Mann mit der gleichen faszinierenden Begeisterung betrachtete wie ein Bund Petersilie.
»Vergessen Sie's, Frau Doktor Schilling. War es nun ein Wolf oder nicht?«
Er hielt ihr die Wagentür auf; sie warf sich in die Polster, während er um die Motorhaube herumging und die Tür auf seiner Seite aufschloß.
»Mit absoluter Sicherheit, Herr Jagel, läßt sich sagen: Es war ein Wolf!« Sie wartete, bis er seine Gurte angelegt hatte. »Das Malheur ist nur: In der modernen Wissenschaft gilt manchmal selbst die absolute Gewißheit nicht allzuviel. Es gibt nämlich einen finsteren Punkt, der gegen den Wolf spricht.«
»Und welchen?«
»Herr Jagel, aus Ihrer Schulzeit sind Ihnen sicher die erbaulichen Geschichten von Großwildjägern in Erinnerung, in denen diese einzigartigen Helden sich mit dem Mut eines Supermannes gegen ganze Horden blutrünstiger Raubtiere verteidigen. Und selbst bei Tolstoi ist noch die Rede von Pferdeschlitten, die in sibirischer Nacht von Wolfsrudeln verfolgt, angefallen und gefressen werden. Die Insassen, natürlich.« Sie trommelte gegen die Kunstholzverschalung. »Im Gegensatz zu all diesen erbaulichen Geschichten aus unserer wohlbehüteten Kindheit gibt es keinen einzigen wissenschaftlich belegten Fall, keinen einzigen, Herr Jagel, in dem ein Wolf jemals einen Menschen angefallen hätte!«
»Aber die kleine Christiane, Frau Doktor Schilling, ist, wie Sie gerade festgestellt haben, von einem Wolf ange-

fallen worden. Und ihr rechter Unterarm wird, wie uns der Chirurg, Professor Doktor Trapps, mitgeteilt hat, morgen wahrscheinlich amputiert werden! Ein Wolf also, der etwas tut, was es nach Ihrer Feststellung noch nie gegeben hat!«

»Richtig, Herr Jagel! Und diese Tatsache bedeutet nichts, absolut nichts Gutes!«

15

Sie kamen mit dreistündiger Verspätung nach Bad Frankenthal zurück. Schon die Autobahn war ein einziges Trümmerfeld gewesen: von der Fahrbahn gerutschte Lkws, Pkws, die zu dicht aufgefahren waren und ihre Bremswege nicht eingehalten hatten, Sperrungen wegen Schneeverwehungen. Aber als sie von der Autobahn nach Norden in den Staatsforst Hain abbogen, erschien ihnen die Autobahn wie ein Ferienerholungsheim. Die Fahrspuren waren durch den dichten Schneebelag kaum noch sichtbar; und als sie auf die neu ausgebaute, aber kaum befahrene Straße nach Frankenthal einbogen, wurden die letzten fünfzehn Kilometer zur Qual.
Jagel wollte gerade erschöpft in den Hotelsessel sinken, den Doris Schilling ihm in ihrem Zimmer anbot, als das Telefon klingelte. Sie zog die schmalen Brauen hoch.
»Kann nur Big Chief sein!« mußmaßte sie, nahm ab, meldete sich: »Hier Schilling!«
»Waitzenburg hier!«
Sie warf Jagel einen bestätigenden Blick zu, schob ihm die Flasche Cognac näher heran und vertiefte sich ins Gespräch. Jagel hatte sich zurückfallen lassen und beobachtete sie mit weit gebreiteten Armen. Schon nach wenigen Sätzen zeichnete sich auf ihrem Gesicht Überraschung ab. Sie zog sich einen Notizblock heran und begann fieberhaft zu notieren, was Waitzenburg ihr durchgab.
Das Gespräch dauerte mehr als zehn Minuten. Hauptsächlich bestritten von Waitzenburg, denn Doris Schil-

ling gab lediglich kurze Kommentare zurück: *Möglich schon. – Nein, unwahrscheinlich. – Das sollte man in Ruhe durchdiskutieren. – Wenn das wahr wäre, o heiliger Spessart!*
Darüber vergaß Jagel seinen Cognac.
Als sie endlich auflegte, starrte sie ihn eindringlich an, kratzte sich geistesabwesend am rechten Pulliärmel und fragte an, weshalb man eigentlich auf der haarsträubenden Rückfahrt die Nachrichten nicht mitgehört habe.
Das wußte er so genau auch nicht. Er war, als Fahrer, mit nichts als den Straßenzustandsmeldungen beschäftigt gewesen. Ansonsten sei er froh, den schweren, nicht übermäßig wintertauglichen Wagen so sicher auf der Fahrbahn – oder dem, was noch davon übriggeblieben war – gehalten zu haben.
»Waitzenburg«, sagte sie und schenkte sich selber eine tüchtige Portion ein, »hat mir die Vierzehnuhr-Nachrichten durchgegeben.« Sie studierte ihren Notizblock. »Oder das, was für uns wichtig sein könnte. Und er bittet uns, um spätestens fünfzehn Uhr bei ihm zu sein!«
Jagel gähnte demonstrativ. »Lieber würde ich vier Stunden schlafen!«
»Nicht, wenn Sie diese Nachricht gehört haben!«
»Lesen Sie vor!«
Doris Schilling las von ihrem Zettel ab:
»In der Nähe von Bad Frankenthal im bayrischen Spessart ist die Leiche eines Mannes gefunden worden, der vermutlich einem Wolfsangriff zum Opfer gefallen ist. Es handelt sich um den siebenunddreißigjährigen Public-Relations-Manager Dietrich Kürschner, der seit gestern abend als vermißt galt. Heute mittag gelang es der örtlichen Kriminalpolizei in Zusammenarbeit mit einer in Schöllkrippen stationierten Bundeswehreinheit, die Reste der stark verstümmelten Leiche aufzuspüren. Sie wurde trotz schwerster Wetterbehinderung im Schöll-

krippener Forst, etwa fünfzehn Kilometer nördlich der Autobahn Frankfurt – Würzburg von einer Pioniereinheit ausfindig gemacht. Erst jetzt wurde offiziell bekannt, daß bereits einen Tag vorher ein zehnjähriges Mädchen, etwa fünf Kilometer vom jetzigen Tatort entfernt, von einem nicht identifizierten Tier angegriffen wurde. Das Mädchen befindet sich zur Zeit im Darmstädter Städtischen Krankenhaus. Die Untersuchungen dauern an. Wölfe sind seit Ende des Zweiten Weltkrieges in Deutschland nur noch als sporadische Teilzieher beobachtet worden.«
Jagel starrte sie entsetzt an.
»Himmel, wenn es wahr ist, daß der Mann von einem Wolf entzweigebissen wurde, dann . . .« Er zerbiß sich die Lippen. »Dann sollte man ihn schnellstens aufspüren und abknallen.«
Doris Schilling reagierte völlig gelassen.
»Ja, da könnte einiges auf mich zukommen.«
Jagel sah sie überrascht an, als werde ihm erst jetzt bewußt, daß sie mit den Wölfen zu tun habe.
»Was, in Gottes Namen, wollen denn Sie eigentlich dagegen unternehmen? Sich als Spurenleser betätigen und irgendeine Bundeswehreinheit anführen?«
». . . Und die böse, böse Hexe führte die Kinder tief und immer tiefer in den deutschen Märchenwald hinein!« spottete sie. »Prost, Herr Jagel. Das beste ist, wir warten erst einmal ab, was uns Big Chief heute zu sagen hat!«
»Sie tun so, als wüßten Sie es bereits!« sagte Jagel seufzend.
Er sah wieder den roten Schnee vor sich, der sich zu einer riesigen Blutlache zu weiten und die Hänge des Spessarts hinunterzuströmen begann.

Sie hatte die Abfahrt bei Hösbach verpaßt und mußte bis Weibersbrunn weiterfahren. Dort bog sie nach Norden

auf die Landstraße nach Heigenbrücken und Bad Frankenthal ab. Die Schneeschauer waren jetzt so dicht, daß die Wischer ihre Arbeit selbst bei dem geringen Tempo nicht schafften, das die Straßenverhältnisse erlaubten.
Evelyn Bach schwor sich, bei nächster Gelegenheit die Blätter auswechseln zu lassen. Sie waren schon lange nicht mehr die besten, und ihr gräßliches Quietschen und Knarren ging ihr auf die Nerven. Sie spürte, wie erschöpft, wie abgeflogen sie schon seit langem war. Sie war mehr als urlaubsreif. Aber ihren nächsten Urlaub hatte sie, obwohl sie begeisterte Skifahrerin war, auf das Frühjahr verschieben müssen, weil Peter Brinkmann erst im Mai eine Möglichkeit sah, sich mit ihr in Spanien für längere Zeit zu treffen. Während eines Inspektionsbesuches auf der ALUMEX-Außenstelle in Barcelona.
Sie war diese totale Ausrichtung auf die Möglichkeiten ihres Geliebten gewohnt. Aber manchmal regten sich in ihr Protest und Stolz. Sie fragte sich, ob einer immerhin nicht unattraktiven Frau mit dem Titel Miß PAN AM nicht doch andere Gelegenheiten geboten wurden, die große Liebe kennenzulernen.
Jetzt, im Kampf mit den widerspenstigen Naturelementen, auf der absolut menschen- und autoleeren Landstraße, war sie in der richtigen Stimmung für derartige Fragen. An Bord fühlte sie sich jeder Situation gewachsen. Sie war gewohnt, in einer künstlichen Welt zu leben, die durch technische Apparate auf dem lebensnotwendigen Niveau gehalten wurde. Zur Natur hatte sie nicht die geringste Beziehung. Die überflogenen Landschaften waren für sie nichts als eine diffus-blaue Trübung der Kabinenfenster, durch die sie ohnehin nie blickte. Mochte die Außentemperatur in der Reiseflughöhe minus dreißig Grad betragen – sie hatte volles Vertrauen zu den Geräten, die ihr eine gleichbleibende Kabinentemperatur garantierten. Sie beherrschte ihre Notausrüstung aus dem

Effeff: Mochte ein altes Mütterchen, das ihre einzige Tochter zum erstenmal auf dem Luftweg besuchte, ruhig rot im Gesicht anlaufen – schon war sie mit dem tragbaren Sauerstoffgerät zur Hand.
Jetzt, inmitten des Schneetreibens auf einer rutschigen Landstraße, deren Spurführung gerade noch durch eingeprägte Reifenabdrücke markiert wurde, fühlte sie sich der Natur ausgesetzt wie einer undurchschaubaren feindlichen Macht. Fetzen von Kindheitserinnerungen aus dem Märchenvorlesealter kamen ihr in den Sinn, als sie sich mühsam die kurvenreiche Straße entlangquälte.
Das Schneiderlein wanderte und kam in einen großen Wald; da begegnete ihm ein Haufen Räuber . . . Hänsel und Gretel gingen die ganze Nacht und noch einen Tag von Morgen bis Abend, aber sie kamen aus dem Wald nicht heraus . . .
Und war der Spessart nicht der Märchenwald der Brüder Grimm gewesen? Oder war es der Reinhardtswald bei Kassel? Egal, sie hatte Märchen nie gemocht; sie hatten ihr mehr Furcht als Trost eingeflößt. Und hatte sie nicht gerade, beim flüchtigen Durchblättern eines an Bord liegengelassenen Buches, folgendes gelesen:
Wer aber dies begehrte: Wald, urhaftes Rauschen, Einsamkeit und märchenblauen Dämmer und bösen Tierschrei, fürchterlichen sagenhaften Mond, zog durch den Spessart. Wo Stürme sind, viel Schnee im Winter . . . Wo Wolken immer dunkel sind in ihrer Fahrt darüber, wo Nebel an den Morgen dampft in Holz und Rohr . . . Wo Wild vorbeizieht, wundervoll ruhig, in großen Rudeln . . . !
Sie hatte das Bändchen zurückgelegt – mochten sich andere an derartigen Erzählungen erfreuen: ihr bereitete das alles Unbehagen.
Kein Auto. Nichts im Rückspiegel als konturloses Grau. Mausgrau. Fledermausgrau. Rattengrau.

Sie umklammerte das Lenkrad fester. Sie war es leid, leid, leid. Die entsetzliche Fahrt. Ihre ganz besondere Situation. Das ganze beschissene Leben!
Sie wußte: Wenn sie heute nacht in Peters Armen, in Peters Bett, in Peters Umklammerung lag, würde sie mit Beschämung an ihren nachmittäglichen Kleinmut und ihre Verzagtheit denken. Denn Peter K. Brinkmann war nicht nur ein vorzüglicher Geschäftsmann mit unbefristeter Erfolgsgarantie. Er war auch ein ausgezeichneter, einfühlsamer Liebhaber, der wußte, was eine welterfahrene, liebeshungrige Frau brauchte. Mochten die Grenzen dieser großen weiten Welt auch zur Zeit bei Berlin-West und Köln-Bonn liegen.
Um sich selber Mut für die letzten zehn Kilometerchen zu machen, begann sie irgendeine Melodie laut zu summen, die ihr in den letzten Wochen aus zahllosen Transistorradios entgegengerockt war:

Ich möchte leben
In den Sümpfen der Dinosaurier . . .

Sie fluchte, weil sich klebriger Packschnee an jeder Stelle der Scheibe festsetzte, die nicht vom Scheibenwischer erreicht wurde.

Die zärtlichen kleinen Bisse
Im allesverschlingenden
Raubtierrachen der Endzeit:
Armageddon Armageddon!
Und Ströme von Blut Blut Blut:
Auf Transistoren Automatikschaltungen Nescafédosen
Instant death
Auf Scheibenbremsen vorn und Pornosex von hinten
Auf die heile Welt der Fernsehwerbung und Overkill-NATO
Instand death
Und Sturm und Schnee und Stern

*Die Wolfszeit bricht an
Und Sturm und Schnee und Stern ...*
Evelyn mochte die klare, aber climaxreiche Melodie, die von dem komplizierten Text ablenkte. Sie mochte auch die Stimme des Leadguitar-Sängers mit seinem kultisch beschwörenden *Armageddon Armageddon* und *Instant Death Instant Death*. Sie wußte nicht, was *Armageddon* bedeutete. Aber mit bewährter Zielstrebigkeit nahm sie sich vor, sofort im nächsten Lexikon nachzuschlagen.
Der Rhythmus ging ins Blut und lenkte von der Straßenmisere ab. Zwischen den finsteren Wänden der Fichten war es so düster geworden, daß sie Abblendlicht einschaltete.
*Der Wolf und ich
Und Sturm und Schnee und Stern ...*
Dann spürte sie einen Schlag gegen den Wagen.
Um den Bruchteil einer Sekunde hatte sie zu spät reagiert. Sie hatte eine Haarnadelkurve verpaßt und war mit dem hinteren Wagenteil gegen eine Fichte gerutscht, als sie das Steuer herumgerissen hatte.
Der Motor war abgewürgt worden; und die Stille, die sie überfiel, war beängstigend.
Sie stieg aus. Überlaut knallte die Tür ins Schloß. Sie besah sich den Schaden.
Auf den ersten Blick sah alles relativ manierlich aus: Beulen, ein paar Schrammen. Nichts Erschütterndes. Der alte Fiat hatte genug davon. Dann erkannte sie – wie sie sich auszudrücken pflegte: *selbst als garantiert technisch unbefleckte Jungfrau* –, daß irgend etwas nicht stimmte: Das rechte Hinterrad hatte sich heillos in der stark verbeulten Karosserie festgeklemmt.
Sie klopfte beruhigend auf die Hinterradverkleidung, deren stumpfer Lack mit penetranter Eindeutigkeit eben erst abgesprungen sein mußte. *Mach dir keine Sorgen, Chum, gleich hol ich dich hier raus, dann sind es nur noch*

zehn Kilometerchen bis zum Heiligen Peter. Der heilt all unsere Wunden, die man uns geschlagen hat!

Sie warf sich hinters Steuer, drehte den Zündschlüssel, gab Gas: Der Motor sprang einwandfrei an. Sie legte den ersten Gang ein, ließ die Kupplung kommen – da würgte sie ihn ab. Sie versuchte viermal, ihr Coupé zur weiteren Fortbewegung zu überreden, dann gab sie auf. Sie sprang hinaus; sie zerrte wütend, aber mit chaplinesker Erfolglosigkeit am verklemmten Hinterrad. Der Schnee fiel dichter und dicker. Der letzte Rest von Helligkeit schwand hinter den grauverhängten Wipfeln.

Die Kälte setzte ihr langsam zu. Sie warf einen Blick um sich. Keine zehn Meter vor sich entdeckte sie eine Art Blockhütte. Sie hüllte sich tief in ihren Mantel und arbeitete sich gegen den schneidenden Wind zu ihr vor. Die Hütte wirkte wie eine Bushaltestelle (was sie wahrscheinlich war); eine Sitzbank war alles, was sie hinter dem bogenförmigen Eingang entdecken konnte. Über der Öffnung stand:

WODIANKA-HÜTTE
SPESSARTBUND EV

16

»Mittwochabendwasser ist gutes Kaffeewasser«, sagte Waitzenburg. »Montags haben sich die Klärwerke noch nicht vom übersteigerten Verbrauch des sonntäglichen Tante-Emma-Kaffeeklatsches erholt. Dienstags versuchen die ersten Optimisten, wieder besseres Wasser abzuzapfen: erhöhter Verbrauch! Mittwochs, da gibt es den besten Kaffee in deutschen Landen!«
Jagel hatte seinen Chef noch nie so leutselig plaudernd erlebt. Die Anwesenheit Doris Schillings mußte die besten Seiten in ihm bloßlegen. Durch die riesigen Vollsichtscheiben ließ sich das spätnachmittägliche Treiben auf der Kurpromenade wie auf Breitleinwand verfolgen.
Jetzt war die Stunde der Unentwegten da. Weder Schneestürme noch mittlere Erdbeben hätten die ältere Trimm-dich-Generation von ihren täglichen Übungen abhalten können. Diese Übungen wurden gern kaschiert durch übertriebene Verbeugungen vor Bekannten (Rückenwirbel, Hüftgelenke), kleine Sprünge über Rasensperren, Trottoirstufen (Oberschenkelmuskeln, Gleichgewicht), heimliche Atempausen (Brustkorb).
Alternde Ehemänner versuchten, in der frischen Luft ein wenig Kraft für die öde Stunde vor dem Hotelabendessen zu schöpfen. Ihre Frauen lasen inzwischen »Madame«, *Die drei Musketiere* oder Siegfried Lenz. Zur Zeit lag eine neue Taschenbuchausgabe des Uralt-Bestsellers *Vom Winde verweht* in den Schaufenstern der drei ortsansässigen Buchhandlungen, man konnte dem leuchtendroten Einband in allen exklusiven Teestuben begegnen. Mei-

stens versteckten sich reife Frauen hinter seinen Seiten, die bei Nachmittagsgebäck und *Grand Marnier* entzückt schwärmten.

Wo sich Grüppchen guter Bekannter auf der Promenade zeigten, gingen stets die Männer geschlossen voran; die Frauen folgten in dezentem Abstand. Es gab Themen, die auf derartigen Kurpromenaden tabu waren: Politik, insbesondere die Rechten und die Linken. Die zunehmende Umweltverschmutzung. Revolutionen im Ausland, Entführungen, Erpressungen. Hingegen diskutierte man angeregt und ausgiebig über: den verlorenen Kegelabend, die Gewinne und Verluste im Spielkasino, das als neueste Errungenschaft in Bad Frankenthal zu Beginn der Wintersaison errichtet worden war. Über die heimlichen Eskapaden der Frau Geheimrat B. lagen weitaus exaktere Informationen vor als über den Aufstand einer obskuren Minderheitengruppe in Zentralafrika (für Zwecke, die ohnehin kein zivilisierter Mitteleuropäer durchschauen konnte) – schließlich wollte man sich erholen.

Man konnte sie selbst mit Randbemerkungen – über krebsfördernde Wirkungen der Pille und ähnliches – nicht erschrecken: sie nahmen die Pille ohnehin nicht mehr. Gewiß – die moderne Wissenschaft hatte ja immer recht – enthielten die Würstchen im Gasthof »Zur Linde« ein mehr als erträgliches Maß an Hexachlorophin – nun gut, man würde, vielleicht, seinen Würstchenkonsum beschränken. Immerhin war man, ohne Beanstandungen, sechzig, fünfundsechzig, siebzig Jahre damit gut gefahren.

Wirtschaftliche Schwierigkeiten? Rezession?

Nicht in Bad Frankenthal zur Winterszeit! Man war ja gerade hierher gekommen, um derartigen Problemstellungen zu entgehen, sofern sie überhaupt noch akut waren.

Die Kinder (aber wer hatte noch minderjährige Kinder,

seitdem er sich einen Aufenthalt im exklusiven Bad Frankenthal leisten konnte) kamen, bisweilen, zu kurz.
Mutti?
Was ist denn, Junge?
Was ist das für ein Vogel da drüben? Ein Aasgeier?
Ein was? Aasgeier? Die gibt es nur in Afrika! Das ist ein Adler!
Adler? Die gibt es doch in Europa überhaupt nicht mehr, Mutti!
Na also! Was fragst du denn so blöd, Junge!
Der Typ da unten, Mutti, der ist gestern nacht bei der Frau Schlemmer gewesen, du weißt doch: die mit der täglichen Mokkatorte!
Davon verstehst du nichts, Junge!
Jagel schaute interessiert hinter den einzelnen Gruppen her, die sich vom übelsten Winterwetter nicht abhalten ließen, durch Bad Frankenthal zu flanieren. Dort selber einmal promenieren, dachte er, mit einer rasanten Frau im Arm . . . Doris Schilling . . . *Das Bürgerliche in Klaus Jagel.*
»Bitte?«
Er schrak auf.
»Ich sagte«, wiederholte Waitzenburg, »wir können jetzt fest davon ausgehen: Es handelt sich nicht um wildernde Schäferhunde. Es handelt sich um einen Wolf!«
»Wie kommen Sie plötzlich darauf?« fragte Doris Schilling eiskalt.
»Nun, die Presse ist sich ziemlich sicher. Das gilt.« Er blickte sie betroffen an. »Sie selber waren es doch, die . . .«
»Schon. Aber plötzlich geben Sie mir recht . . . Also ein Wolf! Was jetzt?«
»Eben!« sagte Waitzenburg.
Jagel empfand die Stille, die folgte, als peinlich. Um auszugleichen, schlug er vor: »Einen Wolf kann man jagen.

Schießen. Frau Doktor Schilling ist Experte in Wolfsfragen.«
»Fein!« sagte Waitzenburg.
Wieder die peinliche Stille.
»Gut!« Doris Schilling straffte sich. Ihre Brüste zeichneten sich unter dem hautengen Pullover weitaus mehr ab, als für eine sachliche Diskussion schicklich war. »Sie attestieren mir, wenn ich alles recht verstehe, die Anwesenheit von – mindestens – einem Wolf?«
»Genehmigt!« sagte Waitzenburg.
»Und was, bitte, wünschen Sie jetzt?«
Waitzenburg kraulte sich zärtlich über seinen Schädel.
»Ich wünsche mir folgendes: Alle Wölfe, mag es einer, mögen es mehrere sein, müssen auf dem schnellsten, auf dem zuverlässigsten, auf dem verschwiegensten Weg abgeknallt werden!«
»Weshalb verschwiegensten?« fragte Doris Schilling, obwohl sie die Antwort wußte.
»Weil jede Publicity, jeder Bericht, auch der über eine erfolgreiche Bejagung, unserem Renommee als Kurort Schaden zufügt. Wir müssen schneller sein als, sagen wir, die Bundeswehr. Und wir müssen, das vor allem, lautlos sein. Die Wölfe müssen verschwinden, wie sie sich eingeschlichen haben: heimlich. Und da sie zur Zeit in meinem Revier ihr Unwesen treiben, zumindest in der näheren Umgebung Bad Frankenthals, müssen sie von dort aus bekämpft werden. Ich habe bereits alles mit meinem Revierförster besprochen. Morgen nachmittag beziehen Sie in seinem Forsthaus Quartier.«
»Ach?« sagte Doris Schilling.
Jagel erklärte: »Ich bin weder Jäger noch Wolfsspezialist. Was habe ich damit zu tun?«
»Sie sollen so eine Art von Organisator und Verbindungsmann sein. Haben Sie damals bei der Bundeswehr nicht an einem Überlebenskursus teilgenommen? Wie

man sich von den Früchten des Waldes, rohen Wurzeln und gebratenen Eidechsen ernährt?«
»Nette Aussichten!« kommentierte Doris Schilling. Sie musterte den Bürgermeister sorgfältig, mit den Augen einer Frau. Man sah ihm die Tennis- und Reitstunden an, die er wahrscheinlich transpirierend und fluchend Seite an Seite mit seiner Gattin verbracht haben mochte – die, übrigens, sah man nicht. Statt dessen trat jetzt auf einen Wink das Dienstmädchen ein und begann eine kalte Platte zu servieren: Käsehäppchen mit Walnüssen, Schinkenröllchen, ein wenig Kaviar. »Und Sie setzen voraus, ich sei an Ihrem Vorhaben interessiert?«
»Ich habe veranlaßt, daß Sie morgen früh im Schöllkrippener Leichenschauhaus die Überreste des zweiten Opfers begutachten können«, teilte Waitzenburg mit und biß herzhaft in ein Sandwich. »Ich nehme an, Sie möchten sich, wie am ersten Fall, wieder über die Art der Bißwunden informieren!« Er schenkte aus einer feingeschliffenen Karaffe einen leichten Mosel ein. »Auch Polizei und Ordnungsamt sind natürlich an Ihrer Mitarbeit interessiert. Die Bundeswehr würde Sie wahrscheinlich gern als Fährtenleser einsetzen. Aber wenn es so weiter schneit, ist die Bürokratie und Wehrtechnik in kürzester Zeit lahmgelegt wie mein Hubschrauber. Ich, nur ich, biete Ihnen die einmalige Chance, im Zentrum des Geschehens, im Forsthaus meines Revierförsters Köhlert, in unmittelbaren Kontakt mit dem Wolf oder den Wölfen zu treten. Natürlich, Sie müssen hier auf dem schnellsten Weg verschwinden. Morgen mittag um vierzehn Uhr wird Jagel Sie ins Forsthaus fahren.«
»Das wußte ich noch gar nicht!« sagte Jagel.
»Ab sofort wissen Sie es!«
Doris Schilling hielt mitten im Kauen inne. Hinter ihren schmalen Schläfen sah Jagel die feinen Adern pulsieren, ihre schlanken Finger trommelten auf die Tischplatte.

»Herr Waitzenburg, gestern bestritten Sie die Anwesenheit von Wölfen und plädierten für wildernde Schäferhunde. Darf ich Ihnen trotz oder gerade wegen Ihres Sinneswandels ein kleines Kolleg über den europäischen Wolf halten?«

»Bitte«, bat der Bürgermeister mit unnachahmlicher Grandeur.

»Herr Waitzenburg, Herr Jagel, ich habe mehrere Monate im Urwald von Bialowieza zugebracht. Obwohl dort die denkbar günstigsten Umstände herrschten, habe ich mehr als drei Monate gebraucht, um auch nur einen einzigen Wolf zu Gesicht zu bekommen. Wölfe sind menschenscheue Tiere, Herr Waitzenburg. Sie entsprechen nicht im geringsten dem Klischee, das wir von ihnen haben. Ich habe Wochen in einem amerikanischen Naturschutzpark für Wölfe gelebt: auf der Isle Royale im Oberen See in Minnesota. Dort haust der *Timberwolf*, ein naher Verwandter unseres Meister Isegrims. Trotz aller Tricks habe ich nicht ein einzelnes Exemplar entdeckt. Sie könnten einem Wolf ein blutendes Stück Fleisch vorhalten, und er würde sich mit eingekniffenem Schwanz zurückziehen. Er mag Ihren Geruch nicht, Herr Waitzenburg.« Und als sie merkte, daß der Bürgermeister betroffen reagierte, fügte sie hinzu: »Meinen genausowenig!«

»Ich verstehe Sie wirklich nicht. Gestern . . .«

»Und was die Möglichkeit betrifft, aus dem Osten bis in den Spessart vorzudringen«, fuhr sie fort, »da bilden nicht nur die minengespickten DDR-Zäune und -Selbstschußanlagen ein Hindernis. Es liegt nicht in der Natur der Wölfe, übergroße Strecken in Rudeln zurückzulegen. Es sind immer nur Einzelgänger, die derartige Distanzen überwinden würden.«

»Es war bisher noch nicht die Rede von einem Rudel«, warf Waitzenburg verstört ein.

»Da haben Sie recht. Aber Sie rechnen damit. Nehmen wir also einen Einzelgänger an: Er könnte bis zu zehn Kilometer pro Stunde längere Zeit durchhalten. Aber nicht mehr als fünfzig Kilometer pro Tag zurücklegen.«
»Gut. Das läge aber doch, bei dem anhaltenden Schneefall, im Bereich des Möglichen?«
»Ich will Ihnen nur einige Informationen zukommen lassen, Herr Waitzenburg. Ohne Schlüsse zu ziehen. Dazu ist es zu früh!«
»Für mich, für das Renommee Bad Frankenthals ist es fast zu spät!«
»Hören Sie weiter: Wölfe sind nicht sehr wählerisch in bezug auf die Beutewahl. Sie testen ihre Opfer nur auf zwei Merkmale: Geschwindigkeit und Stärke. Nur wer langsamer und schwächer ist, kann Opfer werden. Weiter: Ein Wolf kann nicht schnell töten. Er ist kein Hai, der einmal zubeißt und das Opfer in zwei Hälften trennt. Obwohl auch über die Angriffslust und Fähigkeit der Haie sehr viel Nonsens berichtet worden ist. Der Wolf bespringt zum Beispiel ein fliehendes Reh nicht einmal bis zur Halsschlagader, weil er dazu gar nicht in der Lage ist. Er versucht in den Unterleib zu beißen, so daß das Tier langsam verblutet und schwächer wird. Er kann zerren und reißen, aber niemals treffsicher und tödlich zubeißen.«
»Aber das zweite Opfer, Dietrich Kürschner, ist tot!« wandte Waitzenburg ein. »Der Wolf – und es war doch offenbar einer – ist ein Killer!«
»Ohne Zweifel kann der Wolf zu einem Töter werden!« bestätigte Doris Schilling.
»Das widerspricht aber doch eindeutig Ihrem Plädoyer für den menschenscheuen, schüchternen Wolf«, warf auch Jagel ein.
»Sie sehen – nichts als Widersprüche! Das ist das Beängstigende an diesem Fall!«

»Beängstigend?« Der Bürgermeister legte das eben aufgenommene Schinkenröllchen zurück auf den Teller. »Sie machen uns Mut!«

»Beängstigend ist äußerst harmlos ausgedrückt«, sagte Doris Schilling und betrachtete nachdenklich ihre Fingernägel. »Wenn meine Vermutungen stimmen, dann sehe ich . . . Nein, ich will Sie nicht beunruhigen!«

»Nur zu«, sagte Waitzenburg und versuchte, mit Leutseligkeit seinen Schock zu überspielen. »Was, bitte, sehen Sie auf uns zukommen?«

»Eine Welle blutigen Terrors – Wolfsterrors!« Und als der Bürgermeister wieder zusammenzuckte: »Die Tiere werden zu etwas gemacht, was sie gar nicht sind!«

»Dann nichts wie ab ins Forsthaus!« sagte Waitzenburg. »Bevor ihre süßen kleinen Plüschbeißerchen zu dem werden, was sie gar nicht sind: Bestien, die erst ein kleines Mädchen, jetzt einen ausgewachsenen Mann zerfleischt haben!«

»Vorher«, erwiderte Doris Schilling und sah lächelnd Jagel an, »würde ich gern einmal einen Gang durch das liebreizende Bad Frankenthal machen. Begleiten Sie mich?«

17

»Zum Abendessen zu früh, zum Mittagessen zu spät!« stellte Doris Schilling fest. »Was jetzt?«
»An die ›Sauhatz‹-Bar!« schlug Jagel vor. »Dort gibt es einen ausgezeichneten Spessart-Obstler.«
»Gibt es dort auch das, sozusagen, gewöhnliche Volk? Ich meine: Ich möchte nicht ins allzu Exklusive. Wenn ich mich schon mal für irgendeinen Ort interessiere, dann möchte ich nicht immer nur in einer hermetisch abgeschlossenen, klimatisierten Plastikfolie herumgereicht werden. Ich möchte unter die Leute!«
»Genau richtig!« beruhigte Jagel sie.
Sie waren durch die Arkaden-Shops und Boutiquen der Hauptstraße gebummelt. Sie hatte den an und für sich romantischen Marktplatz bewundert, mit seinen Satteldach-Häusern, Hauserkern und Fledermausgaupen, der fast ganz unter den geparkten Autos verschwand. Jetzt allerdings waren die meisten Wagen unter der Schneedecke verschwunden. Hier und da sah man einen tief vermummten Fahrer, der sein teures Gefährt freizuschaufeln versuchte.
Da gab es pseudomoderne Fassaden, kalt und geschmacklos, hinter denen noch ungemütlichere Räumlichkeiten vergeblich auf Kundschaft harrten. Da waren die üblichen Souvenirläden mit holzgeschnitzten Hexen, Plastikgeweihen und bemalten Birkenstammscheiben. Einige Eckhäuser mit Fachwerk sahen aus wie eine kleinere Ausgabe des Michelstädter Rathauses.
Die »Sauhatz«-Bar wirkte mehr wie eine modernisierte

Kneipenstube. Doris Schilling runzelte die Stirn. Aber als sie auf einem der Hocker saß, fühlte sie sich genau in jener Atmosphäre über dem Stammtisch- und unter dem High-Society-Niveau, die sie bevorzugte.
Im Hintergrund wurde an bierlachenübersäten Tischen Skat gedroschen. Aber hier, vor den Neonlicht reflektierenden *Jack-Daniels-*, *Courvoisier-* und Vermouth-Flaschen, saß die obere Bürgerschicht und die unterste Garde der oberen Zehntausend; von dieser Theke waren Korn und Klarer verbannt; und wenn man Bier bestellte, dann in Flaschen von Heinekens oder Tuborg.
»Was treibt eine Frau wie Sie dazu, sich mit Wölfen abzugeben?« Jagel sah über sein Glas hinweg seine Begleiterin fragend an. »Gut, Sie haben kurz Ihren Vater erwähnt. Aber was versprechen Sie sich hier, im Spessart, eigentlich davon, hinter einem Wolf herzujagen? Morgen werden wir zu Köhlerts Forsthaus hinauffahren; und wenn wir Glück haben, wird er das Raubtier erlegen. Der Mann ist ein ausgezeichneter Jäger. Ein feinfühliger Spürhund, wenn auch seine Manieren mehr als grob sind. Aber ich meine: das war es dann. Ich nehme an, Sie haben schon mal einen toten Wolf gesehen. Was also treibt sie?«
»Lieber Herr Jagel, heutzutage sind gezielte Direktheit und unmißverständliche Klarheit *in*. Ich aber neige dazu, mich auf Umwegen dem Ziel zu nähern, allzu präzise Äußerungen zurückzunehmen. Weil Klarheit in unserer überkomplizierten Welt nur möglich wird, wenn man seine geistigen Scheuklappen aufsetzt. Ich neige zum Zweifeln, zur Mehrdeutigkeit.«
»Das widerspricht völlig meinem ersten Eindruck von Ihnen. Sie kamen außerordentlich kurzentschlossen und mit klaren Zielsetzungen hierher.«
»Da ging es um organisatorische Äußerlichkeiten. Ihre Frage zielt tiefer. Lassen Sie mir Zeit mit der Antwort?

Ab morgen abend sitzen wir ja ohnehin in Ihrem Wirtshaus im Spessart... Verzeihung! Im Forsthaus von Herrn Köhlert!« Sie lachte laut auf. Zum erstenmal stellte Jagel sozusagen recht menschliche Züge an Frau Dr. Doris Schilling fest. Bisher hatte er sie als eine Frau mit ausschließlich kaltem Intellekt eingeschätzt. So konnte man sich irren! »Ich stelle mir ein gemütlich knisterndes Herdfeuer vor, Herr Jagel. Und einen herzhaften Schluck *Bärenfang* oder so – während draußen der erbarmungslose Winter dräut!«

»Moment mal!« Jagel stutzte und neigte sich in Richtung Stammtisch. »Da scheint von Ihrem... von unserem Wolf die Rede zu sein!«

In der Gaststube war eine heftige Diskussion im Gange. Die Stimmen der erregten Bürger hinter Bier, Korn und Skatblatt waren laut genug, daß sie auch an der Theke zu verstehen waren.

»A Schand is dös, un de Bürgermeister dut nix!«

»Meine Herren, wir sollten mit klaren Forderungen an unsere Verantwortlichen herantreten!«

»Richtig! Wir sind ein sauberer Kurort, ein blitzsauberer! Für Gesindel, für solches Gesocks ist hier kein Platz nicht! Nicht bei uns!«

»Sehr richtig!«

»Da kann ja jeder daherkumme und unsere kleine Madle zerreißen. Und jetzt noch die Soch mit den Männedschers. Was zu weit geht... hob i recht?«

»Recht host!«

»Meine Herren, wenn hier Wölfe ihr Unwesen treiben, dann wäre zu fragen: Wer ist dafür zuständig? Wer ist in seiner vollen Verantwortung haftbar zu machen?«

»Recht host!«

»Was zeweit geht, geht zeweit!«

»Also: Wer ist zuständig, meine Herren?«

»Die Regierung! – Der Stadtdirektor! – Der Oberbürger-

meister! – Der Herr Kurdirektor – und das ist ja der Oberbürgermeister in seiner Doppelfunktion!«
»Der besonders. Der, meine Herren, besonders. Er proklamiert uns alljährlich unter beachtlichem Werbeaufwand eine feine, eine piekfeine Stadt. Er verheißt uns die große Hei Soseiiti, Kurgänger und sogar Amerikaner. Und was ist? Was ist, meine Herren?«
»Der Wolf ist! Der Wolf ist los!«
»Wenn ich, meine Herren, Kurdirektor wäre, aber ich bin ja nur ein kleines Stadtratsmitglied...«
»Pfui!«
»Wenn ich, meine sehr verehrten Herren, nicht nur Stadtratsmitglied wäre...«
»Pfui!«
»Sondern Kurdirektor – oder wenn ich im kommenden Jahr dazu...«
»Pfui!«
»Bitte? – Wenn ich im kommenden Jahr dazu gewählt werden würde: Bei mir gäbe es keine Bestien, die nach Gutdünken ihr Unwesen treiben könnten.«
»Bravo! Fort mit den Wölfen!«
»Jawohl, meine Herren! Kennen Sie schon unser heutiges Extrablatt? Da wird es gerade angeboten! Eine Schande für unser renommiertes Bad!«
Doris Schilling und Jagel wandten den Kopf zur Tür hin. Tatsächlich hatte der »Bad Frankenthaler Kurier« ein Extrablatt herausgegeben, dessen groß aufgemachte Schlagzeile lautete:
DIE WÖLFE SIND UNTER UNS! *Wolfsterror in Bad Frankenthal! Zum zweitenmal innerhalb von achtundvierzig Stunden hat das Monster zugeschlagen... Die mordgierige Bestie, die schon am Montag...*
Jagel sah Doris Schilling schockiert an. Er flüsterte: »Mein Gott, mit derartigen Methoden kann man den Dritten Weltkrieg vom Zaun brechen!«

»Das hat schon beim Ersten funktioniert!« sagte sie fast ein wenig amüsiert.
»Das wird dem Waitzenburg aber gar nicht schmecken. Ehrlich gesagt, ich verstehe Ellertsen nicht – das ist der Chefredakteur. Bisher habe ich geglaubt, Big Chief hätte intensive Beziehungen zur Presse. So kann man sich irren!«
»Nicht unbedingt. Ich habe meine eigenen Erfahrungen mit den Medien gemacht. Es gibt im Leben eines jeden Chefredakteurs oder Intendanten den *Break-Even-Point*, wo er sich fragen muß: sachliche Information oder Abonnentenschwund? Ihr Herr Ellertsen hat sicher aufmerksam die Stimme des Volkes, seines Volkes, belauscht – vielleicht in diesem Lokal.«
»Darauf möchte ich noch einen trinken. Mit Ihnen!«
Sie unterbrach sich, um wieder den lauter und gereizter werdenden Kommentaren zum Wolfsspektakel zuzuhören.
»A Schand, sog i. Da kann ja jeder daherkumma!«
»Dös Gesindel, dös gelumpte!«
»Meine Herren, nicht wahr, man wird ja noch fragen dürfen: Was haben die zuständigen Herren denn inzwischen unternommen, um uns von der oder vielleicht gar: den Mordbestien zu befreien? Das wird man als pünktlich steuerzahlender Mitbürger ja noch fragen dürfen. Habe ich recht?«
»Aus dem Osten, das sollten sich gewisse Leute bei uns mal hinter ihre Schlitzohren schreiben, ist noch nie was Gutes gekommen! Jetzt die Wölfe!«
»Wozu haben wir eigentlich eine Polizei?«
»Eine Bundeswehr!«
»Eine Spionageabwehr!«
Jagel wandte sich wieder seiner Begleiterin zu: »In Waitzenburgs Schuhen möchte ich zur Zeit nicht stecken!«
»Genau da liegt mein Problem, Herr Jagel! Wenn Wölfe

zu Menschenkillern werden, dann muß da etwas passiert sein. Etwas, das die Wolfspsychologie total über den Haufen wirft. Das ängstigt mich!«

»Erfreuliche Aussichten für unsere Zeit im Forsthaus!« sagte Jagel und prostete ihr zu.

18

Irgendwann, dachte Evelyn Bach, muß hier ein Autofahrer vorbeikommen. Auch ein Bus fährt; es steht auf dem Fahrplan. Zwei nach halb wird er hier halten. Ich werde einsteigen und mit ihm nach Bad Frankenthal fahren. Dort wird Peter alles Weitere veranlassen – meinen Wagen abschleppen lassen. Seine Sorge; schließlich bin ich für ihn unterwegs. Es ist verdammt kalt; und eigentlich müßte der Bus auf dieser einsamen Waldstraße längst zu hören sein, wie er höher schnauft. Es ist zwei vor halb; aber wahrscheinlich hat er Verspätung ...
Die Hütte, aus rauhen Balken gezimmert, war kalt und zugig. Jenseits der Straße sah sie etwas Spitzes, Graues dämmern. Um sich warm zu halten, sprang sie über die Straße und inspizierte das Gebilde.
Ein Denkmal. POLLASCH, *Ehrenmal für die Gefallenen des* ... entzifferte sie.
Plötzlich drang ein seltsamer Laut an ihr Ohr. Es klang wie das Bellen eines Hundes, nur höher, intensiver.
Hysterischer, dachte sie.
Nein, das war kein gewöhnliches Bellen. Das war schmerzliches Jaulen und Heulen. Gequält. Als prügele man einen Straßenköter.
Vor dem Denkmal war eine Art Aussichtsplateau. Steil fiel der Waldhang ins tiefe Tal ab. Rechts davon schien ein Fußpfad in Schlangenlinien bergab zu führen. Von dorther, gar nicht weit entfernt, klangen die gräßlichen Laute herüber.
Evelyn Bach zitterte. Vor Kälte, Anspannung, Ermü-

dung. Sie spürte noch keine Angst; im Gegenteil: sie fühlte sich gefordert. Wie an Bord, wenn ein *Emergency* eintrat, eine Notsituation, die sie zu meistern hatte. Sie hatte bisher alle gemeistert: Feuer auf der Toilette, aufsässige Passagiere, Evakuierung über die Notrutschen.
»Hör auf zu jaulen! Verdammtes Biest!« sagte sie laut in die winterliche Waldesstille hinein.
Das verdammte Biest hörte nicht auf zu jaulen. Der Bus war noch immer nicht zu hören. Nichts als der gräßliche hohe Diskant des Tierschreis.
Sie klammerte sich an der Holzballustrade des Aussichtsplateaus fest. Bei guter Sicht hätte man einen faszinierenden Blick bis hinunter nach Laufach oder gar bis zur Würzburger Autobahn haben müssen. Jetzt hatte sie die Laute eindeutig identifiziert! Das war ein Hund, der in eine Falle geraten war und vor Schmerzen heulte! Sie hatte viel von Wilderern gehört und von Hobbyjägern, die nicht die geringste Ahnung von der Jagd hatten und vom Auto wahllos auf alles knallten, was sich bewegte. Blieb das angeschossene Wild nicht sofort neben der Straße liegen, sondern versuchte, verletzt zu entkommen, so kümmerten sie sich nicht mehr darum; schließlich war es viel zu gefährlich für einen Wochenend-Schützen, das Auto zu verlassen.
Evelyn Bach fühlte sich nicht in der Lage, einen vor Schmerzen wild gewordenen Hund aus einer Falle zu befreien oder auch nur seine Wunden zu inspizieren. Aber man konnte sich näher heranwagen, den Fall untersuchen und später den Busfahrer bitten, im nächsten Ort den Förster oder das Ordnungsamt oder die Polizei, oder wer immer zuständig sein mochte, zu informieren.
Also wagte sie sich ein paar Schritte auf dem glitschigen Schneehang abwärts, den entsetzlichen Lauten entgegen. Um sich Mut zuzusprechen, sagte sie idiotische Sätze vor sich hin: *Diese Kälte wird meinem Teint schaden.*

Zugeschneite Baumwurzeln, über die man straucheln konnte. Erfrorene Farnwälder. Knackiges Eis, Schneemulden, in die man tief einbrach. Nein, dies war nicht der Job für eine Stewardeß, die Miß PAN AM geworden war. Schon nach wenigen Abwärtssprüngen schmerzten ihre Fersen, Knöchel, Gelenke.
Jetzt war das durchdringende Geheul ganz nah vor ihr. Sie verharrte reglos neben einer mächtigen Eiche. Dann stellte sie fest, daß sich das Heulen näherte.
Zum erstenmal spürte sie jetzt Angst.
Nein, das war kein Hund in der Falle. Es sei denn, er zerrte ein schweres Falleisen hinter sich her. Da kam etwas auf sie zugekrochen: mausgrau, mit gesträubten Nackenhaaren. Sie erkannte es deutlich. Sie machte einen Sprung seitwärts.
Das Jaulen hatte sich jetzt in tiefes, bedrohliches Grummeln und Grunzen verwandelt. Sie versuchte hinter dem Eichenstamm Schutz zu suchen.
Da hörte sie den Bus; vielleicht war es auch irgendein anderes Fahrzeug. Sie trat den Rückzug an und sprang hangaufwärts.
Im gleichen Augenblick, als sie sich aus dem Schutz des Baums löste, sprang auch das Grau vor ihr. Direkt in sie hinein. Die Wucht des Anpralls war so gewaltig, daß sie sofort den Halt verlor und auf dem vereisten Hang abwärts rutschte. Sie sprang sofort auf; aber ihr rechtes Bein versagte. Sie knickte in die Hüfte und ging wieder zu Boden. Dabei schrammte sie sich die rechte Wange an einem Stamm auf. Sie spürte deutlich das Brennen; im rechten Bein spürte sie nichts.
Jetzt versuchte sie, auf allen vieren den Hang hinaufzukriechen. Ihr wild greifenden Hände packten nur Glitschiges, Glattes, Rutschiges. Sie wühlte sich durch Wolken von Schnee. Um Halt zu gewinnen, schlug sie um sich – wie in einem Alptraum.

Ihr Uniformrock zerriß in einem eiserstarrten Dornbusch. Sie krampfte die Hände um Geäst, das ihr ins Gesicht peitschte, und versuchte, mit den Füßen nachzuhelfen und sich hochzustoßen.
»Mach mit, verdammtes Bein!« schrie sie, als nur ihr linker Fuß gehorchte.
Sie war nur noch ein Bündel angstflatternder Nerven, nichts als Überlebensdrang – sie wollte, sie mußte den Hang hinauf, das rettende Auto, wenigstens die Straße erreichen, auf der ein Bus kommen würde, *ein wunderbar weißer Bus, ein Fahrer würde freundlich herauswinken und seine Hand ausstrecken, würde sie hinaufziehen, und dann würde, wunderbar laut, die Tür hinter ihr zuschlagen, und sie wäre geborgen, geborgen im Schoß der Nacht, im Schoß des Busses, im Schoß des Mannes.*
Sie mußte das Bewußtsein verloren haben. Jetzt wußte sie wieder, wo sie war; ihr Gesicht war in den Schnee gesunken, als sie an ihrer rechten Hand, mit der sie das Bein gegriffen und nachzuziehen versucht hatte, die nasse Wärme verspürt hatte. Sie hatte an ihrem Oberschenkel entlanggetastet, wo unter den zerfetzten Kleidern die Haut nackt und bloß lag; sie hatte nach der vertrauten Wölbung der Hüfte gelangt; aber da waren seltsame Formen und nichts als klebrige Masse, die sie nicht zu deuten wußte.
Sie spürte nicht den geringsten Schmerz. Selbst an der zerschrammten Wange nicht mehr.
Da war der Bus! Er stand weiß und freundlich leuchtend direkt vor ihr. Sie brauchte sich nur aufzurichten.
Sie richtete sich auf. Und sank gleich wieder zurück. Eine Wolke aufgewirbelten Schnees heulte über sie hinweg.
Dann war plötzlich die alte Panik wieder da, der Schock. Wieder ruderten ihre Glieder unkontrolliert durch die Finsternis, versuchten Halt zu gewinnen. Und sie griff fest zu und zog sich stöhnend und laut schreiend vor

Angst hinauf an allem, was Halt gab; und da war die Straße, da war die Hütte, und als wolle sie sich bestätigen, daß diesmal alles Realität war, schrie sie laut den Namen hinaus: WODIANKA ... WODIANKA ... WODIANKA ...
Eine magische Namensbeschwörung, so wie das SESAM ÖFFNE DICH oder die Nennung von Rumpelstilzchen.
Sie machte den Versuch, sich aufzurichten. Sie fiel zurück, selbst auf dem härteren Untergrund der Straße mit ihrer festgefahrenen Schneeschicht konnte sie sich nicht halten. Sie kroch auf allen vieren über die Straße hinweg; und als sie in der Mitte war, fühlte sie, wie ihre Kräfte sie verließen, und sie wußte, daß sie ihr Auto nicht mehr erreichen würde.
Aber die Hütte, die konnte sie schaffen; darin würde sie geborgen sein, bis der Bus kam, *der weiße Bus mit einem freundlich lächelnden Fahrer, der ihr die Hand entgegenstreckte, um sie zu sich hinaufzuziehen, und der Fahrer war Peter, Peter K. Brinkmann – du hier, sagte sie laut und überrascht, rasch, rasch, nimm mich in deine Arme.*
Sie hatte die Hütte erreicht.
Sie stieß, als sie ihren Kopf aufrichten wollte, gegen Balken: sie lag unter einer Holzbank. Sie wälzte sich zur Seite, und mit letzter, allerletzter Kraft zog sie sich hoch und sank auf die Sitzfläche aus rauhen Fichtenstämmen.
Da hing sie, halb gegen die Rückwand der Hütte gelehnt; und eigentlich schlug sie erst jetzt richtig die Augen auf und nahm bewußt wahr. Der Schnee warf seltsame, aufhellende Reflexe in das Hütteninnere. Gespenstische Schatten waren um sie; aber als sie an ihren zerfetzten Kleidern hinabblickte, sah sie nichts als düsteres, pulsierendes Rot. Es schien aus allen Körperteilen unterhalb ihrer Hüfte zu kommen, als sei ihre Haut porös geworden, ihr Adersystem durchlässig.

Sie entdeckte, daß sie nicht allein in der Hütte war.
Auf der gegenüberliegenden Seite, in der äußersten Ecke, hockte noch jemand. Sie hörte ihn deutlich atmen; und als sie ihre Augen zu fixieren versuchte, konnte sie eine graue Gestalt ausmachen.
Aus dem Grau hob sich etwas Tiefrotes ab: Hemdkragen, Pullover oder Krawatte. Oder vielleicht doch eine Frau? Sie entdeckte eine blitzende Kette aus Perlen oder funkelnden Edelsteinen. Dann gab ihr Gegenüber ein tiefes Stöhnen von sich.
Vor ihren Augen verschwamm wieder alles; Wellen von Rot überfluteten sie.
»Sind Sie auch verletzt?« hörte sie sich echolos mit überdeutlicher Klarheit sagen. Und: »Ich war drüben am Pollasch, das ist ein Ehrenmal für die Toten des Spessartbundes...« Sie erhob sich und taumelte auf die Gestalt zu.
»E Vau!« fügte sie lächelnd hinzu.
Da schoß mit einem gewaltigen fauchenden Satz ihr Gegenüber auf sie zu. Sie wurde zurückgeschleudert und prallte mit Kopf und Rücken gegen die Hüttenwand. Krachend zersplitterten ihre unteren Rückenwirbel an der Sitzbank.
Sie sah nichts als eine große, überirdische Helligkeit. Eigentlich hatte sie sich immer nur vor dem Flammentod gefürchtet, war nachts nach grauenvollen Alpträumen davon erwacht: die Haut festgeschweißt an schmorendem Plastik. Nach einer Bruchlandung oder nach einem Aufschlagbrand. Oder sie kroch durch brennende Öllachen, während ihre Haut, die so sorgsam gepflegte, gehätschelte, hinter ihr zurückblieb, festgeklebt am glühenden Asphalt der Rollbahn. Oder inmitten eines Flammenmeeres, hilflos mit gebrochenen Gliedern festgeschnallt auf einem Sitz, keine zwei Meter von der offenen rettenden Kabinentür entfernt...
In einer letzten Anspannung und Konzentration ihres

Bewußtseins hörte sie sich mit der gleichen raumlosen Hörspielstimme sagen:
»Hier muß doch gleich der Bus vorbeikommen!«
Sie wollte den linken Arm recken, um auf ihre Armbanduhr blicken zu können.
Aber es war kein Arm mehr da.

19

»Diese Hirschkeule ist wirklich erstklassig!« lobte Doris Schilling. »Die Pfifferlinge sind es nicht weniger!«
»Und was ist mit dem Bocksbeutel?«
»Eine *Rödelseer Schwanleite*, nicht wahr? Köstlich! Wie ich es genieße, endlich wieder in einem Weinland zu sein. In Polen, übrigens, gab es ausgezeichnete ungarische und rumänische Weine!«
Sie saßen in der »Bad Frankenthaler Alten Post«, dem exklusiven Feinschmeckerlokal für Kenner. Vor dem Eingang stand eine leuchtendgelbe Postkutsche aus der Zeit, als der Spessart noch der höllenfinstere *Rauberwald* gewesen war, als in den Herbergen und Wirtshäusern von nächtlichen Schatzgräbern, gespensterhaften Grenzsteinverrückern und umwandernden Müllern geflüstert und gemunkel wurde. Als die Rauchsäulen der Köhler geisterhaft in den Himmel stiegen und die Axtschläge der Baumfäller die Lachkaskaden der Schwarzspechte übertönten, die zum Wappenzeichen geworden waren. Hier wurde, aus touristischen Gründen, ein Hauch dieses alten Spessarts aufrechterhalten, in dem die Wolfsschlucht des *Freischütz* beheimatet war.
Im Vestibül hing gerahmt das Faksimile einer alten Urkunde:

Da der Spessart eine lautere Wildnis, da noch kein Haus, weniger ein ganzes Dörfchen darinnen, da man mehr gesorget das Land vor Morden und Rauben zu schonen als aus diesem Wald großen Nutzen zu schaffen, sind einige von Adel, welche wohlberitten und bewehrte Knechte ge-

halten, ringsum mit freien Gütern zu dem Ende belehnt worden, um diese Wildnis zu bereiten und allerhand Raub und Mord vorzubeugen.
Als Doris Schilling diese Zeilen sorgfältig studiert hatte, meinte sie:
»Inzwischen hat man großen Nutzen geschaffen – wie aus keinem anderen Waldgebiet Deutschlands! Die Misch- und Laubwälder abgeholzt und durch schnell wachsende Fichten-Monokulturen ersetzt. Erst jetzt ist der Spessart so finster geworden, wie er angeblich schon im vorigen Jahrhundert gewesen war. Statt der bärtigen vagabundierenden *Rauber* von damals haben wir heute die etablierte und bestens angesehene Profitgesellschaft der Holzlieferanten, die sich einen Teufel um ökologische Zusammenhänge und Wildbestand oder Vogelnistgelegenheiten scheren! Ich weiß nicht, welche Räuber schlimmer sind!«
Jagel hatte gelächelt.
»Ganz hübsche soziale Häme haben Sie manchmal!«
Er fühlte sich plötzlich sauwohl in ihrer Nähe. Erst hatte ihm ihre sachlich-kühle Distanz, ihre sezierende Art nicht behagt. Sie war wie ein Eisberg, der erst auftauen mußte. Jetzt meinte er:
»Um auf Ihre Ausbeuter-Kritik von vorhin zurückzukommen: Als Hubschrauberpilot sehe ich von oben die scheußliche Zersiedelung der Landschaft. Jeder meckert darüber; keiner tut was dagegen.«
Sie sah ihn gedankenvoll an, hob ihr Glas, leerte es auf einen Zug und hielt es ihm, ihn unverwandt anstarrend, auffordernd hin.
»In Ihnen scheint noch was zu stecken!« kommentierte sie ironisch, als er vollgeschenkt hatte. »Sie wirken, oberflächlich betrachtet, entschuldigen Sie, manchmal etwas banal. Aber ich glaube, man muß Ihnen nur ein wenig Starthilfe geben.«

»Wie kommen Sie darauf?« fragte er überrascht.
Sie zuckte die Schultern und trank schon wieder zünftig.
»Vergessen Sie nicht – ich treibe Verhaltensforschung.«
Sie legte plötzlich ihre Hand auf seine. »Jagel, lachen Sie nicht: Ich habe einen Mordsbammel vor dieser Forsthaussache. Dieser griesgrämige Poltergeist, der Köhlert! Ich komm schlecht zurecht mit derartigen Typen!«
Noch immer war Jagel erstaunt über die persönlichen Zugeständnisse und menschlichen Züge, die Frau Dr. Doris Schilling offenbarte.
»Er wirkt nur so! Im Grunde ist er ein herzensguter Mensch!«
»Hoffentlich wissen das seine Emotionen und Ausbrüche zu berücksichtigen!« Sie nahm schon wieder einen vollen Zug. »Halten Sie ein bißchen zu mir? Ich meine . . . für eine Frau ist das nicht ganz leicht, im einsamen Forsthaus mit zwei Männern . . .«
»Seine Frau ist doch dabei!« sagte Jagel. Ich bin total verblödet, dachte er gleich darauf, rot werdend. Was für eine Antwort!
Sie blickte ihn entsprechend an, während er sich auf die Unterlippe biß. Einen Atemzug lang saßen sie so regungslos, bis sie, als werde ihr plötzlich die Situation bewußt, ihre Hand zurückzog und sachlich bemerkte:
»Diese Urkunde vorhin im Vestibül – da steckt eine Menge drin! Diese Urangst vor der unerforschlichen Natur, das Düstere, die Ur-Finsternis! Im Grunde genommen projizieren die Menschen ja immer nur ihre eigenen Urängste und Seelenzustände in die Räuber und Todfeinde hinein. Und heute, Herr Jagel, heute in unserem ach so aufgeklärten Zeitalter, da hat der menschliche Intellekt die Oberhand über die atavistischen Mächte gewonnen. Den undurchschaubaren Urwald hat er aufgeforstet zur klar gegliederten Papierproduktionsstätte, durch die nicht mehr der bärtige Jäger mit seiner Flinte

schreitet, sondern der Produktionschef im Mercedes fährt. Die Naturkräfte sind besiegt. Und mit der Natur die undurchschaubaren bedrohlichen Monster in ihr.
Und plötzlich taucht da ein Wolf auf. Das kann doch nicht wahr sein, denkt der kultivierte Morgenzeitungsleser hinter seinem Marmeladebrötchen. Leben wir nicht im Zeitalter des Laserstrahls, der Mikrowellen-Technik, des Überschallverkehrs? Wir haben alles unter Kontrolle: computerisierte Gehaltsabrechnungen, Erdölproduktions-Zuwachsraten, Zukunftsprognosen bis zum Jahr 2000. Wo ist zwischen den Lochkarten-Systemen, den Sekundärradar-Echos und den Infrarotschwingungen eines Würstchengrills noch Platz für einen Wolf?«
Sie hatte – unbewußt? – wieder ihre Hand ausgestreckt und auf die seine gelegt. »Ein Wolf, Herr Jagel, würde heute weitaus mehr Verheerung anrichten als der berühmte aus dem Rotkäppchen-Märchen. Er würde die gesamte Sicherheitsphilosophie des aufgeklärten Abendländers auf den Kopf stellen. Russische Raketen, die in null Komma drei Sekunden Hamburg in Schutt und Asche legen? Ja, damit rechnet man. Man kann sich dagegen wehren. Mit westlichen Raketen, die in null Komma drei Sekunden Moskau und Kiew in Schutt und Asche legen. Das sind kleine Spielchen, die kapiert sogar der achtjährige, fernsehgebildete Sohn schon! Aber ein Wolf, der so mir nichts, dir nichts, sozusagen durch sämtliche Radarabwehrsysteme in den Spessart eindringt? Das verunsichert mehr als eine Overkill-Kapazität des Feindes von achtzig Prozent! Der Wolf nämlich, Herr Jagel, hat immer schon als Feindbild des aufgeklärten Menschen herhalten müssen. Er ist geradezu das Urbild der Bedrohung für den Abendländer, der sich gerade vom beerenfressenden Urwaldbewohner von seinem Baumstamm hinab in den Supermarkt der Konservenkultur geschwungen hat! Im Wolf bekämpfen wir alles, was unsere Zivilisation be-

droht! Und das ist schlimm, Herr Jagel, schlimm für meine Wölfe!«

Jagel war sicher, daß Frau Dr. Doris Schilling, die unnahbare, wissenschaftliche, nun schlicht und einfach beschwipst war.

»Die Wölfe bedeuten Ihnen eine Menge, nicht?«

»Alles«, bestätigte sie. »Ich tue alles, den Wölfen zuliebe.«

»Besser wäre: den Wölfen zur Beute.«

»Den Wölfen zuliebe. Und Sie, Jagel, müssen mir dabei helfen! Versprechen Sie, mir dabei zu helfen? Den Wölfen zuliebe?«

»Ihnen zuliebe!« sagte er.

»Sie sind ein Mordskerl, Jagel«, sagte sie. »Sie sind ein bißchen hilflos; sie kommen mit der Welt nicht klar. Sie brauchen einen kleinen *Push*, damit Sie ganz groß rauskommen! Sie trauen sich nicht genug zu – das ist alles, Jagel, Klaus!«

»Nur zu«, sagte er. »Trinken wir noch eine Flasche?«

»Den Wölfen zuliebe gehe ich morgen mit Ihnen ins Wirtshaus im Spessart. Okay, Forsthaus! Okay, noch eine! Nur eines, Jagel, Klaus, dürfen mir meine Wölfe nicht antun!«

»Was, bitte, nicht?«

»Noch ein drittes Opfer anknabbern! Nein, das dürfen sie nicht! Sonst geh ich ganz schön baden mit meinem friedlichen Rudel!«

»Schweinerei!« tobte Waitzenburg am Telefon. »Das ist eine mordsmäßige Sauerei, Ellertsen! Das war so nicht verabredet!«

»Es gibt Grenzen!« antwortete Ellertsen.

»Hier, was muß ich lesen: *Wolfsterror in Bad* . . .«

»Frankenthal. *Die mordgierige Bestie, die* . . . Ich weiß. Ich hab's versucht, Herr Waitzenburg. Aber hier liegen

die Meldungen vor, klar und deutlich. Die muß ich bringen...«

»Aber *mordgierige Bestie* – mußte das sein? Leben Sie nicht auch vom Touristenverkehr, hö? Wer kauft Ihnen denn Ihr Blättchen ab im Winter, wenn nicht die Kurgäste? Verraten Sie mir das mal! Die drei Handvoll Abonnenten? Daß ich nicht lache! Und Sie vergraulen Ihre Leser! Was für ein Scheiß, Ellertsen!«

»Herr Waitzenburg, was soll ich denn machen? Hier ist der Teufel los! Die Nachrichten laufen über Telex durch alle Redaktionen. Die ›Welt‹ ist da! Die FAZ! Das Hessische Fernsehen! Alle werden morgen groß über diesen Fall berichten! Nur wir nicht? Herr Waitzenburg! So geht's ja nun auch wieder nicht!«

»Aber die *mordgierige Bestie!*«

»Wenn wir es nicht gesagt hätten, dann hätte es morgen die ›Süddeutsche‹ gesagt! *Bad Frankenthal immer voran,* haben Sie mal geäußert. Na also!«

»Es ist eine Schweinerei, Ellertsen! Trotzdem! Das werden Sie zu spüren bekommen!«

»Moment mal!« sagte Ellertsen gelassen. »Hier kommt was Wichtiges! Moment mal!«

Waitzenburg wartete, trommelte den Badenweiler Marsch auf die Tischplatte, seufzte, fluchte.

»Ellertsen, sind Sie noch da?«

»Ja, hier bin ich wieder!« Ellertsens Stimme klang verstört. »Kleinen Augenblick noch!« (Getuschel, Zwischenrufe: *Ja, als Aufreißer!*) »Herr Waitzenburg, sind Sie noch da?«

»Ich bin immer da!«

»Gut, daß Sie jetzt da sind, Herr Waitzenburg! Hier kommt das Neueste vom Tage. Es wird Sie nicht sonderlich erfreuen. Uns hier auch nicht, Herr Waitzenburg. Aber wir machen eine Zeitung; und das ist eine ganz andere Sache. Also: es ist fällig geworden!«

»Was ist fällig geworden?« fragte der Kurdirektor irritiert.
»Das dritte Opfer!«
»Das was?«
»Nördlich der B 26. In der Wodianka-Hütte.«
»Am Pollasch?«
»Am Ehrenmal, ja. Die Kripo hat sich gemeldet. Die Bundeswehr ist unterwegs, mit einer Sondereinheit! Und diesmal, Herr Waitzenburg, ist es nicht irgendwer. Nicht ein namenloses Kind, nicht ein simpler Manager...«
»Verkneifen Sie sich Ihre Sozialkritik, Ellertsen! Wer ist es? Und wessen Opfer ist es?«
»Eines Wolfs! Und es ist eine Stewardeß. Keine gewöhnliche, nein, Miß PAN AM, eine preisgekrönte! Das läuft hier über Telefon und Fernschreiber, Herr Waitzenburg. Ich kann's nicht ändern.«
»Ein neues Wolfsopfer?«
»Ja. Tot. Zerbissen. Zerkaut. Ver...«
»Verdammt!« sagte Waitzenburg.

20

Bad Frankenthal gehört zu den wenigen Kurorten im Spessart, in denen echter Wintersport möglich ist. Die Gegebenheiten dazu sind begrenzt. Sichere Schneelagen für Skiwanderungen beschränken sich auf die Höhenbereiche über 300 Meter. Es gibt nur vier Orte, die mit Bad Frankenthal konkurrieren können: Flörsbach, Heigenbrücken – mit einer Sprungschanze am *Winterloch* –, Lettgenbrunn-Villbach und Sterbfritz auf der Wasserscheide zwischen Sinn und Kinzig.

In seiner Nähe liegt Schöllkrippen, ein Amtsstädtchen mit rund 2000 Einwohnern, das zum Kreis Alzenau gehört. Als besondere Sehenswürdigkeit weist die Sommerfrische im oberen Kahltal das alte Rathaus auf, das ursprünglich ein Jagdschloß Kaiser Barbarossas gewesen sein soll. Auch gibt es auf dem nahen Reuschberg eine keltische Fliehburg, eine Gebäudegruppe mit Fachwerkhäusern aus der Mitte des 16. Jahrhunderts und die über 500 Jahre alte Sankt-Lukas-Kapelle mit Wehrturm.

Jagel hatte soviel wie möglich an historischen Denkwürdigkeiten aus seinem Gedächtnis hervorgeholt, als er Doris Schilling nach Schöllkrippen gefahren hatte. Er hatte sich alle Mühe gegeben, sie abzulenken – totaler Fehlschlag. Denn kurz vor ihrer Abfahrt war die Nachricht durchgekommen, an der Wodianka-Hütte sei die Leiche eines jungen Mädchens gefunden worden. Von Angehörigen derselben Pionier-Einheit, die den toten Dietrich Kürschner aufgestöbert hatte. Sie waren mit einem Jeep gegen neunzehn Uhr an der Hütte vorbeigekommen.

Die Nachricht hatte Doris Schilling geschockt; verstört war sie neben Jagel ins Auto gekrochen und hatte während der Fahrt kaum ein Wort gesagt.
Im Bundeswehrlazarett empfing sie ein Oberstabsarzt namens Dr. Blumenhain, der so aufgeräumt und zuversichtlich aussah, wie sein Name klang.
»Wir haben schon auf Sie gewartet, Frau Doktor Schilling! Ein paar Herren von der Kripo sind auch da. Das liebe deutsche Fernsehen hat sich ebenfalls eingefunden!« Das kleine, joviale Männlein wurde von Satz zu Satz heiterer. »Was für ein Wetter in diesen Tagen! Sind Sie überhaupt noch durchgekommen? Man spricht davon, daß einige Orte schon von der Außenwelt abgeschnitten sein sollen.«
»Wir haben's geschafft!« antwortete Jagel. Seine Hand spielte unbehaglich am Kragen. Er dachte an die bevorstehende Leichenbesichtigung. Hier konnte er sich nicht ganz so unbemerkt wie in der freien Natur gehenlassen wie beim Auffinden der kleinen Christiane. Noch dazu in Gegenwart einer Frau. »Können wir es möglichst rasch hinter uns bringen?«
»Aber gern!« Der Oberstabsarzt lachte. »Ah, da sind die Herren ja!«
Allgemeines Vorstellen, Begrüßen, Jagel nahm kaum wahr, wer welche Funktion hatte. Nur zwei Herren vom Fernsehen waren unübersehbar. Sie würden Dr. Schillings endgültige Identifizierung der Wolfsbisse für die »Heute«-Sendung aufnehmen.
»Alsdann – nichts wie hinein!« forderte Dr. Blumenhain die Gruppe heiter auf, als wolle man zum Frühschoppen in die nächste Bar.
Als sich die weißlackierten Metalltüren der Leichenhalle öffneten und ihm der eiskalte Kühlhauch entgegenströmte, war Jagel nahe daran, die Flucht zu ergreifen. Die Gegenwart der Frau hielt ihn zurück.

Der Anblick übertraf seine schlimmsten Erwartungen. Das aufgelöste Haar, das einmal (vor vierundzwanzig Stunden noch) voller Glanz und Lichtreflexe gewesen sein mußte. Das feingeschnittene Gesicht, verzerrt und erstarrt im Todeskampf. Der schlanke, nur leicht verdrehte Hals. Die feinporige Haut. Jagel klammerte sich an wenige unversehrte Körperteile: Stützpunkte einer heilen Welt.
Ein Teil des Unterkiefers fehlte. Ein Arm fehlte, der andere halb. Der größte Teil des rechten Oberschenkels fehlte. Oberkörper und Unterleib waren fast rechtwinklig gegeneinander verdreht. Die linke Brust war aufgeplatzt wie eine reife Frucht.
Spätestens jetzt! dachte Jagel und riß die Hand an den Mund. Dann hörte er die Stimme von Doris Schilling: leidenschaftslos, nüchtern, sachlich registrierend. Sie faszinierte ihn so, daß er seinen Magen vergaß.
Sie zählte leise die Verletzungen auf, mit lateinischen Fachausdrücken, die nur Dr. Blumenhain verstand. Danach fuhr sie fort:
»Hier, am Oberschenkel, meine Herren, haben wir endlich einmal den fast makellosen Abdruck eines Gebisses.« Sah sie sich wieder im anatomischen Hörsaal stehen? Jagel bewunderte uneingeschränkt die Frau, die hier so wissenschaftlich dozierte, während die hartgesottenen Männer von Polizei und Bundeswehr grün im Gesicht wurden. »Der Wolf gehört zur Gattung *Canis*. *Canis lupus* prägt sich durch ein Gebiß mit zweiundvierzig Zähnen aus. Die Einteilung lautet: oben drei-eins-vier-zwei, unten drei-eins-vier-drei.«
»Das entspräche aber auch dem Gebiß eines Hundes«, wandte Dr. Blumenhain ein.
»Natürlich. Aber nicht in dieser Stärke! Nicht mit dieser Durchbeißkraft! Hier – der Oberschenkelknochen. Hier – der Arm. Durchgebissen, glatt, mit einem einzigen Biß!

Das schafft nur ein Wolf!« Sie sah sich kurz zu den belämmert und schlaff hinter ihr hängenden Herren um. »Ein Wolfsgebiß, meine Herren, kann ungeheure Kräfte entwickeln. Genau ausgedrückt: fünfzehn Kilogramm pro Quadratzentimeter! In Bialowieza, das ist in Polen, habe ich einen elf Zentner schweren Elch gefunden, dessen Schenkelbein von einem Wolf durchbissen worden war. Ermöglicht wird das alles durch den besonders massigen Schädelbau, durch den er sich vom Hund unterscheidet. Noch Fragen, meine Herren?«
Die Männer lächelten matt. Keiner hatte Fragen, nicht mal das Fernsehen.
»Das wäre es dann!« sagte Dr. Blumenhain erfreut. »Der Wolf ist identifiziert. Wie wäre es jetzt mit einem kleinen zweiten Frühstücksimbiß für die Herren? Ich habe im Offizierskasino anrichten lassen!«
Seltsam, dachte Jagel, während er sich noch immer krampfhaft auf Harmlosigkeiten zu konzentrieren versuchte, um seinen Magen in Schach zu halten. Nach Begräbnissen oder Leichenbeschauungen kriegt der Mensch einen Mordsappetit! Immerhin, ich habe mich nicht übergeben, trotz aller Scheußlichkeiten. Der Mensch ist ein Gewöhnungstier!
Die Gruppe bewegte sich fort vom grausigen Ort und strebte den reich gedeckten Kasinotischen zu. Dort gab es duftenden Toast, frisch gebrühten Kaffee, erdig riechendes Schwarzbrot, Sahne, Schinken, Katenwurst.
Vorher suchte Jagel die Toilette auf. Er hatte das Gefühl, sich von allem Verwesenden reinigen zu müssen. Am Pissoir stand der heitere Dr. Blumenhain. Er hatte sich weit nach vorn gebeugt und übergab sich.

Nach dem Rührei mit Schinken trat das Fernsehen an den Tisch: zwei bärtige junge Männer mit Kamera und Mikrophon baten Frau Dr. Doris Schilling um Stellung-

nahme. Während der ältere der beiden Tonband und Mikrophon überwachte, fragte der vollbärtige jüngere Mann in Jeansblau:
»Frau Doktor Schilling, Sie sind die Expertin schlechthin für Wolfsfragen. Halten Sie es für möglich, daß Wölfe bis in die Bundesrepublik vordringen?«
»Grundsätzlich, nein.«
»Könnten Sie dieses ›Grundsätzlich‹ genauer erläutern?«
»Im Westen Europas ist der Wolf schon im ersten Drittel des achtzehnten Jahrhunderts mehr oder weniger ausgerottet worden. Durch die Einführung verbesserter Schußwaffen und durch Strychnin-Gifte. Erst als die geschlagenen Armeen Napoleons nach ihrem Rußlandfeldzug zurückfluteten, folgten ihnen erneut Wölfe auf dem Fuß. Bis 1850 sind sie jedoch wiederum ausgerottet worden. Schon um die Wende zum neunzehnten Jahrhundert hat man jede einzelne Wolfserlegung in den Jagd-Jahrbüchern erwähnt und durch Setzen eines *Wolfsteines* verewigt.«
»Frau Doktor Schilling, uns ist ein gewisser *Würger vom Lichtenmoor* bekannt, der in den fünfziger Jahren die Lüneburger Heide um Celle verunsicherte.«
»Das sind Ausnahmen, die schon durch den jetzigen Grenzzaun der DDR nicht mehr möglich sind. Der sogenannte ›Wolfspaß‹, der hier von den aus Osteuropa herüberwechselnden Wölfen benutzt wurde, ist praktisch unpassierbar geworden.«
»Immerhin sind damals bei den Fremdenverkehrsämtern von Lüneburg und Celle Tausende von Zimmern abbestellt worden! Ein einziger Wolf, eben dieser *Würger*, hat eine Panik unter den Feriengästen verursacht.«
»Das war der erste Wolf, der nach dem Krieg in Niedersachsen auftauchte. Viele der Schäden, die er angeblich hervorgerufen haben soll, waren von den Bauern nur

vorgetäuscht worden. Im damaligen Stadium der Lebensmittelbewirtschaftung kam ein Vorwand zu einer staatlich protegierten Notschlachtung nur allzu gelegen!«
»Wie immer auch, Frau Doktor Schilling: Hier haben wir es doch mit der Tatsache zu tun, daß ein Wolf drei Menschen angefallen und zwei davon tödlich verletzt hat.«
»Zur Zeit kann ich keine weiteren Auskünfte geben.«
»Halten Sie es wenigstens theoretisch für möglich, daß Wölfe aus dem Osten bis in den Spessart vordringen? Trotz der Selbstschußanlagen und Minenfelder an der DDR-Grenze?«
»Es gab lange Zeit einen uralten Wolfswechsel durch Mecklenburg. Alte männliche Wölfe haben dort die Elbe durchquert. Wenn jetzt erneut ein Wolf auftaucht, dann kann er nur über das tschechoslowakische Böhmen eingewandert sein. Ich habe seine Spuren schon vor knapp einer Woche im Ismaninger Teichgebiet festgestellt.«
»Warum mystifizieren Sie Ihre Aussagen, Frau Doktor Schilling? Tatsache ist doch: Ein Wolf *ist* eingedrungen, wo auch immer! Er hat drei Menschen auf dem Gewissen, darunter ein unschuldiges Kind!«
»Ja. Daran ist kein Zweifel mehr. Deswegen bin ich ja hier.«
»Frau Doktor Schilling, wir danken Ihnen für dieses...«
»Moment mal, junger Mann! Hören Sie noch mal, bitte, kurz zu! Das Preußische Geheime Staatsarchiv, in dem sich die Wolfsakten des achtzehnten Jahrhunderts befinden, nennt keinen einzigen Fall von Menschentötung durch Wölfe!«
»Frau Doktor Schilling, Sie müssen selber zugeben, daß hier, im Spessart, zwei Menschen getötet und ein Kind schwer verletzt worden ist! Durch einen Wolf!«
»Ja.«
»Keinen weiteren Kommentar?«

»Keinen. Außer zur Geschichte der Wolfsverfolgung. Vor zwei Jahrhunderten sprachen die preußischen Forstmeister, die damals *Heydereuther* hießen, vom Wolf nur als vom ›Unthier‹, das sie nach Verdienst ›abstraffen‹ wollten. Was für eine atavistische Urangst gegen ein relativ harmloses, scheues Tier!«

»Dieses ›harmlose, scheue Tier‹ hat innerhalb dreier Tage, Frau Doktor Schilling, drei Menschen angegriffen! Hier, im Spessart!«

»Da waren damals noch Vorstellungen vom *Werwolf* lebendig. Von bösen Menschen, die sich in Wölfe verwandeln konnten. Man hat tatsächlich gefangenen Wölfen regelrecht den Prozeß gemacht. Gefangen wurden sie mit der Wolfsangel, einem dreibeinigen Eisen mit Widerhaken, angebracht an einem Wolfswechsel und mit Fleisch beködert. Die Wölfe wurden zum Feuertod verurteilt.«

»Schön und gut, Frau Doktor Schilling . . . Wir danken Ihnen!«

Zweiter Teil
Das Forsthaus im Spessart

*Ich schätze mich nicht besser,
als mein Knan war,
welcher diese seine Wohnung
an einem sehr lustigen Ort,
nämlich im Spessart, liegen hatte,
allwo die Wölf einander gute Nacht geben.*

(Grimmelshausen, SIMPLICISSIMUS)

1

Sie fuhren durch eine konturlose Masse aus Nebel und Schneegestöber. Sie hatten jedes Gefühl für Richtung und Bewegung verloren; und nur der Tachometer erinnerte daran, daß sie auf schneeglatter Straße mit mäßigem Tempo dahinrutschten.
»Ich komme mir vor wie im Schlaraffenland, wo ich mich durch dicken Milchbrei esse!« sagte Doris Schilling.
Jagel schwieg. Er kämpfte gegen den rutschenden Wagen, die Düsternis und gegen die zwiespältigen Gefühle in ihm. Worauf hatte er sich eigentlich eingelassen? Das ganze Unternehmen erschien ihm so rätselhaft und unsicher wie das Schneegestöber. Wie wollte man bei dieser Wetterlage einen Wolf finden – es sei denn, der Wolf fand einen als erster? Man konnte keine drei Schritte außerhalb des Wagens oder einer Behausung tun, ohne bis zur Hüfte im Schnee zu versinken! Überhaupt fühlte er sich in dieser Wetterlage alles andere als wohl. Er mochte klare Sicht und weite Überblicke.
Doris Schilling hingegen schien derartige Landschaften und Wetterlagen zu lieben. Natürlich, sie hatte es mit den Wölfen, war in Kanada und Polen gewesen und schien geradezu aufzuleben. Von dem gestrigen Schock hatte sie sich offenbar erholt. Obwohl drei Wolfsopfer in drei Tagen nicht gerade für die Friedfertigkeit ihrer Wölfe und die Richtigkeit ihrer Ansicht plädierten. Genauso muß Evelyn Bach gefahren sein, dachte er, ehe sie eine Panne kriegte und an der Wodianka-Hütte dem gereizten Wolf in die Fänge lief!

Er bremste scharf und rutschte. Er hatte die Abzweigung hinauf zu Köhlerts Forsthaus verpaßt und mußte mühsam manövrieren, um in den schmalen Waldweg, der nur eine fast zugewehte Fahrspur war, zu gelangen.
»Erzählen Sie mir von Ihren Wölfen!« bat er.
»Manche Wölfe«, sagte Doris Schilling, »erreichen ein Gewicht von siebzig Kilogramm. Sie können auch weitaus größer als ein Schäferhund werden. Wie Sie vielleicht wissen, beträgt die Standardhöhe eines deutschen Schäferhundrüden sechzig bis fünfundsechzig Zentimeter.«
»Wußte ich nicht«, gab Jagel zu.
»Ein Wolf, den man 1952 in der Lüneburger Heide im Kreis Uelzen erlegt hat, hatte eine Schulterhöhe von zweiundachtzig Zentimetern. Aber das war noch immer der größte auf westdeutschem Gebiet erlegte Wolf. Im gleichen Jahr wurde einer bei Unterlüß gestreckt. Er maß sechsundachtzig Zentimeter.«
»Wenn die Tiere so groß werden, brauchen sie wahrscheinlich eine Menge Nahrung?«
»Sie können ohne Unterbrechung ein Fünftel ihres Körpergewichtes fressen, Herr Jagel! Allerdings verhalten sie sich hinterher dann fast wie die Schlangen, die sehr lange freßunlustig verdauen: Wölfe können außergewöhnlich lange fasten, wenn es sein muß!«
»Seltsam, daß die Tiere so rasch bei uns verschwunden sind.«
Im achtzehnten Jahrhundert hat es kein größeres deutsches Waldgebiet gegeben, das nicht von Wölfen besiedelt war. Auch im neunzehnten Jahrhundert wurden noch Tausende erlegt. 1080 Tiere allein innerhalb der Grenzen Preußens im Jahr 1819. Und 1866 trieben sie noch – wie sagt man doch so volkstümlich und so falsch? – im Odenwald ihr Unwesen. Dutzendweise.«
»Jetzt treiben sie es hier!« sagte Jagel trocken. »In knapp fünf Minuten sind wir im Forsthaus!«

»Herr Jagel, ich fürchte mich vor diesem . . . Rübezahl mehr als vor einem ganzen Rudel! Sie stehen mir bei, nicht wahr?« Sie legte wieder ihre Hand auf seinen Unterarm – eine Gebärde, die ihn schon einige Male alles andere als unangenehm berührt hatte. »Mit schießwütigen Jägern habe ich nicht viel im Sinn.«
»Wollen Sie die Wölfe mit Flötenspiel hinter sich her und in den nächsten Zoo locken?«
»Lassen Sie die Wölfe nur meine Sorge sein. Sagen Sie mir lieber: Gibt es in Köhlerts ominösem Forsthaus wenigstens eine richtige Toilette oder etwa bloß ein Plumpsklo?«
»Da könnten Sie recht haben – ja, ein Plumpsklo im Hof. Das Forsthaus soll aufgegeben werden, da lohnt sich eine Renovierung nicht mehr!«
»Na fein! Worauf habe ich mich da nur eingelassen!«
»Das frage ich mich auch! Aber einen mordsmäßig gemütlichen offenen Kamin hat der Köhlert, der wird Ihnen gefallen. Da können Sie abends Ihre Wolfsstories zum besten geben!« Irgendwo im diffusen Nichts glaubte er jetzt den dunklen Schatten einer aufragenden Hauswand zu erkennen. »Wir reden, als ob wir . . . zu zweit auf einen Wochenendurlaub fahren.«
Sie errötete leicht unter ihrer Anorakkappe und strich sich die Haare aus dem Gesicht. Um ihre Verlegenheit zu überspielen, kam sie wieder auf die Wölfe zu sprechen.
»Herr Jagel, Wölfe, ich hab das schon mehrmals gesagt, ich weiß . . . Wölfe sind menschenscheu und greifen niemals Menschen an. Hier haben sie es getan. Wissen Sie, was das bedeutet?«
»Nein.«
»Diese Wölfe handeln nicht mehr normal. Es muß etwas geschehen sein, was die Tiere gezwungen hat, ihr angeborenes Verhalten zu ändern. Das macht mir angst!«

Waitzenburg durchblätterte wehmütig einen Stapel Prospekte und Broschüren auf seinem Schreibtisch.

ROMANTIK IM HOCHSPESSART! *Wer hat sich nicht schon gewünscht, einmal dem hektischen Alltag zu entfliehen und sich der Ruhe und Behaglichkeit früherer Jahrhunderte hinzugeben? Für viele ein Wunschtraum – für alle, die Bad Frankenthal entdeckt haben, eine alljährliche Selbstverständlichkeit!*

Früher sollen die Bewohner hier noch einen richtigen Winterschlaf gehalten haben. Auf Säcken mit Kirschkernen (damit die Wärme besser hielt) haben sie den Frühling am Kamin abgewartet. Zum Teil Dichtung; aber wer auch in diesem Winter wieder Bad Frankenthal besucht, schätzt das Körnchen Wahrheit darin.

Mittelalterliche Romantik und moderner, unaufdringlicher Luxus: im Hotel »Excelsior« sind beide eine ideale Ehe eingegangen! Ja, unsere rustikale »Spessartstube« hat Puppenstuben-Charakter!

In diesem Winter haben wir rechtzeitig unsere neue Tennishalle (vier Plätze unter Flutlicht!) eröffnet. Und wie wäre es mit einer herrlichen Pferdeschlittenfahrt durch die verschneiten, geheimnisvollen Wälder des Spessarts? Und dann am Abend, vor dem offenen Kamin der »Jägerklause«, ein herzhafter Wildbraten, speziell für Sie geschossen? Oder ein pikanter Wildschweinschinken, in aller mittelalterlichen Ruhe geräuchert im offenen Kamin! Dazu natürlich einen kräftigen Frankenwein im Bocksbeutel – von den besten Lagen der Mainhügel!

Für die ausgesprochen Sportlichen haben wir eine Fitneshalle mit Trimmgeräten, für die Besinnlichen eine reich ausgestattete Hausbibliothek. Als Kombination für beide weisen wir auf unsere Yogalehrerin hin. Und Nachtwanderungen unter bewährter Führung sind ein ganz spezieller Service unseres Hauses.

Waitzenburg seufzte. Zur Zeit hatte das alles genausoviel Wert wie ein veralteter Wetterbericht. Aber schon in wenigen Tagen konnte das große Rad des florierenden Tourismus anlaufen. Alles hing vom Erfolg dessen ab, was er als Salamitaktik bezeichnete.
Er hatte nach außen hin Polizei und Bundeswehr beauftragt, auf dem schnellsten Weg die Wolfsbedrohung zu beseitigen. Er hatte sogar die einsamen, ungeräumten Ausfallwege und Zufahrtstraßen für Fußgänger sperren lassen: nur ja kein neues Opfer. Aber er wußte, daß beide Organisationen bei der gegenwärtigen Wetterlage ohnmächtig waren; und paradoxerweise erhoffte er nicht den geringsten Erfolg. Denn im Bereich Polizei/Bundeswehr waren Erfolge stets mit Publicity verknüpft für jene, die Aktionen geleitet und erfolgreich zu Ende geführt hatten. Und bei dem herrschenden Wetter wagte sich ohnehin kein Fußgänger über die Ortsgrenzen hinaus.
Hingegen würde sein spezielles Killerkommando unter Leitung seines Revierförsters zunächst lautlos die Wolfsgefahr beseitigen. Später, wenn die Stadt voller Touristen war, würde er zur gegebenen, durch ihn selbst bestimmten Zeit auf seine einzigartigen Verdienste in dieser Situation hinweisen ...
Er sah auf die Uhr. Jetzt konnte sein Spezialkommando im Forsthaus angekommen sein. Er überflog eine ausgeschnittene Zeitschriften-Nachricht, die er Ellertsen zukommen lassen wollte: 15 WÖLFE SIND DER TRAURIGE REST IN SKANDINAVIEN. Aussterbende Wölfe beruhigten die Frankenthaler zur Zeit bestimmt mehr als die zuversichtlichste Mitteilung aus seinem Mund. *Auf rund zehn Wölfe in Finnland und vielleicht je ein bis zwei in Nordschweden und Norwegen wird zur Zeit die Zahl der verbliebenen Tiere in den nordischen Ländern geschätzt. Es gibt keinerlei Hinweise auf Nachwuchs.*
Aber wichtiger noch als Ellertsen war seine Verbindung

zum Spezialkommando, als dessen Krisenstab er sich empfand. Er klingelte nach seiner Sekretärin.

»Fräulein Dibbersen, stellen Sie mal ganz rasch eine Verbindung mit Herrn Köhlert her...«

Nach knapp fünf Minuten wurde Waitzenburg ungeduldig:

»Fräulein Dibbersen, was ist denn nun mit Köhlert?«

»Ich versuch's schon stundenlang«, teilte Fräulein Dibbersen mit. »Aber die Verbindung ist unterbrochen. Ich hab schon mit der Störstelle gesprochen auf 117! Die sagt, da sei was gestört durch den ungewöhnlich heftigen Schneefall. Dazu ist die Störstelle ja da, daß sie derartige Sachen feststellt, oder?«

»Scheißstörstelle!« murmelte Waitzenburg und schmiß den Hörer zurück auf den Apparat.

2

»Laßt, die ihr eingeht, alle Hoffnung fahren!« zitierte Doris Schilling Dante, als sie sich mühsam durch die Schneemassen der Forsthausauffahrt bis zum Stall, der als Garage diente, vorwärtsgekämpft hatten. »Spätestens heute nacht schneit uns der Köhlert endgültig ein. Dann kommen wir vor dem Frühjahr nicht wieder raus. Frohe Weihnachten!«
Jagel würgte vor einem Stapel Heu für die Winterfütterung den Motor seines Wagens ab.
»Die Grundrisse und Mauern gehen aufs siebzehnte Jahrhundert zurück. Im Dreißigjährigen Krieg ist der größte Teil niedergebrannt und erst viel später wieder aufgebaut worden. Immerhin hat es uraltes Fachwerk und Strohdächer und steht unter Denkmalschutz!«
»Hübsch, das Forsthaus im Spessart!« lobte Doris Schilling und versank mit leisem Aufschrei bis zu den Knien im Schnee des Hofs. Jagel griff sie am Unterarm und zog sie heraus.
Eine Gruppe uralter Linden und vereinzelt stehender Buchen umwuchs das Hauptgebäude. Im Sommer würden die ohnehin kleinen Fenster durch das Laub verdunkelt werden, dachte Jagel, der den Forsthof zum erstenmal bewußt wahrnahm. Sozusagen mit den Augen seiner Begleiterin. – Die Wohnungstür öffnete sich; ein breiter Streifen behaglich gelben Lichtes fiel über die kalte Bläue des Winterabends. Köhlert füllte mit seiner wuchtigen Körpermasse fast den ganzen Türrahmen aus. Seine Frau hob sich dahinter fast zerbrechlich zart ab – was sie nicht

war. Sie zeigte sich als energische, robuste Frau, die der polternden, aber gutmütigen Gewalt ihres Mannes durchaus gewachsen war.
»Da wäre sie also, die Schutzgöttin der Wölfe!« kommentierte Köhlert seinen Händedruck. »Wer möchte nicht unter so charmantem Schutz stehen!«
Doris Schilling musterte ihr Gegenüber skeptisch und sehr gründlich. Dann wandte sie sich Frau Köhlert zu. »Gemütlich haben Sie es hier!«
»Wolf müßte man sein!« setzte Jagel den Köhlertschen Gedankengang fort, als er neben ihm über die riesige Diele in den Wohnraum ging. »Nun versprühen Sie man das bißchen Nettigkeit, das Sie Damen gegenüber aufbringen können, nicht gleich am ersten Abend!«
Köhlert hieb ihm seine Pranke in den Rücken und drückte ihn kurzerhand auf den grüngestrichenen Bauernstuhl an dem gewaltigen Eßtisch, der durch und durch aus solidem Eichenholz war. Dann fuhr Frau Köhlert – *erscht emol zum Warmwerde* – das Essen auf.

Frau Köhlert entpuppte sich als originelle Gastgeberin, deren Sprachschatz gleichermaßen aus Hessisch und Hochdeutsch bestand. Ihrer Aufforderung *Was mer uff de Disch stelle, gewwe mer verlorn!* konnte sie unvermittelt die Bitte folgen lassen: ›Nun langen Sie doch bitte noch recht ausgiebig zu!‹ Sie war, in ihrer Art, genauso ein Original wie ihr Mann, dem man die Zurückhaltung im Beisein seiner Frau und den Wunsch, mit seiner »Kampfgruppe« möglichst bald unter sechs Augen zu sein, nur allzu deutlich anmerkte.
Es gab typisch hessische Hausmannskost. Zunächst eine *Franzeesisch Subb*, gutbürgerliche Gemüsesuppe. Als Hauptgericht Sauerkraut mit *Kadoffelstambes* und *eme Häsje*, Schweinefüßchen. *Gude Abbedidd, nix verschlabbert un nix verschitt!* hatte Frau Köhlert gewünscht.

Später führte sie ihre Gäste durch die Zimmer, da war sie wieder ganz Gastgeberin auf Hochdeutsch. Doris Schilling zeigte sich begeistert von den Vorhängen aus rustikalem Berberleinen mit bäuerlichen Mustern in Rot, Grün und Grau. In allen Räumen war eine beachtliche Menge an typisch waidmännischer Zimmerkultur versammelt: Da gab es hinter dem schweren Glas der Bauernschränke Tafelgeschirr à la DIANA – Porzellan mit Darstellungen des einheimischen jagdbaren Wildes. Da gab es JÄGERKLAUSE-Glasserie und Zinnbierseidel mit Jagdmotiven und Henkeln, die wie Geweihstangen geformt waren. Bierfilze mit Karikaturen jagdlicher Pannen von R. Poortvliet. Szenen einer englischen Fuchsjagd auf Korkuntersetzern. Hirsche auf Zinntellern, umrahmt von Eichenblattgravuren. Einen zweiflammigen Kerzenleuchter auf dekorativer Hirschhornstange.

Auch eine Jäger uhr mit handgefrästem Gehäuse fehlte nicht. Hier traten die Tiermotive genauso markant in Erscheinung wie auf dem Beistelltischchen mit eingelegten Kacheln. In der Diele hingen Ridinger Wandbilder: Holzteller aus antik gebeiztem Buchenholz, mit eingelassenen Platten aus rostfreiem Edelstahl und schwarzer Ätzgravur.

In der Diele stand Doris Schilling lange vor einer historischen Zielscheibe mit naiv-bäuerlicher Malerei. Der Text über zwei Liebespaaren mit rotleuchtendem Herzen lautete: DER SCHÖNST SCHUSS, DEN I MEINA LEBTA' HAB THAN, WAR DER, WIER I 'S DEANDL INS HERZ TROFF'N HAN!

Dann öffnete Köhlert einen schweren Eichenschrank, dessen drei Türen handgeschnitzte Jagdszenen zeigten. Dahinter befanden sich seine Jagdwaffen; Jagel hatte schon lange befürchtet, es würde zu dieser Demonstration kommen. Er warf schräge Blicke auf Doris Schilling, die bisher kaum gesprochen hatte, außer zu Frau Köhlert. Sie nahm an der Waffenbesichtigung zunächst teil wie

eine Oberschülerin, die sich unverständliche Surrealisten ansehen muß.

»Und hier«, kündigte Köhlert an, »mein größter Stolz: eine *Sauer 80 Safari*. Kaliber .458 Winchester Magnum!« Er klopfte zärtlich auf den Schaft. »Bubinga-Holz mit Monte-Carlo-Backe!«

»Und diese hier, was war das noch mal?« fragte Jagel.

»Das ist eine amerikanische *Marlin*, die .336. Schwarzes Walnußholz.«

»Und das hier ist eine Repetierbüchse, sagen Sie?«

»Eine *Steyr-Mannlicher ST*. Spezielles Tropenmodell. Der Lauf ist aus Böhler-Stahl. Kaliber .375 Holland und Holland Magnum. Ich habe sie zusammen mit der *Sauer Safari* in Afrika gehabt. Vor drei Jahren. In Kenia.«

»In Kenia«, warf Doris Schilling ein, »gibt es kaum noch Möglichkeiten zur freien Jagd. Gott sei Dank!«

»Dies hier«, fuhr Köhlert unbeirrt fort, »ist übrigens eine französische *Falcor*-Bockdoppelflinte. Billig, aber ohne Probleme. Automatischer Patronenauswerfer, gutes Nußbaumholz, prima. Und hier ein *Krieghoff*-Drilling. Antinit-Stahl, die Schlosse und Abzüge vergoldet. Der Abzugbügel ist aus echtem Büffelhorn; und mir persönlich gefällt die Jagdgravur mit englischen Arabesken auf den Schrotläufen.«

»Was kostet so was?« fragte Doris Schilling und starrte auf das Waffenarsenal an der Korridorwand wie auf ein Gruselkabinett.

»Oh, dieser Drilling um die Achttausend.«

»Viel Geld, um ein paar unschuldige Tiere umzubringen, Herr Köhlert!«

Jagel bemühte sich, Gegensätze zu überbrücken. »Sie arbeiten viel mit Zielfernrohr?«

»Ich benutze gern das amerikanische *tasco*. Zum Beispiel das *Absehen 30/30*, mit besonders breitem Gesichtsfeld. Die Bildausbeute ist enorm!« Er schob seine Gäste mehr

oder weniger energisch an den Kamin. »Allerdings, wenn es mir um die Dämmerungsleistung geht, steh ich auf dem *Diavari* Z 7,5 × 10 von Zeiss.«
»Ich glaube, unsere charmante weibliche Teilnehmerin steht mehr auf einem zünftigen ... was immer Sie anzubieten haben, Köhlert! Fachgespräche dieser Art dürften Sie mit uns nicht führen können!«
»Wie wäre es mit einem *Bärenfang*? Nach einem alten masurischen Rezept zubereitet?«
»Ach, masurischen?« fragte Doris Schilling kurz und schwieg dann wieder, während man sich in den weichen Sesseln vor dem knisternden Kamin niederließ.
Mehr sagte sie nicht; und Jagel versuchte wieder, Brücken zu schlagen. Es war ganz offensichtlich: Doris Schilling mochte Köhlert nicht; und der Revierförster fühlte sich brüskiert und ungerecht behandelt, ohne zu wissen, weshalb.

In einer Parterrewohnung in der Schwarzspechtgasse wälzte sich der sechsjährige Jürgen Winters in seinem Bett. Die Schwarzspechtgasse war die romantischste unter den zahlreichen Nebengassen von Bad Frankenthal; aber die Wohnungen in ihr waren alles andere als auf dem neuesten Stand der Wohnkultur. Hier gab es noch Hinterhöfe ohne fließend Wasser und Wasserspülung. Hier lebten die vom Wirtschaftswunder übergangenen Gelegenheitsarbeiter, Handlanger und Rentner. Die Vorderfronten der Häuser freilich waren im vergangenen Sommer frisch renoviert und in den ursprünglichen Farben gemalt worden, die man alten Konstruktionszeichnungen und kolorierten Stichen des siebzehnten Jahrhunderts entnommen hatte; alle Touristen zeigten sich entzückt über die unzerstörte Romantik dieser Gasse.
Jürgen Winters lebte bei seinen Großeltern, nachdem seine Eltern durch einen Autounfall ohne Abschied aus

seinem Leben verschwunden waren. Es war früher Abend, und Jürgen wartete ungeduldig auf seinen Großvater, der mit ihm das Abendgebet sprechen würde. Hinter den kahlen Fenstern hatte bis vor kurzem die gegenüberliegende Bauernhauswand der Wacholderdrosselgasse ihre bleiche, abgeblätterte Tünche emporgehoben. Jetzt hatten Bulldozer freie Fläche für ein Bürohochhaus geschaffen; und Jürgen, der früher bei der Betrachtung der Wandrisse und Flecken und deren phantastischer Deutung eingeschlummert war, hatte nichts als endlose Weite mehr vor seinem Blick: Sanft, in mehreren Wellen ausschwingend, zog sich dichter Nadelwald hangaufwärts, bis hinauf zum Forsthaus. Das allerdings lag weit, weit hinter den sieben Bergen, wie sein Großvater angedeutet hatte.

Jürgen mochte die riesigen Wälder nicht, deren Anblick er schutzlos preisgegeben war – die nahe Hauswand hatte ihm das Gefühl der Geborgenheit vermittelt. Er liebte Höhlen, in denen man sich verbergen konnte. Löcher, in denen man unter der Erdoberfläche verschwand. Nischen, in die man sich quetschte, um sich neugierigen Blicken zu entziehen.

Durch seinen Großvater hatte er Robinson, Till Eulenspiegel und den Gestiefelten Kater, Zwerg Nase und die irischen Elfenmärchen kennengelernt. Aber von allen Märchen- und Legendengestalten liebte er am allermeisten Rübezahl, den er sich immer inmitten riesiger Felsen, Höhlen, Grüfte und gruftähnlicher Wälder im Riesengebirge vorstellte.

Sein Großvater trat ein, setzte sich ans Bett und wollte die Hände falten.

Der alte kahlschädelige Mann und sein Enkelkind hoben gleichzeitig die Köpfe. Die zugigen, vermorschten Fensterrahmen hatten seltsame Laute durchgelassen: ein langanhaltendes Heulen, dessen einzelne Töne sich hoch

hinaufzogen, ohne disharmonisch zu wirken. Nur der Nachtwind, der durch die Dachbalken wimmerte, verzerrte und verwirbelte die Laute wie Papierfetzen.
»Was ist das, Opa?« fragte der Junge.
»Das sind die Wölfe«, sagte der Großvater. »Die kommen alle fünfzig Jahre herunter aus den Wäldern.«
»Hast du schon mal einen echten Wolf gesehen, Opa?«
»Aber ja, vor fünfzig Jahren, als sie herunterkamen aus den Wäldern. Nachts sind sie durch die leeren Gassen gestreift. Sie haben an den Türen gekratzt. Sie haben das Vieh wild gemacht in den Ställen. Sie haben geheult wie jetzt. Sie sind in die Schafställe eingebrochen und haben die Lämmer geschlagen.«
»Aber jetzt – jetzt kommen sie nicht herunter aus den Wäldern?«
»Ich weiß nicht, Junge. Jetzt sind die fünfzig Jahre herum. Jetzt könnten sie herunterkommen aus den Wäldern.«
»Sie bellen aber wie die Hunde, Opa.«
»Es sind keine Hunde. Es sind Wölfe – Teufelsbrut, die man umbringen muß. Mit Dreschflegeln, glühenden Kartoffel- und Mistforken!«
»Was sind das: Dreschflegel?«
»Damit muß man sie umbringen, Junge. Hör, jetzt heulen sie wieder. Wie damals. Die Menschen sind böse. Die Wölfe sind böse. Gleich gesellt sich zu gleich.«
»Können sie hier in mein Bett kommen, Opa?«
»Nein, Junge, nein. Hierher werden sie nicht kommen. Sie sind sehr scheu, lichtscheues Gesindel. Sie sind feige. Sie verkriechen sich wimmernd!«
»Wenn sie feige und lichtscheu sind, Opa – weshalb muß man dann Angst haben?«
»Das verstehst du nicht, Junge!«

Am gleichen Abend, als das Heulen der Spessartwölfe bis in das schäbige Kinderzimmer von Jürgen Winters drang,

trat die Gruppe STEPPENWOLF III im Frankfurter »Sinkkasten« in der Mainstraße auf. Ihr Leadguitarist, ein nicht unbegabter Lyriker namens Rolf Vanderhaus, hatte, angeregt von den Tagesnachrichten, seinem Song *Leben in den Sümpfen der Dinosaurier* neue Strophen hinzugefügt, die im »Sinkkasten«-Keller Premiere feierten. Hessen 3 übertrug direkt.

Schneedünen, zahlreich.
Klippenschnee Wipfelschnee Steppenschnee
Im Baumschatten: der Wolf.
Dein Herz: Treffpunkt
Erfrorener Ströme
Eiswind pulst drüberhin.
Hebe den Nachtschnee!
Die Spur des Wolfs ist
In jeder Handvoll ...

Welchen der Wölfe du
Töten magst:
Nie triffst du den eignen
In dir.

Hebe den Nachtschnee, hebe den Nachtschnee ...!

Hätte die Arche nicht
Wölfe beherbergt wie Spiegel:
Nie hättest du
Dich selber erkannt.

Aus dem Schneegrau der Ungewißheit
Starrt dir, zähneentblößt,
Dein Ich entgegen: ein Raubtier!

Als die letzten Rhythmen aus dem Radio verklungen waren, sagte Doris Schilling: »Nachdem Ihr Transistor die

letzte Verbindung mit der großen weiten Welt darstellt, schlage ich vor, wir ziehen uns erst einmal in unsere Betten zurück! Morgen früh sehen wir weiter!«
Seitdem Jagel in Köhlerts Gegenwart das Gefühl hatte, eine Art Schutzfunktion übernommen zu haben, war seine Aktivität gewachsen wie eine abwärtsrollende Lawine, die nur auf den Anstoß gewartet hatte.
»Köhlert, der Abend am hessischen Kamin war nett. Jetzt sollten wir, verdammt noch mal, einen Schlachtplan machen. Für morgen.«
»Da brauchen wir keinen Plan, Jagel. Ich rüste euch mit Knarren aus. Wir legen Köder aus. Dann warten wir. Und wenn die Schweine kommen, legen wir sie um.«
»Schweine?« fragte Doris Schilling. »Was für Schweine?«
»Kommen Sie, schöne Frau, Sie wissen, was ich meine.«
»Umlegen ist wohl Ihre starke Seite als Forst- und Hegemeister, wie?«
»Nein, keinesfalls, Frau Doktor!« Köhlert nahm die leere Bierflasche vom Tisch, die er als Ergänzung zum *Bärenfang* geleert hatte, und schleuderte sie achtlos ins Kaminfeuer. »Jedes Jahr stehe ich als Revierförster vor der Wahl, den Überschuß an Rehen, Wildschweinen und Damhirschen eines qualvollen Hungertodes sterben zu lassen – aus Übervölkerungsgründen –, oder sie durch einen gezielten Blattschuß eines schmerzlosen Todes sterben zu lassen.«
»Sie schon!« Doris Schilling schlug so spontan ihre Beine übereinander, daß Jagel, der sie sich im Abendkleid statt in Hosen vorgestellt hatte, geradezu ihren zurückgeschobenen Rock zu sehen glaubte. »Aber die vielen, vielen Hobbyjäger, für die Sie, Herr Köhlert, Jahr für Jahr Ihr Ihnen anvertrautes Wild, das überschüssige natürlich, fettmästen, auf daß die finanzkräftige Elite Ihrer Revierkunden auch ja einen recht fetten Bock auf knappe, sport-

liche Zehn-Meter-Distanz im Visier haben möge...
Weil mehr Wild da ist, als Ihr Revier angeblich ernährungsmäßig verkraften kann, müssen Sie jährlich eine stattliche Anzahl Böcke schießen, Herr Köhlert. Aber wenn Sie das Futter, mit dem Sie die abschußreifen Böcke für die Bonzen des deutschen Wirtschaftslebens mästen, gleichmäßig auf die hungernde Tierpopulation verteilen würden...«
»Ich habe immer geglaubt, ein Doktortitel hätte irgendwas mit wissenschaftlicher Sachlichkeit zu tun...«
»Ich weiß sehr wohl, weshalb durch Regierungsbeschluß jährlich mehr Wild zum Abschuß freigegeben wird, als tatsächlich verhungern müßte, wenn man mit geringem Aufwand günstigere ökologische Voraussetzungen schaffen würde.«
»Nämlich?«
»Jäger, Herr Köhlert, sind wahlberechtigt. Rehe und Hirsche nicht.«
»Das war deutlich. Darf ich genauso deutlich sein?«
»Ich bitte darum!«
»Regen Sie sich wegen des sogenannten Vogelmordes in Italien auf? Sie wissen: Während des Vogelzuges im Herbst fangen und schießen die italienischen Hobbyjäger rücksichtslos alles, was sich aus deutschen Landen südwärts bewegt: Tafelenten, Singdrosseln, Mauersegler, Nachtigallen, Weißstörche, Rotkehlchen. Ich kenne Ihre Antwort: Sie regen sich maßlos auf – und mit Ihnen Zehntausende von deutschen Fernsehzuschauern, die durch dieses Medium zum erstenmal erfahren haben, daß es in Deutschland überhaupt so etwas Ähnliches wie Drosseln oder gar Nachtigallen gibt. Gehört, beachtet, beobachtet haben sie nie eine. Aber Empörung ist auch was Feines!«
»Nur weiter!«
»Haben Sie jemals, Frau Doktor, von deutschen Fernseh-

zuschauern gehört, die auf Grund einer Sendung über den Vogelmord in Italien nun auch genauso energisch gegen den Vogelmord in Deutschland protestiert hätten? Wissen Sie eigentlich, daß die Zehntausende...«

»Hunderttausende. Im letzten Jahr waren es mehrere Millionen.«

»Daß die bedauernswerten paar Millionen Singvögel, die in Italien von Vogelfängern getötet wurden, nichts sind verglichen mit den Zigmillionen von Vögeln, die jährlich in Deutschland umgebracht werden? Mit dem Segen der großen Chemiekonzerne? Vergiftete Flüsse, entwässerte Wiesen, Unkrautgifte, Urbanisierungspläne... Die letzten Wiedehopfe, die letzten Uhus, die letzten Rauhfußkäuze, die letzten Blauracken in Deutschland sterben aus – nein, nicht, weil ein paar echt hungrige Herumlungerer in den italienischen Apenninen sie gefangen haben, sondern weil jene Industriekonzerne, die von den empörten Italienfeinden mit Aktien und Obligationen unterstützt werden, die gesamtdeutsche Ökologie zerstört haben! Was für eine Verlogenheit, Frau Doktor! In meinem Revier töten acht eingetragene Jäger pro Jahr fachmännisch und schmerzlos siebenundzwanzig Hirsche, die eines qualvollen Hungertodes sterben würden. Die Urbanisierungspläne Hessens und Niederbayerns bewirken, daß pro Jahr der Lebensraum von mindestens sechzig Hirschen zerstört wird. Darüber, freilich, regt sich niemand auf! Im Gegenteil: Wenn die Herren Raumverteilungsspezialisten, Reihensiedlungsarchitekten und Urbanisierungsmanager mit ihrem neuesten Mercedes über die Autobahn preschen, wirft ihnen Lieschen Müller noch einen bewundernden Blick nach. Das ist die Naturschutzlage, Frau Doktor!«

3

Jagel wälzte sich schlaflos in seinem Bett. Durch die Holzwand hörte er schwer und baßtief Köhlert schnarchen. Aber Jagel war mit seinen Gedanken ganz bei der Frau, die drei Wände entfernt schlief: Wie sie in seiner Wohnung gewesen war, und wie sie gemeinsam über die Ausrüstung beraten hatten. Er besaß mehrere gefütterte Schlafsäcke. Streichhölzer, die selbst ein Sturm nicht ausblasen konnte. Leuchtpistolen und Munition. Er wußte, wie man einen Iglu in Polarzonen baute und wie man sich aus einer Gletscherspalte hochhangelte. Er konnte Schnee in Trinkwasser verwandeln, und er kannte alle Winterkräuter, die Vitamine für eine Suppe hergaben. Er wußte, wie man erfrorene Glieder zu neuem Leben erweckte und sich nach den Himmelsrichtungen orientierte, wenn der Kompaß verloren war.

Sie hatte vor seinem Bücherregal gestanden, die Titel studiert und geäußert, für einen simplen Hubschrauberpiloten lese er überraschend viel. Sie hatte sich eine seiner pelzgefütterten Hosen vorgehalten (etwas zu groß geraten), Handschuhe dazu ausgesucht und geradezu ausgelassen vor dem Spiegel getanzt. Sie hatte *Des Luftschiffers Giannozzo Seebuch* von Jean Paul herausgezogen und bemerkt, das diene wohl kaum als Bedienungsanweisung für einen Hubschrauber und er sei wohl ein ganz anderer, als er zu sein vorgebe.

Jagel hatte geschwiegen, und sie hatte weiter sein Zimmer begutachtet. Da war ein Riesenposter von Gustav Klimt: *Erfüllung*, das mochte sie. Später, als sie bei einem Co-

gnac vor dem Riesenpacken Ausrüstung zu einem letzten Drink zusammensaßen, äußerte sie, er käme ihr wie ein gefangenes Tier vor, das sich nicht ausleben könne – ja, wie ein Wolf zum Beispiel. Aber das sei ganz positiv gemeint.
Natürlich, sie empfände ja die Gegenwart von Wölfen als positiv.
»Sie zeigen uns, Jagel, daß es auf unserer vergewaltigten Erde noch winzige Fleckchen gibt, die im ökologischen Gleichgewicht sind. Wußten Sie übrigens, daß die soziologische Gemeinschaft eines Wolfsrudels der menschlichen am nächsten kommt?«
»Natürlich nicht.«
»Vorausgesetzt natürlich, die schützenden zivilisatorischen Schranken fallen. Betrachten Sie unsere Zivilisation als ein Raumschiff inmitten eines unwirtlichen Kosmos. Von Zeit zu Zeit verlassen wir unsere künstliche Insel, so wie eine Expedition sich zum Überwintern in polaren Zonen anschickt. Für eine solche Expedition bietet die Wolfsrudel-Organisation die sichersten Überlebenschancen. Sie basiert auf einem kräftigen Wolfspaar, um das herum sich weitere Tiere ansiedeln. Freilich, das größte Rudel, von dem ich je gehört habe, war fünfzig Tiere stark – das äußerste Extrem. Alexandre Dumas spricht, von keiner Fachkenntnis getrübt, von Rudeln bis zu dreitausend Tieren – Fiktion!
Ein starkes Rudel braucht einen starken Führer; man bezeichnet ihn als das Alpha-Männchen. Er beherrscht jeden Angehörigen des Rudels, und er betont seine Herrschaft durch pausenloses Grollen, warnendes Bellen und durch das Vorzeigen der gefletschten Zähne. Er verfügt zusätzlich über eine große Variation von Gesichtsausdrücken; auch seine Körpersprache ist sehr ausdrucksreich. Allein schon die Stellung seiner Rute ist bedeutsam für das Verhalten des Rudels. Soll ich Ihnen mal die Be-

deutung der wichtigsten Rutenstellungen erläutern?«
»Gern!«
»Eine hochgereckte Rute bedeutet Selbstvertrauen, eine geknickte, waagerechte, leicht wedelnde Drohung. Anders als beim Schäferhund ist die Rute in der Normalhaltung leicht nach unten gerichtet, sehr gestreckt dazu. Hebt sie sich mit dem Ende leicht, so drückt sie Unsicherheit des Tieres aus. Hängt sie senkrecht herab, so bekundet sie freundliche Unterwerfung. Ist sie zwischen den Hinterschenkeln eingekniffen, so empfindet sich das Tier als unterlegen.«
»Sie wissen alles über Wölfe, wie?«
»Man versteht die Menschen besser. Ihre Prestige-Signale, ihre rituellen Handlungen, ihre Hackordnung... Herr Jagel, Sie führen ein isoliertes Leben – liegt Ihnen das?«
Er schwieg; er hätte eine Menge erwidern können, aber sie fuhr schon fort, von der durchschnittlichen Lebensdauer der Wölfe zu reden, als interessiere sie die Antwort auf ihre rhetorische Frage nicht: Sieben Jahre sei ein guter Durchschnitt. Spätestens mit zwölf sei ein Wolf erledigt, seine Zähne seien stumpf und zerbröckelt, seine Glieder zerbissen, entzündet, zerquetscht. Mit dem Rudel könne er dann nicht mehr Schritt halten, jüngere Männchen würden ihn leicht fernhalten...

Er richtete sich im Bett auf. Das Bett war hart und knarrte bei jeder Bewegung, ein uraltes Bauernbett mit schachbrettartigem Blauweiß-Bezug.
Jetzt hörte er die Klänge, die durch den Schneewind herangewirbelt wurden. Zunächst hatte er sie für fernes Hundegebell gehalten; plötzlich wurde ihm die Tatsache bewußt, daß keine zehn Kilometer von der Autobahn Frankfurt – Würzburg entfernt Wölfe heulten.
Die Stimmen schwollen zu einer seltsam wohllautenden

Harmonie an; von Phrase zu Phrase wurden die Laute reiner, vollkommener: Sirenen, die hinauslockten in Wirbel und Untergang, Strudel und Zerstörung. Lang anhaltendes Tremolo.
Er sprang auf. Hatte es Doris Schilling auch gehört? Mußte ihr dieses Geheul nicht so feierlich wie das Osterläuten der Domglocken vorkommen?
Er klopfte an ihre Tür, nicht zu laut.
»Frau Doktor Schilling, haben Sie es gehört?«
Tappende Schritte; ein überraschtes Gesicht.
»Kommen Sie doch rein!« Sie schlug ihren Morgenrock fester um sich. »Gehört? Was?«
»Die Wölfe haben geheult!«
»Die Wölfe haben geheult? Bei mir hat das Radio geheult. Hessen drei: Straßenzustandsmeldungen. Das totale Chaos! Selbst Teilabschnitte der Autobahn Würzburg – Frankfurt sind unpassierbar. Durch Schnee, durch Massenkarambolagen. Umleitungen über Umleitungen. Vereiste Abfahrten. Allein an der Anschlußstelle Wertheim sollen dreizehn Wagen aufeinander ...«
»Frau Doktor Schilling: Ihre Wölfe haben geheult!«
Jetzt schien sie zum erstenmal zu begreifen. Sie wich zurück. Als habe er sie unsittlich berührt, dachte Jagel. In ihrem zartrosa Negligé hatte sie nicht die geringste Ähnlichkeit mehr mit einer kühlen Wissenschaftlerin.
»Wo, bitte, haben meine Wölfe geheult?«
»Direkt vor Ihrem Fenster. Ein ganzes Rudel!«
Sie trat ans Fenster und öffnete es. Wilde Schneewirbel pfiffen herein. Sie fröstelte und zerrte den Morgenrock noch enger. Er spürte das Bedürfnis, seine Arme um sie zu legen.
»Jetzt heulen sie nicht mehr.«
»Regt es Sie gar nicht auf, daß zum erstenmal in Ihrem Leben im Spessart Wölfe heulen?«
Sie lehnte sich leicht gegen den Sessel und warf ihm einen

Blick zu, der teils zurückhaltende Zustimmung, teils sanftes Amüsement ausdrückte.

»Doch, Herr Jagel. Aber nicht so, daß ich jetzt – *es schienen so golden die Sterne, am Fenster ich einsam stand* – hinausrauschen würde vor lauter Entzücken. Sie werden morgen noch dasein, die Wölfe!«

»Aber es war phantastisch! Ich habe noch nie etwas ähnlich Aufregendes gehört!«

Sie versuchte, ihre Leselampe über dem Bett höher zu richten, um den Raum besser auszuleuchten; es mißlang.

»Ich weiß, wie das ist, wenn Wölfe heulen. Ich habe es in Minnesota gehört. Und in den Winternächten im polnisch-russischen Urwald! Es ist . . . es ist eine Art von . . .«

»Sagen Sie es nur!«

»Eine Art von Sphärenmusik . . . Etwas absolut Unirdisches . . . Etwas, das uns zeigt, das wir nicht die armseligen, realitätsabhängigen Stümper sind, die sich groß vorkommen, wenn sie eine Million gescheffelt, wenn sie Anerkennung in der Politik gefunden haben: der Stolz einer Ameise, die vom ersten besten Schuhabsatz zertreten wird!«

»Ja, so empfinde ich es!«

»Aber natürlich, das darf man nur unter Eingeweihten äußern, Herr Jagel. Für den Rest unserer materiell voll kompensierten Mitbürger bedeutet das Wolfsgeheul: tödliche Bedrohung der Existenz!«

»Sie sind eine seltsame Frau . . .«

»Gefalle ich Ihnen denn?«

»Ob Sie mir gefallen!« Jagel hatte zu viele Erfahrungen mit den mannigfaltigsten Frauen gesammelt, um sich so offen zu stellen. Andererseits konnte er keine Beziehung herstellen zwischen der kühlen Sachlichkeit vergangener Stunden und der indirekten, vertraulichen Bitte um Schutz gegen den *großen bösen Wolf Köhlert*.

»Also bitte, gefalle ich Ihnen? Ich möchte das eindeutig wissen.«
Er sah sie an.
»Sie sind eine Frau, mit der ich gern lange Wanderungen durch schneebedeckte Täler machen würde.«
»Das werden Sie ab morgen bis zum Überdruß erleben!« Sie lachte, und ihr Morgenrock gab ihr hauchdünnes Nachthemd frei. Darunter befand sich ein Körper mit makellosen Proportionen. »Zur Zeit würde ich lieber noch einmal, mit Ihnen gemeinsam, dem Wolfsgeheul lauschen. Aber zur Zeit regt sich nichts! Wollen Sie statt dessen eine Kurzbeurteilung über sich selber hören? Sie haben eine Frau vor sich, die sich Gedanken über Sie macht!«
»Gern!« Jagel fragte sich, ob das, was sich jetzt zwischen ihnen abspielte, eine besonders moderne Art von Flirt war – auf wissenschaftlicher Basis sozusagen. »Wie lautet die Diagnose?«
»Er ist ein schlanker, hagerer, sich behutsam bewegender Mann mit grauen Augen, die überraschend warm aufleuchten können. Sie liegen tief in den Höhlen, so wie er sich selber gern geschützt zurückziehen möchte. Er ist Mitte Dreißig, und er sieht auch so aus. Er würde gern teilnehmen an dem, was man als Geselligkeit und Kulturleben zu bezeichnen pflegt. Aber immer kommen ihm seine Ansprüche in die Quere. Er verlangt mehr von den Mitmenschen, als sie erfüllen können; er empfindet sie als banal und zieht sich lieber von ihnen zurück, als einem sozial anerkannten Zeittotschlagen zu fröhnen, à la Bridgeparty, Golf, Stammtischabend oder Würstchengrillen am Swimming-pool. Er hat sich also zurückgezogen und stellt fest: Jetzt ist er eindeutig weniger einsam als vorher! Gleichzeitig ist er sehr wachsam. Er weiß, er könnte verächtlich auf all jene vereinsamten Rentner, grünen Witwen, Hochhausbewohner hinabblicken, de-

nen die Berechtigung ihrer Vereinsamung karitativ bestätigt wird, während er selber ja als Einzelgänger ein Außenseiter der Gesellschaft ist.«
»Das alles haben Sie herausgefunden?«
»Menschliche und tierische Reaktionen gleichen sich oft beängstigend. Bei Ihnen gibt es, gerade weil Sie aus dem Rahmen fallen, tausend winzige Hinweise auf Ihre Verhaltensweisen. Die Art, wie Sie stets von oben nach unten blicken beim Sprechen. Wie Sie mit dem Wagen anderen Verkehrsteilnehmern ausweichen ...«
»Für mich sind Sie ein Buch mit sieben Siegeln!«
»Die kann man brechen. Außerdem sind wir uns in gewisser Weise ähnlich. Wir sperren uns zunächst gegen den Mitmenschen; aber wenn wir ihn mögen, dann gehen wir gleich in die vollen!«
Er sah sie überrascht an. Das Mondlicht fiel durch die Fenster auf ihr Gesicht, als sie mit überraschender Weichheit und Zärtlichkeit aufblickte. Das war eine ganz andere Doris Schilling als die Wissenschaftlerin, die sachlich Mitteilungen machte wie: ›Ein Wolfsrudel ist ein hochentwickeltes soziales Gefüge, in der jedes Tier seine genaue Funktion zugewiesen bekommt. Rivalitätskämpfe arten nie in Schlächtereien aus, weil jedes Tier über eine Beißhemmung verfügt und unterlegene Tiere sofort durch Demutsgebärden ihre Unterwerfung bekunden.‹
Er sagte: »Ich würde gern noch ein bißchen bei Ihnen bleiben.«
Sie lächelte schalkhaft. »Na, nun sind Sie schon mal da; nun können Sie auch bleiben. Aber erzählen Sie es nicht dem alten Oberförster!«

»Darf ich dich etwas fragen, Doris?«
Sie saßen in den beiden wurmstichigen Sesseln am Fenster. Der tiefe Ausschnitt ihres Nachthemdes betonte die Schönheit ihrer Brüste. Zum erstenmal nahm er mit Be-

wußtsein ihre langschenkeligen Beine wahr, die bisher in den abgetragenen Hosen versteckt gewesen waren.
»Ja. Gib mir aber erst Feuer.«
Er hatte sie selten rauchen sehen. Das Fenster stand einen schmalen Spalt offen, weil sie auf das Heulen der Wölfe warteten. Einzelne Schneeflocken wurden ins Zimmer gewirbelt und verwandelten sich auf dem grünen Seidenschirm der Nachttischlampe in Tropfen. Das erste Streichholz erlosch. Er rückte näher an sie heran, und sie beugte sich über die Flamme. Ihre Haut duftete nach frischem Gras.
»Diese Geschichte mit deinem Vater, der von einem Wolf . . .«
»Ach, aber doch nicht jetzt! Das erzähle ich mal in den nächsten Tagen, wenn wir irgendwo im tiefsten Spessart den Wölfen auflauern.«
»Wo bist du eigentlich her?«
»Aus Masuren – wie Köhlert. Aber bewußt habe ich nur die Flucht miterlebt – im Winter vierundvierzig/fünfundvierzig. Zusammen mit meiner Schwester. Später haben wir uns bei Hof angesiedelt.«
Er streichelte sanft ihr gelöstes Haar, das ihr in weichen Wellen bis über die Schultern fiel.
»Wo hast du studiert?«
»In Marburg. Erst Soziologie und Psychologie, später bin ich auf Zoologie umgestiegen, bis ich endgültig bei der Verhaltensforschung gelandet bin. Ich sagte mir: Die menschliche Gesellschaft wird in ihrem Verhalten durch feste Regeln, Riten und Kulte bestimmt. Sie lassen sich aus der Tierwelt ableiten. Da kannst du gleich die Soziologie der Rudel und Herden studieren. Sie sind ästhetischer und jenseits von Moral oder Unmoral.«
»Und, zack, schon hatten dich die Wölfe im Griff.«
»Jetzt hat mich ein anderer Wolf im Griff! Loslassen, bitte!«

Sie lehnte ihren Oberkörper wieder zurück; die vergilbte Plüschverkleidung knarrte.
»Was mich wundert, ist: Die Wölfe haben geheult, und morgen ziehen wir auf Jagd. Nicht irgendwo in Alaska oder Sibirien, sondern mitten in Deutschland! Im Spessart! Und während mich das maßlos aufregt als großes Abenteuer, gibst du dich gelassen wie eine Diva vor einem Lokalreporter.«
Sie drückte einen zärtlichen Kuß auf seine Stirn, beugte sich aber gleich wieder zurück.
»Das ist die spröde Seele der Wissenschaftlerin in mir! Die andere muß erst immer geweckt werden. Du, übrigens, bist auch spröde.« Ihre dunklen Augen funkelten. »Kein Typ, auf den die Frauen sofort fliegen. Einfach weil du weniger scheinst als du bist. Hinterher vielleicht um so mehr. Vielleicht . . .«
»Was – hinterher um so mehr?«
»Neugierig wie ein Marktweib. Manche Frauen sind Spezialistinnen für abgebrochene Sätze, wußtest du das? Also: die Wölfe . . . wunderschöne Tiere, ihre Bewegungen, wenn sie sich gegenseitig im Rudel Demut oder Überlegenheit bezeigen. Wie Tiefseeflora, die sanft in der Strömung weht. Weißt du, was ich mal möchte, außer dir jetzt noch einen Kuß geben?«
Sie ließ ihren Oberkörper wieder vorschnellen; diesmal war ihre Umarmung leidenschaftlicher.
»Noch einen geben!«
»Ja. Und jetzt würde ich dir gern ein Rudel Wölfe in freier Wildbahn zeigen. Es gibt nichts Wunderbareres. Welcher Abendländer ist schon zu einem solchen Erlebnis gekommen? Und hier haben wir jetzt die Möglichkeit dazu; aber wir gründlichen Deutschen haben nichts weiter im Sinn, als diese einzigartige Möglichkeit zu zerstören!«
»Ja. Aber du kannst doch nicht die drei Opfer leugnen!«
»Natürlich nicht. Deshalb gehn wir ja auf Jagd! Aber man

muß doch nicht gleich immer das Kind mit dem Bade ausschütten! Um in Ostafrika die Mosquitos zu bekämpfen, hat man schlicht und einfach eine bestimmte Gazellenart fast völlig ausgerottet. Bloß, weil diese Tiere mit ihren Ausdünstungen die Mosquitos anlockten! Meinst du nicht, der menschliche Geist hätte sich eine etwas subtilere Art zur Lösung des Problems ausdenken können?«
»Wenn du dich in Rage redest, siehst du reizend aus!«
»Danke fürs Kompliment! Und in Deutschland vergast man seit einem Jahrzehnt eines der schönsten Wildtiere überhaupt: den Fuchs. Rein prophylaktisch! Bloß weil einmal der eine oder andere Fuchs tollwütig werden könnte! Was für ein totaler Irrsinn! Dabei sind tollwütige Tiere keinesfalls so angriffswütig, wie es dargestellt wird. Meistens werden sie durch die Krankheit träge und apathisch! Die deutsche Jägerschaft stellt noch immer eine mächtige Lobby in Bonn!«
»Hör mal ... Da ist es wieder!«
Ja, da war es wieder; ein tief ansetzendes, sich chromatisch steigerndes Geheul, das ohne Widerhall von den Schneeschauern verschluckt wurde, bevor es sich voll entfalten konnte.
Er war ans Fenster getreten; aber es gab nichts zu sehen im fahlen Anthrazitgrau der Nacht. Er drängte sich zu ihr auf die Sessellehne und legte seinen Arm um ihre Schulter.
Er stellte sich die Tiere vor, wie sie jetzt im Flockengestöber ihre Schnauzen emporreckten und die Ohren zurücklegten. Wie sich ihre Kiefer leicht teilten, ihre Lippen vorwärts wölbten. Wie sie tief ansetzten in der stillen, schneefülligen Luft. Wie ihre Stimmen anstiegen und sie ganz in dieses Heulen hineinwuchsen, ekstatisch und melancholisch, sinneswach und voller mystischer Furcht. Sie gaben sich selbst ganz der Nacht hin und flossen in weitschwingenden tonalen Strömungen ins All.

Eng umarmt lauschten sie den Signalen, die wie aus einer unwirklichen, menschenfernen Welt herüberebbten.

»Schön«, flüsterte er und streichelte sie. »Und unheimlich gleichzeitig . . .«

Als die Stille zurückgekehrt war, äußerte er: »Nie habe ich geglaubt, daß das erste Wolfsgeheul meines Lebens unter so angenehmen Begleitumständen stattfinden würde!«

»Sagen wir also: Unsere Liebe steht im Zeichen des Wolfs!«

»Ja – unsere Liebe. Ich glaube, ich liebe dich, Doris!«

»Wie gut, daß du ›glaube‹ gesagt hast. Sonst würde ich dir nicht glauben!« Sie kuschelte sich wohlig in seine Arme. »Und weißt du, was das Wolfsgeheul außerdem noch bedeutet?«

»Nein.«

»Ein Rudel heult, wenn es sein Jagdgebiet abstecken will. Das heißt: Es hat sich hier niedergelassen. Es wird nicht weiterwandern. Wenigstens nicht nennenswert. Zwanzig, dreißig Kilometer vielleicht, mehr nicht.«

»Vielleicht kannst du mir wirklich bald ein ganzes Rudel Wölfe zeigen!«

Jagel ahnte nicht, wie rasch dieser Wunsch in Erfüllung gehen würde.

4

Das UNTERNEHMEN WOLFSZEIT begann am nächsten Morgen, als Köhlert gähnend und fluchend in langen Unterhosen ans Schlafzimmerfenster trat und hinausblickte in die graue Dämmerung, die schneereicher denn je war. Durch die Schauer hindurch wurden für kurze Augenblicke die Spitztürme von Schöllbronn sichtbar – auch sie, wie die Wipfel der Fichten, durch weiße Kappen unförmig gemacht, mit winzigen schieferblauen Flecken darin.
Er hatte unruhig geschlafen, noch unruhiger geträumt. Wenn die Rückerinnerung daran versagte, fühlte er sich sofort schlecht gelaunt. Konnte er sich schon nicht an seine Träume erinnern (ihm war nur die flüchtige Gestalt der Magd Hertha haftengeblieben, die auf dem Hof des Spessartbauern Heidicke beschäftigt war und als erotischer Geheimtip aller Knechte, Handlanger und Hilfsarbeiter des Reviers galt), so erinnerte er sich um so schmerzlicher an jene strengen Winter in Ostpreußen, wo er in der Johannisburger Heide einmal sein Forstrevier besessen hatte. Gleichzeitig dachte er mit Wehmut an seine Großwildjagd in Kenia, an die Gazellenböcke, die er südlich der Serengeti geschossen hatte. Die wiederum hatten ihn damals an die Sechzehnender erinnert, die er einst in Masuren erlegt hatte, wo die Natur noch heil und nicht so zerstückelt gewesen war wie der zersiedelte deutsche Forst.
Er schrak auf.
Auf der Waldlichtung, die zwischen seinem Grundstück und der nächsten Fichtenschonung lag, erschien ein Reh.

Es war eines der diesjährigen Kitze, mit graubraunem Fell und weißen Flecken, die das junge Alter verrieten. Ein Bambi, wie es im Buch stand! Alle Mütter würden entzückt von dem reizenden Geschöpf sein, wenn sie es mit ihren Kindern an einer der öffentlichen Futterstellen beobachten würden!
Was jedoch Köhlerts besondere Aufmerksamkeit erregte, war nicht das simple Reh, sondern die groteske Art, wie es aus dem Schneegrau der Dämmerung herausgesprungen war. Jetzt sah er die Blutspur, die sich von einem der Hinterläufe in den Schnee ergoß.
Dann sah er den grauen Blitz.
Er schoß aus der grauen Wand; plötzlich war das Reh nichts mehr als ein gewaltiger, rotsprudelnder Quell. Als verlangsame man einen Film auf Zeitlupentempo, wurde jetzt die Kontur des Angreifers sichtbar. Er hatte seine Zähne in die Nackenpartie der Beute geschlagen.
»Großer Gott!« stammelte Köhlert vor sich hin und umklammerte mit den Fäusten einen Sansiveria-Topf auf der Fensterbank. »Das ist er!«
Aber Köhlert war mit seinem schreckhaften Staunen noch nicht auf dem Höhepunkt.
In dem Augenblick, als das Tier seine Fänge in den Nakken des Rehs schlug und sein Fell sich rot färbte, klärte sich für wenige Sekunden die Sicht. Der Lärchenwald hinter der Lichtung wurde sichtbar: vereiste Äste, frosterstarrte Farnwiesen ... Da sah er sie.
Sie hatten die hageren Leiber tief an den Schnee gepreßt, die Schnauzen und Ruten ebenfalls. Ihre grünfunkelnden Augen schielten schräg aufwärts zur Beute hin, wo das eine gewaltige Tier sich jetzt in Ruhe am warmen Blutstrom des Rehs sättigte. Auch diese Tiere waren gewaltig, nein, das waren keine Hunde.
Und obwohl er die Szene mit einem Blick überschaute, begann er systematisch zu zählen, als wolle er sich selber

das unglaubwürdigste Ereignis des Jahrhunders bestätigen: Eins (am Reh). Zwei (ein kaum weniger kräftiges Tier, geduckt unter einem morschen Lärchenast). Drei (ein kleineres Exemplar, aber immer noch größer als ein Schäferhund). Vier!
Wölfe!
»Das gibt es nicht!« sagte Köhlert laut und deutlich. »Das kann nicht wahr sein!«
Wie eine Bestätigung zog der nächste Schauer den Vorhang vor den Wald mit den drei geduckt daliegenden Tieren. Nur das verendete Reh mit dem sich tief ins Fleisch grabenden Wolf blieb übrig.
Er sprang vom Fenster zurück, die Treppe hinunter, an seinen Waffenschrank. Welches Gewehr – welches Gewehr nahm man am besten, um zwei, drei, vier Wölfe zu erlegen?

Sie hatten sich durch ihre Instinkte westwärts treiben lassen, wie Blätter, die im Herbstwind weitergewirbelt werden.
Sie wanderten gern. Der Wandertrieb saß ihnen seit Jahrtausenden im Blut. Wenn die runde Scheibe des Mondes durch das sturmzerfetzte Gewölk der Herbstnächte schien, packte sie die große wilde Sehnsucht in die Fernen voll klirrenden Frostes und nebelverhangener Einsamkeiten.
Dann begannen sie zu traben.
Sie trabten durch Nächte, in denen das Licht des Mondes wie Opal schillerte. Wie Tiefseefische schwebten sie durch diffuse Dämmerungen, strömende Schatten in den Wirbeln der Winterstürme. Steppenadler kreisten über ihnen, wenn sie sich zur Tagesruhe in Höhlen und Dickichten verkrochen. Nachts waren die Schreie von Waldkäuzen und Schnee-Eulen um sie.
Ihre sehnigen Körper wurden hagerer und ausgedörrter,

je weiter sie sich aus den Steppen und Urwäldern ihrer Vorfahren entfernten. Ihre Kiefer hatten Elchkälber, Bergziegen, Dachse und Wachteln zermahlen. Die Erinnerung daran wurde unwirklich wie die Einsamkeiten, die sie zurückließen.

Das Leittier, das sie nach Westen führte, zögerte von Tag zu Tag mehr. Da waren ganze Orgien von Lärm, von ungewohnten Licht- und Farbeindrücken um sie. Da waren baumlose Weiden, kahle Straßen, die überquert werden mußten. Schutzlos waren sie den Eindrücken einer fremdartigen, stinkenden, tobenden Welt preisgegeben, auf die ihre Reflexe und Instinkte keine Antwort wußten.

Da war vor allem die menschliche Witterung, die sie von Tag zu Tag mehr beunruhigte und zurücktrieb in die schützenden Behausungen der Wälder, die in den neu durchtrabten Gebieten unerwartet beutelos blieben. Nichts ließ sie so in panikartiger Furcht zurückzucken wie die Ausdünstung eines Menschen, der ihren Wandertrieb hemmte.

Sie duckten sich tief in Mulden und Windschatten, wenn der Sturm über die Äcker und Moore heulte. Sie sprangen hervor, wenn eines der Tiere Beute aufgespürt und den anderen zugetrieben hatte. Manchmal stoben sie auf den Wirbeln der Winde durch die Landschaft wie Schneelawinen, das Fell starrend vor Eis und Schneekristallen. Einmal, in einer kurzen Tauperiode, wälzten sie sich durch Schlamm und Sümpfe wie unförmige Klumpen aus Dreck und Lehm.

Je weiter sie westwärts wanderten, um so aufgeräumter, ausgerichteter wurden die Wälder, die sie durchstreiften. Eines Tages sonderte sich der Wolf, der später »Der Töter« genannt werden würde, von dem unschlüssig dahintrabenden Rudel ab. Er war ihr Leittier gewesen, und er ahnte, daß sie seiner Spur weiter folgen würden.

Aber er wollte allein sein, ein Vagabund in einem fremden Land.

Er hatte seine *Sauer Safari* aus der Halterung gerissen und in rasender Eile geladen. Er benutzte Kupfermantelgeschosse mit Hohlspitze vom Typ Winchester .22 Magnum; und ehe er eine neue Schachtel geöffnet hatte, waren kostbare Sekunden vergangen.
Er stürzte zum Hinterausgang, von dem aus er die Lichtung gut überblicken konnte. Vom Hof lief sie leicht abschüssig zum Waldrand hinunter; und als er sich behutsam durch den Türspalt zwängte, bot sich ihm ein atemraubender Anblick.
Im Vorhang der Schneeschauer war eine klare Stelle ausgespart, die die Szene mit Wolf und Reh freiließ. Als habe man sie auf graues Papier geklebt. Der Wolf hoch aufgerichtet auf den Vorderläufen, das blutverklebte Maul auf den Hof gerichtet. Mißtrauisch, aber voller Blutgier. Seine Beute mit weit über den Schnee verstreuten Fleischfetzen, Fellstücken und Gedärmen. Der rechte Hinterlauf stand grotesk in den Himmel gereckt.
Köhlert legte an.
Der Wind kam leicht von rechts. Die Entfernung betrug knapp hundert Meter. Plötzlich gingen ihm Zahlenreihen durch den Kopf: *Treffpunktlage zur Visierlinie V + k mal .22 über Zielfernrohr + 3,0 auf 75 Meter + 0,3 auf 100 Meter ... Auftreffwucht auf 100 Meter 25 Kilopond pro Meter Fluggeschwindigkeit 430 Meter pro Sekunde ...*
Jetzt hatte er den Kopf des Wolfes klar und unverrückbar im Visier. Er nahm Druckpunkt.
Er spürte einen heftigen Schlag gegen den Lauf. Der Kolben riß sich bis zum Ohr hoch. Das Ohrläppchen begann zu bluten. Mit zornfunkelnden Augen stand Doris Schilling vor ihm – in einer Verfassung, die er nicht kannte.

Ihre Linke hielt energisch den Lauf umklammert. Ihr rechtes Bein hatte sie angewinkelt, als wolle sie ihm einen Tritt versetzen.
Der Augenblick der Verblüffung war für Köhlert vorbei. Er war ein Riese – ein wenig träge im Registrieren und Reagieren. Aber wenn er loslegte, fuhr er ab wie eine Dampfwalze. Unaufhaltsam. Sie war eine Frau, aber das störte ihn wenig. Sie hatte sich alles andere als *ladylike* benommen, folglich brauchte man sie nicht *gentlemanlike* zu behandeln.
Mit kurzem Ruck riß er das Gewehr frei. Gleich darauf spürte er stechenden Schmerz an seinem Schienbein. Er griff ihre linke Hand und umklammerte sie. Die rechte hatte er sofort danach auf der Wange. Während er sich ihrer zweiten Hand bemächtigte, hatte er sogar noch Zeit, das Gewehr einigermaßen sicher beiseite zu stellen. Dann drückte er sie gegen die Flurwand, wo sie sich schwer atmend gegenüberstanden.
»Sie sind 'ne Komische, wie?«
»Sie können mich loslassen. Der Wolf ist weg!«
Er bog seinen Oberkörper zurück, um durch den Türspalt sehen zu können. Ja, da lag das Reh. Sein Leib strömte noch immer Wärme aus. Die Blutlachen dampften in der Kälte. Dann wehte der nächste Flockenvorhang vorbei und löschte alles aus. Er ließ sie los, griff seine *Sauer* und wollte losstürmen.
Schon als er die Hoftür geöffnet hatte, waren Schneehalden auf die Diele gefallen. Jetzt sah er, daß er keine vier Schritte machen konnte, ohne bis zu den Oberschenkeln zu versinken. Als er sich umblickte, stand sie mit übereinandergeschlagenen Armen hinter ihm und sah ihn spöttisch an.
»Wir sind eingeschneit!« sagte sie kühl. »Endgültig!«
»Das haben Sie fein hingekriegt! Sie Vollidiot!« Er knallte hemmungslos eine Packung Munition, die er sich

in die Jackentasche gesteckt hatte, auf die Diele. Dabei geriet die Schwarzwälder Kuckucksuhr aus dem Rhythmus. Der kunstvoll geschnitzte Vogel sprang hinter der Tür hervor und begann lautlos zehn oder elf Uhr auszurufen.

»Sparen Sie sich Ihr Temperament. Sie werden es noch brauchen!«

Doris Schilling stand noch immer regungslos mit der Schulter gegen die Wand gelehnt.

»Spur aufnehmen und hinterher!« tobte Köhlert.

»Erst frühstücken«, befahl sie. »Ich habe einen Mordshunger auf drei Spiegeleier mit Wildschweinschinken!«

5

Die Überführung von Evelyn Bachs Leiche in ihren Heimatort war auf Samstagnachmittag festgesetzt worden. Am Vormittag sollte eine kurze Trauerfeier in der Schöllkrippener evangelischen Kirche stattfinden; Brinkmann hatte auf Umwegen davon erfahren.
Er war zunächst zutiefst schockiert gewesen, als er vom Tod seiner Geliebten erfuhr. Er hatte sein abendliches Referat über das Thema *Wie verhilft ein Chef seinen Mitarbeitern zu selbständiger Arbeitsweise, ohne sie kontrollieren zu müssen* gestrichen und sich mit Unpäßlichkeit entschuldigt. Er hatte den ganzen Abend am Hotelfenster gehockt und über seine indirekte Mitschuld oder Nichtschuld nachgedacht. Schließlich stammte der Vorschlag, Tagung und gemeinsames Wochenende miteinander zu koppeln, von ihm; sie war auf dem Weg zu ihm gestorben.
Er wußte, daß er lange an seiner Schuld zu tragen haben würde – vielleicht mehr als an dem unmittelbaren Verlust einer Bettgenossin. Mehr hätte Evelyn Bach für ihn ohnehin nicht werden können: Peter K. Brinkmann war das, was er in seinen Kreisen als glücklich verheiratet zu bezeichnen pflegte. Je mehr der unmittelbare Schock abklang, um so klarer erkannte er, daß er das Nachsinnen über Moral oder Unmoral, Schuld oder Nichtschuld auf später verschieben mußte.
Er war gewohnt, jede Schwierigkeit von Fall zu Fall in der Reihenfolge der Dringlichkeit anzugehen. Und zunächst stand die Aufgabe an, sein Verhältnis zu dem schlagzei-

lenproduzierenden Opfer auch weiterhin geheimzuhalten. In den Kreisen des mittleren Managements war es zwar durchaus üblich, mit Bettgeschichten zu prahlen. Dabei mußten jedoch exakt festgelegte Verhaltensregeln beachtet werden: Die Schilderung sexueller Beziehungen zur eigenen Frau gehörte zum absoluten Tabu. Hingegen konnten Abenteuer mit fremden (auch Ehe-)Frauen durchaus die Stellung innerhalb einer gleichrangigen Gruppe festigen, vorausgesetzt, die Ehefrau gehörte nicht einem Kollegen oder einem Mann, der von irgend jemandem der Gruppe geschätzt wurde. Ferner: Die Rangstufe eines Seitensprungs war um so höher, je geschickter irgendwelche Folgen oder Komplikationen vermieden wurden. Am höchsten stand die absolut lautlose Bettgeschichte mit der Gattin eines verhaßten Chefs des obersten Managements: eine Meisterleistung.
Brinkmann hatte zwar mit seinen Bettgeschichten geprahlt, aber nie den Namen Evelyn Bach genannt. Er hatte ihr ein Zimmer im eigenen Hotel bestellt: telefonisch aus dem Stadtzentrum, mit verstellter Stimme, um ganz sicher zu gehen. Es gab keine Verbindung zwischen ihm und dem *gräßlich zugerichteten Wolfsopfer* der Schlagzeilen.
BLUTRÜNSTIGE BESTIE ZERFLEISCHT MISS PAN AM . . . WER WIRD NÄCHSTES OPFER?
Aber er würde zur Trauerfeier gehen; das war er ihr, war er ihrem Verhältnis, das sich über anderthalb Jahre erstreckt hatte, schuldig. Mußte er fürchten, in der Schöllkrippener Kapelle erkannt zu werden? Wohl kaum.
Peter K. Brinkmann saß in seinem Hotelzimmer und studierte den Tagungsplan, hatte bereits Änderungen angebracht, die ihm die Abwesenheit am Freitagmorgen erlaubten. Improvisiert mußte ohnehin werden: Ab sofort fanden alle Zusammenkünfte im Konferenzsaal des Hotels statt. Die Fahrt nach Schöllbronn galt nicht mehr als

wolfssicher. Der Weg war durch die anhaltenden Schneefälle ohnehin kaum noch befahrbar.
Er starrte trübsinnig in die grauen Schlieren der stetig sinkenden Schneeflocken, als der Hotelempfang anrief: Frau Doralies Brinkmann sei auf dem Weg zu ihm.
Wie von der Tarantel gestochen sprang er auf.
Was bewog Doralies, so plötzlich in eine berufliche Angelegenheit hineinzuplatzen? Freilich, derartige Überraschungen waren ihre Stärke. Ahnte sie etwas? Fieberhaft ließ er seine Blicke über sein Zimmer gleiten. Nein, er hatte nie den Fehler begangen, Evelyns Foto irgendwo sichtbar aufzustellen, es lag unter seinem Ersatzpyjama, der befand sich im Koffer. Die letzten Liebesbriefe aus Berlin? Längst mit der Wasserspülung hinuntergespült in den Orkus.
Ein letzter wilder Blick – dann klopfte es.

Der Kameramann, der beim Interview mit Frau Dr. Schilling dabeigewesen war, saß abends im Hotel »Haus Wilhelm Hauff« an der »Simplicissimus-Bar« und sinnierte über sein Mißgeschick, nur ein simpler Kameramann zu sein.
»Wenn ich Drehbuchautor, wenn ich Filmregisseur wäre«, sagte er vor seinem dritten Whisky und seufzte, »ich wüßte einen sensationellen Action-Film: *Wölfe im Spessart*!« Er breitete die Hände aus, strich damit durch die imaginäre Winterluft. »Zunächst: nichts als Schneegrau. Falls Musik dazu, dann Tschaikowskys Erste, *Winterträume*, das ist die, die Nicholas Rubinstein 1868 in Moskau sofort akzeptierte und spielte. Nichts als verwirbelndes Grau; man müßte, ehe verwischte Konturen auftauchen, einen musikalischen Übergang finden von Tschaikowsky zu der Gruppe STEPPENWOLF III, die wir gerade aus dem Lautsprecher gehört haben, live aus dem ›Sinkkasten‹! Also gut: *Hebe den Nachtschnee . . . Die*

Spur des Wolfs ist in jeder Handvoll . . . Die uranische Stille im bleckenden Vakuum des Wolfsmauls . . . Großartig! Da ist dieses verwaschene, undifferenzierte Schneegrau. Und dann, ganz langsam, quälend langsam, taucht eine Kontur auf, wird wieder verwischt vom Schneesturm: Reißzähne, peitschende Ruten, Schneeverwehungen, geduckte Leiber darin. Und wieder, immer wieder der Schneevorhang, der jede Deutlichkeit verwirbelt. Dann: Geräusch, anschwellend, Lärm, der in die Magengrube schlägt. Das Donnern eines Hubschraubers. Auch Grau in Grau. Dann plötzlich ein Rot, ein Blutrot, auftauchend aus der diffusen Schneemasse: der zerfleischte Körper der – wie hieß sie gleich? – Christiane Bruhns! Irre!«

Seine Begleiterin, die Cutterin Sabine K. (wer wußte mehr als ihren Vornamen?), warf ein:

»Schöne Leichen, schöne Pastellstimmungen, wie? Diese Wölfe, das sind doch Bestien! Die darf man nicht verherrlichen! Auch aus rein ästhetischen Gründen nicht! Die muß man ausrotten!«

»Und aus dem diffusen Grau heraus dann das blutrote, bleckende Wolfsmaul. Dann wieder: Schwenk. Kinder in ihren Betten. Scheinbar wohlbehütet. Dann: die Hauptstraßen von Bad Frankenthal. Flanierende Kurgäste, Transistormusik. Plötzlicher Übergang zum nächtlichen Heulen der Wölfe. Die Kinder in ihren weißen Betten. Wieder der unheimliche Wald. Finsternis. Nein – nicht zu dunkel. Dämmer. Gelegenheit zu Deutungen, Zweideutigkeiten.«

»Darin bist du groß«, sagte Sabine K. und schob ihm einen weiteren Whisky hinüber. Ihr aufreizendes Dekolleté wölbte sich demonstrativ. »Manchmal wären mir Eindeutigkeiten lieber.«

»Und dann: Sprünge! Mitten hinein in zartes, unbehütetes Fleisch! Nichts als überbelichtete, helle Menschen-

haut. Knallhart das Rot des Wolfsmauls, das Blutrot des Opfers. Nichts als Dynamik, Schemenspiel, Andeutung, unterbrochen durch krasse Realistik. Irre! Stark!«
»Darin bist du groß«, sagte Sabine K. »Im Entwerfen. Im Planen! Phantasien – aber was weiter?«
»Der Hubschrauber, der durch das diffuse Schneegrau pflügt, ja: pflügt! Der schafft mich! Das Kind auf seinen Skiern weit unten, dessen Grau sich mehr und mehr in Blutrot auflöst, zerfließt und endlich erstarrt . . . da liegt es – das Kind, das endlich wieder frei sein wollte, nach Monaten der Krankenhaus-Gefangenschaft! Welch ein Thema! In diesem Rot in Grau zerfließt die letzte Hoffnung – kein Happy-End!«
»Kein Happy-End!« wiederholte Sabine K. geduldig. »Also was sonst?«
»Sonst nichts!« sagte der Kameramann. »Nichts als undifferenziertes Schneegrau. Schneegrau und blutendes Rot – das wären die Farben zu meinem Wolfsfilm!«

Aufruhr in der Sporthalle von Bad Frankenthal: Die blitzschnell ins Leben gerufene Bürgerinitiative TÖTET DIE WÖLFE – RETTET UNSERE KINDER hatte ihre erste spontane Notstandssitzung. Selten waren die Wogen der Bürger so hoch geschlagen, selten stachelten sich friedfertige Beamte, Angestellte, Mütter, Großväter und Arbeiter gegenseitig so emotionell zur Aggressivität an.
Auf den Tonbändern des »Heute«-Fernsehteams spulten Statements, Zwischenrufe, Vorträge, Abstimmungsbeschlüsse ab.
»Schon unsere Eltern und Urelternˏ meine sehr verehrten Damen und Herren, haben uns vor dem bösen Wolf gewarnt! Wer wollte in Zweifel ziehen, daß unsere Altvorderen recht hatten mit ihrer Weisheit: Der Wolf ist der Ursprung allen Übels! Er bedroht unsere menschliche Existenz in ihrem innersten Kern!«

»Der innerste Kern, Herr Aigerle, würde uns berufstätige Mütter weniger stören. Aber wir können unsere Kinder nicht mehr beruhigt in die Schule schicken!«
»Jagt den Wolf! Haut den Wolf! Killt den Wolf!!!«
»Aber wie, Herr Buhlert? Wo steckt unser Oberbürgermeister? Ich frage Sie: Hätte Herr Waitzenburg nicht hier, mitten unter uns, sitzen müssen? Fühlt sich denn niemand mehr zuständig für die Sicherheit der ehrbaren Bürger von Bad Frankenthal? Ich frage Sie, meine sehr verehrten Anwesenden: Haben wir denn nicht alle, jeder nach seinen besten, seinen allerbesten Fähigkeiten, in mühsamer Kleinarbeit unsere Stadt, unser Land, unsere Bundesrepublik aufgebaut? Aus den Trümmern des Zweiten Weltkriegs ist ein neuer Staat erstanden. Ein Staat, der seinesgleichen sucht unter den Nachbarn, ein Staat, der geachtet und gefürchtet wird, jawohl, auch gefürchtet, Gott sei Dank gefürchtet von den Linken, den Roten, den Radikalen, den . . .«
»Die Wölfe, Herr von Weilershausen, die Wölfe!«
»Jawohl! Ich frage Sie: Wo sitzt die Regierung, die uns schützt, die unser Eigentum schützen sollte, das wir uns in langen, qualvollen Jahren . . .«
»Herr von Weilershausen, es ist nicht sinnvoll, die Regierung nach ihrem derzeitigen Aufenthaltsort zu fragen, wenn sie gar nicht anwesend ist.«
»Ich habe nicht die Regierung, ich habe Sie gefragt . . .«
»Jagt den Wolf! Haut den Wolf!! Killt den Wolf!!!«
»Herr Buhlert: Haben Sie konkrete Vorschläge für die Durchführung Ihres Vorhabens zur Hand?«
»Jawohl, dös hob i! Aufi, immer nur aufi! Jagt den . . .«
»Frau Seiffert, Sie hatten eine Frage?«
»Ja. Wozu ist eigentlich unsere Bundeswehr da? Könnte die Pioniereinheit in Schöllkrippen nicht . . . Ich meine, die haben doch Panzer und so. Ein Regiment Panzer oder so, das vorrückt, mit einer taktischen Atombombe. Ich

habe gehört, die sind nur winzig und bilden kaum eine Gefahr für die schutzbereite Bevökerung...«
»Frau Seiffert, die Zusammenarbeit zwischen Polizei, Bundeswehr und zuständigen Behörden ist gesichert, verlassen Sie sich drauf. Aber darüber hinaus sollten wir eine Spontanaktion starten, noch heute nacht. Deshalb sind wir zusammengekommen. Gesucht werden, sagen wir, ein Dutzend beherzter Männer!«
»Uns ist zu Ohren gekommen, hier soll eine gewisse Frau Doktor ihr Unwesen treiben. Eine Studierte, die Partei für die Wölfe, diese Bestien, ergreift! Die sie am liebsten frei rumlaufen und loslassen möchte auf unsere armen Kinder!«
»Umbringa, sog i! Umbringa!«
»Herr Buhlert, die Wölfe schon! Dafür suchen wir jetzt ein Dutzend beherzter Männer!«
»Ich habe auch mal eine Frage...«
»Ja, Frau Sellermann?«
»Ist der Bundesgrenzschutz eingeschaltet worden? Ich meine, da können doch noch mehr nachstoßen. Und die Spionageabwehr? Die Geheimdienste? Ich meine, das ist doch klar, das sind die Russen, das sind die aus der DDR, die schicken uns das auf den Hals, die nutzen ihre Chance, das ist doch klar. Ich weiß, jawohl, ich weiß aus gut informierter Quelle: ein Mann, der hat seine Tochter in Oppeln bei Breslau besucht. Da gibt es ein Institut für zoologische Kriegsführung, das hat der erfahren. Da richten sie Wölfe ab, die kommen vom Großen Bruder aus Sibirien, die werden dann heimlich über die Grenze geschafft, sonst darf ja keiner rüber, aber Spione und Wölfe, dafür ist die Grenze immer offen, da geht keine Mine hoch, die haben uns das geschickt, die Roten, und diese Frau Doktor, das ist eine Agentin, die hier den Schutz der Bestien übernommen hat, das ist doch klar...«
»Meine sehr verehrten Anwesenden! Wir sollten doch

einen klaren Kopf behalten, trotz aller verständlichen Erregung ... Also dieses Dutzend ... Wer meldet sich freiwillig? Sie sollten noch heute nacht losziehen. Morgen kann der ganze Spuk vorbei, Bad Frankenthal wieder ein Ort der Winterfreude sein.«
Abends gegen zehn standen fast zwei Dutzend beherzter Männer bereit. Mit Schußwaffen (teils illegal, teils nicht unter das Waffenscheingesetz fallend), mit Knüppeln, Dreschflegeln (ja, die gab es noch immer), mit Fallen, Tauen, Schlingen und Lassos.
Die Gruppe, die sich WOLFSKILL nannte, stand unter der Führung Bernt Egelers, eines vertrauenswürdigen, draufgängerischen Mannes, der tagsüber als Forstamtsgehilfe im Staatsforst Bieber tätig war. Von allen Freiwilligen war er am abenteuerlichsten gekleidet: Knallgelbe Gummistiefel, lindgrüne Plastikhosen und Plastikjoppe, gefüttert, abgesteppt. Darüber einen Anorak aus mausgrauem Popeline. Er war erst vor einem halben Jahr aus der Bundeswehr entlassen worden, wo er es bis zum Oberfeldwebel gebracht hatte.
An Waffen besaß seine Mannschaft: eine *Voere*-Bockbüchsflinte 2121 Luxus, die geladen und trotzdem ungespannt geführt werden konnte. Einen *Krieghoff*-Drilling, Modell *Neptun* mit Greener Querriegelverschluß und doppelter Laufhakenverriegelung, separater Kugelspannung und Stangensicherung für Schrot. Eine *Beretta 70*, Kaliber 7,65. Zwei *Magnum Parabellum*. Eine in keinem offiziellen Katalog geführte amerikanische Geheimwaffe: eine *Dardick*-Pistole mit rotierender Kipptrommel und dreieckigen Plastikpatronen. Drei westfälische Adelsmesser und einen Parade-Hirschfänger.
Improvisation hieß das Gebot der Stunde; und außer drei zerlegten Zelten, einigen eisernen Rationen und dem erhabenen Gefühl, als Bürgerwehrelite Weib und Kind zu verteidigen, hatte die Gruppe WOLFSKILL nicht viel aufzu-

weisen. Sie zog den Hang hinauf, an dem die kleine Christiane angegriffen worden war.
Der Vollmond schob sich bisweilen aus dem dünnen Überhang aus Schnee, der leicht, aber stetig herabrieselte.

6

»Sie können mir zuhören – sie können es auch lassen!« teilte Doris Schilling sachlich mit. »Aber wenn Sie nicht zuhören, bin ich in drei Stunden unten in Bad Frankenthal. Und wenn ich zu Fuß gehen müßte!«
Sie saßen beim Frühstück: Rührei mit Schinken, Landleberwurst, selbstgeschleuderter Honig, hausgemachtes Pflaumenmus, duftendes grobkörniges Landbrot.
Köhlert hockte am Eichentisch, als sei er dreimal gekielholt worden. Seine rechte Wange war rotstriemig, seine Oberlippe zerbissen.
Frau Köhlert brachte die zweite Portion Rührei und lobte: »Gut haben Sie das gemacht, Frau Doktor! Ich gebe Ihnen auch die andere Wange frei! Der Alte braucht ab und zu eine Tracht, das tut ihm gut! Hat er Ihnen an die Wäsche gewollt, oder was?«
»Mir nicht. Aber den Wölfen!«
»Gleichviel. Sie haben schlagfrei, das schont meine eigenen Hände. Der alte Geilhuber!«
»Jetzt hören Sie zu!« begann Doris Schilling noch einmal; Jagel fand, sie hatte noch nie so verführerisch, so reizvoll ausgesehen wie nach dieser, seiner zärtlichen Liebesnacht. »Wir werden die Wölfe fangen, nicht schießen, Herr Köhlert! Sie können Sie schießen, aber dann sind Sie mich los. Ich mache mich sofort auf die Socken, zurück ins Ismaninger Teichgebiet. Und ich fürchte, Sie werden Ihre Wölfe ohne mich nicht wieder so leicht vors Visier bekommen wie vorhin.«
»Womit werden wir die Wölfe denn fangen, schöne Frau?

Mit den nackten Händen? Im Senegal und in Kenia fängt man so junge Krokodile.«
»Mit Tellereisen. Ich nehme an, Sie haben einige auf Lager. Zunächst aber zur Vorgeschichte der Wölfe. Nachdem ich bei Ismaning die Wolfsspur gesichtet hatte, haben wir unter Kollegen ausführlich die Möglichkeiten des Wolfszuges durchdiskutiert. Hier die Ergebnisse.«
»Noch einen Nachschlag, Frau Doktor?« fragte Frau Köhlert dazwischen.
»Gern. Dieser Winter ist für Gebiete östlich der Weichsel der strengste seit fünfundfünfzig Jahren, für die Gebiete westlich davon der schneereichste seit drei Jahrzehnten. In derartigen Wintern reagieren auch Tiere nicht mehr normal. Zur Zeit fallen in den Münchner Raum massenhaft Seidenschwänze ein, die sich sonst auf den äußersten Nordosten Europas beschränken. Für den Wolfszug ist jedoch eine andere Tatsache ausschlaggebend... Ja, bitte, Frau Köhlert?«
»Sie essen ja gar nichts!«
»Aber dies ist bereits die dritte Portion Rührei mit Speck! Also: Im vorigen Spätherbst haben in sämtlichen Ostblockländern und im Raum Fichtelgebirge ausgedehnte Manöver stattgefunden. Wir haben Informationen, nach denen im Raum Minsk am Rand eines Sumpfgebietes mehr als dreißig Elche von Panzern überrollt worden sind. Im gleichen Gebiet halten sich auch – nach Auskunft des World Wildlife Fund – Wölfe auf. Es wäre denkbar, daß sie durch die Manöver...«
»Nicht nur vertrieben, sondern auch verängstigt worden sind?«
»Geschockt. Denn diese Wölfe hier sind die ersten Wölfe, die jemals Menschen angegriffen haben.«
»Die ersten Killerwölfe der Welt also!« bestätigte Köhlert und stopfte seinen breiten, bärtigen Mund mit einer Riesenfuhre Rührei voll. »Das sollte Anlaß genug sein, sie

abzuknallen! Wollen Sie etwa den nächsten Toten auf dem Gewissen haben?«

»Wir haben weitere Informationen, nach denen auch Gebiete auf der russischen Seite des Naturschutzparkes Bialowieza durch die Manöver in Mitleidenschaft gezogen worden sind.«

Jagel erläuterte für die Köhlerts: »Das ist das Gebiet, in dem Frau Doktor Schilling Verhaltensforschung bei Wölfen getrieben hat.«

»Ein Gehege, in dem zehn Wölfe zu Studienzwecken eingeschlossen waren, ist von einem Panzer zerstört worden. Seitdem fehlen sieben Tiere. Das war im Oktober.«

»Für die Anwesenheit der Wölfe im Spessart gibt es also mehrere Möglichkeiten?«

»Ja. Die Bialowieza-Wölfe sind mir alle bekannt. Es ist möglich, daß sich ein Teil der Minsker Wölfe mit einigen Tieren aus Bialowieza zusammengetan haben. Wir werden heute versuchen, das Rudel aufzuspüren. Eben hatten wir ja schon eine sehr hübsche Vorstellung.«

»Gibt es denn überhaupt noch eine Möglichkeit für die Tiere, über die DDR-Grenze zu gelangen?« fragte Jagel.

»Früher gab es den sogenannten Nordpaß. Für die östlichen Wölfe war die Romintener Heide an der jetzigen polnisch-russischen Grenze in Masuren das erste Sammelbecken. Von dort ging es weiter in Richtung Allenstein und Johannisburger Heide, dann weiter zur Landsberger Heide. Zunächst wurde die Oder, später die Elbe durchschwommen. Bei Dannenberg. Alle Wölfe, die nach dem Krieg in der Lüneburger Heide entdeckt wurden, haben diesen Nordpaß benutzt. Wahrscheinlich wollten sie weiter bis zu den Pyrenäen.«

»Und heute? Der Nordpaß ist nicht mehr benutzbar!«

»Auf jeden DDR-Einwohner kommt eine Mine entlang der Grenze. 19700 Selbstschußanlagen. Es gibt 953 Wolfs- und Schäferhunde. Da kommt kein Wolf mehr

durch. Zumal scharfe Schäferhunde den harmlosen Wölfen ja weit überlegen sind. In Jugoslawien wurden im letzten Herbst Wölfe, die eine Schafherde angriffen, von Schäferhunden zerfetzt. In Südfrankreich ist gerade ein Junge von einem eifersüchtigen Schäferhund zerrissen worden. Aber es gibt noch einen zweiten Paß: den Südpaß. Von den Karpaten aus wechseln die Tiere über den Breslauer Raum und die Sudeten in die Tschechoslowakei. Vom Böhmerwald geht es dann leicht hinüber in den Bayerischen Wald.«

»Gibt es denn dort keine Grenzhindernisse?«

»Doch, Herr Jagel. Einen drei Meter hohen Zaun. Aber wissen Sie, wieviel Schnee in den letzten Wochen an der böhmischen Grenze gefallen ist? Vier Meter! Der Zaun liegt begraben unter den Schneemassen; die Wölfe brauchen nicht einmal zu springen!«

»Noch Rührei, Frau Doktor?«

»Nein, danke!«

»Schon 1954 sind über diesen Südpaß Wölfe bis nach Österreich eingedrungen. Einer wurde bei Graubünden in der Schweiz erlegt. Soweit zur Vorgeschichte. Herr Köhlert, welche Art von Fallen haben Sie?«

»Wieselwippfallen, Haarabzugeisen, Scherenfallen. Einen Schwanenhals. Eignet sich alles nicht für Gesindel, das größer als ein Fuchs wird. Schon gar nicht zum Lebendfangen.« Er rülpste laut und demonstrativ und schob seinen Teller weit von sich. »Geben Sie es auf, schöne Frau, verlassen Sie sich auf meine *Sauer Safari*!«

»Diesen Schwanenhals, kann ich ihn mir mal ansehen?«

»Ich weiß nicht, ob er überhaupt noch funktioniert. Total durchgerostet. Liegt im Lagerschuppen.«

»Fein. Können wir gleich mal rübergehen?«

»Was für eine Zeitvergeudung!« grummelte Köhlert und erhob sich stöhnend.

7

»Der INTERCITY geht um neunzehn Uhr dreißig. Und du wirst ihn nehmen!« sagte Frau Doralies Brinkmann.
Sie war eine füllige Frau Mitte vierzig, demonstrativ, repräsentativ, Eindruck heischend, Beachtung fordernd. Sie gab auf jeder Party eine gute Figur ab; die Figur wurde freilich durch Lastex streng zusammengehalten. Mit ihren dunklen Augen, ihrem noch immer rabenschwarz glänzenden Haar konnte sie verführerisch auf das gesamte untere und mittlere Management-Aufgebot eines Gesellschaftsabends wirken.
Peter K. Brinkmann hatte, gerade rechtzeitig, den Fernseher eingeschaltet und sich entspannt zurückgelehnt, bevor er lässig »Ja, bitte!« gerufen hatte. Und jetzt lief auf Hessen 3 *Sohn und Tochter des Graslands*, »ein modernes revolutionäres Tanzdrama aus Rotchina«.
Sie hatte sich in den schwarzen Ledersessel niedergelassen, die (immer noch) reizvollen Beine übereinandergeschlagen; sie ließ eine Menge Oberschenkel sehen und teilte ihre Aufmerksamkeit zwischen Mattscheibe und des Gatten angespanntem Gesicht.
»Du bist wohl wahnsinnig. Wir sind mitten in der Tagung!«
»Ihr tagt, und um euch herum werden die Menschen zerfleischt! Ich brauch dich noch, Peter!«
»Ein Fall wie der unseres Dieter Kürschner wird sich nie wiederholen!«
»Woher willst du das wissen? Du kommst mit! Noch heute!«

Auf der Mattscheibe führte die Mutter Gerell die Kommunebäuerinnen zum Melken der Schafe – mit graziösen Ballettschritten. Fünf schick gekleidete junge Mädchen mit kunstvoll verzierten Melkeimern demonstrierten jenen Vorgang, der von Balletteusen als »Wäscheaufhängen« bezeichnet wird.
»Ich kann doch die Tagung nicht einfach abblasen!«
»Ein Toter genügt dafür noch immer nicht?«
Auf der Mattscheibe jagten sich die erläuternden Untertitel: *In der Inneren Mongolei war im Jahr 1964 die Lage ausgezeichnet. – Aber der Klassenfeind konnte sich nicht mit seiner Niederlage abfinden. Er startete einen niederträchtigen Verzweiflungskampf. – Die Geschwister Temur und Cicin sind unter der Fürsorge der Parteizelle der Produktionsbrigade Chogt kräftig und gesund herangewachsen. – Als sie bei ihrer angespannten Hirtenarbeit entdecken, daß der frühere Herdenbesitzer Bayan heimlich Wölfe heranlockt, um die Schafe der Brigade zu gefährden, treten sie mutig vor, um das Brigadeeigentum zu schützen.*
»Es wird keinen zweiten Toten geben!«
»Und dieses ... diese Miß Universum?«
»Miß PAN AM.«
»Gleichviel!« Sie sprang auf, erregt, sehr elastisch, stemmte die Hände in die Hüften. »Hier stinkt es geradezu nach Weib!« Sie riß, hysterisch jetzt, die Bettlaken zurück. Er kannte diese Ausbrüche, versuchte, sich mit dem Fernsehen abzulenken, um sich nicht zu verraten.
»Keine schwarzen Schlüpfer zurückgeblieben? Keine Strumpfhaltergürtel?«
»Junge Mädchen tragen keine Strumpfhaltergürtel mehr!« konnte er sich nicht verkneifen, zu erläutern.
»Ah, wie gut er Bescheid weiß, der Hurenbock! Ja, sie verunstalten ihre Beine mit billigem Strumpfhosenkräuselkrepp und nennen diese Selbstverstümmelung die

ganz große Freiheit. Vom verführerischen, schmeichelnden Glanz eines teuren Perlonstrumpfes verstehen sie weniger als die Kuh vom Milchgeben! Sie schmeißen ihren kneifenden Hüftgürtel weg und zwängen sich in unelastische Jeans, die noch mehr kneifen! Das ist die neue Freiheit – daß ich nicht lache!«

Fröhlich weiden die Geschwister die Schafe, bis Cicin bemerkt, daß ein Schaf fehlt. – Sofort sind sie einer Sabotage von seiten des Klassenfeindes eingedenk.

»Hör mal, Doralies, hier stinkt es nicht nach Weib.« Er bemühte sich, kein Bedauern durchklingen zu lassen. Wie gut hatte sich, bei der Planung der Tagung, alles angelassen! »Ich kann nicht fort. Die Tagung wird nicht abgeblasen. Ich habe morgen früh in . . . ich habe zu tun.«
»Wo, bitte, hast du zu tun?«
»In Schöllkrippen. Wegen der Trauerfeier für Dieter Kürschner!«
»Die ist doch längst organisiert. Der Empfang unten hat es bestätigt. Sie findet übermorgen statt. Einen Tag später als die für Miß Universum. Obwohl die doch später dran glauben mußte. Da haben ihr ihre schönen Körperteile nichts mehr genützt, wie?«
»Du bist widerlich, Doralies. Miß PAN AM kann schon morgen nachmittag nach Stuttgart überführt werden.«
»Nach Stuttgart? Woher weißt du das, Peter?«
»Himmel, hier spricht jeder davon.«
»Für diese simple Antwort brauchst du doch nicht gleich den Himmel anzurufen!«

Während eines Schneesturms sehen die beiden im Schafstall nach, entdecken die offene Tür und die Flucht aller Schafe: der Klassenfeind am Werk!

»Wie immer auch – ich bleibe hier. Die Tagung wird fortgesetzt!«
»Du kommst mit! Ich würde mich hier nicht mehr auf die Straße trauen. Diese reißenden Bestien können hinter je-

der Hausecke auftauchen! Kannst du das verantworten?«
»Ich habe dich nicht gebeten, herzukommen!«
»Typisch! Weshalb eigentlich nicht? Damit du hier deine kleinen Hürchen bedienen kannst?«
Zäh kämpfen sich die Geschwister im Schneesturm vorwärts, suchen die Schafe und entdecken die Wölfe, die vom Klassenfeind losgelassen wurden. – Mutig springt Temur in eine Spalte, um ein Lamm zu retten. – Später kämpft er mit bloßen Händen gegen einen Wolf und vertreibt die Bestie.
»Ich bediene hier keine kleinen Hürchen, Doralies!«
»Das Bedauern tropft dir aus der Nase! Weißt du, was neulich ein junger Mann in der Bar vom ›Louisenhof‹ zu mir gesagt hat, Peter? Er kannte mich gar nicht; er hat mich einfach angesprochen. Ich muß Sie einfach ansprechen, gnädige Frau, hat er gesagt, um Ihnen zu sagen: Sie haben wundervolle Beine. Ich habe nie so schlanke Fesseln gesehen, selbst bei ganz jungen Mädchen nicht. Das hat er mir gesagt, Peter!«
»Freut mich!« sagte Peter K. Brinkmann.
Er dachte an die wundervollen, rasanten Beine von Evelyn. Und an all die anderen wundervollen, rasanten Körperteile von Evelyn dachte er, und wie sie jetzt im Leichenschauhaus von Schöllkrippen verwesen und wie er sie alle geliebt und geküßt hatte in all den heißen, leidenschaftlichen Liebesnächten und wie sie jetzt . . .
Das Tanzdrama Sohn und Tochter des Graslands *geht vom Leben aus, um typische Helden auf die Bühne zu stellen. Zugleich absorbiert es tänzerische Bewegungen, wie sie bei der mongolischen Nationalität üblich sind.*
»Diese widerlichen Bestien, und du mittendrin!« Sie sank zurück in den Sessel und strich sich über die Stirn. »Man sollte ihnen die hübschen Äuglein ausstechen!«
»Seit wann haben Wölfe hübsche Äuglein?«

Sie starrte ihn an, als wache sie aus einer Trance auf. Auf dem Bildschirm ging die Schlußszene des chinesischen Balletts über die Bühne.

Das Tanzdrama wurde während der Bewegung zum Studium der Theorie über die Diktatur des Proletariats, zum 33. Jahrestag der ›Reden bei der Aussprache in Yenan über Literatur und Kunst‹ des Vorsitzenden Mao gedreht und vor das Publikum gebracht, das es aufs wärmste aufgenommen hat.

»Jedenfalls, du kommst mit. Oder ich bleib hier!«

»Was für eine Logik! Wir haben, falls dich das beruhigt, unsere Tagungen im Wasserschloß aufgegeben. Sie finden jetzt hier im Hotel statt. Keine Fahrten mehr durch Schnee und Wolfsgeheul!«

»Warum hast du das nicht gleich gesagt, Peter? Weißt du eigentlich, wie mies du versichert bist? Deine Lebensversicherung gibt mir nicht einmal, ich habe das durchgerechnet, fünfzehn Jahre sorglosen Daseins!«

»Du willst doch nicht etwa . . . Bleibst du hier?«

»Ja, bis zum Tagungsende . . . Mach dich heut nacht nur auf schlimme Dinge gefaßt! Du magst doch schlimme Dinge mit mir, Peter?«

»Natürlich!« sagte er und schaltete den Fernseher aus.

8

»Heute ist es modern, seine Gefühle nicht zu zeigen!« polterte Köhlert. »Aber ich scheiß auf diese Art Verhaltenheit. Ich leide nicht an seelischer Verstopfung, und ich sage, was ich zu sagen habe!«
»Wie viele Tellereisen dieser Größe können Sie auftreiben?« fragte Doris Schilling ungerührt. Sie standen im Holzschuppen; der kurze Weg dorthin war durch den ungeräumten Schnee mühsam genug gewesen. »Wir brauchen vier – für jeden Wolf eines!«
»Es sind genug da; aber sie werden total verrostet sein. – Wer heute sein Innenleben zeigt, gilt als Narziß. Leidenschaften abwürgen oder in den Untergrund schicken? Ich denke nicht dran, schöne Frau! Ich werde jedem die Laus zeigen, die mir über die Leber kriecht!«
»Wie sieht's mit alten Lappen und Stoffresten aus? Ich brauche eine Menge!«
»Die Kiste drüben steckt voll mit Putzlappen! Natürlich, wenn man sein Zimmer mit Büchern vollstellt, dann ist es einfach, zu schweigen und die Kühle und Beherrschte zu spielen. Man hält stumme Zwiesprache, wie? Aber der alte Köhlert hat keine Bücher, denen er die Meinung sagt!«
»Köhlert, alter Haudegen, was soll das eigentlich?« fragte Jagel. Er sah sich im Holzschuppen um. Verstaubte, spinnwebenverhängte Fenster, wahllos übereinandergetürmtes Material: Pferdedecken, Kisten, eine Sense, mindestens fünf Paar Skier. Tragbare Teleskop-Jagdsitze. Rasenmäher, Feldbettgestelle. Verrottete Nistkästen,

windschiefe Vogelhäuschen. Säcke mit Tierfutter. Ein Stapel Maiskolben. »Bis Mittag sollten die Fallen vergraben sein!«
»Er zeigt uns nur seine Läuse!« sagte Doris Schilling und prüfte die Fallen, ihre Zugspannung. »Ein Riesenexemplar hat tiefe Narben in seiner Leber hinterlassen, als ich ihn in aller Herrgottsfrühe verprügelt habe!«
»Das sind mir die richtigen Seelenasketen und Psycho-Akrobaten!« schalt Köhlert und warf mit seiner behaarten Pranke ein schweres Eisen auf einen alten Gartentisch; Staubwolken wirbelten auf. »Kühl bis in den letzten Nerv; aber draufhaun, wenn man auch nur mit dem Finger auf Herrn Doktor Schiwago zeigt!«
»Auf wen?« fragte Doris Schilling verblüfft.
»Den Teufel soll man nicht beim Namen nennen, den Hinkefuß, den Beelzebub, den Luzifer und Langschwänzigen. Also Ihre Scheißwölfe, das sind doch alles kleine Doktor Schiwagos, bei dem kommen die doch vor – meine Frau hat das Buch.«
»Ja, wer seine Weisheit über die Wölfe aus derartigen Büchern bezieht ... Da heißt es: *Die Wölfe ... waren nun nicht mehr Wölfe im Schnee bei Vollmond, sondern das Symbol einer feindlichen Macht ... als hätten sich Spuren eines vorsintflutlichen Drachen gefunden und als hielte sich in der Schlucht ein Ungeheuer verborgen ... die Idee dieser Feindschaft entwickelte sich immer mehr ...* So etwa habe ich das aus dem *Doktor Schiwago* im Gedächtnis. Klischeevorstellungen! Die Russen könnten es besser wissen!«
»Ist das hier ein literarisches Colloquium oder was?« fragte Köhlert. »Können Sie die Tellereisen nun gebrauchen oder nicht?«
Sie richtete sich auf und wischte sich die Hände an einem Putzlappen ab. Jede Falle bestand aus einem kreisrunden Stahlring von der Größe eines Panamahutes. An der brei-

testen Stelle war ein Halbbügel drehbar angebracht. Eine starke Stahlfeder preßte ihn auf den unteren Stahlkreis. Man konnte ihn spannen und zurückklappen, bis er rücklings auflag und mit einer Sperre blockiert werden konnte. Der Sperriegel war mit einem Trittbrett verbunden, das inmitten des Ringes ruhte. Trat man in den Ring und auf das Brett, so schnappte der Bügel blitzschnell und mit gräßlichem Geräusch zu. Die beiden wie ein Gebiß aufeinanderschlagenden Stahlkanten mußten jeden Knochen zerbrechen. Um ihre Wirkung noch zu verstärken, waren sie wellenförmig angeschliffen worden – eine Doppelreihe reißender Zähne.

»Wir werden die scharfen Kanten mit dicken Putzlappen umwickeln!« entschied Doris Schilling. »Dann werden wir die Foltergeräte ums geschlagene Reh herum vergraben, ganz leicht mit Schnee bedeckt. Ich weiß allerdings nicht, ob die Wölfe wiederkommen werden. Ein Versuch, weiter nichts.«

»Wozu haben diese Fallen gedient?« fragte Jagel.

Köhlert erläuterte: »Für Dachs, Marder und Fuchs. Für die waren sie absolut tödlich. Man legt das Lockfutter in den Ring, so daß sie mit dem Kopf in die Falle geraten, und der Bügel zerschmettert ihnen die Halswirbel. Natürlich, man könnte die Nahrung außerhalb des Ringes auslegen, dann würden die Tiere nur mit einem Bein oder so hineingeraten ... Verdammt, das läßt sich bei einem angerissenen Reh auch gar nicht anders bewerkstelligen ... Nicht, daß Sie glauben, Ihre verfluchten Schiwagos täten mir leid, schöne Frau ...«

»Ein zerschmettertes Bein ist schlimm genug, aber ich sehe auch keine harmlosere Möglichkeit. Nur keine Angst, Sie kommen bei mir bestimmt nicht in den Geruch selbstzerstörerischen Mitleids mit der Kreatur!«

»Na, fein! Da liegen Putzlappen! Aber nehmen Sie nicht von diesem grauen Zeugs, das taugt nicht viel!«

Sie hatten gerade vier Fallen vorbereitet, entrostet und entschärft, als Frau Köhlert zum Mittagessen rief. Sie kehrten zurück in die sichere gute Stube; und als sie vor einem herzhaften Mahl aus Hirschragout mit selbstgepflückten, eingemachten Pfifferlingen und Preiselbeersoße saßen, hing ein Hauch zaghaften Friedens über der Gruppe, die sich darauf vorbereitete, den Spessart, ganz Deutschland von der Bedrohung durch ein Wolfsrudel zu befreien.
Es schneite, schneite unentwegt.

Nach dem Essen entrollte Jagel ein Meßtischblatt, das den Verlauf des Spessarts nördlich von Bad Frankenthal zeigte.
»Wenn unsere Wölfe nicht ins Eisen gehen, was dann?«
»Dann«, erwiderte Doris Schilling, nippte an ihrem *Obstwässerche* und schluckte heftig, »haben sie Lunte gerochen und sich tiefer in die Fichtenbestände zurückgezogen. Obwohl sie diese düsteren, engen Forste gar nicht mögen. Der Wolf, Herr Köhlert, ist ein Liebhaber offener Steppen und lichter Wälder. Sie wissen vielleicht, daß für Rußland die schlichte Birke typisch ist. Vielleicht haben sie sich auch deshalb hier auf Ihre Lichtung getraut und ein Reh geschlagen. Wie dem auch sei: Wir müßten ihnen dann nach, Herr Jagel!«
»Ich habe mir mal das Gelände angesehen«, holte Jagel zu einer größeren Erläuterung aus. »Das Forsthaus steht am Anfang eines Flaschenhalses, wenn man so will.« Er zeigte auf die Karte. »Eines Flaschenhalses aus dichtem Wald, der rechts und links durch offenes Gelände und Landstraßen begrenzt wird. Das Haus ist der Pfropfen. Dahinter weitet sich der Wald wie eine Courvoisier-Flasche. Unten, am bauchigsten Teil, begrenzt die B 26 den Wald. Es dürfte die einzige Straße sein, die zur Zeit noch befahren wird. Glauben Sie, daß die Wölfe so ohne weite-

res die Bundesstraße überqueren würden? Gleich dahinter folgt dann übrigens auch die Autobahn.«
»Nein!« beschied Doris Schilling. »Weiter!«
Jagel umrandete mit einem roten Filzstift das Waldgebiet, so daß jetzt jeder deutlich den bauchigen Flaschencharakter erkannte.
»Die Wölfe sitzen in der Falle. Wir könnten sie in die Enge treiben. Wir müssen nur aufpassen, daß sie hier oben, an unserem Flaschenhals, nicht wieder ausbrechen und zurück in die große weite Welt der Forste und Waldschneisen fluten, in der sie soviel Unheil angerichtet haben.«
»Ja . . . sehr gut!« Doris Schilling spitzte die Lippen und dachte angespannt nach. »Sehr gut ist das!«
»Ich dachte, wir wollen die Wölfe am Rehkadaver mit den Eisen fangen?« äußerte Köhlert unwirsch.
»Richtig! Aber wenn sie bis heute nacht nicht zurückgekehrt sind, hat unser Ballermann sie von hier vertrieben. Dann nützen die Eisen gar nichts!«
»Dann müssen wir ihnen nach!« Jagel wurde von Minute zu Minute enthusiastischer. »Wir könnten morgen früh aufbrechen. Auf Skiern. Ich sehe, der Köhlert hat da genug herumliegen! Wir müssen nur dafür sorgen, daß uns die Tiere nicht wieder heimlich durch den Flaschenhals entwischen!«
»Wie?« fragte Doris Schilling.
»Durch Feuer zum Beispiel. Durch Wachtposten. Oder, ab morgen nacht, wenn wir hinter ihnen her sind, durch Frau Köhlert mit den Schäferhunden!«
»Haben Köhlerts denn Schäferhunde?«
»Zwei!« murrte Köhlert. »Ich lasse sie nur nicht frei im Haus herumlaufen.«
Doris Schilling strich sich das Haar aus dem Gesicht. Genauso, wie sie es heute nacht getan hat, als sie in meinen Armen lag, dachte Jagel.

»Das alles soll uns später interessieren. Jetzt vergraben wir die Eisen. Okay, Herr Köhlert?«
»Erst trinken wir noch ein *Obstwässerche*!« entschied Köhlert und rülpste leicht, fast dezent für seine Lebensart.

9

Nach dem Mittagessen wurde Lehrgangsleiter Feddersen in der Hotelhalle von zwei jungen Männern angesprochen, die exakt seiner Klischeevorstellung von heruntergekommenen Hippies entsprachen.
Ob er und seine Gruppe Interesse an einer außergewöhnlichen Filmvorführung hätten? An etwas, das nicht täglich geboten würde – in Bad Frankenthal schon gar nicht?
»Porno?« fragte Feddersen sofort.
Die beiden Jünglinge schüttelten ihre langen Locken. Enttäuschung zeichnete sich auf dem Gesicht des Lehrgangsleiters ab. Der Kurort war mit erotischen Fazilitäten nicht gerade reich gesegnet. Erst in Babenhausen, hinter Aschaffenburg, sollte es ein paar interessante Etablissements geben, hauptsächlich jedoch zugunsten der dort stationierten amerikanischen G.I.s.
Nein, etwas ganz, ganz anderes, aber um so Ungewöhnlicheres. Und für die Herren vom Management in ihrer derzeitigen Situation und Verfassung genau passend.
Feddersen wich sofort vornehm distanziert zurück: Was Außenstehende denn wohl von der inneren Verfassung der Gruppe wüßten – noch dazu derartige Außenstehende? Verächtlich ließ er seine Blicke über die fleckigen, verwaschenen Jeans und die ausgelatschten Schuhe gleiten. Gleichzeitig packte ihn eine seltsame Neugier.
Der stupide, jeden Tag nach den gleichen Regeln ablaufende Lehrgang, die ewig gleichen Gesichter, Problemstellungen und Statements – all das kotzte ihn inzwischen

geradezu an. Der schreckliche Tod eines Teilnehmers hatte die Situation noch verschärft. Sonntag würde die Trauerfeier in Schöllkrippen stattfinden, bevor der Leichnam in den Heimatort des Toten überführt wurde. Vorausgesetzt, man kam überhaupt noch bis dahin durch. Alle spürten den Drang nach Ablenkung von dem furchtbaren Geschehen in sich.
»Um was geht es denn?« fragte er gnädig herablassend.
»Der Film zeigt ein Thema, das bisher in der ganzen Welt tabu war. Nicht einmal in den amerikanischen Untergrundkinos sind derartige Filme gelaufen. Wir reisen seit Wochen mit dieser Sache durch Deutschland; die Sensation ist perfekt, darf aber nicht publik werden.«
»Worum geht's denn?«
»Eigentlich hätten wir heute abend in Frankfurt spielen sollen. Aber hier ist das Thema zur Zeit aktueller!«
»Wahrscheinlich sind Sie hier im Schnee steckengeblieben! Worum geht's nun eigentlich? Meine Zeit ist nicht unbegrenzt!«
»Es geht um eine Sache, die Sie und Ihre Gruppe betrifft. Wollen Sie nicht zur Trauerfeier nach Schöllkrippen?«
»Ach, ich verstehe!« Ironie spiegelte sich im Gesicht des Lehrgangsleiters. »Sie wollen uns irgendeinen Kulturfilm über Wölfe vorsetzen, wie? Womöglich einen, der sich mit dem Schutz der armen, harmlosen Tierchen beschäftigt? *Kein Platz für wilde Wölfe?* Hören Sie, wir haben hier schon so eine Verrückte in der Nähe, die sich für die unschuldig verfolgten Menschenkiller einsetzt: diese Frau Doktor Sowieso....«
»Schilling?«
»Schilling! Die möchte am liebsten die Menschen einsperren und die wilden Tierchen frei herumlaufen lassen!«
»Darum handelt es sich aber nicht!«
»Worum also handelt es sich?«

»Um eine Schwarze Messe!«
Das Wort fiel so unerwartet, daß Feddersen, der sonst so Beherrschte, stutzte.
»Eine was?«
»Eine Schwarze Messe. Wir zeigen einen einmaligen Film über eine Schwarze Messe. Eine Tiermesse, noch dazu. Sie paßt haargenau zu Ihrem Problem.«
In seiner Kindheit – lang, lang ist's her! dachte Feddersen – hatte es magische Namen gegeben, die seine Knabenphantasie zu den verwegensten Vorstellungen herausforderten: *Das ferne Samarkand. Der Mississippi. Tom Sawyer. Jules Verne. Die alte Seidenstraße. In den Oasen der Kamelkarawanen. Im wilden Kurdistan.* Aber kein Name hatte es mit dem verrufenen Codewort *Schwarze Messe* aufnehmen können. Das war Satan persönlich, der daraus sprach. Beelzebub, Luzifer, Ahriman, der Pferdefüßige. Der Gottseibeiuns. Diabolus, der Widersacher.
Mühsam beherrscht fragte er:
»Das ist erlaubt, diese Schwarze Messe?«
»Der Film ist erlaubt worden – ja. Er läuft unter dem Stichwort ›Kulturfilm‹. Es war nicht leicht, die Lizenz zu kriegen. Aber wir haben sie. Dieser Teil ist legal. Völlig!«
»Und welcher Teil ist nicht legal – völlig?« fragte er.
Die beiden Jünglinge sahen sich an und zögerten. Der ältere sagte: »Wir wollen eine Art . . . eine Art Happening daraus machen. Ihnen . . . zu Ehren, sozusagen. Wir führen den Film im Keller der Wasserburg Schöllbronn auf. Wir haben die . . . Kellermiete entrichtet – dieser Teil ist legal und perfekt . . .«
Der jüngere fuhr fort: »Wir fügen die Projektionsleinwand so in die rauhe, unverputzte Kellerwand ein, daß die Messe wie echt wirkt. Wir stellen auch die Musik dazu und einige . . . Ministranten. Es soll eine Verschmelzung stattfinden von Illusion und Realität.«

»Zum Schluß«, ergänzte der andere, »wird es eine Schockdemonstration geben. Nicht in der Illusion, sondern in der Realität!«
»Dieser Teil . . . dieses Happening . . . diese Schockdemonstration – die ist nicht legal?«
»Nun ja. Am nächsten Morgen nehmen Sie, völlig legal, an der evangelischen Trauerfeier teil . . .«
»Ich verstehe Sie nicht.«
»Glauben Sie denn an Christus? An die jungfräuliche Geburt Christi? An seine Himmelfahrt? Handeln Sie christlich im Sinne der Bergpredigt, wenn Sie Ihre Produkte an den Mann bringen? Halten Sie Ihre andere Wange hin, wenn Sie auf die eine geschlagen werden? Wenn nicht – was eigentlich heißt legal? Die Teilnahme an einer Trauerfeier, an dessen Initiator – Christus – keiner von Ihnen so recht glaubt? Bei unserer Schwarzen Messe geht es um Satan. Es könnte sein, daß einige Ihrer Herren eher bereit sind, an ihn zu glauben als an die unbefleckte Empfängnis Mariä.«
Inzwischen war dem Lehrgangsleiter unangenehm bewußt geworden, daß seine Diskussion mit den beiden bärtigen, langhaarigen Jünglingen nicht unbeachtet geblieben war.
»Was soll das Ganze kosten?« fragte er barsch.
Der Ältere lächelte. »Zweihundertundfünfzig Mark!«
Feddersen wich schockiert zurück, als habe er schon jetzt die angekündigte Schockdemonstration erlebt.
»Für eine so kleine Gruppe? Für einen simplen Undergroundfilm, der wahrscheinlich mit Schmierendarstellern gespickt ist?«
Der Ältere lächelte wieder süffisant. »Nicht für die Gruppe. Pro Person!«
Feddersen schluckte. »Schwarze Messe – schwarzer Humor, wie?«
»Wir sind ohnehin fast ausgebucht. Es handelt sich also

keinesfalls um eine Exklusivvorstellung für Sie! Sie werden sehr eng sitzen; wir müssen noch zusätzliche Stühle hineinquetschen. Deshalb haben wir von dreihundert auf zweihundertundfünfzig DM ermäßigt.«
»Und was«, fragte Feddersen in einer Mischung aus Empörung, Verblüfftheit und Bewunderung für den Geschäftssinn, »berechtigt Sie zu der optimistischen Annahme, daß auch nur einer von uns kommen könnte?«
Der Ältere sagte: »Weil die Sache für Sie interessanter sein könnte als die verlogene evangelische Trauerfeier in Schöllkrippen.«
Der andere fügte hinzu: »Sie können an der Abendkasse zahlen. Bar oder mit Scheck. Wir nehmen auch American Express-Cards!«

»Blakowsky, dieser Sausack!« tobte Waitzenburg.
Blakowsky vom Ordnungsamt hatte schon nach dem zweiten Wolfskill am Dienstag einen Aufruf veröffentlicht:
Einwohner von Bad Frankenthal und Umgebung! Mitbürger! Seit Tagen schleicht der graue Tod um unsere geliebte Heimatstadt! Jedermann ist aufgefordert, unsere Mitmenschen, unsere Nachbarn und unsere zahlreichen Feriengäste zu schützen vor der grauen Gefahr! Wer zweckdienliche Hinweise gibt, ist des Dankes unserer gefährdeten Heimatstadt gewiß. JAGT DAS GRAUE MONSTER! *Wer den Unhold erlegt und seinen Kadaver vorlegt, erhält eine* BELOHNUNG *von DM 2000,– (Zweitausend!). Gez.: Blakowsky.*
»Fünf Jahre Public Relations zum Teufel!« hatte Waitzenburg geschrien, als er die Ankündigung zum erstenmal im »Bad Frankenthaler Kurier« und im Amtsblatt entdeckt hatte. »In unserer geliebten Heimatstadt arbeitet jeder gegen jeden!«
Aber weitaus erboster war er, als er an diesem Morgen

die Schlange vor seinem Amtszimmer entdeckte. Es lag einen Stock tiefer als das des Ordnungsamtes und direkt neben der imposant geschwungenen Marmortreppe, die die meisten Besucher verführte, zu Fuß zu gehen statt den altmodischen Gitterfahrstuhl ohne Automatik zu benutzen.
Natürlich, letzten Endes fühlte er sich auch geschmeichelt wie ein Filmsternchen, das die ganz große Rolle erhält. Man ist halt bekannt und populär, dachte er mit Genugtuung, als er sich seiner Sekretärin gegenüber ausgetobt hatte. Wer geht schon zu Blakowsky, diesem farblosen, konturlosen, politisch schwankenden Blatt im Wind der Amtsstuben! Hier, bei ihm, spielte sich Leben ab, hierher kamen die Leute, wenn sie Sorgen, Nöte oder – wie jetzt – Wolfskadaver hatten.
Denn Tierkadaver – das war es tatsächlich, was die wartenden Bauern dort draußen auf dem Amtsflur des 1. Stocks bei sich hatten: in Säcken, Tüten, Plastikverpackungen ... Ein süßlicher Verwesungsgeruch durchzog die heiligen Hallen.
Drei Stunden lang inspizierte Waitzenburg an diesem Morgen die Opfer der Hobbyjäger, von denen jeder zweitausend Mark Belohnung für die Erlegung des Wolfes erwartete. Da wurden sie vorgeführt, die Schäferhunde, die mit Schrot- oder Panzersprengmunition um die Ecke gebracht worden waren. Wenn es wenigstens nur Schäferhunde gewesen wären! Aber da war auch ein Boxer, war eine deutsche Dogge dabei. Da gab es zwei Dackel (die junge Wolfsbrut – *diese Viecher werfen ja sogar im tiefsten Winter!*). Ein Zwergpudel lebte noch (*den Klauen der Bestie entrissen!*). Nie zuvor hatte Waitzenburg menschliche Dümmlichkeit und Profitgier so konzentriert erlebt.
Und nie zuvor hatte Waitzenburg eine derartige Anhäufung gesetzlich verbotener Waffen und Munition gese-

hen. Scheinbar harmlose Bäuerlein, brave Bürger aus den Vororten, ja grüne Witwen bewiesen plötzlich, daß sie bestens vorbereitet gewesen waren, *der drohenden Gefahr zu begegnen,* aus welcher Ecke auch immer sie kommen mochte! Spraydosen mit Giftgasen, wie sie die Polizei legal verwendete und wie sie durch die Genfer Konvention von 1923 verboten worden waren, hatten einen ausgewachsenen Chow-Chow zur Strecke gebracht. Dum-Dum-Geschosse, ebenfalls verboten und als Schreckwaffe der politischen Anarchisten und Terroristen geächtet, steckten im Hinterleib einer trächtigen Dogge. Der Stahlmantel eines Panzersprenggeschosses hatte den Schädel eines prächtigen Bernhardinerweibchens zerrissen.
Und alle, alle Tierleichen sollten als erlegte Wolfskadaver registriert und entlohnt werden!
Wenn Waitzenburg sanft, aber geschmeichelt auf die Zuständigkeit des Ordnungsamtes (*nur einen einzigen Stock höher!*) aufmerksam machte, erfuhr er, dort habe man spontan an ihn verwiesen – wegen seines exzellenten Sachverstandes.
Eine Rache Blakowskys selbstverständlich, dieses Scharlatans, der die Geister, die er gerufen hatte, nicht mehr zu bändigen wußte.

Gegen dreizehn Uhr dreißig – die Kantine hatte eben geschlossen – war Waitzenburg bei seinem letzten Fall angelangt: einem räudigen, sonst aber ebenmäßigen Schäferhund, der um seinen erstarrten Hals noch Halsband und Steuermarke trug.
»Glauben Sie wirklich, daß dieser Schäferhund mit seinem Halsband ein echter Wolf ist?« fragte Waitzenburg erschöpft.
Das Bäuerlein antwortete: »Ah joh! 'sch is halt a Werwolf! Verkleidet!«

»Hören Sie«, schloß Waitzenburg den Fall ab. »Ich besitze selber einen Schäferhund! Benno! Aber ich wäre nicht bereit, ihn für das Doppelte der ausgesetzten Belohnung zu opfern!«
Plötzlich stutzte er.
Er hatte Benno seit zwei Tagen nicht mehr gesehen ...

10

»Selbst in einem alten Forsthaus gibt es Zimmer, die *top secret* sind!« sagte Doris Schilling.

Frau Köhlert hatte ihnen die hübschen alten Bauernmöbel gezeigt, die Wanduhr des Urgroßvaters, Schränke voller Zinngeschirr; und nicht alle trugen Inschriften wie: *Das ist des Jägers Ehrenschild / daß er beschützt und hegt das Wild / waidmännisch jagt wie sich's gehört / den Schöpfer im Geschöpfe ehrt;* es gab auch kostbare Stücke darunter.

Immer wieder, obwohl sie selbst dem ehelichen Schlafgemach mit seinen Bauernbetten einen Besuch abgestattet hatten, waren sie im oberen Stockwerk an einem bestimmten Zimmer kommentarlos vorübergegangen.

Köhlert sah seine Frau an. Und zum erstenmal entdeckte Doris Schilling in seinen Augen einen Anflug von Unsicherheit, ja von Hilflosigkeit.

»Warum nicht?« Frau Köhlert zuckte die Schultern. »Wir wollten nur nicht damit hausieren gehen.«

Sie öffnete die Tür; sie führte in ein farbenfroh eingerichtetes Teenager-Zimmer mit Stereoanlage, modernen Buchregalen, mehreren Postern und Klappbett.

»Das Zimmer unseres Sohnes!« teilte sie knapp mit. »Michael.«

»Er ist vor zwei Jahren ... ausgezogen«, ergänzte der Förster.

»Wohin? Studiert er jetzt?«

»Wissen wir nicht, Frau Doktor. Er hat nichts mehr von sich hören lassen!«

»Er hätte Forstwirtschaft studieren können ... Nicht, daß wir ihn zwingen wollten. Es stand ihm alles offen. Jagel, Sie wissen, wie es ist, als Waise aufzuwachsen. Sie haben Ihre Eltern früh verloren ...«
»Ach, haben Sie? Das wußte ich nicht.« Doris Schilling wandte ihre Aufmerksamkeit Jagel zu. »Das erklärt mir manches.«
Sie äußerte sich nicht näher.
Frau Köhlert meinte leise: »Er hätte wenigstens mal schreiben können. Wir lassen ihm ja gern seine Freiheit.«
Köhlert zeigte auf eines der Poster: zwei junge, nackte Menschen, die am Meer standen und sich gegenseitig zärtlich durchs Haar strichen. Die Konturen verwischt, die Farben pastellfarben. Unterschrift: ZWEISAMKEIT. Seine Stimme klang ironisch und bitter.
»Diese Jugend hat uns Alten unseren Postkartenkitsch vorgeworfen. Diese Poster werden für die übernächste Generation als Dokumente des gleichen Kitsches in die Kulturgeschichte der Menschheit eingehen! Wir Alten haben wenigstens noch ein paar Gefühle entwickelt, einen Hauch von Seele, bevor wir mit einer Frau ins Bett stiegen und es ihr besorgten! Nicht wahr?« Er gab seiner Frau einen tüchtigen Schlag aufs Gesäß. »Aber diese gräßlichen Materialisten können nur noch an ihrem Körper herumfummeln. Das nennen sie *body touch* und *neue Zärtlichkeit* und ist doch nur die Bankrotterklärung echter Gefühlsregung und totaler Fummelkitsch!«
»Sie sind sehr verbittert, das kann ich verstehen!« sagte Doris Schilling, und zum erstenmal zeigten sich Spuren von Sympathie für den Revierförster.
»Wenn die eigenen Kinder klein sind«, fuhr Köhlert fort, »dann hält man sie für einmalig, unverwechselbar. Für Individualisten. Aber je älter sie werden, um so mehr werden sie anderen Jugendlichen zum Verwechseln ähn-

lich. Sie verlieren ihre Unterscheidungsmerkmale wie Chinesen, Japaner oder Neger, die wir Abendländer nicht auseinanderhalten können. Eines Tages peitscht dich die verdammte Erkenntnis: Dein einmaliger Sprößling ist genauso ein genormter Massenmensch wie alle die übrigen Jeanstypen auch. Wie oft, glauben Sie, habe ich in einem Haufen von Jugendlichen schon Michael wiederzuerkennen geglaubt? Selbst dann noch, wenn ich in die Gesichter sah? Irrtum, jedesmal!«

»Ich sehe mir«, ergänzte Frau Köhlert, »gern Filme der dreißiger, vierziger, auch noch fünfziger Jahre an. Mein Gott, welch eine Fülle verschiedener Möglichkeiten, sich phantasievoll zu kleiden! Geschmackvoll, weiblich, abwechslungsreich. Erinnern Sie sich an die Bilder aus dem Mao-Reich? Männer und Frauen in der gleichen blauen Hosentracht! Alle, die sich damals über die Gleichförmigkeit aufregten, tragen heute den gleichen Jeanslook! Mit einem Unterschied: die Gleichförmigkeit in China wurde befohlen – die unserer Jugend im Westen ist freiwillig!«

»Damit«, fuhr Köhlert fort, »erhält der strapazierte Begriff Freiheit eine völlig neue Nuance! Der Unterschied zwischen der östlichen und der westlichen Diktatur – dort der Politik, hier der Mode und der Kommunikationsmittel – besteht nur noch darin, daß dort die Unfreiheit erzwungen, hier freiwillig auf sich genommen wird!«

»Sie sind sehr verbittert, ich verstehe das!« Jagel hatte Doris Schilling nie so verständnisvoll zu Köhlert sprechen hören. Sie streichelte sogar seinen Unterarm; er war haarig und sehr rauh. »Aber . . .«

Sie verkniff sich den Rest. Jagel setzte in Gedanken fort: ›Aber laden Sie ihre Wut nicht auf meine Wölfe ab!‹

Während des kurzen Rundgangs versäumten sie nicht, durch die Fenster die Lichtung im Auge zu behalten, wo

sie die Eisen vergraben hatten. Aber die Sicht reichte gerade aus, den Rehkadaver als dunklen Schatten liegen zu sehen. Nichts rührte sich im Schneegestöber.
Sie testeten ein Walkie-Talkie, das Jagel mitgebracht hatte. Frau Köhlert wurde im Gebrauch des Geräts unterrichtet, denn sie sollte die Verbindung zur Gruppe halten.
»Morgen früh um fünf ziehen wir los!« entschied Doris Schilling.
»Glauben Sie nicht daran, daß die Wölfe hier in die Falle gehen?«
»Wir müssen den Versuch machen. Aber ich glaube nicht daran!«
»Wenn sie hier nicht in die Falle gehen, weshalb dann zwei, drei Kilometer weiter?« fragte Jagel.
»Weil sie hier die Nähe des Hauses und die zahlreichen menschlichen Spuren wittern. Noch dazu die Schäferhunde. Außerdem schlagen sich die Tiere oft lieber neue Beute, als daß sie von der alten weiterfressen!«
Jagel verschwand in den Keller und testete die Verbindung mit Frau Köhlert.
»Wie weit reicht sie?« fragte Köhlert, als er wieder auftauchte.
»Bei guten Verhältnissen bis zu zehn Kilometer!«
»Kommt mal ans Fenster!« rief Frau Köhlert plötzlich. »Die Sicht wird besser! Mach mer uff de Lade!«
Sie stürzten ans Fenster.
Unten in der Diele schellte das Telefon, sieben-, acht-, zehnmal. Sie ließen es läuten; sie starrten durch die angestaubten Scheiben eines Gästezimmers, das seit über einem Jahr nicht mehr benutzt worden war. Frau Köhlert wischte rasch mit ihrem Ärmel.
Der Schneefall hatte aufgehört, und hinter der Lichtung zeigte sich der Wald, als habe jemand den Theatervorhang vor den Kulissen fortgezogen: körnig vereiste Fich-

ten, zu Hügeln zugeschneite Brombeerbüsche, junge Tannen wie Feuerzangenbowlen-Zuckerhüte.
Und jetzt sahen sie es; jetzt hatten alle den sensationellsten Anblick des Jahres: Köhlert mit seinen hochgereckten Schultern, seinem verfilzten Vollbart, Jagel mit dem beschlagenen Feldstecher, an dem er wütend herumwischte, Doris Schilling, die sachlich registrierte:
»Ein Rüde, drei Weibchen, da liegen sie!«
Ja, da lagen sie, mit knippernden Schrägaugen, hingebreitet und friedlich wie in einem Tiergarten. Ihr Fell variierte von goldbraun bis zu tiefem, grau durchsetztem Umbra. Die matte, plötzlich verschwommen durchschimmernde Sonne ließ sie müde, wohlig entspannt ins Licht blinzeln.
»Herrgottsakra, das ist ein Anblick!« murmelte Frau Köhlert.
»Verflucht ja!« bestätigte Jagel leise. »Keine zehn Kilometer entfernt befinden sich ein Atomkraftwerk, eine Autobahn, drei Dutzend Luxushotels, eine Mercedes-Teststrecke und dreihundertdreiundachtzig Tankstellen; und mittendrin liegen vier wilde Wölfe und blinzeln in die Nachmittagssonne!«
»Der linke ist der Alpha-Wolf; der ist unheimlich groß!« flüsterte Doris Schilling. »Mein Gott – das ist das größte Wolfstier, das ich je gesehen habe!«
Sein Fell war ockerbraun gefärbt; und jetzt, da, kurz wie ein Augenaufschlag, die Sonne voll durchbrach, flammte er auf, stieg in seiner Schönheit auf wie ein Phönix aus der Asche, reckte sich, dehnte seine hochbeinigen Glieder, gähnte herzhaft, nieste und überblickte träge sein Rudel.
»Gewaltig!« gab Jagel zu. »Ich glaube nicht, daß ich jemals näher rangehe!«
Es sollte ein Scherz sein; niemand lachte. Man hörte das heftige Schlucken des Revierförsters.

Die übrigen Tiere erhoben sich ebenfalls träge, drängten sich dicht aneinander und bekundeten einander ihre Unterwürfigkeit oder Überlegenheit. Sie rieben sich aneinander mit Liebkosungen und Demutsbezeugungen. Das Ganze war ein erregendes Spiel voller Dynamik und fließendem Rhythmus.
Trotz der Faszination, die davon ausging, zeigte Doris Schilling bald Zeichen der Unruhe. »Irgendwie ist die Harmonie des Rudels gestört...«
»Mir scheint es die vollendete Harmonie zu sein!« flüsterte Jagel.
»Wenn die Harmonie gestört ist, dann lassen wir uns auf nichts ein!« mahnte Köhlert nervös. »Dann geh ich runter und hol meine *Safari*! Dann knall' ich sie ab, ich schwör's euch!«
Jagel griff ihn am Arm. »Langsam, ganz langsam! Sie treffen einen; und drei machen Sie verrückt! Die sind dann geschockt! Dann möchte ich denen schon gar nicht mehr begegnen!«
»Ich habe meinen Auftrag als Jäger und Förster!« konterte Köhlert widerspenstig.
»Stecken Sie sich Ihren Auftrag als Förster und Reichsjägermeister in den Arsch!« Jagel wurde grob. »Vielleicht haben Sie noch mehr Gelegenheit zum Ballern, als uns allen lieb ist. Wenn wir so richtig in der Tinte sitzen!«
»Mit diesem Riesen von Alpha-Wolf stimmt was nicht!« kommentierte Doris Schilling nachdenklich.
»Warum gehen sie nicht ans Fressen und in die Fallen?« fragte Köhlert argwöhnisch. »Dann wären wir alle Streitigkeiten los! Verdammtes Raubzeug!«
»Die Störungen gehen eindeutig vom Alpha-Wolf aus!« erklärte Doris Schilling. »Junge, hat der Eckzähne!« Sie setzte das Fernglas ab. »Er fletscht sie, sobald sich jemand in seine Nähe wagt. Keines der Weibchen darf sich ihm nähern!«

»Das sind riesige Hauer!« staunte Jagel. »Wenn er die Nase rümpft und seine Beißerchen zeigt, sehnt man sich geradezu nach einer simplen kleinen Mamba, die einen anzischt.«
»Dagegen ist der weiße Hai das reinste Steiff-Tier!« grummelte Köhlert.
»Ja, das Tier ist völlig verstört und läßt niemand an sich heran. Ich bin sicher, es ist der Mörder von Dietrich Kürschner; und er hat die kleine Christiane auf dem Gewissen. Und Miß PAN AM!« Sie stutzte. »Er ist verletzt! An der linken Hinterflanke. Eine scheußliche Fleischwunde!«
»Keine Schußwunde? Oder ein Biß?«
»Nein, eindeutig eine ... Ein Fahrzeug könnte ihn angefahren haben. So sieht's aus!«
»Wie wollen wir diesen Killer hier nennen?« fragte Jagel. »Rasputin?«
»Ihre Sorgen möchte ich haben!« schniefte Köhlert. Der Gedanke, diesem Untier gegenüberzutreten, versetzte ihn in einen zwiespältigen Gemütszustand: euphorische Abenteuerlust und nackte Panik. »Wie wär's mit Attila, dem Hunnenkönig? Der kam auch aus dem Osten und brachte Tod und Verderben.«
Doris Schilling klatschte in die Hände. »Ausgezeichnet! Attila! Auf ihn wird sich unsere Jagd konzentrieren müssen! Wenn er in die Falle geht, haben wir gewonnen. Sehen Sie, seine Reflexe sind gestört. Da kommt gerade dieses moosgraue Weibchen ... übrigens auch ein stattliches Exemplar. Sie zeigt sich ihm unterwürfig ... da, sehen Sie, jetzt! Er schnappt nach ihr! Das ist kein Spiel mehr! Wenn sie nicht so geschickt ausgewichen wäre, hätte sie ... da, jetzt wieder!«
»Wie erklären Frau Verhaltensforscherin die Verwandlung von einem netten, harmlos dahertrottenden Tier in einen echten bösen, bösen Wolf?«

»Ich hab das früher schon angedeutet. Natürlich, meine Theorie wird sich nie beweisen lassen: Diese Tiere sind aus dem Osten ausgewichen, weil ihre natürlichen Jagdgründe gestört worden sind. Durch die größten Herbstmanöver aller Zeiten. Sie sind sowohl von den Staaten des Warschauer Paktes wie auch von den NATO-Ländern abgehalten worden. Ich habe Ihnen von den Störungen im Nationalpark Bialowieza berichtet. Und so wird es überall gewesen sein: Panzer, Granateinschläge, heulende Jagdbomber. Feuer. Detonationen. Soldatenmassen. Diese Tiere sind nachhaltig aufgestört worden; und Attila hat es am markantesten erwischt.«
»Oh, das war's für heute!«
Genauso plötzlich, wie der Schneefall aufgehört hatte, begann er wieder. Der Vorhang fiel zu.
Und wie nach einem dramatischen Theaterstück atmeten alle mit einem tiefen Seufzer auf.
»Die übrigen drei sind Wölfinnen«, erläuterte Doris Schilling. »Die Größte nennen wir Katharina die Große!«
»Bei der mittleren Wölfin haben die Augen wie Gold geleuchtet!« schwärmte Jagel. »Nennen wir sie Goldauge!«
»Gut. Die dritte Wölfin soll einen Mädchennamen haben. Tatjana!«
»Tatjana!« wiederholte Köhlert mürrisch. »Eure Sorgen möchte ich haben! Ich will verdammt sein, wenn das Ganze nicht das Vorspiel für eine harte Wolfsjagd ist!«

11

»Gut«, sagte der junge Reporter zum älteren Kollegen. »Mach du auf pro, dann mach ich auf anti!«
Sie verließen das Café »Schwarzspecht« in der Grimmelshausenallee und gingen in verschiedenen Richtungen davon, jeder mit Mikrophon und Tonbandgerät bewaffnet. Interview-Thema: *Wölfe im Spessart! Wie steht der Mann von der Straße dazu?*
Es war fünf Uhr nachmittags in Bad Frankenthal. Die Bummel- und Shoppingstraße im Kurzentrum war trotz des scheußlichen Wetters relativ belebt. Vor dem Supermarkt blieb der junge Reporter stehen, hantierte demonstrativ mit seinem Gerät, bis er eine interessierte Menschenmenge um sich versammelt hatte und begann:
»Meine Damen und Herren! Sie alle wissen um die Gefahr, in der sich jeder von uns befindet! Wölfe gehen um, Raubtiere, von denen wir uns seit einem Jahrhundert befreit glaubten und die plötzlich wieder, wie aus grauer Vorzeit, aufgetaucht sind. Drei Menschenopfer sind inzwischen zu beklagen! Wie viele werden noch folgen? – Junge Frau, ja, Sie dort in dem reizenden Pelzmantel: Hätten auch Sie Angst, in diesen Tagen allein über einen einsamen Waldweg zu gehen?«
»Ja, natürlich! Und nicht nur dort! Ich war mal in Schweden. Da kommen die Elche, diese Hirschtiere, im Winter bis mitten in die Städte. Direkt über den Zebrastreifen gehen sie. Warum sollten die Wölfe das nicht auch tun? Ich fürchte mich!«
»Und Sie dort, der Herr in dem grauen Anorak?«

»Um meine alten Knochen, da ist es nicht schade! Aber ich habe drei Enkelkinder, im Alter von dieser armen Christiane, um die fürchte ich mich. Ja, ich habe Angst um sie!«

»Und Sie, gnädige Frau? Haben Sie nicht auch Angst?«

»Man kann keinen Fuß mehr auf unsere Straßen setzen! Wo bleibt da die Polizei? Ja, Parksünder aufschreiben, das tun sie! Mein Mann gestern, der kam schon verspätet aus dem Büro zurück, mein Mann ist Chef einer Werbefirma, müssen Sie wissen, da hat er mal ein bißchen aufs Pedal getreten, weil das Essen sonst kalt wurde, es gab nämlich sein Lieblingsgericht, Kartoffelpuffer mit Apfelmus, das ist noch so eine Rückerinnerung an die Kindheit. Da haben sie ihn aufgeschrieben, wegen Geschwindigkeitsüberschreitung im Stadtbereich, ja, dafür haben sie Zeit. Aber das eigene Kind, wir haben ein Mädchen von neun, wie die Christiane, oder war die zehn, Bärbel, die können wir nicht mehr auf die Straße schicken! Und der Oberbürgermeister, der tut gar nichts! Und die Notstandsgesetze, die angeblich in der Schublade liegen, wozu sind die eigentlich gut, wenn nicht jetzt?«

»Vielen Dank, gnädige Frau! – Und Sie, ja, kommen Sie ruhig etwas näher! Was halten Sie davon, daß bei uns die Wölfe frei herumlaufen?«

»Nix. Davon halt i goar nix!«

»Würden Sie sagen, die müssen weg?«

»Joh, die muaß ma wegmachen! Wegmachen muaß ma die!«

»Danke. Und Sie in den hübschen Wildlederstiefeln?«

»Also, ich weiß nicht. Ist das alles wirklich so schlimm?«

»Lesen Sie keine Tageszeitungen, gnädiges Fräulein?«

»Ja, natürlich, die lese ich schon. Ich meine: ich weiß nicht.«

»Drei Opfer! Sind Sie, entschuldigen Sie, verlobt? Verheiratet?«

»Verlobt, ja!«
»Stellen Sie sich vor: Ihr Verlobter hätte das gleiche Schicksal wie das letzte Blutopfer, Miß PAN AM.«
»O nein, bitte nein! Ja, weg mit den Wölfen, wenn die so was machen! Nein, keine Wölfe!«
»Nun gibt es ja Leue, die möchten am liebsten diese Raubtiere wieder frei rumlaufen lassen. In unseren deutschen Wäldern. In den Abruzzen, bei den Italienern, da laufen sie schon frei herum. Möchten Sie das gleiche für unsere deutschen Wälder? Der Herr dort, bitte!«
»Lieber Herr! Wir haben hier schon genug Rauschgifthändler und Terroristen, die frei herumlaufen. Kinderschänder! Jetzt auch noch Wölfe! Nein, das machen wir nicht mehr mit!«
»Was würden Sie vorschlagen?«
»Rübe ab, würde ich vorschlagen. Rübe ab!«

Zur gleichen Zeit stand der ältere Reporter in der Parallelstraße – der Altmühlgasse – vor einer Boutique und animierte seine Zuhörer mit folgenden Worten:
»Sie alle sind bestens informiert über die Hetzkampagne gegen eines der harmlosesten Wildtiere, die unser verarmter Erdteil noch aufzuweisen hat. Sie wissen, wie scheu, wie selten Wölfe sind. Wie sie gereizt werden müssen, um ihre natürliche Menschenscheu zu überwinden. Sehen Sie einmal von den extremen Ausnahmefällen, die sich in Deutschland ereignet haben, ab: Würden Sie grundsätzlich sagen, daß Wölfe Teufel in Tiergestalt sind? Der Herr dort mit der randlosen Brille, ja, Sie bitte!«
»Nein, keinesfalls! Ich glaube, für alle Umstehenden zu sprechen, wenn ich sage: Tiere sind keine Teufel! Wie Sie schon sagten: eine Ausnahmesituation. Ich habe meinem Sohn einen persischen Hamster geschenkt. Reizendes Tier. Ich selber liebe Naturfilme. Krokodile in Uganda.

Auf Rentierjagd in Lappland. Kodiakbären in Alaska. Ich bin für die Wölfe!«
»Danke. Ja, Wölfe sind sehr menschenscheu und relativ harmlos! Aber weiß das wenigstens der gebildete Bürger? Die gnädige Frau dort: Wissen Sie es?«
»Natürlich weiß ich es! Wölfe sind harmlos!«
»Hätten Sie Angst, wenn Ihnen plötzlich auf einem Waldweg ein Wolf begegnen würde?«
»Natürlich hätte ich keine Angst! Wölfe sind scheue Tiere!«
»Und Sie, junger Mann?«
»Das ist doch alles Meinungsmache, was Sie da treiben! Ja, ich hätte Angst! Ich lasse mich nicht ins Bockshorn jagen!«
»Haben Sie denn schon mal einen lebenden Wolf gesehen?«
»Nein, nur auf dem Foto!«
»Weshalb haben Sie denn Angst? Weil Sie an Märchen glauben? An Rotkäppchen? An die sieben Geißlein? An die drei Schweinchen? An *Peter und der Wolf*?«
»So betrachtet, nein!«
»Was – nein? Keine Angst?«
»Nein.«
Ein unscheinbares Männlein mit Rucksack und Lodenmantel drängte sich vor.
»Meine lieben Mitbürger! Lassen Sie sich durch nichts irre machen! Nicht nur der Mensch, auch die unschuldige Kreatur wird heute mißgeleitet, verführt und kann ihr wahres Selbst nicht mehr verwirklichen. Mord, Vergewaltigung, Bombenterror! Sind wir deshalb allemal Sünder? Nein und abermals nein! Sind die Menschen, ist die ehrbare Bürgersfrau dort in unseren Reihen eine Sünderin, ist der brave Geschäftsmann dort ein Betrüger – bloß weil es Sünderinnen, weil es Betrüger unter uns gibt? Abermals nein! So ist auch das schöne, edle, jenseits von

Gut und Böse stehende Tier in seinem natürlichen Drang kein Mörder, keine Bestie. Bleiben Sie wachsam! Lassen Sie sich Ihre Tiere nicht verteufeln! Es gibt nur ein gefährliches Tier auf der ganzen Welt, nur ein einziges: das Tier im Menschen! Jawohl!«

»Bravo!« schrien die Umstehenden; einige klatschten spöttisch.

Der Reporter richtete sein Mikrophon noch einmal auf die Gruppe. »Es gibt Bestrebungen, den Wolf in deutschen Wäldern wieder heimisch zu machen. Unterstützen Sie solche Bestrebungen, dann antworten Sie im Chor mit Ja! Soll der Wolf wieder heimisch werden im deutschen Wald?«

»Ja...!« tönte es ihm entgegen.

Drei Stunden später sichteten die beiden Rundfunkreporter im »Schwarzspecht« ihr Material.

»Gibt bei geschickter Mischung ein objektives Bild von der Stimmung in diesem Spessart-Kaff!« meinte der Ältere. »Mein *Wollt ihr den Wolf zurück?* gegen dein *Rübe ab, Rübe ab!*«

»Hör mal«, forschte der Jüngere. »Was hältst du eigentlich selber von der ganzen Geschichte?«

Der Ältere goß seinen Mokka hinunter und schüttete Weinbrand nach.

»Heute ist mein freier Tag! Nächste Woche soll ich den Udo kontakten! Was er von der Zukunft des deutschen Schlagers hält. Da kann ich mich nicht auch noch mit diesen Scheißwölfen hier beschäftigen!«

12

Sie hatten die Fallen in Säcke gewickelt und kehrten ins Haus zurück.
»Ich will verdammt sein, wenn ich jetzt noch einen einzigen Handschlag für diese Schweinewölfe tue!« schimpfte Köhlert vor sich hin.
Doris Schilling sah ihn belustigt an. »Nicht für die Schweinewölfe. Aber uns könnten Sie jetzt einen kleinen einschenken. Ah, das Kaminfeuer brennt schön... Danke, Frau Köhlert!«
»Es kann auch ein großer sein!« meinte Jagel. Dann sah er Doris Schilling zweifelnd an. »Haben wir nicht was Wichtiges vergessen bei unseren Vorbereitungen?«
»Würde mich freuen, wenn's so wäre!« ermutigte Köhlert. »Die schöne Frau Doktor könnte sich ruhig mal nach Herzenslust blamieren.«
»Angenommen, die Wölfe sind uns in die Falle gegangen«, überlegte Jagel. »Draußen, meilenweit vom Haus entfernt. Da jaulen und zappeln sie nun! Aber was jetzt? Lassen wir sie dort erfrieren?«
»Wir hängen ihnen«, frohlockte Köhlert und schenkte von seinem Kräuterschnaps ein, »ein Halsband um und führen die lieben Tierchen unter Triumphgesang und Absingen des schönen Volksliedes *Horch, was kommt von draußen rein* in die gute Stube.«
»Ja, ich hätte eher daran denken sollen. Aber vergessen habe ich es nicht!« sagte Doris Schilling zögernd. »Darf ich mal das Telefon benutzen? Für ein Ferngespräch nach Frankfurt?«

»Vorhin war es wieder gestört, jetzt funktioniert es aber!« erklärte Frau Köhlert und nahm sie mit auf den Flur.
Zwanzig Minuten später war sie zurück.
»Ich hätte wirklich eher daran denken sollen. Ich habe mit dem Frankfurter Zoo gesprochen. Mit einem früheren Kollegen, wir waren zusammen auf der Uni. Er wird ein paar Käfige raufschicken. Außerdem Betäubungsspritzen. Vorausgesetzt, die Straßenverbindung ist überhaupt noch benutzbar. Sonst sitzen wir ganz schön in der Tinte mit unseren gefangenen Wölfen.«
»Wir werden auch ganz schön in der Tinte sitzen, bevor wir sie fangen!« mutmaßte Köhler. Er sah Jagel gedankenvoll an. »Wie stehen Sie eigentlich zum Big Boß? Was veranlaßt Sie, diese Idiotentour mitzumachen?« Er ließ seine Blicke bedeutungsvoll zwischen Jagel und der Frau pendeln. »Pure Menschenliebe?«
»Ich mag Waitzenburg nicht. Ich habe ihm zu viele Frauen besorgt. Aber er sorgt für mein Auskommen.« Jagel spürte die Inkonsequenz und das Verwerfliche daran. Er würde sich bald entscheiden müssen. Er hatte sich treiben lassen: Blatt im Wind. Jetzt mußte er festen Boden unter sich kriegen.
»Und ich dachte, Sie sind ihm ein getreuer Vasall, Jagel!« Köhlert warf ein paar mißtrauische Blicke um sich. Seine Frau, die sich gerade zurückziehen wollte, blieb stehen. »Ich nämlich, ich hasse ihn geradezu.« Seine Frau schüttelte sanft den Kopf, als wolle sie das Thema nicht angerührt wissen. »Laß mich mal, gute Frau!«
»Sie sind aber doch sein Reichsjägermeister!« wunderte sich Jagel. »Ich dachte immer, vor Ihnen müßte ich mich geradezu in acht nehmen.«
Köhlert blies verächtlich die Luft aus. »Pah, ein Schwein, wie es im Tierbuch steht!«
»Hannes!« mahnte Frau Köhlert vergeblich.

»Deshalb mag ich unsere Dame nicht so besonders. Weil sie dem Herrn Oberbürgermeister und Kurdirektor die Wölfe wegmacht. Auf die leise, auf die ihm genehme Tour! Nur keinen Skandal! Darin ist er groß! Darin war er bei uns auch ganz groß!«

»Hannes! Was soll das jetzt noch?«

»Das soll, daß meine Gäste und Wolfsstreiter das ruhig mal erfahren, für wen sie da arbeiten! Ich muß! Aber Sie da, schöne Frau, Sie müssen keinesfalls!«

»Ich arbeite für die Wölfe!« antwortete Doris Schilling sanft.

»Nicht . . .«, bat Frau Köhlert. »Erzähl diese Geschichte nicht! Bitte!«

»Doch!« beharrte Köhlert. »Es sind meine Freunde, mit denen ich die nächsten Tage auf Tod und Verderben verbringen werde! Da sollen sie auch erfahren, wie der Herr Oberbürgermeister mit uns verfahren hat!«

Frau Köhlert zuckte ergeben mit den Schultern und ging hinaus.

Der Revierförster blickte sich wild funkelnd im Zuhörerkreis um und begann: »Wenn ich mir vorstelle, ich soll jetzt Jagd auf Wölfe machen . . . Ich würde lieber . . .«

Jagel protestierte: »Muß das jetzt sein?« Er rutschte nervös hin und her.

Aber Köhlert war nicht aufzuhalten. »Neunzehnhundertfünfundvierzig haben wir als Flüchtlinge versucht, in der Bundesrepublik Fuß zu fassen, meine Frau und ich. Ich bin ein starker Raucher gewesen; aber ich habe keine Zigarette mehr angefaßt, nachdem mir klar wurde, daß man mit Tabak ein Kapital verdienen konnte – nicht einmal eine Selbstgedrehte!« Er nahm einen kräftigen Schluck. »Als wir endlich genug zusammenhatten, um nicht verhungern zu müssen, kam die Währungsreform. Die Bonzen, die hatten sie natürlich vorausgesehen und sich darauf eingestellt, wie eh und je. Aber wir kleinen

Leute, wir wurden überrascht. Wieder alles futsch! Kurz und schlecht: neunzehnhundertfünfundsechzig waren wir wieder soweit! Wir hatten uns alles vom Mund abgespart. Aber ein kleines Kapitälchen hatten wir beisammen. Nach siebzehn harten Jahren hatten wir es geschafft – meine Helga und ich! Wo steckt das Weib? Ich möchte sie abknutschen! Egal. Also: Wir hatten uns im Westerwald durchgewurstelt; ich, ehemaliger ostpreußischer Förster, als Treiber, Jagdaufseher, Baumfäller, Gelegenheitsarbeiter – alles, was sich auf Wald und Flur anbot, habe ich genommen. Und damals habe ich mich auch auf eine Ausschreibung hin in Bad Frankenthal beworben – und den Posten erhalten! Damals war Waitzenburg an die Macht gekommen. Nein, noch nicht ganz ...! Er wollte. Ich sollte sein Revierförster werden, falls – er Kurdirektor würde. Also war ich daran interessiert, ihn in dieser Funktion zu sehen. Ich tat alles, was ich zu seiner Popularität beitragen konnte. Jetzt fangen die Schweinereien an, Leute!«
»Regen Sie sich ab, Herr Köhlert!« bat Doris Schilling. »Morgen müssen Sie einen klaren Kopf haben!«
»Scheiß drauf, Frau Doktor! Ich muß das loswerden!«
»Okay!«
»Der ehrenwerte Herr hatte ein paar Widersacher. Ich habe sie alle ausgeschaltet – für ihn! Gemeinsam mit einem alten Nachkriegskumpan von ihm, Ellertsen, vom ›Bad Frankenthaler Kurier‹, der damals noch simpler Sensationsreporter war. Auf die miese Tour haben wir Waitzenburgs politische Gegner aus dem Weg geräumt.«
Köhlert knallte die leere Flasche in den Papierkorb und riß die Plastikhülle von einer neuen, daß die Fetzen flogen.
»Waitzenburg hat uns erpreßt. Er hat uns billigen Grund und Boden zur Verfügung gestellt. Als wir ihn gekauft

hatten und er Kurdirektor und später Oberbürgermeister geworden war, stellte sich heraus: Wir hatten nie das Kleingedruckte im Vertrag gelesen – vertrauensselig, wie wir waren.«
Frau Köhlert kam zurück. »Hör auf, Hannes! Sag den Rest in drei Sätzen!«
»Wir konnten die finanziellen Bedingungen nicht erfüllen. Hilfreich und gut, wie Waitzenburg war, hat er uns dann alles wieder abgekauft, für 'n Appel und 'n Ei! Geschätzter Gewinn: rund fünfhundert Prozent. Seinerseits!«
»Trotzdem arbeiten Sie für ihn!«
»Er hatte uns immer fest in der Hand. Wir sind beide im Geschäftlichen Trottel, meine Frau und ich! Wenn einer uns freundlich lächelnd ein Grundstück anbietet, glauben wir, er will es uns quasi schenken! Mit diesem Forsthaus hier ist es ähnlich! Wir sitzen drin in der Scheiße!«
Frau Köhlert sagte: »Hannes hat ein paar Sachen gemacht, die kaum weniger auf den Müll gehören als die Machenschaften unseres Oberbürgermeisters und Kurdirektors.« Sie warf Jagel, der zunehmend ruhiger wurde, einen prüfenden Blick zu. »Waitzenburg hat seine politischen Gegner in seinem Privatforst erledigen lassen. Er lud sie zu kleinen Wochenend-Jagdparties ein. Freilich nahmen nicht nur Jäger daran teil. Auch Häschen waren darunter. Wenn Sie wissen, was ich meine!« Jagel versuchte, den Blicken aller zu entgehen. »Die Häschen brachten die Jäger in verfängliche Situationen, die wurden dann fotografiert. Das reichte, um Waitzenburgs Gegner gesellschaftlich zu diffamieren und auszuschalten.«
»Eigentlich ist dies *meine* Beichtstunde!« protestierte Köhlert.
»Wir hatten damals nur die Wahl: in Deutschland überleben oder auswandern nach Australien.«

»Und wer«, fragte Doris Shilling und sah Jagel scharf an, »hat die Häschen besorgt?«
»Genau der!« sagte Jagel matt.
»Aus den Ami-Clubs in Babenhausen!« ergänzte Köhlert. »Babenhausen ist noch heute die Sex-Metropole von Hessen!«
»Nie gehört!«
»Geheimtip für Kenner... Die Zeit liegt lang zurück. Aber wenn ich im Herbst auf Anstand gehe, um ein Reh zu schießen... ein krankes Tier, gnädige Frau. Am zielsichersten bin ich, wenn ich mir vorstelle...«
»Hannes!«
»... wenn ich mir vorstelle, ich hätte gar kein Reh, sondern den Herrn Oberbürgermeister im Visier!«

13

Beim flackernden Schein von Stallaternen und verstaubten nackten Wandbirnen gingen sie spät abends daran, die Skier herzurichten und die Lastschlitten zu beladen.
Jagel band seufzend die schweren Tellereisen fest. »Weshalb können wir die Wölfe nicht mit Betäubungsgewehren jagen?«
Doris Schilling schüttelte den Kopf.
»Narkosegewehre sind keine Wunderwaffen. Herr Köhlert?«
»Ich habe mal mit dem *Cap-Chur*-Gewehr gearbeitet. Gleicht einer Kleinkaliberbüchse. Das Geschoß wird durch Kohlensäure angetrieben. Wenn man exakt trifft, exakt die Maximalentfernung von zwölf bis fünfzehn Metern einhält, okay.«
»Lassen Sie mal einen Wolf genau auf zwölf Meter an sich 'rankommen, Herr Jagel. Außerdem weist die verwendete Narkotikummenge oft Differenzen von vier bis sieben Kubikzentimetern auf.«
Jagel meinte: »Kann man nicht normale Pulvertreibsätze verwenden?«
»Ja, die Reichweite wäre größer. Aber die Treffsicherheit verringert sich im gleichen Maße. Um die gewünschte Narkosewirkung zu erzielen, müssen die Muskelpartien von Blatt oder Keule getroffen werden. Ein Schuß in die Weichteile bringt das Tier um.«
Köhlert erläuterte: »Man muß vertraut sein mit sämtlichen Treibsätzen und die Entfernung metergenau einschätzen können. Die Fluggeschwindigkeit der Projektile

ist so gering, daß bei leichtem Seitenwind schon bei dreißig Metern Entfernung ein Streukreis von fünfzehn Zentimetern entsteht.«

»Außerdem reagieren auch Tiere der gleichen Gattung oft sehr unterschiedlich auf die Narkotikummenge. Schon das Geschlecht spielt eine Rolle. Verfassung und Körpergewicht kommen hinzu.«

Köhlert klopfte sich die verschmierten Cordhosen ab, nachdem er Schlafsäcke und Verpflegung verstaut hatte.

»Ich habe mal mit zehn Kubikzentimeter auf einen Damhirsch geschossen. Das ist fast die doppelte Menge wie für einen Rothirsch. Das Tier hat sich erst nach zwanzig Minuten niedergetan; ich bin wie ein Verrückter hinter dem davonpreschenden Hirsch her, und als ich ihn nach zweieinhalb Stunden endlich aufgestöbert hatte, kam er schon wieder zu sich.«

Jagel wischte sich den Schweiß von der Stirn. Der Lastschlitten mit den Schlafsäcken war ihm umgekippt, als er die Zugvorrichtung mit den Schultergurten überprüft hatte.

»Ich sehe ein: Wir müssen die Tellereisen schleppen!«

Doris Schilling hatte die Stalltür geöffnet und die frische Abendluft eingeatmet. Der Widerschein der spärlichen Hofbeleuchtung brach sich in allen Farben des Regenbogens an der Wand aus Schneeschauern und Nebel.

»Phantastisch diese Luft! Kommt mal riechen!«

Köhlert blieb mürrisch zurück; er kam mit der Bindung seiner Skier nicht klar.

Jagel gesellte sich zu der Frau in der offenen Tür. Er mußte sich beherrschen, um nicht sanft den Arm um sie zu legen. Jetzt mit ihr durch eine mildere Winterlandschaft als diese zu streifen, noch jünger, noch voller Illusionen, kindlich, noch nicht verkorkst, verkorkst . . .

»Verkorkst!« sagte Jagel still für sich; niemand hörte es.

Man ging nebeneinander her durch den Wald; man

tastete nach der Hand der Geliebten. Man nahm sie, und sie ließ es zu. Und das war, einmal, eine leidenschaftliche Liebeserklärung gewesen! Er sehnte sich zurück nach dieser Zeit ... Er schrak auf.

»Klaus – Jagel, nun zeigen Sie mal den Inhalt Ihrer Wundertüte!«

Manchmal hatte Doris Schilling Schwierigkeiten, die nächtlich begonnene Duzerei vor Köhlert geheimzuhalten.

»Als wichtigstes Requisit: zwei Doppelschlafsäcke, daunengefüttert.« Er stieß gegen die zusammengerollten orangefarbenen Säcke auf dem Boden. »Schneeschaufeln, eine Schneesäge, einen Esbit-Taschenkocher mit zehn Schachteln Trockenspiritus. Eine Sturmlaterne. Fünf Schachteln wasserfeste Sturmstreichhölzer. Drei Notrationen von VERKADE.«

»Zwei Doppelschlafsäcke?« Köhlert runzelte seine schwere Stirn. »Können wir für die Dame keinen Einzelsack auftreiben? Unnötige Schlepperei!«

»Ach, Herr Köhlert!« meinte Doris Schilling mit verblüffender Frivolität. »Lassen Sie doch der freien Persönlichkeitsentfaltung ein bißchen Spielraum. Wer kann schon vorausahnen, wen es in wessen Nähe frieren wird?«

Köhlert sah mißtrauisch der Reihe nach seine Genossen an und kaute verbissen auf einem Strohhalm.

Jagel fuhr, trocken wie ein Dozent, fort: »Unter den Medikamenten befinden sich: eine Dose Hautschutzcreme *Eucerin pH 5* und eine Tube *Labiosan*. Die Moskitohüte und -netze habe ich entfernt; die dürften wir im winterlichen Spessart nicht benötigen. Auch die Polaranzüge fehlen; nur drei besonders intensive Schneebrillen habe ich im Not-Kit gelassen. Man kann nie wissen.«

»Wie kommen Sie eigentlich an all diese Sachen?« wollte Köhlert wissen.

»Er hat mal ein Überlebenstraining in Alaska mitgemacht!« erwiderte Doris Schilling an seiner Stelle. »Er war Hubschrauberpilot einer Rettungsstaffel. Nicht wahr, Klaus? Jagel?«
»Ja, schon! Aber jetzt fliegt er eine lahme Ente für unseren allerseits und uneingeschränkt geliebten Oberbürgermeister und Kurdirektor. Was braucht er da einen Polaranzug und eine Anleitung zum Bauen eines Iglus?«
»Ich hab die Sachen einfach behalten!« gestand Jagel. »Die zuständigen Stellen sind ein Opfer ihres Computers geworden. Die Ausrüstungskammer hat bei meinem Abdanken gerade von manueller Buchführung auf elektronische umgestellt. Zum Wohle der Rationalisierung. Sie ahnen gar nicht, wie viele Ausrüstungsstücke der amerikanischen Luftwaffe da hinübergewechselt sind zum Wohle der Entlassenen!«
»Hören Sie, Jagel...« Köhlert grinste ihn amüsiert an. »Wenn später mal ein Filmbericht über unsere Heldentaten gedreht werden sollte, vorausgesetzt, wir überleben sie... Der wahre Held à la Charles Bronson oder John Wayne sind Sie nicht gerade. Sie haben eine Menge, na, keinen direkten Dreck... sagen wir: eine Menge Staub am Stecken.«
An diesem Abend war die Stimmung, nach einem ausgiebigen frühen Abendessen, mit *Gruschele* oder *Klosterbirn* zum Nachtisch, ausgezeichnet. Jeder versuchte vor den anderen seine Beklommenheit zu verbergen.
Bevor sie sich schlafen legten, tranken sie einen letzten Birnenlikör miteinander.
Doris Schilling sagte: »Trinken wir auf Attila! Auf ihn werden wir uns konzentrieren. Bisher war das Rudel weiter nichts als eine anonyme, individuenlose Tiermasse. Jetzt ist einer deutlich als Individuum hervorgetreten. Ihn werden wir fangen!« Und als Köhlert seine schweren Brauen runzelte über soviel weibliche Befehlsgewalt:

»Sie sind der wichtigste Mann, Köhlert! Sie haben das Gewehr! Sie werden uns beschützen! Sie sind der große Ballermann!«

Dritter Teil
Die Jagd

*Der Wolf aus der Fabel
ist auf der Flucht.*

(Karl Krolow, SPAZIERGANG)

1

Sie schnallten sich die Skier an. Sie winkten mit den Stökken zurück. Und dann zogen sie los.
Voran stapfte Köhlert, die Frau folgte, Jagel bildete den Schluß. Jeder trug einen kräftig ausgebeulten Rucksack mit Schlafsack und einem Teil der Polarausrüstung. Köhlert hatte zusätzlich noch einen *Mannlicher-Schönauer* Repetierstutzen M 72 mit aufgesetztem Zielfernrohr. Die moderne Waffe bildete, darüber hatte er sich breit ausgelassen, eine gelungene Verbindung des alten *Mannlicher* Repetierers mit den neuesten Erkenntnissen der Waffentechnik. Während Doris Schilling mit einem Gesicht zuhörte, als habe sie ein gutes Dutzend Leberknödel verschlingen müssen, verpflichtete er sich, sie nur im äußersten Notfall zu ihrem persönlichen Schutz anzuwenden.
Jagel schleppte den größten Teil der Polarausrüstung. Es war noch immer schwer bewölkt, aber es fiel kein Schnee mehr. Ihr Vorteil war, daß sie nur äußerst langsam zu gehen brauchten, daß sie oft stehenbleiben mußten, um den Geräuschen um sich zu lauschen. Es ging darum, keinen Wolf an sich vorbeizulassen. Dazu eignete sich ihr anfänglicher Gänsemarsch selbstverständlich nicht; und so schwärmten sie auf Geheiß Jagels bald zu einer lockeren Schützenkette aus, die sie, in breiter Front, gerade noch in Sichtweite hielt. Je mehr sich der flaschenförmige Wald verbreiterte, um so mehr Chancen hatten die Wölfe, an die Randgebiete zurückzuweichen und sich an ihnen vorbeizustehlen.

Aber Doris Schilling vertraute auf die Spuren. Solange kein Neuschnee fiel, war ihr Vertrauen durchaus gerechtfertigt.
In der frischen, aber nicht eisigen Kühle des Morgens waren sie alle wohlgemut. Der Schnee war pulvertrocken. Durch die Luft zogen hauchdünne Schlieren von Nebel.
Jagel hatte an jeden eine Leuchtpistole mit roten Patronen verteilt. Wer von den anderen abirrte, sollte schießen und seine Position markieren.
Über die reinen Sicherheitsvorkehrungen hinaus hatte er nicht die schlichteste Idee, wie Doris vorzugehen gedachte, um vier Wölfe oder auch »nur« Attila einzufangen. Wollte sie sie in die Enge treiben, ihnen die Fallen vorhalten und sie bitten: Nun geht mal schön rein?
Seit der gemeinsamen Nacht duzte er sie auch in Gedanken; und ihm schien, als habe er das immer schon getan. Bisher war sein Leben planlos über eine Vielzahl von Weichen und Abstellgleisen gelaufen. Jetzt ...
Er schrak auf. Köhlert und Doris hatten einen ihrer üblichen Dispute.
»Wenn wir das Unternehmen WOLFSZEIT bis heute abend hinter uns gebracht haben wollen, müssen wir einen Zahn zulegen, schöne Frau!«
»Ihre Skier sind nicht die gepflegtesten, Herr Reichsjägermeister!«
»Ich habe schließlich keinen Skiverleih für Sonntagstouristen! Die Wölfe könnten längst hingestreckt im Schnee liegen! Und ich hätte eine irre Abschußprämie kassiert!«
»Ja, einen hätten Sie bestimmt erwischt, Sie Großwildjäger! Die übrigen wären Ihnen unter höhnischem Gelächter auf immerdar davongewitscht. Die hätten Sie dann mit Ihren Schießkünsten so chaotisiert, daß bald das nächste Opfer fällig sein würde!«
»Bald werden wir die Chaotisierten sein, schöne Frau!

Ohne Ohren, Hände, Beine und was sonst noch der Frauen und des Mannes Zier!«
»Keine Sorgen, Sie Schmutzfink! Ich werde Ihre edelsten Teile mit meinen bloßen Händen schützen!«
»Worauf wollen Sie eigentlich hinaus mit Ihrer Tierschutzmanie? Auf den Professorentitel?«
»Hierauf will ich hinaus!« erwiderte Doris Schilling knapp und beugte sich über eine Spur.
Jagel beobachtete, wie sie sich über die Abdrücke kniete – eine mühsame Bewegung in der dicken Winterkleidung. Erst jetzt nahm er mit Bewußtsein wahr, daß ihr pelzgefütterter Afghanmantel voller kahler Stellen war. Sie mußte ihn oft getragen haben: in Polen, in Minnesota, im Ismaninger Teichgebiet. Wie ein Hirte sieht sie darin aus, dachte er, wie ein Hirte, der seine Herde gegen die Wölfe verteidigen will. Aber Doris wollte die Wölfe gegen die Herde verteidigen – gegen Unwissen, Dümmlichkeit, Haß und Aggressionen.
Nie war er so nachhaltig aus dem bequemen Trott seines Berufsalltags aufgeschreckt worden wie seit dem Tag, als er sie kennengelernt hatte. Doris hatte es mit ihrer Wolfsleidenschaft fertiggebracht, sein ganzes bisheriges Leben in Frage zu stellen. Seine eigenen Zweifel, seine latente Unzufriedenheit, das schlummernde Gefühl, mehr dahinzuvegetieren als bewußt zu leben – all dies tauchte jetzt aus der Tiefe auf wie losgerissen vom Meeresgrund.
Dabei war er sich noch nicht einmal im klaren über die naheliegendste Problematik: Wie stand er zu den Wölfen? Er begann, eines seiner vertrauten Zwiegespräche mit sich selbst zu führen: Jagel, alter Herumtreiber, Gelegenheitsjobber – wie hältst du es mit Meister Isegrim? Zwei Seelen wohnen, ach, in deiner Brust. Die eine ist des Fußvolks Seele und krümmt sich zusammen unter der atavistischen Urangst vor den bösen Mächten. Die Wölfe,

wären sie nur zahlreich genug, wären der Untergang unserer Zivilisation. Sie sind ein Teil jener Natur, die unsere bestellten Felder wieder verdorren lassen will, Weiden in Wüste zurückverwandelt, Parks in Urwald, wasserreiche Kanäle in versumpfte Rinnsale.

Die andere aber war durch Doris wachgerüttelt worden: Dornröschen nach hundertjährigem Schlaf. Sie hatte ihm die andere Seite des Lebens gezeigt. Er sah wieder den Rhythmus der Tierleiber vor sich, die ihm eine undurchschaubare, überirdische Harmonie auszudrücken schienen. Die nüchterne Alltagswelt voller Geschäftigkeit erschien ihm leer und langweilig; wie der Fühler eines Käfers hatte sich ihm die Welt breiter entfächert. Als Knabe hatte er den Tanz der Mückenschwärme bewundert; er war ihm wie ein kosmischer Reigen vorgekommen, daran mußte er jetzt denken.

Dann sah er die grauenvollen Szenen, im Schöllkrippener Leichenschauhaus und beim Auffinden der kleinen Christiane, wieder vor sich. Eine ohnmächtige Wut befiel ihn. Wut auf die Wölfe, die so gegensätzliche Empfindungen in ihm auslösen konnten: Angst und Staunen, Entsetzen und Ehrfurcht. Hilflos sah er zu Doris hin, die noch immer die Spur studierte, als erwarte er eine Antwort von ihr.

Inmitten der umringenden Wand aus Schneefall und Waldesdüsternis kam er sich wie eingemauert vor. Er glaubte, die Mauern ertasten zu können. Die Dämmerung war wie ein bodenloses Meer voll phantastischem Pflanzenwuchs: Formen und Schatten, die sich wie Tang oder Seeanemonen schlängelten, Strudel und Wirbel, die ihn umsprudelten, als sei er schon selber ertrunken. Das Grau war weich, geschmeidig und pelzig, als umschleiche ihn ein gigantischer Wolf, ein atmendes Wesen mit pulsierendem Herzen, pochend in einer seltsamen Ausstrahlung.

Versteckt in der Finsternis: Doris, die ihn mit glühenden Wolfsaugen anstarrte, obwohl sie doch leibhaftig vor ihm stand. Aber diese imaginäre Doris war die Doris der vergangenen Nacht; und im nächsten Augenblick wurden die Augen zu mild leuchtenden Onyxkuppeln, überschattet von sanft schwingenden Brauen und Lidern, die sich plötzlich wie Harpyien und Geier schwangen. Der pausenlose Wechsel der Bilder ließ ihn verblüfft aufblikken und den Kopf schütteln.
Doris' Stimme schreckte ihn jäh auf.
»Ja, da haben wir ihn. Dies sind die größten Wolfsspuren, die ich jemals gesehen habe. Sie gehören Attila. Ihn werden wir jetzt verfolgen!«
Und da war er wieder, der alte Haß auf den Wolf, den er zum erstenmal empfunden hatte, als er das blutende Mädchen entdeckt hatte. Dann war Doris gekommen, mit ihrer Liebe für die Wölfe; und er war schwankend geworden. Jetzt endlich waren die Fronten klar. Er war mit Doris für die Wölfe, aber gegen diesen Riesenwolf Attila, der tötete – aus welchen Gründen auch immer er zum Töter geworden war. Um seine Liebe und Bewunderung für das restliche Rudel zu bewahren, mußte er seinen ganzen Haß auf diesen Töter konzentrieren.

Später stieß Köhlert auf die Spuren von Wildschweinen. Köhlert erklärte die Fährte.
»Im Gegensatz zum Hirsch hinterlassen die Geäfter fast immer deutliche Abdrücke. Ganz gleich, in welcher Gangart sich das Tier bewegt.«
»Geäfter?« fragte Jagel und rückte seinen Rucksack zurecht.
»Die Abdrücke der Hinterpfoten. Beim Rotwild stehen sie gleich hinter den Vorderschalen. Beim Wildschwein weiter an den Seiten. Dadurch bildet sich im Schnee kein rechtwinkliges Viereck, sondern ein Trapez ab.«

»Haben die Wildschweine kein Bewußtsein für die Nähe der Wölfe? Sie wären doch eine ideale Beute!«
»Ja. Ich nehme an, den Spessart-Wildschweinen fehlt der Instinkt für die Gefährlichkeit der Wölfe. Sie sind nie durch sie bedroht worden.«
Bedrohung ... Unter diesem Stichwort hatte sein bisheriges Leben gestanden, das erkannte Jagel jetzt mit verblüffender Klarheit. Keine äußere Bedrohung – mit der wäre er fertiggeworden. Sondern eine, die tiefer ging, die seinen inneren Kern angreifen wollte: Die Gefahr, von der Banalität, dem Gleichmaß des Alltags verschlungen zu werden. »Ich will nicht vegetieren. Ich will leben!« sagte er laut in den Schneefall hinein. War jetzt die Stunde der Wahrheit gekommen? Hier, in Köhlerts Revier, während jeden Augenblick aus dem Schneegrau die bleckenden Reißzähne des Töters aufschimmern konnten? Leben – was ist das? Heißt das, morgens mit einem halbgekauten Brötchen im Mund in irgendein Büro stürzen, irgendeinen Rechner mit Daten speisen? Auf den verbleibenden Kaffeerest nach der Zehn-Uhr-Pause starren? Zwischen siebzehn und achtzehn Uhr die Plastiktüte mit Gemüse und Katzenfutter der Gattin durch den Supermarkt nachschleppen? Spät abends sich den Kopf zerbrechen über die Mathematikaufgabe des im Stimmwechsel begriffenen Sohnes? An den Wochenenden mehr oder weniger den ehelichen Pflichten genügen, mies, müde, mechanisch? Und für diese staatlich registrierte glückliche Ehe in die Tretmühle des Geldverdienens und Mehr-Geld-verdienen-Müssens geraten? Heißt das Leben?
»Klaus, Jagel, was ist mit Ihnen los?«
Das war die sanfte Stimme der Frau, die, ohne es zu wissen, dabei war, sein Leben entscheidend zu ändern.
Jagel wischte sich verlegen den Schnee aus dem Gesicht.
»Ich habe eine Mordswut auf Attila!« lenkte er ab. »Das

verdammte Untier macht es einem schwer, für seine Artgenossen einzutreten! Kaum habe ich mich entschlossen, mich für Ihre ... für unsere Wölfe einzusetzen, da wird mir auch schon klar: Attila muß weg!«
»Er schädigt den Ruf der Wölfe! Da haben Sie recht!« Sie stieß sich ab wie eine routinierte Skiläuferin und glitt mit kühnem Schwung davon. »Attila muß sterben! Damit die Wölfe leben können!«

2

Zweige und Blätter waren mit einem lichtsprühenden Eismantel überzogen. Selbst die verwelkten Farnblätter waren mit unzähligen mattschimmernden Perlen behängt. Wenn man mit der Hand darüberstrich, klirrten sie leise.

Der Wolf, den sie Attila und später den »Töter« nennen würden, hatte für menschliche Empfindungen kein Organ. Genausowenig wie die meisten seiner Feinde kein Organ für die Schönheit, Wildheit und Harmonie der Natur hatten. Er war in den letzten Tagen mehrmals auf Menschen gestoßen. Beim drittenmal war seine Unrast größer geworden, sein Drang, sich zurück nach Osten zu wenden.

Er war mit einigen Wölfinnen durch die tiefsamtne Dunkelheit der dichten Wälder geschlichen. Sie waren den Ausdünstungen menschlicher Behausungen ausgewichen, wann immer sie konnten. Sie vermißten die Sterne und hatten sich an den Lärm gewöhnt, den das über Beton rollende Eisen erzeugte, an die Erschütterung des Erdbodens, an die blendenden Scheinwerfer auf den Betonbändern, die immer wieder ihre Trabrichtung störten, so daß sie ihren Instinkten nicht folgen konnten.

Die Wölfin, die von Doris Schilling später Katharina die Große genannt werden würde, war auf einen Menschen gestoßen; und das ganze Rudel versuchte, aus seiner unmittelbaren Nähe zu geraten.

Attila, etwas abgesondert, entdeckte eine Hütte. Als er auf sie zutrabte, weil sie sein Bedürfnis, in Höhlen Schutz

zu suchen, befriedigen konnte, geriet er auf dem Betonband der Straße in einen Lichtkegel, sprang jäh beiseite, spürte einen Schlag gegen seine linke Flanke und wurde in den Schnee geschleudert.
Jaulend sprang er auf, schüttelte den Schnee in großen Wirbeln von sich. Er hinkte über die Straße und verkroch sich in der finsteren Hütte, um seine Flanke zu beschnüffeln und zu lecken. Sie blutete nicht, und bald würden die Schmerzen vorüber sein.
Aber dichter und dichter drängte sich ein Mensch heran. Er hockte in der äußersten Ecke der Hütte und spürte, wie der Ausgang versperrt wurde. Sein Atem ging noch heftiger, Speichel troff aus seinem Maul. Seimige Fäden zogen sich über seine Schnauze, als er sich tiefer und tiefer mit dem Brustkorb an den Boden drückte. Seine Lichter fixierten den Schatten im Hütteneingang. Tiefe Grummellaute drangen aus seinem Bauch, als seine Nervosität und seine Unsicherheit zunahmen.
Sein Atem hechelte laut durch die Stille, sein Herz pochte. Wellen von Schweißausbrüchen liefen über seine Haut, seine Fellhaare hatten sich steil aufgerichtet. Er fühlte sich kaum noch Herr seiner angespannten Muskeln. Seine Nüstern pulsierten. Die aufgestaute Energie stand kurz vor der Explosion. Irgend etwas verwehrte ihm den Durchgang, den Rückzug in die Wälder.
Attila sprang. Mitten hinein in den Schatten, der sich ihm bedrohlich näherte. Noch in der Wucht des Zusammenpralls biß er sich fest; und erst, als das andere sich nicht mehr rührte, löste er sich, schüttelte sein Fell und sprang mit weiten, weichen Sprüngen hinaus aus der Hütte, die keinen Schutz geboten, sondern nur neue Panik gebracht hatte.
Attilas letzter und dritter Zusammenprall mit den Menschen hatte sich vor drei Tagen abgespielt. Jetzt war er wieder bei seinem Rudel. Manchmal verharrte er zitternd

im Schnee, eine Pfote leicht angehoben, und lauschte auf Laute, die nur er zu hören schien. Manchmal jagte er in Panik davon, sein Rudel verblüfft und verunsichert zurücklassend. Manchmal versank er in Agonie, schweißte stark, und Wellen erregter Vibrationen liefen über seinen ausgemergelten Leib.
Er sehnte sich zurück nach den vertrauten Sternbildern des Winterhimmels: Polarstern, Orion, Kleiner Hund. Nach der klaren, reinen Luft verschneiter Birkenhaine. Nach vereisten Morasten, an denen Gänse und Bleßhühner in Scharen den Tag verdösten, so daß man nur kurz hineinzufahren brauchte, um reiche Beute zu machen.
Die Birkenhaine hätten seine Aggressionen am ehesten abgebaut. Jede Faser seines Leibes sehnte sich nach dem silbrigen Nachtlicht zwischen ihren vereisten Zweigen. Finstere dichte Nadelwälder, die jeden Sprung behinderten, hatte er vermieden, bis sie nicht mehr zu vermeiden waren. Voller, weißer Mond über weißen Moorbirken: Verzweifelt biß er sich fest in Nichtfreßbares. Blech und Plastik.
Er riß ein Reh.
Es geschah fast spielerisch. Sein Rudel fraß. Er spürte den bedrohlichen Geruch in der Umgebung. Etwas stimmte nicht an der Beute. Menschen waren in der Nähe, ließen sich aber nicht sehen. Im Gegensatz zu früher, wo sie durch ihre Annäherung erst Verteidigungs-, dann Angriffsreflexe in ihm ausgelöst hatten, blieben sie jetzt verborgen.
Das machte ihn mißtrauisch.
Er zog weiter. Er zwang sein Rudel durch Drohlaute und Drohbisse, mitzukommen.
Das geschlagene Reh blieb ungefressen liegen.

Der Charterbus mit einunddreißig braven Hausfrauen aus Hanau, Mensengesäß und Freigericht zuckelte lang-

samer und unbeholfener über die Bundesstraße, je mehr er sich seinem Fahrtziel, dem »Forellenhof« in Glashütte, näherte. Schließlich blieb er an einer Kreuzung stehen.
Der Reiseleiter neben dem Fahrer wandte sich an seine Gruppe: »Der Fahrer hat Schwierigkeiten mit der nicht geräumten Straße. Sie sehen ja selber: das Schneegestöber wird dichter und dichter. Wir werden uns kurz über den weiteren Fahrtverlauf beraten. Haben Sie also bitte noch etwas Geduld. Wir befinden uns hier übrigens am sogenannten *Engländer*. Direkt neben Ihnen sehen Sie einen blockhüttenähnlichen Kiosk, der jetzt freilich geschlossen hat. Am alten Forsthaus finden Sie Hinweise auf Wanderwege.«
Ein Teil der Gruppe verließ juchzend, wenn auch nicht ohne körperliche Schwierigkeiten den Bus. Sie waren nicht mehr die Jüngsten, schon gar nicht die Schlanksten, diese gesetzten, einfachen Frauen, denen das Hochdeutsche wie ein schwerverständlicher Dialekt des Hessischen erschien.
»Unser Geld werd uns net schimmlich, denn mer brauches immer zimmlich!« sang ein Trio aus Mensengesäß.
»Guck nit scheel!«
»Sei zufridde nur un froh!«
»Babbel kei Käs!«
»Babbelst selbst Maggeladur!«
»Nor net brumme, mer werd schon kumme!«
»Soll ich dir net de puddel-nackiche Wahrheit ins Gesicht hippe?«
»Komm, loß mer mei Ruh!«
Der Reiseleiter, ein blaßgesichtiger, asthenischer Student im neunten Semester, der mit dieser Tätigkeit die Bücher fürs zehnte Semester zu verdienen versuchte, verfluchte sein Schicksal. Er stammte aus Hannover, wo man, nach seiner Meinung, das einzig wahre und unverfälschte echte Hochdeutsch der Bundesrepublik sprach. Er ver-

stand das Hausfrauen-Hessisch mit der gleichen Mehrdeutigkeit, mit der die hessischen Hausfrauen sein Hannoveraner Platt erahnten.

Alles hatte begonnen mit jener Anzeige, in der ein dynamischer, aufstrebender junger Mann gesucht wurde (*für renommiertes, bestens eingeführtes Unternehmen*), der, bei entsprechenden Fähigkeiten, Lust hatte, eine interessante, einträgliche Tätigkeit auszuüben, die bis zu tausend Mark monatlich (*leicht verdient, bei entsprechender Begabung das Doppelte*) garantierte. Und so war er zu den Kaffeefahrten der OPTIMEX gestoßen, die mit dem Slogan warb: *Nach der Sommer-Kaffeefahrt ins Blaue – jetzt die Winter-Kaffeefahrt ins Weiße!* Man hatte bei einem der zahlreichen Reisebusunternehmen, die im Winter ohnehin kurz vor der Pleite standen, zu Schleuderpreisen einen Bus gechartert – allerdings im Herbst, als das Dezemberwetter noch nicht klar ausgemacht werden konnte. Der Reiseleiter hatte freilich, als Teil seiner überaus interessanten Tätigkeit, auch die Einladungen dazu in die Briefkästen werfen müssen. Natürlich war die Kaffeefahrt mit keinerlei Kaufzwang für irgendwelche Haushaltsartikel verbunden. Es handele sich, so die Einladung mit angeheftetem Gutschein, lediglich um eine Informationsfahrt, auf der, im bestens renommierten »Forellenhof«, die verehrten Fahrgäste einige interessante Neuerscheinungen auf dem Haushaltsgerätemarkt vorgeführt bekommen würden – völlig unverbindlich, selbstverständlich.

Und hier standen sie nun, gestrandet in einer der unwirtlichsten Gegenden des Spessarts: an der Kreuzung der Nebenstraßen nach Wiesen und Jakobsthal.

Kurz zuvor war der Bus im zweiten Gang an einer Hütte vorbeigekrochen, deren Name den Reiseleiter exotisch angemutet hatte. WODIANKA-HÜTTE hatte auf einem holzgeschnitzten Schild über dem Eingang gestanden. Da er

keinen Fernseher besaß und von den Zwischenfällen mit Wölfen nur kurz und skeptisch aus einer Rundfunksendung gehört hatte, verband er mit dem Namen nur das Mystische. Fast russisch, hatte er gedacht.
Um ihn war das hysterische Gejuchze der Hessinnen, die sich im dichten Schneegestöber »die Beine vertraten«. Was immer sie darunter verstehen mochten; für nicht wenige war das der Anlaß, im dichten grauen Gebüsch zu verschwinden – trotz Kälte und Schneefall.
Er stellte sie sich vor, wie sie dort hockten, die dickschenkeligen, krampfaderdurchwachsenen Beine weit und hilflos gespreizt, während es körperwarm in den Schnee zischte und sprudelte. Dann verscheuchte er die perversen Phantasien und gab sich angenehmeren Bildern hin. Bildern, in denen Kommilitoninnen wie die rothaarige Evelyn, die vollbrüstige Margot, die unersättliche Hannelore mit dem Schlafzimmerblick die erotische Hauptrolle spielten.
Er schrak auf.
Nein, aus der Weiterfahrt zum »Forellenhof«, das gab der Fahrer eindeutig zu verstehen, wurde nichts. Man kehrte um. Friedlander, der OPTIME-Vertreter der sich seit Wochen luxuriös im »Forellenhof« eingemietet hatte, um die Busfuhren an Hausfrauen mit seinen Produkten zu beglücken, würde vergebens warten müssen. Diese Busfahrt fiel nicht ins Wasser – sie fiel in den Schnee.
Friedlander würde stinksauer sein. Kaum eine der biederen Frauen aus dem Hessenland wagte es, den Verlokkungen der verführerisch glitzernden Elektrogeräte zu widerstehen. Wer den neuen Zwiebelschäler, die neue Saftpresse, das neue Elektroschneidemesser besaß, war *in* und fortschrittlich.
Wer sich sträubte, wurde gar nicht das Opfer Friedlanders (Kein Kaufzwang!). Der hatte sich schicksalsergeben nach seinen verzweifelten Belehrungskünsten und Informa-

tionsgesprächen längst dezent in sich selber zurückgezogen, peinlich berührt vom Unverständnis des unbelehrbaren Fahrgastes. Nein, ein Widerborstiger wurde das Opfer der Massenhysterie: Dreiundzwanzig ehrbare Hausfrauen hatten die OPTIMEX-Mehrfruchtpresse gekauft, nur Nummer vierundzwanzig verweigerte die Bestellung. Sie war sich andererseits nicht zu schade, die versprochene Souvenir-Frankenweinflasche in Empfang zu nehmen (*Ganz gleich, ob Sie kaufen oder nicht: diese Flasche köstlicher* ESCHERNDORFER LUMP *gehört Ihnen auf jeden Fall*).
Gab es etwas Verwerflicheres als eine Einzelgängerin, die nicht mitmachte, was dreiundzwanzig ehrbare Hausfrauen für mitmachenswert befunden hatten?
Der Reiseleiter schrak auf.
Durch die geöffnete Bustür hatte er seltsame Laute gehört.
Seltsam? Nein, ganz normale Tierlaute, die nur dadurch seltsam klangen, weil sie in dieser schneeschauerverhängten Waldlandschaft erklangen.
Hundegebell!
Gebell? Nein – mehr eine Art von Hundegeheul. Fahrer und Reiseleiter stutzten: Unheimlich! Keine Sonne, keine Sicht – nur schneenebelverhängter Fichtenwald ...
»Bitte einsteigen!« schmetterte der Fahrer in den Wald.
»Wir fahren zurück!«
Kein Echo. Jeder Laut wurde verschluckt im dichten Schneetreiben.
Nur das Hungegeheul klang jetzt ganz deutlich und laut aus dem nächsten Gebüsch heraus.
»Bitte einsteigen!« forderte jetzt auch der Student die Frauen auf.
Sie wälzten sich ächzend zurück in den Bus; ihre derben Körperproportionen hinderten sie daran, mit sicherheits-

garantierender Geschwindigkeit ins warme Nest zu hasten. Denn alle hatten jetzt das unheimliche Heulen gehört. Die meisten von ihnen kannten die Berichte über die drei Wolfsopfer; und unmittelbar standen jetzt die Bilder vor ihnen: gebleckte Zähne, Geifer, der aus dem gefletschten Gebiß rann, peitschende Schwänze und gierige Mäuler, blutunterlaufene Raubtieraugen: *Wolfsterror*.
Schreiend drängelten alle zurück.
Drei fehlten.
Man sah ihre Schatten, als der Fahrer die Scheinwerfer einschaltete im Schneedämmer, den Motor schon laufen hatte, zu wenden versuchte auf der glatten Straße.
Sie hatten sich, mit echt hessisch-hausfraulicher Ruhe, verspätet. Jetzt sah man, wie sie zu laufen begannen – mühsam, mit beachtlichem Atemaufwand.
Handfeste Klumpen Menschenfleisch setzen sich da in Bewegung, dachte der Reiseleiter.
Der Bus hatte gewendet; die vordere Tür stand weit geöffnet für die Zuspätkommenden.
Der Busmotor lief und schüttelte das Fahrzeug durch. Trotzdem hörte man, wie das hysterische Jaulen und Heulen näher kam.
Eine Meute von Tieren stürzte auf den Bus zu.
Die erste der drei Frauen hatte das Trittbrett erreicht. Sie warf – so empfand es der Reiseleiter – ihren dicken, schwerfälligen Körper einfach das Trittbrett hinauf, wie man einen fremden Gegenstand wirft. Die beiden übrigen drängelten unten, kamen nicht voran, stolperten. Und jetzt – jetzt war das Heulen ganz nahe, schoß aus dem Fledermausgrau des Schneevorhangs heraus und war da: Drei blutrot gefletschte Mäuler, laut heulend, bellend, geifernd, nach den feisten, steifen Beinen der beiden letzten Flüchtenden schnappend ...
Der Student griff zu, zerrte die erste der Frauen am Oberarm herein ins schützende Innere, griff wieder zu, er-

wischte die nicht gerade karg bemessene Brust der Zweiten – die schrie auf, als sei der Zugriff schlimmer als der Biß eines Wolfes ... Also ließ er sie los, sie taumelte zurück, direkt in den weißbleckenden Rachen des Tieres hinein, das jetzt an der Bustür hechelte.
Der Student sprang auf, die Stufen hinunter, griff wiederum zu – diesmal umklammerte er die Frau am Gesäß, zerrte sie hinauf; der Fahrer schloß die hydraulische Tür.
Dann lachten beide auf.
Da unten standen sie, die drei Wölfe, hechelnd, lechzend nach Menschen-, nach hessischem Hausfrauenfleisch.
»Die haben ja ein Halsband um!« rief der Reiseleiter. »Das sind wildernde Schäferhunde! Nichts weiter als wildernde Schäferhunde sind das!«

3

Noch nie hatte Waitzenburg seinen Slogan *Ihre Sorgen – Mein Hobby* so bereut wie in diesen Tagen. Da Wochenende war, drangen die Bittsteller, Weltverbesserer, Bürgerinitiativen bis in sein Haus vor. Bei einigen konnte er sich brutale Ablehnung leisten, da sie für seine weitere Karriere absolut unbedeutend waren. So bei der alten Gesundbeterin aus Kahl, die sich telefonisch gegen ein Honorar von fünfhundert Mark erbot, die Wölfe mit einem Fluch zu belegen, der noch im nächsten Winter wirken würde. Da müsse sie ihm schon eine zehnjährige Garantie gewährleisten, erwiderte der Oberbürgermeister und legte auf.

Da war das Heer der Hobbyjäger, die sich alle bereit erklärten, den Wolf innerhalb der nächsten vierundzwanzig Stunden zu erlegen, gegen eine Abschußprämie von mindestens zweitausend Mark, versteht sich. Und da waren die braven Bäuerlein, die ihre Schadenersatzforderungen für gerissene Haustiere anmeldeten – wofür er gar nicht zuständig war. Innerhalb von drei Tagen hatte er weitergeleitet: vierzehn Hunde, neun Katzen, zwölf Schweine, sieben Milchkühe (die ertragreichsten), zwei Papageien und ein Rhesusäffchen. Das Wolfsrudel mußte inzwischen an Magenverstimmung oder Überfettung eingegangen sein.

Aber da war auch die Frau des Vorstandsvorsitzenden der SCHÜLLER GmbH, einer der bedeutendsten Firmen der Bekleidungsindustrie im Spessartgebiet. Und Frau Elisabeth Schüller war ernst zu nehmen; sie leitete zahlreiche

Fraueninitiativen. Wollte er von der Bad Frankenthaler Weiblichkeit auch weiterhin als Oberbürgermeister und Kurdirektor anerkannt werden, so mußte er ihr, trotz seiner Übersättigung, sein geneigtes Ohr leihen.
»Herr Waitzenburg...« Frau Schüller, eine attraktive Frau Ende vierzig, deren Körper es mit jeder Jüngeren hätte aufnehmen können, schlug mit einer aufreizenden Mischung aus Provokation, Protest und Verführung ihre ansehnlichen Beine übereinander. »Wir Mütter und Ehefrauen betrachten mit mehr als gewöhnlicher Sorge die Vorgänge in unseren Wäldern, Parks, Grünanlagen.«
»Parks? Grünanlagen?« Waitzenburg runzelte die Brauen.
»Gerüchten zufolge soll in den Althöfener Grünanlagen ein Wolf gesichtet worden sein...«
Das wird doch nicht mein Benno gewesen sein? dachte Waitzenburg unkonzentriert. Noch immer fehlte von seinem Schäferhund jede Spur.
»Gnädige Frau, das ist ganz und gar unmöglich!«
»Wieso ist das ganz und gar unmöglich?«
»Wölfe sind sehr scheue Tiere. Sie zeigen sich garantiert nicht in den Grünanlagen von Bad Frankenthal. Ich habe mich inzwischen ausgiebig informiert: Im Gegensatz zu den Elchen, die in nördlichen Ländern die Nähe der Städte geradezu suchen und selbst in der City von Kiruna – das ist in Nordschweden – auftauchen... im Gegensatz dazu...«
Frau Schüller fuhr auf.
»Scheue Tiere! Drei Menschenopfer!«
»Aber nicht in den Grünanlagen! Gnädige Frau, wir tun alles. Eine Treibjagd im Revier, in dem sich das Rudel mit an Sicherheit grenzender Wahrscheinlichkeit aufhält, ist im Gange. Unter der Leitung meines bewährten Revierförsters Köhlert. Sie kennen ihn.«
»Außer diesem redlichen, aber sehr vereinzelt dastehen-

den Waidmann ist niemand auf die Wölfe angesetzt worden?«
»Eh . . . ich bin informiert worden, daß der hessische Innenminister in Zusammenarbeit mit dem bayrischen Innenminister die zuständigen Regierungen zu einem Erlaß ermächtigt hat, wonach die Wölfe sofort zu erschießen sind.«
Frau Elisabeth Schüller lachte laut auf.
»Ja, das garantiert uns unmittelbaren Schutz! Ich dachte, Ihr Revierförster würde das ohnehin besorgen. Was sollte man denn sonst mit den Untieren tun als sie erschießen? . . . Sagen Sie, ist da nicht auch eine Frau Doktor Schilling mit im Spiel? Man sagt ihr, laut diversen Zeitungsmeldungen, nach, sie sei mehr für als gegen die Wölfe?«
»Gnädige Frau, Sie können sich auf mein Wort verlassen: Ich habe sofort nach dem tragischen Vorfall mit der kleinen Christiane alles Menschenmögliche veranlaßt, das Leben der Bad Frankenthaler Bürger vor den Raubtieren zu schützen.«
Frau Schüller ließ sich davon nicht berirren. »Nämlich, wenn diese Frau mit im Spiel ist, dann weiß man, wohin der Hase läuft! Da werden in unserem touristisch so mühsam erschlossenen Höhenluftkurort bald nur noch Schmetterlingsfänger und Käferexperten herumschleichen! Jeder Felsbrocken wird unter Landschaftsschutz stehen; und unsere liebevoll gehegten und gepflegten Grünanlagen werden sich in Steppen und Urwälder zurückverwandeln. Bloß damit diese blöden Menschen, von denen kein Hotelbesitzer oder Caféinhaber satt werden kann, hinter ihren idiotischen Feldmäusen oder Kellerasseln herrennen können! Nichts gegen Naturschutz, Herr Waitzenburg, sollen seine Verfechter doch nach Zentralasien oder in die südlichen Ausläufer der Anden auswandern! Aber hier, in unserem geliebten Bad Frankenthal,

hier, Herr Waitzenburg, hier haben sie nichts zu suchen!
Und daher: Fort mit den Wölfen!«
»Ganz meine Meinung, gnädige Frau!« bestätigte Waitzenburg, der verblüfft und neidisch feststellte, daß die in Rage geratene Frau nicht einmal heftiger atmete.
Frau Elisabeth Schüller war noch keine Viertelstunde fort, und Waitzenburg wollte gerade die schon mehrmals unterbrochene Telefonverbindung zum Forsthaus herstellen lassen, als – ausgerechnet – Vertreter des bayrischen Naturschutzverbandes bei ihm vorstellig wurden.
Er hatte den Verband bisher nie für übermäßig voll genommen. In Bad Frankenthal trat in erster und meistens einziger Linie die ornithologische Sektion in Erscheinung. Ihre Tätigkeit beschränkte sich normalerweise auf das Anbringen von Nistkästen in den umliegenden Wäldern und aufklärerischen Ausstellungen in Schulen und Turnhallen. Leider waren die beiden angemeldeten Sprecher jedoch namhafte Persönlichkeiten im Stadtrat.
»Meine Herren«, nahm Waitzenburg diesmal das Heft in die Hand, »ich unternehme alles, damit die Dinge nicht überdramatisiert werden. Aber man darf die Toleranz nicht überdehnen, sonst reißt die Möglichkeit des Verständnisses.« Er bot Getränke an; die Herren lehnten ab.
»Immerhin gibt der letzte Vorfall – in der Wodianka-Hütte – Anlaß zu der Befürchtung, die Wölfe könnten sich noch näher an unsere Stadt heranwagen. In die Grünanlagen zum Beispiel.«
»In die Grünanlagen?«
»So, zumindest, sieht es ein nicht unmaßgeblicher Teil unserer Bevölkerung. Das muß man mit in Betracht ziehen.«
»Herr Waitzenburg . . . An und für sich wollten wir lobend erwähnen, daß sie eine der verdientesten Verhaltensforscherinnen – Frau Doktor Schilling – herangezogen haben. Andererseits . . .«

»Ja, mir war von vornherein klar, daß man der Verteufelung des Wolfes keinen Vorschub leisten darf. Insbesondere wir Deutschen leiden an der Rotkäppchen-Psychose.«
»Andererseits ist, wenn wir richtig informiert sind, durch Sie ein gewisser Herr namens Köhlert mit dem Abschuß der Wölfe beauftragt worden ...«
»Nicht ein gewisser Herr. Mein bewährter Revierförster.«
»Was hat Sie bewogen, ausgerechnet ihn zu beauftragen? Es genügt doch, daß die Behörden ohnehin schon Polizei und Bundeswehr zur fröhlichen Hetzjagd aufgerufen haben.«
»Ich war der erste, der überhaupt die Initiative ergriffen hat. Zu jener Zeit wußte noch niemand etwas; wie Sie wissen, habe ich selber die kleine Christiane entdeckt und ins Krankenhaus geflogen. Und was heißt: ausgerechnet?«
»Herr Köhlert gehört zu jenem harten Kern der Jäger, die auf alles ballern, was nicht ausdrücklich und kontrollierbar geschützt ist. Sie wissen, daß der Präsident des Landesjagdverbandes Bayern e.V. Wölfe ausdrücklich als Raubzeug bezeichnet hat und daß uns Herr Köhlert bekannt ist als ein fröhlicher Waidmann, der wie ein italienischer Hobbyjäger draufhält. Nur trifft er leider besser! Wir halten es für unzumutbar, daß man einer so verdienten Forscherin wie Frau Doktor Schilling ausgerechnet einen solchen Menschen zumutet.«
»Was hätte ich denn tun sollen?«
»Ein Anruf bei uns hätte genügt. Wir hätten Frau Doktor Schilling ein paar bewährte Spezialisten mitgegeben, die mit Fallen und Betäubungsspritzen nicht ungeschickter gewesen wären als Ihr Herr Köhlert!«
»Offensichtlich hat Frau Doktor Schilling von dieser Möglichkeit bewußt keinen Gebrauch gemacht.«

Darauf wußten die beiden Herren keine Antwort. Waitzenburg nutzte seinen Vorsprung sofort aus: »Im übrigen hat Herr Köhlert mehr eine ... beratende Funktion. Es ist sein Revier.«

»Woher wissen Sie, daß sich die Wölfe in seinem Revier aufhalten?«

Stolz erwiderte der Kurdirektor: »Ich habe einen direkten Draht dorthin. Ich stehe in pausenlosem Kontakt mit der Gruppe.«

»Könnten Sie den für uns herstellen?«

»Zur Zeit leider nicht. Die Verbindung ist gestört. Offensichtlich durch die schweren Schneefälle.«

»Pausenlos?«

Ärgerlich entgegnete er: »Sie werden mit mir dann einig sein, daß der Schutz der Bürger vor dem Schutz der Wölfe geht. Richtig?«

»Richtig. Wir sind nur voller Mißtrauen gegen Grünröcke à la Köhlert. Stolze Jagdtrophäen locken. Seine urige Jägerstube könnte aparten Zierrat durchaus wieder einmal vertragen. Sie wissen, daß wir allergisch sind gegen die sogenannten Heger und Pfleger. Füchse und ihre Jungen werden rücksichtslos vergast unter fadenscheinigen Vorwänden, die sich durch Tatsachen leicht widerlegen lassen. Füchse haben kein Gehörn. Im Juni zweiundsiebzig wurde durch einen ähnlichen Heger und Pfleger der einzige freilebende Luchs des Bayrischen Waldes erschossen. Natürlich aus purer Notwehr! Waidmannsheil, Waidmannsdank! Wir gehen sicher nicht fehl in der Annahme, daß in Ihrem Revier auch für Sie ein kapitaler Sechserbock reserviert worden ist. Herr Köhlert wird sich bemühen, das kostbare Stück nicht durch böse Wölfe reißen zu lassen!«

»Meine Herren, das ist nun wirklich eine schlimme Verdrehung. Hier geht es um Menschenleben!«

»Das auch!« Man hatte sich festgefahren zwischen sach-

lichen und unsachlichen Argumenten. Die beiden Herren erhoben sich; ein unbefriedigendes Gefühl auf beiden Seiten.
»Ich bemühe mich, mit den Wölfen zu heulen!« scherzte der Direktor zum Abschluß müde.

4

Sie gerieten in eine Mulde, in der der Schnee mehr als drei Meter hoch lag. Doris Schilling strauchelte über Wurzelwerk und versackte als erste. Jagel zerrte sie zurück auf die Bretter; dabei verlor er seinen Handschuh, bückte sich, brach selber durch die hauchdünne verharschte Oberfläche und mußte seinerseits von Köhlert hochgezogen werden.
Die Bäume standen jetzt dichter. Sie gaben nach den Seiten ein Blickfeld von höchstens vierzig Metern frei. Jagel fragte sich verzweifelt, wie man da Wölfe bemerken sollte, die jenseits des Blickfeldes zurückwechselten.
Manchmal blieben alle drei gleichzeitig stecken und mußten gemeinsam einen vermoderten Baumstamm aus dem Weg räumen. Manchmal versperrten breite Brombeerhecken den Durchgang und zwangen sie zu zeitraubenden Umwegen, wobei sie die Kontrolle über die seitlichen Randgebiete verloren.
Jagel holte die Jagdmesser hervor, und sie versuchten, bei leichteren Hindernissen den Durchgang zu erzwingen. Köhlert war der Geschickteste; Doris Schilling fiel für die Beseitigung von sperrigen Hecken völlig aus.
Die größte Schwierigkeit bereiteten das Dämmer der Fichtenwälder und die Kürze des Wintertages. Sie wußten, daß ihr Erfolg nur vom Auffinden und zähen Verfolgen der Wolfsspuren abhing. Bei der vorherrschenden Witterung war es trotz der Aufklarung nicht möglich, länger als bis siebzehn Uhr ohne Taschenlampe auszukommen.

Sollte man sich schon zu einer so frühen Zeit zur Nachtruhe niederlassen? Zweifelnd schielte Jagel zu der Frau hinüber, die mit großer Begeisterung, aber mit geringen körperlichen Kräften mit den beiden Männern mitzuhalten versuchte.
Köhlert drückte das Problem als erster unmißverständlich aus: »Eigentlich war ja unser Vorhaben darauf abgestimmt, schon am ersten Tag Erfolg zu haben!«
»Sicher. Aber wenn wir ihn nicht haben: Selbst die Pioniere aus Schöllkrippen dürften kaum erfolgreicher sein. Wir haben den Vorteil, unmittelbar in Kontakt mit den Wölfen zu sein. Möchte nicht wissen, in welchem Revier jetzt Bundeswehr und Polizei mit einem Riesenaufwand an wildvertreibender Technik unterwegs sind!«
Jagel dachte: Mit einem sauberen Gefühl von frischem Hemd und warmen Stiefeln wäre ich auch zuversichtlicher! Jetzt eine gemütliche Skihütte auftauchen sehen mit dem Schild: HIER WARMER GROG UND PUNSCH! Natürlich, wir haben den Esbit-Kocher und Pulverkaffee, aber wenn ich an die Qual denke, die vereisten Handschuhe auszuziehen und mit den steifen Fingern ein Streichholz anzuzünden ... Dann schon lieber einen Whisky auf Schnee!
Einmal blieb Köhlert stehen und untersuchte sein Gewehr, reinigte den Kolben und blies gegen Verschluß und Aufsätze. In seinem Revier kannte er jede Lichtung, jede Mulde; und er hatte gelächelt, als Jagel am Vortag so eifrig die Karte studiert und seine Pläne entwickelt hatte. Jagel hatte sich sehr unbeholfen und umständlich ausdrücken müssen, weil er die Namen der einzelnen Revierstücke nicht kannte, die Bezeichnung der Planquadrate schon gar nicht.
Da gab es *Marthas Knick* und die *Liebeskuhlen*, *Am trockenen Weiher* und *Landmanns End*, *Hohenaich* und *Beim Niederwasser*. Jeder winzige Hügel, jede Senke

hatte eine Bezeichnung, die oft auf uralte Überlieferung zurückging: *Hoher Teufel. Lieschens Mulde. Satansnabel. Hexenbrösel.* Eine Ansammlung von Findlingen hieß *Luzifers Losung.* Auch lieblichere Namen waren verzeichnet: *Elfenthal. Liebeswasser. Beim Zwergenküßchen. Schneewittchens Bett.* Und auch die Erinnerung an die Zeit, als die Wölfe noch regelmäßig durch Spessart und Odenwald streiften, wurde lebendig erhalten: *Wolfsgrat. Wolfsklause. Zum bösen Wolf.*
Während Minute um Minute mühsam verstrich, versuchte Köhlert sich mit der Erinnerung an bessere Zeiten zu trösten.
Manchmal spürte er die Panik des alternden Mannes.
Er wurde seinem Körper gegenüber mißtrauisch. Er hatte ihn nie im Stich gelassen. Würde er auch weiterhin zu ihm halten? Er fühlte gelegentlich ein Ziehen in der Schulter, einen Druck in der Nierengegend.
Er begann, sich für den medizinischen Teil des Konversationslexikons zu interessieren. Sein Gang verlor an Elastizität. Schmerz in der linken Hüfte: ein Freund rät, Schuheinlagen zu tragen. Vor dem Einschlafen merkte er förmlich, wie sich seine Knochen verhärteten, als kristallisiere Flüssigkeit. Um sich zu beweisen, daß er noch so fit wie vor zwanzig Jahren war, legte er heimlich Dauerläufe in seine abendlichen Waldgänge ein und stellte fest, daß er nur wenig schneller atmete.
Er studierte die Anzeigen von Haarpflegemitteln, die er bisher für Nonsens gehalten hatte. Sein Gebiß verlor regelmäßig an Echtheit, war aber gut gepflegt.
Seine Vitalität war nach wie vor nicht beunruhigend beeinträchtigt. Er hatte sorgfältig neueste medizinische Publikationen studiert, nach denen es keinen nachweisbaren Zusammenhang zwischen Alter und nachlassender Potenz gab.
Hier lief er jetzt, rutschte mit Skiern durch den Wald –

eine Art der Fortbewegung, die ihm wenig vertraut war. Er verfolgte eine Tierart, die er in seinem Revier nie kennengelernt hatte. Kaum jemals in Masuren, wo er in der Rominter Heide auf Jagd zu gehen pflegte. Direkt neben den Gehegen von Hermann Göring, der dort seine Kapitalböcke für Ehrengäste reservieren und mästen ließ. Hier jagte er Wölfe, die er nicht einmal – im eigenen Forst mit eigenem Gewehr – schießen durfte. Außer in Notwehr.

»Ihr solltet diese Trostlosigkeit einmal Anfang Mai sehen!« unterbrach Köhlert die Stille. »Die Hochwiesen zwischen den Waldpartien sind dann übersät mit Hahnenfuß und Gänseblumen. Morgens sind sie goldgelb, mittags weiß. Abends wieder überhaucht von Gold.«

»Unser Grimmbart wird poetisch! Wie kommt der Farbwechsel zustande?«

»Gänseblumen sind lichtabhängig. Sie schließen sich, sobald das Licht abnimmt. Und ihr müßt euch die Baumblüten im Frühling vorstellen: Die Ulmen blühen hellrosa, die Kastanienknospen sind hellgelb. Die schneeigen Lindenblüten dazwischen. Auf dem Waldboden der weißglockige Sauerklee, Sumpfdotterblumen, Gold- und Taubnesseln. Scheißwinter... Barbarakraut, Hundszunge, Sauerampfer... alles begraben.«

»Wie sieht es mit den Pilzen aus im Herbst?«

»Massenhaft! Birkenpilze, Rothäubchen, auf den Baumstümpfen Flaschenstäublinge...«

»Auch Steinpilze?«

»Auch Steinpilze. Und Herbstlorcheln. Und Maronen!«

»Und jetzt: nichts als dieser verfluchte Schnee! Als Kind bin ich immer ganz früh mit meiner Mutter losgezogen...« Doris Schilling verlor sich in Erinnerungen. »Wenn sie die Kappe vom Stil brach, um zu sehen, ob er wurmstichig war... ein wunderbar erdiger Geruch stieg dann auf. Daran erinnere ich mich genau!«

»Und dann die vielen Sträucher: Schwarzerlen und Waldheckenkirschen ...« Köhlert war nicht zu bremsen. »Die Salweiden und Schneebälle, nein, die lassen wir lieber aus. Aber Blasensträucher und Goldregen. Und Buchsbaum und Stechpalme, davon haben wir hier genug. Wenn dieser Schneefall jemals wieder aufhört, wenn die Erde wirklich noch einmal wieder grün werden sollte ... Ich will verdammt sein, wenn ich dann nicht niederknie und dem Schöpfer danke, daß er es nicht auch noch im Sommer schneien läßt!«
»Stop!« zischte Doris Schilling plötzlich. »Da! Der Schatten!«
Köhlert riß sein Gewehr von der Schulter. Jagel umklammerte sein Sprechgerät, als wolle er den drohenden Schatten magisch besprechen. Vor ihnen geisterte, grau in grau, ein Schemen vorüber. Köhlert wischte sich mit dem Handschuhrücken den Schnee von den buschigen Brauen. Dann legte er an und verfolgte mit dem Lauf die Bewegung: eine mattdunkle Ballung, die sich bald verdichtete, bald auflöste und wie ein flackerndes Irrlicht vorbeitänzelte und genauso jäh verschwand, wie sie aufgetaucht war.
»Was war das?« fragte Jagel.
Niemand wußte es. Sie versuchten Spuren zu finden; es gab keine.
»Da sind sie wieder!«
Wieder zeichneten sich vor ihnen Schatten ab, bald scheinbar durch den Schnee pflügend. Sie ballten sich und trennten sich, bald geisterten sie langgliedrig wie Polypen vor ihnen, bald zogen sie sich zu gnomenhaften Gestalten zusammen.
Die drei Menschen drängten sich jetzt eng aneinander. Die Frau und Jagel sahen Köhlert an, als sei er zuständig und verantwortlich für alles, was in seinem Revier vor sich ging.

»Ich will verdammt sein, wenn ich weiß, was das ist!« Er räusperte sich überlaut. »Wirklich. Keine Ahnung!«
»Das können nur die Wölfe sein!« sagte Jagel.
Wieder suchten sie nach Spuren. Die Schneedecke war glatt und wie geschliffen und wurde nur von den braunen Flecken verfaulter Farnstengel durchbrochen.
»Wenn Wölfe, dann fliegende!« Der Scherz kam der Frau müde von den Lippen, und niemand lächelte dabei. »Und dabei hilft uns jetzt sogar die Sonne!«
Alle blickten hinter sich, wo über dem Dunkel der Baumwipfel eine matte Helligkeit erkennbar wurde, die den Wolkenschleier auflockerte. Unmerklich war in den letzten Minuten, als Köhlert seinen Sommerwald geschildert hatte, die Umgebung deutlicher und lichter hervorgetreten.
Und jetzt waren die Schemen aufgetaucht und wieder verschwunden; und niemand wußte eine Erklärung. Es gab keine Spuren, und Jagels Vermutung, es könne sich um Vögel gehandelt haben, konnte die wachsende Beklemmung nicht beseitigen.
»So bewegen sich keine Vögel!« sagte Doris Schilling.
»Eher treibende ... Ballons!« sagte Köhlert.
»Keine Vögel, keine Wölfe!« sagte Jagel. »Was dann? Geister?«
»Wenn es Geister gibt«, sagte Köhlert und schleuderte sein Gewehr zurück auf die Schulter, »dann waren es Geister!«

Sie wußten nicht, ob sie erst Minuten oder schon Stunden gingen. Kälte und Schneefall ließen jede unnötige Bewegung, jedes Beiseiteschieben der wärmenden Kleidung als unzumutbare Belastung erscheinen. Durch die ungewohnte Gangart schmerzten nicht nur die Fuß- und Beinmuskeln, sondern auch Hüftgelenke und Schultern. Die Last auf dem Rücken nahm von Atemzug zu Atem-

zug zu. Trotz der dicken Mäntel schnitten Riemen und Gurte ein. Jagels Lippen waren aufgeplatzt. Doris Schilling fühlte ihren rechten Fuß nicht mehr.
Längst hatten sie ihren Plan, weitgefächert den Wald zu durchkämmen, aufgegeben. Sie zogen weiter in der Annahme, daß auch die Wölfe weitergezogen waren. Die einzige Gewißheit, die sie noch hatten, war, daß sie nicht wie Verirrte im Kreis, sondern zielstrebig geradeaus gingen. Dafür garantierte Köhlert. Jagels Marschkompaß war – bei der herrschenden Sicht – unbrauchbar. Man mußte in genügender Entfernung ein Ziel anvisieren können. Aber Köhlert brauchte keinen Marschkompaß. Jede Markierung an einem Baum, jeder Waldweg, den sie kreuzten, jeder markante Stein verriet ihm seinen Standort. Er hätte sagen können: ›Eben sind wir durch *Lieschens Mulde* über den *Blocksberg* zur *Nächtlichen Hoffnung* gezogen‹. Aber er war sprechfaul geworden. Sein massiger Körper spürte die Erschöpfung am wenigsten; bei ihm äußerte sie sich geistig.
Jagel kämpfte fortwährend mit der Versuchung, über Sprechfunk Frau Köhlert zu rufen. Er fühlte sich hilflos und ausgesetzt wie der Kleine Däumling; und das glatte, feste Gerät in seiner Hand war wie ein Rettungsring. Frau Köhlerts Stimme hätte in ihm die Illusion der Geborgenheit, des Bewachtwerdens erzeugen können. Aber immer, wenn er den behandschuhten Finger schon auf dem Knopf hatte, hielt Scham ihn zurück. Um nichts in der Welt würde er seine Beklemmung vor Doris zugeben.
Ihr Geist war am regsamsten; ihren Körper spürte sie am schmerzhaftesten von allen. Jedesmal, wenn sie durch eine Fichtenschonung gingen, dachte sie sarkastisch: Jawohl, Herr Oberförster, nur mitten hindurch, verbotenerweise! Alles nur für die Papierproduktion, schnellwachsendes Profitholz, das unsere lichten Laub- in finstere Nadelwälder verwandeln soll! Weg damit! So

lenkte sie sich von ihrem Muskelkater ab, der am eindringlichsten nach dem Stehenbleiben beim ersten neuen Anlaufen durchkam.
Manchmal befiel sie die Vorstellung, die Schneeflocken, die auf ihrem Gesicht schmolzen, verwandelten sich in stechende Moskitos. Die Feuchtigkeit, die an ihrem Nakken hinunterrieselte, der an den Nasenlöchern beißende Frost und ihr Körper flößten ihr größeres Unbehagen ein als die Nähe der Wölfe, als die Unerklärbarkeit der Schneeschatten.
Sie kletterten über Böschungen und eisverkrustete Bachniederungen. Sie registrierten nur noch träge Köhlerts Panikhandlungen, der sich mehrmals jäh hinkauerte, den Gewehrverschluß zurückkriß, spannte und anlegte. Auf irgend etwas, das er im Schneegrau zu erkennen glaubte. Mit angehaltenem Atem starrten sie dann ins Nichts, während sich ihre Phantasie die blutverschmierten Mäuler schleichender Bestien ausmalte.
Einmal glaubte Doris Schilling ganz eindringlich den süßlichen Geruch verwesenden Fleisches, ein andermal die Ausdünstung heißer Tierleiber festzustellen. Aber keine Spuren.
Köhlert, dessen Augen geschärfter für die Vorgänge im Wald waren, fand Baumrinden, Losungen und Raubvogelgewölle im Schnee, war aber zu träge, die anderen darauf aufmerksam zu machen. Das Gewölle von Käuzchen und Waldohreulen ließ ihn jetzt gleichgültig. Da gab es Harnspuren von Wildschweinen. Gestüberhaufen am Schlafplatz eines Fasans. Losung von Hirschen, kurz und zylindrisch.
Er hätte von der dünnen Schleimschicht reden können, die rasch austrocknete, so daß die Lösung den Glanz verlor und man dadurch ihr Alter erkennen konnte. Vom Unterschied zwischen der weich zusammengeballten Sommerlosung und der klumpenförmigen Winterlo-

sung. Vom Unterschied zwischen weiblichen und männlichen Harnspuren, zwischen Fuchsfähe und Fuchsrüde zum Beispiel. Davon, wie er im Gewölle einer Waldohreule einmal die Schädelreste von fünf verschiedenen Mäusearten gefunden hatte: Rötelmaus, Erdmaus, Zwergmaus, Waldmaus, Hausmaus.
Vom Knospenverbiß der kletternden Mäusearten und Eichhörnchen hätte er erzählen können, von den Nage- und Hackmarken der Hasen und Wasserratten.
»In etwa einer guten Stunde sind wir am Forstende!« teilte Köhlert dann doch mit. Er hatte das Bedürfnis, seine eigene Stimme zu hören. »Die Gegend nennt sich *Chinesische Mauer*. Ein Hügelkamm bildet den natürlichen Abschluß dieses Reviers. Dahinter liegt die Bundesstraße 26. Dann kommen offene Felder, Gehöfte, Feldwege.«
»Jetzt müßten wir bald auf die Wölfe stoßen! Wenn...«
Jagel brach den Satz ab. »War da nicht ein Geräusch?«
Nein, da war kein Geräusch.
Aber diese Feststellung war genauso wahr wie ihr Gegenteil. Denn der Wald war immer voller Geräusche gewesen. Sie hatten sie nur nicht wahrgenommen. Ihre Sinne waren durch die Zivilisation so verkümmert, daß sie lediglich die vertrauten Signale aus ihrer Umwelt registrierten. Schon die Abwesenheit dieser Lärmsignale erschien ihnen als Stille.
In Wirklichkeit floß durch die Atmosphäre des Waldes ein kontinuierlicher Klangstrom – Gräser, Halme, Zweige zogen sich zusammen, streckten sich, lösten sich auf oder brachen. Die Baumrinde spannte sich, Risse liefen feingliedrig um den Stamm, Harz quoll und erstarrte, Schnee rieselte auf verwelkte Blätter, die auf tiefer liegendes Laub schwebten und neue Bewegungen auslösten. Eichelhäher, Elstern und Krähen verwirbelten mit ihren Schwingen die Luft. Selbst aus der Erde, aus Höhlen, Rissen und Felsspalten, drangen noch feine Klänge herauf.

Für feinere Ohren als die der Menschen wäre das Seufzen und Schnaufen der im Winterschlaf sich regenden Eidechsen, Kröten, Hamster und Mäuse vernehmbar gewesen.
Die Spannung, die Aussicht, daß bald eine Änderung eintreten mußte, weckte sie aus ihrer Lethargie. Mehr und mehr hatte ihre Phantasie die Eintönigkeit mit skurrilen Landschaftsmalen belebt: Da türmten sich Riesentermitenhügel, zogen Heere von Gnomen durch das Dämmer halb verschneiter Wurzeln. Wracks auf dem Meeresgrund, vom Wüstensand verschüttete Tempelstädte, Schwärme von reglos baumelnden Vampiren ... Köhlert indessen hatte die einzigartige Vision eines Bad Frankenthals, dessen Behausungen nicht aus Häusern, sondern aus gigantischen Bierdosen bestanden. Jeder Wohnsilo war mit verheißungsvollen Namen versehen: LÖWENBRÄU. HEINEKEN. BECK. HENNINGER. ASTRA. CARLSBERG.
Dann geschah es.
Köhlert wollte seine Schnee-Fata-Morgana gerade beschreiben, als sich seine phantastische Stadtlandschaft schockartig zurückverwandelte in konturloses Grau. Dann löste sich aus dem Grau ein grauer Ball und sprang ...
Jagel riß die Frau neben sich zu Boden.
Direkt vor ihnen jagte der Wolfskörper vorbei, taumelte durch den Schnee, wirbelte Wolken auf, setzte zu neuem Sprung an und verschwand hinter Strudelschleiern.
Die Gruppe brauchte geraume Zeit, ehe sie den Schock überwunden hatte.
Die Spannung entlud sich durch Jagels Vorwurf an Köhlert: »Das einzige Mal, wo wir Ihren Ballermann gebraucht hätten, da schmeißen Sie ihn in den Schnee!«
Köhlert wischte wütend sein Gewehr sauber. »War das Attila?«
»Ja«, sagte Doris Schilling leise. »Das war Attila. Der ein-

zige Wolf, den Sie abschießen dürfen. Den Sie abschießen müssen!«
»Das hätten Sie mir gestern morgen sagen sollen. Da hatte ich ihn im Visier!«
»Nein. Sie hatten ihn nicht drin. Sie hätten, wenn überhaupt, Katharina getroffen, das war die, die deutlich sichtbar war. Und da wußte ich noch nicht, wie gefährlich Attila ist. Und daß er als einziger die große Bedrohung bedeutet. Das habe ich erst am Nachmittag studieren können – vom oberen Stock aus!«
»Gut, gut!« drängte Jagel eifrig und nervös. »Aber jetzt hinterher! Nichts wie hinterher!«

5

Samstagmittag in Bad Frankenthal. Gegen dreizehn Uhr hatte der Schneefall aufgehört. Zum erstenmal seit dem Auftauchen der Wölfe brach kurz und milchig die Sonne durch, zerlief in den Zirrenschleiern wie heißes Schmalz und hüllte die weißverschneiten Dächer, Türme und Betonbauten in diffuses mattrosa Licht.
In Scharen strömten die Menschen auf die Straßen. Es war, als seien sie wochenlang eingekerkert gewesen. Autos wurden freigeschaufelt, Scheiben enteist; bald staute sich der Verkehr in den nur einspurig geräumten Straßen. Hektischer als sonst wurde gebremst, Gas gegeben und, obwohl verboten, gehupt. Zu den Autos gesellten sich bald Scharen Jugendlicher auf Motorrädern, Mopeds und Fahrrädern und jagten ziellos durch die Gassen, wendeten am Ortsausgang und kamen zurück. Offenbar hatten sich in allen Eingeschlossenen Aggressionen aufgestaut, die jeder auf seine Art endlich loszuwerden trachtete.
In den Cafés, Kneipen und Diskotheken wurde erregter als sonst diskutiert. Thema eins: *Wölfe vor den Toren Bad Frankenthals*. Die letzte Schlagzeile des täglichen Extrablattes hatte gelautet: UNSERE KINDER: DEN WÖLFEN ZUM FRASS? Die Gruppe, die am Vorabend unter Leitung Egelers losgezogen war, um in spontaner Aktion den Wolf zu killen, war gegen Morgen als kümmerlich zusammengefrorenes Häuflein durch die stillen Gassen zurückgekehrt: Kein Durchkommen bei den Schneemassen, hatte Egeler kleinlaut berichtet. Man brauche Skier, Last-

schlitten, Schlafsäcke. Ein neuer Aufbruch für diese Nacht war geplant.
Großvater Winters saß mit seinem Enkel im Wirtshaus »Spessarteiche«, wo er Stammgast war, und berichtete einer atemlos lauschenden Menge, er habe in der letzten Nacht die Wölfe heulen hören. Der kleine Jürgen streifte inzwischen gewohnheitsgemäß durch die verräucherten Schankstuben, spielte an Automaten und ließ sich von Bekannten Reste von Korn, Kräuterlikör oder Bommi in die Gläser mit Limonade mischen und trank sie der Reihe nach aus.
»*Die* Wölfe?« stutzte Karlshoofen, der unter den Gästen war. »Haben Sie denn mehrere gehört? Eindeutig?«
»Eindeutig – mindestens ... drei. Vier würde ich sagen.«
»Aber Waitzenburg hat uns gerade in einer Beratung vor wenigen Stunden versichert, es könne sich nur um ein einziges Exemplar handeln.«
»Ah, dem glaubt doch keiner ein Wort!«
»Der hat sich ja mit so einer Eierköpfin zusammengetan – aus dem Bayerischen Wald!«
»Ah no, aus Ismaninge!«
»Die Naturschützer mit ihrem Getue, die sind schuld am Tod unserer wehrlosen Kinder!«
Zwischenrufe, Kommentare von allen Seiten. Das Bier floß in Strömen. Winters beugte seinen kahlen Felsenschädel weit vor über den lachenbedeckten Tisch, sah sich scheu um und flüsterte den Lauschenden zu:
»Ein Oger ist das – ein echter Oger!«
»Wer und was ist ein Oger, Johannes?«
»Der Wolf ist ein Oger, Leute! Und ein Oger ist ein Menschenfresser!« Er neigte sich noch tiefer. »Schon in der Bibel steht geschrieben, daß das Böse euch heimsuchen wird, so ihr nicht aufhöret, den Mammon anzubeten!«
Ältere Leute im überfüllten Lokal nickten bedächtig.

Eine Gruppe Jugendlicher, teils im Rocker-Lederdreß, teils in Phantasiejoppen, scharte sich um den Tisch.
»Der Opa hat recht!« urteilte einer der jungen Männer, der ein Eisernes Kreuz II. Klasse am haarigen Hals hatte. »Wir sind umgeben von Ogern!«
»Sie kommen aus den Bergen, aus den tiefen Wäldern herab zu den Menschen!« fuhr Winters, dankbar für die Unterstützung von unerwarteter Seite fort. »Bei Vollmond. Alle fünfzig Jahre!«
»Methusalem weiß Bescheid, Leute!« Winters erhielt ein paar lobende Schläge auf die Schulter. »Und er weiß auch, was man gegen den Oger unternehmen kann.«
Aber Winters hatte zunächst noch ein anderes Anliegen. Aus seiner Jackentasche kramte er einen vergilbten Notizzettel, setzte umständlich eine dickglasige Brille auf und las vor:
»Ten 12ten Juni, dieß 1679, ißt zu Niesass in dieser Pfarr ein Kindl von siebenviertel Jahr alt von einem Wolf hinweggetragen worden. Ungefähr um vier Uhr, und daß abends nach 8 Uhr selbiger Wolf wieder geschossen worden, durch den Förster von Schneeberg – und das Kind im Wolf auf halben Teil oberen Leibs im Magen gefunden worden, daß man hat alles kennen können und zu Viechtach den 14ten Juni begraben worden.« Der Alte kratzte sich den kahlen Schädel. »Das war vor fast genau dreihundert Jahren. Bei Pullenried, am Bayerischen Wald. Der Oger kommt wieder, alle fünfzig Jahre!«
»Was kann man denn unternehmen?« griff einer der Zuhörer die Frage auf.
»Einen Zauber ausüben!« reagierte Winters prompt.
Die »Spessarteiche« war ein Lokal, das in erster Linie von schlichten Bauern und Handlangern aus der Umgebung aufgesucht wurde. Ein paar Gäste lachten; es klang ein wenig verloren im Trubel. Die meisten lauschten angespannt. »Hört zu! Krakeelen allein nützt nichts!«

Winters flüsterte düster von alten Mythologien und Kulten.
»Blut und Opfer . . .« murmelte er. »Wenn die Ernte nicht gedeiht . . . Blut und Opfer. Dionysos wurde zerstückelt, sein Leib in alle Winde . . .«
Offensichtlich hatte es die Gruppe der Halbstarken darauf abgesehen, den Alten zu provozieren; der Alkohol floß in Strömen. Die Magd Hertha, die halbtags als Kellnerin beschäftigt wurde, konnte sich mit ihren Riesentabletts kaum durch die Menschenmenge drängeln. Sie besaß ein pralles, ausladendes Gesäß, von dem alle einsamen Männer Bad Frankenthals von Zeit zu Zeit zu träumen pflegten. Sie war nicht ganz richtig im Kopf; sie hatte sogar, wie es hieß, einen amtlichen Freibrief dafür, aber was sie nicht im Kopf hatte, das hatte sie dreifach im Hintern.
Der Mann mit dem EK II gab ihr tüchtig eins hintendrauf.
»Du kommst doch auch, Hertha?«
»Wohin, Scheißkerl?«
»Ins Wasserschlößchen Schöllbronn!«
»Wann?«
»Heute abend. Alle eingeladen. Da steigt ein Reisending!«
»Riesending?«
»Für den Wolf! Den Oger!«
»Das elbische Ungeheuer!« Winters nickte. »Das Monster, das der Nacht der Zeiten entsteigt!«
»Was genau soll denn dort steigen?« fragte Karlshoofen mißtrauisch.
Die Gruppe zog sich langsam zurück, als ob Polizei im Anmarsch sei.
»Um zwanzig Uhr, in der Wasserburg, im Keller! Seit fünf Tagen treiben die Wölfe ihr Unwesen. Niemand hat sie hindern können: eure Scheißbullen nicht, die großdeutsche Wehrmacht mit ihren Atom-Starfightern nicht.

Nicht einmal Waitzenburg, der Oberscheich und Schirmherr aller Profiteure! Jetzt hört mal auf uns! Wir beseitigen den Spuk!«
»Womit? Wodurch?«
Verschwunden war die Gruppe; draußen sprangen Motorräder an, schwere Hondas, leichte Kreidler. Alle Augen richteten sich auf Johannes Winters, während der kleine Jürgen verzweifelt versuchte, einen Riegel Schokolade aus einem halb geöffneten, blockierten Automaten zu ziehen.
»Fragt den Weisen aus der Schwarzspechtgasse!«
Der alte Winters, obwohl er nicht die geringste Ahnung hatte, worum es ging, zitierte Matthäus 7,15:
»*Sehet euch vor vor den falschen Propheten, die in Schafskleidern zu euch kommen, inwendig aber sind sie reißende Wölfe.* Ja, kommt nur, kommet doch all. Wir werden dem Oger den Garaus machen!«
»Wir dachten, Johannes, du hättest von mehreren gesprochen!«
»Natürlich. Aber einer ist der Führer. Wenn der Führer beseitigt ist, lassen die anderen sich leicht fangen!«
»Also gut, fangen wir den Führer! Fangen wir den Oger!«

Er war unter Eisenbahnbrücken hindurchgeschwommen und durch eisige Sümpfe gewatet. Scharfrandiges Eis schnitt tief in seine Seiten. Er war auf Ottern gestoßen und hatte zwei angesprungen und getötet. Das gab ihm Energie für zwei harte Wanderwochen.
Inzwischen waren Monate vergangen, und manchmal drang aus seinen Eingeweiden die Ahnung herauf, daß er seit Jahrhunderten, Jahrtausenden, Jahrmillionen unterwegs war.
Der Wolf, der als Attila, der »Töter« in die deutsche Jagdgeschichte eingehen sollte, war der größte und stärkste

Wolf, der jemals den Böhmerwald auf dem Weg nach Westen durchquert hatte. Der Wolf, dem 1872 ein Gedenkstein im niedersächsischen Wardböhmen gesetzt wurde, maß in der Länge 1,64 Meter, hatte eine Schulterhöhe von 85 Zentimeter und ein Gewicht von 45 Kilogramm. Der Wolfstein vermerkte, hier sei der letzte Wolf Niedersachsens erlegt worden. Ein Förster namens Grünewald schoß ihn auf einer Schneise bei Fallingbostel, die später die »Wolfsbahn« genannt wurde.

Aber als erster Nachkriegswolf wurde 1948 in der Lüneburger Heide der sogenannte *Würger vom Lichtenmoor* durch den Förster Hermann Gaatz zur Strecke gebracht – nach monatelangen Kesseltreiben, an denen sich insgesamt 1500 Personen beteiligten. Er war 1,70 Meter lang und brachte bei gleicher Schulterhöhe 5 Pfund mehr auf die Waage.

Attila übertraf beide: Seine Länge betrug 1,73 Meter, und bei einer Schulterhöhe von 88 Zentimeter wog er fast 50 Kilogramm.

Wenn er schlief, schlief nur seine Seele. Sein Körper zitterte, pulsierte in heftigen Schlägen; auch die Augen und Lippen kamen nie zur Ruhe. Seine Schenkel glichen einer Miniaturrennbahn, auf der Schauer der Erregung, des Wohlgefühls, der Angst auf und ab jagten. Manchmal, wenn eine Schnee-Eule oder ein Waldkauz über ihn hinwegstreifte und der Flügelschlag seine Pelzhaare in Aufruhr versetzte, träumte ihm von Abgründen, über deren vereiste Bahn er hinab ins Nichts glitt.

Er liebte es, das Maul in frischduftenden Schnee zu tauchen. Er brauchte Kühlung für seine brennende Zunge. Noch mehr bevorzugte er eiskaltes, frischfließendes Wasser. Je weiter er sich westwärts treiben ließ auf seinen Instinkten und Reflexen, um so seltener wurden die köstlichen Augenblicke echter Erfrischung.

Und da stand er, die Nüstern feucht geweitet, als wolle

er nicht nur die frisch-herbe Schneeluft einsaugen, sondern alle Mythen der Erde: Attila. Während der letzte Donauwolf soeben ausgerottet, die Zahl der Lapplandwölfe auf ein schamhaftes Dutzend zusammengeschrumpft war, stand er hier: Höhepunkt, Ausrufezeichen nach einer Entwicklungsreihe von mehr als fünfzehn Millionen Jahren.

Damals hatte *Tomarctus*, der Vorfahr aller Wölfe, Hunde und Füchse, mit seinen kurzen, untersetzten Beinen die Erde bevölkert. Auf seinen Wanderzügen kreuzte eine seltsame Art von anthropoiden Affen seine Bahn: *Proconsul* hieß die Gattung, die sich von Zentralafrika nach Asien und Europa ausbreitete. Ihr Hauptmerkmal bestand in einer auffälligen Unzufriedenheit mit ihrem Schicksal, auf vier Beinen gehen zu müssen. Während *Tomarctus* die Kraft seiner Schenkel, Kiefer- und Nackenmuskeln weidlich ausnutzte, ließ *Proconsul* seine Vorderbeine fast demonstrativ verkümmern, richtete sich mehr und mehr auf – ein lächerliches Häufchen Elend und absonderlichen Ehrgeizes.

Niemals konnte *Tomarctus* ahnen, daß ihm diese lächerliche, bedauernswerte Spezies eines Tages gefährlich werden würde.

Nachdem das unwirtliche Miozän dem gemäßigten Pliozän gewichen war, die jungtertiären alpidischen Faltungen der Pyrenäen, Alpen, Karpaten und kaukasischen Gebirge den Höhepunkt überschritten hatten, begegnete der Urwolf mehr und mehr kleinen Scharen aufrecht taumelnder Affen, die gelernt hatten, Pflanzenfresser zu jagen. Sie benutzten als Waffe riesige Knochen. Lange, bevor der wahre Anthropoide und der Wolf in seiner jetzigen Gestalt aus den Nebeln des Pleistozäns auftauchten, kreuzten sich die Pfade ihrer Vorfahren auf Kollisionskurs.

Die Wurzeln der Urangst und des Hasses reichten weit in

eine Zeit zurück, in der die Menschen noch nicht gelernt hatten, Felder zu bebauen und Herden zu hüten. Die Gestalt des Wolfes war jedoch wie geschaffen für ein geisterhaftes Wesen, das aus den Schneevorhängen auftauchte und lautlos wieder darin verschwand. Immer gegenwärtig in seiner Bedrohung, kaum jemals greifbar oder offen bekämpfbar. In Finnland entstand die Legende von den ungetauften Kindern, die zur Strafe als Wölfe über die Erde irren mußten. Hexenmeister verwandelten sich in Wölfe, um zum Hexensabbat zu traben. Zwischen den Augen des Wolfes hatte der Teufel sein Domizil aufgeschlagen.
Attila trug das Ahnen aller Mythen und Legenden tief in sich. Er wußte nicht, weshalb ihn ein unwiderstehlicher Drang nach Westen getrieben hatte – hinein in die Bedrohung und Beklemmung einer Zivilisation, die nicht für wilde, kräftige Tiere zum Ausleben geschaffen war und die ihm Schock auf Schock versetzte, bis er nicht mehr er selber war.
Er wußte nichts von den Erfahrungen seiner Mutter, die einst wie er westwärts gezogen und von zwei polnischen Soldaten erschossen worden war. Das war am 15. Dezember 1972 gewesen; und der Fall war durch viele polnische Zeitungen gegangen. Die »Zycie Warczawe« hatte berichtet, daß in der Heide bei Gorzow Wielkopolskie zwei Soldaten auf dem Weg in die Kaserne auf ein hellbraunes, schäferhundähnliches Tier gestoßen waren. Einer der beiden zögerte nicht lange, zog seine Armeepistole und erschoß das Tier aus nächster Entfernung. Es machte einen Satz in den Straßengraben und blieb dort liegen. Das Tier wurde an die Universität Posznan zur Identifizierung geschickt. Die Diskussionen über das seltsame und ungewöhnliche Verhalten des sonst so scheuen Wolfes hielten lange an.
Attila war knapp zwei Jahre alt, als ihm seine Mutter

weggeschossen wurde. Winselnd strich er um den Leichnam herum, bis ihn der Geruch der herannahenden Menschenmenge endgülig in die tiefsten Einöden der Landsberger Heide vertrieb. Gejagt, gehetzt, getrieben hielt er sich mühsam Jahr für Jahr am Leben, bis er sich, halb verhungert und mit einem seltsamen, artfremden Haß auf Menschen, einem Rudel anschloß, das wie er entwurzelt und planlos umherstrich.

Aber in Attila gewann mehr und mehr der Drang Oberhand, den Zug nach Westen, den seine Mutter nicht geschafft hatte, zu vollenden. Die Härte der Umweltbedingungen, denen jeder Schwächere bald erlegen wäre, hatten ihn zum widerstandsfähigsten, ausdauerndsten Tier des Rudels gemacht.

Eines Winters gerieten sie in ein Manövergebiet. Staffeln tiefdröhnender Hubschrauber versetzten alle Tiere in Panik; die alten sozialen Fesseln zerbrachen. Die Hubschrauber schossen Raketen; und heulend vor Panik versuchten die Wölfe den riesigen Monstern, die Feuer auf ihre Jagdgründe warfen, zu entkommen. Von nun an war ihr Verhalten gestört. Auf die Angriffe fliegender Schwärme von Stahlvögeln waren ihre Instinkte und Reflexe nicht programmiert.

Im nächsten Winter, als das Rudel nach langen, immer wieder unterbrochenen in Panik umgeleiteten Wanderungen weit nach Westen vorgedrungen war und Nahrungsmangel alle Tiere zermürbt hatte, befand sich Attila allein auf einem Pirschgang. Wieder einmal war der verhaßte menschliche Geruch so plötzlich aufgestiegen, daß seine gestörten Reflexe kaum rechtzeitig die Flucht einleiteten.

Und da war plötzlich das grauenvolle Hubschrauberdröhnen wieder über ihm. Das Zentrum des Lärms schnitt ihm den Rückzug ab; vor schierem Entsetzen stürzte er sich auf das, was den Menschengeruch ausströmte und was er

nicht von dem Getöse der Lüfte zu unterscheiden wußte ...

... Und so wurde die kleine Christiane Bruhns zerfleischt.

6

Sie hatten die Spur, nichts konnte sie jetzt mehr von den Wölfen abbringen. Später fügten sich weitere Abdrücke hinzu, und bald lag ein ganzes Netz sich verästelnder und kreuzender Fährten vor ihnen.
Jagel fühlte sich von neuen Lebenskräften durchpulst. Als hätte er in einem Jungbrunnen gebadet! Der Haß trieb ihn vorwärts. Ja, es war nackter Haß, Haß auf das Tier, das drei Menschen angefallen und zwei davon getötet hatte. Eine Jagdleidenschaft, wie er sie nie bei sich vermutet hatte, stachelte ihn an. Nein, das war nicht der Drang, zwei Tote zu rächen. Da war eine Wut in ihm, die tiefer ging.
Attila war der Widersacher, der sein neues Leben zerstören wollte.
Sein neues Leben – das war Doris, das war seine Liebe zu ihr. Sein Vertrauen in alles, was sie über die Wölfe erzählt hatte. Eine neue Welt hatte sich durch sie aufgetan. Er wollte Doris und durch Doris ihre Wölfe lieben, ihre Leidenschaft für eine natürliche, menschenwürdige Welt. Diese menschenwürdige Welt wollte er mit ihr aufbauen helfen; und in ihr sollten auch die Wölfe, sollte die ganze bedrohte Kreatur einen neuen Platz finden. Jetzt kam der »Töter« und wollte beweisen, daß die Welt anders war, als Doris sie dargestellt hatte. Er bedrohte diese neue Welt. Er mußte daraus verschwinden.
Verbissen jagte er hinter dem »Töter« her. Der »Töter« hatte mehr als drei Menschen vernichtet . . .
Jagel war den anderen weit voraus, als er auf eine neue

Spur stieß. Er stoppte und winkte. Doris Schilling war gerade gestürzt, ihre Kapuze mit Schnee überhäuft.
»Blut!« rief er.
»Da ist eine Rehspur!« sagte Köhlert und riß sein Gewehr von der Schulter.

Am späten Samstagnachmittag schien ganz Bad Frankenthal aus den Fugen geraten zu sein.
Die nervöse Hektik, die mit dem Aufhören des Schneefalls eingesetzt hatte, steigerte sich noch als klar und blendend die Sonne durchbrach. Plötzlich stürzten die Menschen auf die Straße, als seien ihre Häuser durch ein Erdbeben bedroht.
Parks und Grünanlagen waren überfüllt mit Kinderwagen, Rentnern, Ehepaaren, tobenden Kindern. Durch die schmalen Gassen wälzten sich lückenlose Autoschlangen zu Ausfallstraßen hin, die noch immer keine Ausfallstraßen waren. Denn knappe drei Kilometer hinter dem Schild mit der Aufschrift FLURBEREINIGUNG BAD FRANKENTHAL endeten die Räumarbeiten; kein Durchkommen. An der Kehre drängten und stauten sich die Wagen wie Raubtiere in ihren Käfigen. An den Wendepunkten kamen lang aufgestaute Aggressionen zum Ausbruch.
Innerhalb einer Stunde registrierte die Verkehrspolizei einundzwanzig Auffahrunfälle und Zusammenstöße.
Durch die Außenbezirke kreuzte ein Lautsprecherwagen mit dem Tonbandaufruf:
Bürger von Bad Frankenthal! Die Wolfsgefahr ist noch nicht gebannt. Noch wildert ein Rudel durch die nähere Umgebung unserer Heimatstadt! Schützt eure Kinder! Meidet einsame Gassen! Unternehmt nur in Gruppen Spaziergänge! Seid wachsam! Haltet die Augen offen! Zweckdienliche Hinweise nimmt der örtliche Jägerverband entgegen! Jede Auskunft, die zur Erlegung des Untiers führt, wird mit zweitausend Mark belohnt!

Am »Eck zur Harten Eiche« saß ein halbes Dutzend Waidmänner, Amateurjäger und Bauern am Stammtisch und diskutierte erregt den Aufruf:
»Do hoabens ihr Fett, die Verhaltensforscher!«
»Harmlos wie Schoßhündchen – hat sich was!«
»Das schöne Fräulein Miß PAN AM hat wohl nicht genug an die Friedfertigkeit der harmlosen Tierchen geglaubt.«
»Zuviel, zuviel!«
»Meine Herren: Noch im Januar 1681 heißt es in einer Urkunde der Essener Fürstäbtissin Anna Salomo: ... *Daß unsere Unterthanen und Bürgerschaft von den ordinari Wolfsjagden befreyet sein sollen.* Es gab also wohl doch noch länger umherziehende Wolfsrudel in Deutschland, als unsere Naturschützer uns weismachen wollen.«
»Bis heut, bis heut!«
Während Bad Frankenthal, in der Senke des Kallbaches gelegen, wolkenfrei seinen ersten Sonnentag seit Wochen auslebte, drängten sich an den umringenden Hügelkämmen düster dräuende Schneewolken. Sie schienen dort seit langem angekettet zu liegen.
Die Gegensätzlichkeit des Wetters im Bereich von Bad Frankenthal war von den Meteorologen seit langem erforscht und erklärt worden. Der Schlauch der Kallbachsenke erzeugte einen lokalen Minisog, der zu einem eigenen Kleinklima führte. Durch den Kurort konnte ein enger Sturmschlauch hindurchrasen, während auf den Kämmen ringsum wolkenloser Himmel und Windstille herrschten. Jetzt hatten sich die Verhältnisse umgekehrt.
Obwohl sogar das Fernsehen sich den aktuellen Tagesereignissen angepaßt und zwei Spielfilme gegeneinander ausgetauscht hatte, war kaum jemand vor der Mattscheibe sitzengeblieben, als die Sonne durchbrach. Die

Bad Frankenthaler hatten ihre eigenen Hauptdarsteller – in unmittelbarer Umgebung, wenn man den Warnungen der Polizei Glauben schenken konnte. *Belagerungszustand* hieß der italienische Film, der in den Abruzzen spielte und zeigte, wie ein Rudel Wölfe ein abgelegenes Dorf terrorisierte.
Da gab es Parallelen, aber auch Szenen, die in Bad Frankenthal nicht denkbar waren – oder doch? Da zog die gesamte wehrbare Einwohnerschaft, Männer, Knaben, rüstige Großväter, geschlossen hinaus in Schnee und Sturm, um die Wölfe zu jagen. Die freilich waren noch weitaus wüster und arglistiger als die Spessart-Wölfe. Sie sprangen durch Parkhecken und Fenster, drückten Scheunentore auf und standen hechelnd vor der friedlich am Abendtisch sitzenden Bauernfamilie. Sogar die alte Haushälterin des Ortsgeistlichen blieb nicht ungeschoren. Die beherzten Jäger brachten die zähnefletschenden Bestien im eisgrauen Pelz siegreich zur Strecke.
Die wenigen Zuschauer vor dem Bildschirm fanden den Zeitpunkt der Aufführung treffend gewählt; der Film lief anstelle der uralten Rühmann-Komödie *Ich vertraue Dir meine Frau an*. Viele empfanden den Titel als Aufforderung, ähnlich zu handeln.

Im Mainzer Studio des ZDF, woher die Sendung kam, liefen inzwischen die Abendvorbereitungen für die Nachrichten.
Nachdem die PAN AM-Stewardeß Evelyn Bach den Wölfen zum Opfer gefallen war, war der Name Bad Frankenthal in aller Munde.
»Den Ford«, sagte einer aus der Nachmittagskonferenz für »Heute«, »den schneiden wir ohne Schwierigkeiten auf einsfünfzig. Aber wo tun wir den Reaktorunfall bei Stade hin?«
»Wir könnten die Indira vorn etwas abhacken!«

»Strauß ist ohnehin gestorben, da schieben wir die Wölfe zwischen Farah Diba und den PEN-Club rein.«
Rund vierzig Redakteure berieten die 19-Uhr-»Heute«-Sendung. Die Wolfsstory war in letzter Minute eingetroffen und mußte dem fast fertigen Programm unterschoben werden. Da saßen die großen internationalen Herren, die ihre Bilder vornehm via Satellit aus Argentinien oder Nepal abriefen und die für einen Laster, der mit einer Ladung Flugzeugkerosin bei Hannover in Flammen aufgegangen war, nur ein mitleidiges Lächeln übrig hatten: tiefste Provinz!
Freilich, da gab es ein Mini-Filmchen aus Marokko von einem ehrgeizigen Möchtegern-Buñuel, das konnte man nun wirklich totmachen. Wie immer herrschte zwischen Redaktionsbüros, Studios und Technikräumen hektischer Verkehr. Die Meldung über Wölfe im Spessart sollte einerseits markant eingeschoben, andererseits nicht zu ausführlich gebracht werden, da sie als Hauptthema für »Blickpunkt« vorgesehen war.
Wenig später setzte sich der Nachrichtensprecher ins Chef-vom-Dienst-Zimmer und bereitete seine Texte vor, indem er durch Zeichen die Stellen markierte, wo er die Stimme zu senken und zu heben, zu atmen und zu pausieren hatte.
Um 19 Uhr 14 verlas der Nachrichtensprecher als erste nichtpolitische Meldung folgenden Text:
Die Wölfe, die im hessischen Bad Frankenthal vor wenigen Tagen ihr drittes Opfer, die neunundzwanzigjährige Stewardeß Evelyn Bach, gefordert hatten, werden zur Zeit mit einem Riesenaufgebot von Polizei- und Militäreinheiten gejagt. Außer den offiziellen Einheiten soll sich noch eine kleine Gruppe unter Leitung der bekannten Verhaltensforscherin Dr. Doris Schilling an der Jagd beteiligen. Von dieser Gruppe fehlt jedoch zur Zeit jede Spur. Ebenso von den Wölfen. Peter Bräuer sprach mit

Major Thönissen vom 72. Pionier-Bataillon in Schöllkrippen über die bisherigen Fehlschläge.
Bildwechsel, die kernige Figur des Offiziers, Reporter, verschneite Kleinstadt-Kulisse.
Reporter: »Herr Major, drei Kompanien sollen auf die Wölfe angesetzt worden sein – sehen wir einmal von den Polizeieinheiten ab. Von den Wölfen fehlt jede Spur. Wie erklären Sie das Mißverhältnis von Ergebnis und Aufwand?«
Major: »Zunächst einmal: kein Mißverhältnis. Ergebnisse können erst bekanntgegeben werden, wenn eine Aktion abgeschlossen ist. Diese läuft. Und zwar voll!«
Reporter: »Insgesamt sollen mehr als fünfzehnhundert Mann an der Aktion beteiligt sein. Ist es so schwer, drei, vier Wölfe in unseren heimischen Wäldern aufzutreiben? Die Bevölkerung ist beunruhigt. Sie stellt sich vor: Da sind ein paar feindliche Agenten abgesetzt worden. Und fünfzehnhundert Mann sind nicht in der Lage, sie zu finden!«
Major: »Ich würde sagen, an Ihrer Argumentation stimmt einiges nicht.«
Reporter: »Sagen Sie es doch!«
Major: »Bitte? Also: Es sind keinesfalls fünfzehnhundert Mann angesetzt. Diese Zahl ist einfach zu hoch gegriffen. Es handelt sich exakt um eintausenddreihundertundneunzig Mann. Diese Männer, für die ich persönlich meine Hand ins Feuer lege, stehen vor einer ungemein schweren Aufgabe, die mehr als den ganzen Mann fordert. Die Schneestürme der letzten Wochen haben die Wälder undurchdringlich gemacht. Selbst die Straßen hier können nicht mehr geräumt werden und sind unpassierbar für unsere Fahrzeuge.«
Reporter: »Bei diesem Kampf der Naturkräfte gegen den Menschen ist der Mensch also endgültig besiegt worden?«

Major: »Keinesfalls! Meine Einheiten kämpfen weiter; sie werden niemals aufgeben. Sie versuchen in zähem Ringen, Kontakt mit dem Gegner aufzunehmen.«
Reporter: »Aber die Wölfe – die Wölfe sind spurlos verschwunden! In dieser Hinsicht ist die Aktion also ein totaler Mißerfolg?«
Major: »Ich verneine entschieden! Die Kampfmoral meiner Männer ist phantastisch. Ich . . .«
Jähes Ausblenden. Der Nachrichtensprecher fuhr fort:
*Wie wir soeben erfahren, haben das bayrische und das hessische Innenministerium noch einmal ausdrücklich ihr Schußfrei auf die Wölfe bekräftigt und diese im Sinne des Bundesjagdgesetzes als »Raubzeug« bezeichnet, zu dessen Abschuß jeder Jäger verpflichtet sei. Diese Bekräftigung war notwendig geworden, nachdem der Bund für Naturschutz gegen die – so wörtlich – »hysterische Hetzjagd gegen ein paar verirrte, verängstigte Wildtiere« protestiert und mit dem Staatsanwalt gedroht hatte.
Mehr darüber in unserer Sendung »Blickpunkt« um einundzwanzig Uhr. Nun zum Sport . . .*

7

Die Sicht betrug jetzt knapp fünfzehn Meter. Der Wald war an dieser Stelle aufgelockert, und dicke Eichenstämme wechselten mit Lärchen und Rotbuchen ab. In den Wipfeln tobten Scharen von Krähen; Köhlert war sicher, daß sie durch die offensichtliche Beute der Wölfe in Aufregung versetzt worden waren.
Doris Schilling stolperte wieder über verschneites Wurzelwerk und rappelte sich fluchend hoch. Jagel hatte nie eine Frau so fluchen hören.
Dann entdeckte Köhlert den Kadaver: ein frisch gerissenes Reh, höchstens zwei Jahre alt. Das Tier war eindeutig von hinten angesprungen und zu Boden gezerrt, Hinterläufe und Unterleib waren von Bißwunden verstümmelt worden. Dampfend quoll das warme Blut in den Schnee, und Jagel glaubte, in den weit aufgerissenen Lichtern noch ein letztes Aufflackern zu erkennen.
»Sie müssen hier ganz in der Nähe sein!« flüsterte Doris Schilling. »Sie sind noch nicht dazu gekommen, sich ihr Häppchen zu holen. Aber der Geruch des frischen Blutes macht sie jetzt gierig.«
Alle drei versuchten verzweifelt, den grauen Flockenvorhang zu durchdringen und irgendeinen Schatten auszumachen, der sich bewegte oder heranschlich. Nichts als leeres, düsteres Grau. Kein Laut.
Nichts.
»Wir stellen die Fallen auf und verschwinden!« ordnete Jagel an.
»Wir stellen die Fallen auf und verschwinden hinter die

Wölfe!« präzisierte die Frau. »Wo, genau, sind wir, Herr Köhlert?«
»Am breitesten Teil des Flaschenbauches. Kurz vor der totalen Ebbe, sozusagen. Bis hierher reicht der letzte gute Schluck, falls Sie wissen, was ich meine!«
»Gut!« Jagel genoß die Anspannung, den Zwang, Entscheidungen zu fällen. Er genoß sogar die Bedrohung noch. Die Schauer auf seinem Rücken, wenn er sich ihre Situation klarmachte: drei winzige Menschen in Schnee und Einsamkeit, umschlichen von hungrigen, gierigen Wölfen, denen man ihre Beute abspenstig zu machen versuchte. »Wir vergraben die Fallen nach Anweisung unserer wissenschaftlichen Mitarbeiterin. Sie, Köhlert, geben uns Schutz mit Ihrem Ballermann!«
Er machte sich an die Arbeit, während Doris Schilling ihm mit gelassener Akribie auf den Zentimeter genau die Stellen angab, wo sie die Tellereisen angebracht wünschte. Vorher ließ sie Jagel seine dicken Handschuhe in die offenen Wunden des Tieres tauchen und hieß ihn, die Eisen damit zu beschmieren. »Der Blutgeruch wird unseren Geruch übertönen. Wenigstens für eine Weile!«
Es dauerte fast eine Dreiviertelstunde, bis alle vier Fallen wunschgemäß vergraben waren. Es gab kaum eine Chance: Wenn die Tiere an ihre Beute wollten, mußten sie in die Eisen tappen. Aber wie würden die übrigen reagieren, wenn das erste gefangen war und sich mit Schmerzensgeheul zu befreien versuchte?
»Jetzt mit weitem Schwung bis an die äußerste Waldgrenze um die Tiere herum!« ordnete Jagel an. Er fühlte sich von Minute zu Minute selbstsicherer. »Köhlert, Sie geben uns Flankendeckung!«
Als sie weiterzogen, fielen die Flocken dichter. Jagel ging voran, die anderen folgten in seiner Spur, Köhlert bildete den Schluß. Er mußte exakt Anschluß halten, wenn er Jagel noch erkennen wollte.

Unter den Skiern knirschte und knarrte der Schnee. Dreimal ließ Köhlert die Gruppe anhalten, weil er glaubte, das Hecheln von Tieren gehört zu haben. Jedesmal fiel die Stille über sie her. Nichts zeigte sich. Nichts rührte sich. Nur ihr eigener Atem war da. Die kondensierten Wölkchen schwebten ins diffuse Milchgrau und lösten sich in dem konturlosen Dämmer auf, das sie umwogte.
Beim vierten Stop zischte Köhlert leise: »Jetzt hab ich's gehört! Ich will verdammt sein, wenn ich nicht einen Laut gehört habe!«
Sie hielten den Atem an. Ja, jetzt hörten sie es: ein sanftes Knacken wie von morschen Zweigen. Schiebe- und Rutschlaute, als scheuere sich ein Tierleib an Baumrinden. Bis Köhlert sagte: »Das meine ich gar nicht. Das habe ich nicht gehört!«
Schon waren die übrigen nicht mehr sicher, ob sie wirklich Schleichen, Knurren, Fiepen gehört hatten. Schnee konnte von den Ästen gerutscht, ein Vogel aufgeflogen sein.
»Da – jetzt wieder!«
Gedämpft zitterte aus weiter Ferne ein Laut heran, schwoll an und verebbte. Es war ein vertrauter Klang; aber in ihrer Situation war er so absurd, daß sie alle einen Atemzug lang brauchten, um ihn zu indentifizieren.
»Ein Auto!« stellte Jagel fest.
»Ein Lastwagen. Wahrscheinlich auf der Würzburger Autobahn unten!«
»Mein Gott . . . Auf der Autobahn . . .«
»Das Trompeten von drei Dutzend Ursauriern hätte mich weniger überrascht!« stellte Jagel fest.
»Ursaurier trompeten nicht!« korrigierte Doris Schilling, dann zogen sie weiter.

»Jetzt kommt der schwierigste Teil des Unternehmens!« kündigte Jagel an. »Ein Lagerfeuer entzünden!«

»Dachte, Sie hätten Sturmstreichhölzer!« brummte Köhlert.
»Er hat Sturmstreichhölzer, aber keinen Sturm! erläuterte Doris Schilling; sie schien in bester Laune zu sein.
Sie lagerten rund zwei Kilometer vom Beuteplatz entfernt, hatten Schlafsäcke und Essensvorräte abgeladen und mühsam Äste zusammengetragen und vom Schnee gereinigt. Die Andeutung von Komfort und Geborgenheit reichte aus, sie alle Strapazen vergessen zu lassen. Schon schlug ihr seelisches Pendel zur anderen Seite aus.
»Wenn das Feuer brennt, haun wir uns in unsere Schlafsäcke und warten! Vielleicht kommen sie erst in der Nacht wieder zur Beute zurück.«
»Also werden wir abwechselnd wachen!« gab Jagel an und bemühte sich, Esbit-Blöcke und Äste im richtigen Verhältnis aufeinanderzustapeln. Er blies die Flocken fort. »Dachte immer, Feuer ziehen Tiere an. Das wollen wir aber nicht.«
»Altes Ammenmärchen! Literarische Fiktion von abenteuernden Schriftstellern!« Doris Schilling kuschelte sich wohlig in den flauschigen Sack. »Tiere fürchten nichts so wie das Feuer! Sie umstehen es nicht nach Kiplingscher oder Jack Londonscher Art und glotzen in die Flammen, sondern sie fliehn in wilder Panik. Einzige Ausnahme: der Igel. Er rollt sich zusammen und kommt dadurch um. Ich hoffe, daß wir die Wölfe dadurch auf die Beute zutreiben, falls sie sich hierher verirrt haben sollten.«
»Ich übernehme heute nacht die erste Wache!« bot Köhlert an. »Hier können sie auch kaum heraus!« Er zeigte auf die Hügelwelle, die den Rand des Waldgebietes auf natürliche Art gegen das dahinterliegende Tal mit den Feldern und moorigen Wiesen abgrenzte. »Die *Chinesische Mauer*. Und jenseits der Hügel windet sich ein versumpfter Bach, den werden die Tiere meiden. Dahinter

kommt die Bundesstraße. Nein, wenn sie ausweichen, weichen sie zurück zum Forsthaus hin aus. Was ist eigentlich mit der Funksprechverbindung? Lange nichts vom Eheweib gehört!«

Aber Jagel hatte keine Zeit zum Antworten.

Er blies sich seine bloßen Hände warm und versuchte, mit den steifen Fingern die Streichholzschachtel zu öffnen. Damit die treibenden Flocken nicht in die Schachtel gelangten, drehte er sie um und griff nach einem Streichholz. Zwei weitere fielen in den Schnee und verschwanden. Er nahm das Holz und kniete neben dem Häufchen aus Esbit, Zweigen und Zeitungspapier. Ein unerwarteter Windhauch ließ ihn die Stellung wechseln, dabei brach er mit den Knien ein, und sein Kinn schob den kunstvoll errichteten Stapel auseinander.

Er steckte die Schachtel zurück in die Tasche, nahm das einzelne Holz zwischen die Zähne und begann den Haufen neu zu richten. Seine Hände wurden naß vom Schnee, und als er sie am Mantel trockenwischte, fiel ihm die Schachtel aus der Tasche. Er rettete sie vor dem Versinken; dabei verloren seine Zähne das Holz.

Er wischte sich nochmals die Hände trocken und entnahm ein neues Streichholz. Die eine der beiden Reibflächen an der Schachtel war bereits feucht. Er bemerkte es erst, als er das Holz restlos zerrieben hatte. Er zerrte ein neues aus der Schachtel, wobei drei weitere verlorengingen. Endlich hatte er alles in der richtigen Position – Streichholz, Reibfläche, Holzstapel. Er strich, und sprühend flammte es auf.

Doris Schilling stand bereits mit einer Blechkanne voller Schnee bereit, Kaffeewasser zu kochen. Umsonst: Eine zaghafte Flamme zerfraß den Papierballen und erlosch; aus dem Holz tropfte ein Rest von Schnee.

Wieder zog Jagel ein Holz hervor. Seine Finger hatten sich versteift, und als er über die Reibfläche strich, gaben

die Finger nach, als seien sie aus Gummi. Das nächste Holz klemmte er wieder zwischen die Zähne und versuchte so, es anzureiben. Der Versuch gelang, aber bevor seine Finger zupackten, hatte er sich die Unterlippe verbrannt – die Flamme verlosch im Schnee.
Jetzt behielt er weniger als ein halbes Dutzend Hölzer übrig. Zunächst begann er, den Stapel Holz noch einmal nach Schnee abzusuchen. Er zog seine Handschuhe über und wischte mit ihnen jeden Ast trocken, bis die Rinde wie Radiergummi zerbröselte. Dann ballte er Papier und Holz kompakter zusammen und machte einen neuen Versuch. Bevor er eines der letzten Hölzer aus der Schachtel holte, sah er schräg zu den beiden Zuschauern auf, die fast atemlos seine verzweifelten Bemühungen verfolgten.
»Die Handschuhe!« mahnte Doris Schilling. »Du hast die Handschuhe noch an.«
»Bevor ich jemals im ewigen Grönlandeis in die Notlage gerate, ein Feuer zu entzünden«, kommentierte Köhlert, »mache ich lieber so...«
Er vollführte die Gebärde des Halsdurchschneidens.
Niemand schien bemerkt zu haben, daß Doris Schilling Jagel geduzt hatte.
Behutsam wie ein erfahrener Zahnarzt nahm er das Holz zwischen die Finger.
»Routine macht den Meister!« sagte er.
Er klemmte das Holz so in die blau angelaufene Hand, daß die Finger nicht nachgeben konnten. Züngelnd flammte das Feuer auf; züngelnd fraßen sich die Flammen ins Papier, vom Papier ins Holz. Es zischelte, knackte und prasselte. Dann brannte das Feuer.

8

»Dies ist die Nacht aller Nächte!« sagte Doris Schilling.
»Sie kommen – oder sie kommen nicht. Aber wenn sie kommen, werden wir sie alle fangen!«
»Ich kann mir eine schönere Nacht vorstellen!« erwiderte Jagel und seufzte.
Sie lagen, jeder in seinen Schlafsack gehüllt, am Lagerfeuer. Die Lautlosigkeit des Waldes war beängstigend. Der Schnee fiel sanft und gleichmäßig. Die flackernden Flammen warfen gespenstische Muster und Newtonsche Ringe gegen die nebelverhängten Fichtenwipfel.
Köhlert blickte zu ihnen auf, als könne sich jeden Augenblick ein mythischer Vogel aus dem Grau herabstürzen und sie alle zerstückeln. Sein Schlafsack war am umfangreichsten: Er hatte seine *Mannlicher* an seine Seite gelegt.
Alles war mit einer feinen Flockenschicht überzogen, und unmerklich gingen die drei Menschen mit ihren künstlichen Schutzhüllen in die Landschaft über, wurden zu sanften, schneebedeckten Hügeln, aus denen nur die freie Höhle der Kopfhaube ragte.
»Sie haben noch eine Story auf Lager!« forderte Jagel seine heimliche Geliebte auf. »Eine Wolfsgeschichte. Jetzt ist die richtige Zeit, sie zu erzählen!«
»Es ist die Geschichte, wie mein Vater durch Wölfe umgekommen ist. Das heißt, er ist gerade nicht durch sie umgekommen, sondern ... Ich berichte mal. Er ist in Masuren gestorben, auf der Flucht vor den Russen. Im Winter 44/45. Ich war damals noch ein Baby. Aber meine

Mutter hat die Geschichte später meiner älteren Schwester erzählt.«
»Aber vorher«, schlug Köhlert vor, »sollten wir noch einmal einen herzhaften Schluck zu uns nehmen.« Er ließ die Flasche kreisen. Ganz unvermittelt setzte er ein feierliches Gesicht auf, grinste verlegen und gab den Versuch auf. »Ich bin der Älteste. Also schlage ich vor: Wir duzen uns endlich. Einverstanden?«
Sie waren einverstanden, und Köhlert schloß diesen Teil des Abends ab mit der Drohung:
»Das bringt hoffentlich niemanden von euch Quäkern und Vegetariern auf die Idee, ich würde nicht meinen eigenen Kopf durchsetzen, wenn es darauf ankommt!«
»Mit Kopf meint er Ballermann!« erläuterte Jagel süffisant.
Doris spürte, wie der Kräuterschnaps heiß und prickelnd durch ihre Eingeweide rann. Ja, dies war die Stunde, von einer anderen Art von Wölfen zu erzählen. Aus den Schilderungen ihrer Schwester Anne, die vor wenigen Jahren mit ihrem Sportwagen gegen einen Chausseebaum gerast war, hatte sich ihre Vorstellungskraft ein eigenes Bild der damaligen Vorgänge geschaffen.
»Wir sind damals aus der Johannisberger Heide geflohen. Die Puszcza Piska ist heute das größte zusammenhängende Waldgebiet von Nordpolen. Von Heide ist wenig mehr zu sehen; ich bin inzwischen dort gewesen und mit meinem Auto über die damaligen Fluchtstraßen gefahren. Die Russen stießen seinerzeit aus zwei Richtungen auf Masuren vor: von Osten und Süden. Und eines Abends war unser Pferdewagen restlos eingekeilt. Vor uns eine russische Armee-Einheit, hinter uns eine zweite, nach Süden keine Straße, nach Norden, in Richtung Osterode, unwirtliches Waldgelände, mit Moorebenen, versumpften Seen, vereisten Bachläufen und undurchdringlichem Urwald.«

»Nimm noch einen Schluck, schöne Doris!« forderte Köhlert sie auf und reichte ihr die Flasche.
Doris trank. Der feurige Alkohol ließ sie heftiger atmen. Nein, es war nicht nur das Getränk; es war ihre Phantasie, die sie die Beklemmung, die Angst, die Panik der letzten Stunde ihres Vaters spüren ließ. Die Schrecken des vorangegangenen Tages: Da waren die Flüchtlinge vorbei an verwesenden Pferden gezogen, deren verrenkte Glieder steif in den Frosthimmel ragten. Da waren die Toten gewesen, die Brücken und Straßengräben säumten. Niemand konnte sie begraben; der Boden war zu tief gefroren. Manche hatten ihren Hausrat über die zurückgelassenen Väter, Großmütter, Kinder gestapelt. Der scharfe Ostwind hatte sie zum Teil wieder freigefegt. Da lagen sie nun: zwischen Haferstrohsäcken, Kochtöpfen, Eichentruhen, Lodenmänteln und erfrorenen Rindern.
Da war die Stelle, wo eine Panzerspitze quer durch den Treck gestoßen war und alles niedergewalzt hatte: Flachwagen, Fahrräder, Kleiderschränke, Panjepferdchen, Bauern, Knechte, Kinder. Flach, flach war alles gewalzt worden durch die Stahlraupen der Panzer, und eine dünne Schicht Schnee deckte alles barmherzig zu.
»Als sich der Treck restlos ineinander verkeilt hatte, weil von der Spitze her alles zurückdrängte, beschloß mein Vater, das Urwaldgelände nach Norden zu erkunden. Er wollte versuchen, über Osterode die Nehrung, das Haff und die Ostsee zu erreichen. Er hat meine Mutter mitgenommen, und sie hat uns später alles berichtet. Wir Kinder blieben bei Onkel und Großeltern auf dem Wagen zurück.«
Die beiden Menschen, damals um die dreißig, tappten mit Stallaterne und Taschenlampe durch das Dickicht, um eine befahrbare Straße ausfindig zu machen. Es war dämmerig, und nur in den Baumwipfeln hing noch eine Spur von Licht. Sie irrten verzweifelt durch verwelkte Farn-

wälder, vereiste Grasebenen und Schneisen, die durch vermoderte Baumstümpfe versperrt waren.
Und plötzlich waren sie eingekesselt. Umzingelt von Panzern, die wir vorsintflutliche Ungeheuer durch das Dickicht brachen.
»Sie schoben sich Meter um Meter vorwärts, stoppten, setzten zu neuem Schub an. Meine Eltern standen angewurzelt, erstarrt vor Schreck.«
Das nervenpeitschende Kreischen der schweren Stahlraupen. Der erstickende Gestank von Rohöl und zerflammtem Metall. Zersplitternde Stämme, zerberstende Steinhügel. Schneewirbel, Eisfontänen.
»Endlich lösten sie sich aus ihrer Erstarrung. Sie wichen zurück, Schritt um Schritt. Sahen mit vor Entsetzen geweiteten Augen, daß überall die gleichen Monster standen, mit drohend schwenkenden Rohren, fauchend, rasselnd, stampfend. Der Erdboden muß gezittert haben wie bei einem Erdbeben ... Heute läßt sich sagen: Die Panzer hatten die beiden Menschen gar nicht im Visier, gar nicht entdeckt. Sie formierten sich einfach neu oder sammelten sich nach einem Angriff. Aber das hat meinen Eltern nichts genützt.«
Sie krochen unter vermorschte Stämme, die nicht mehr Schutz als ein Pappdach boten. Die Panzer walzten näher. Sie versuchten, sich an die kräftigsten Bäume zu pressen und die Äste zu erklettern. In Wolken aus Schnee brachen Kiefern und Fichten zusammen. Die Panzer walzten näher. Sie gruben sich in Hügel aus verharschtem Schnee ein – die Hügel zerschmolzen unter den heißen Auspuffgasen. Die Panzer walzten näher.
»Plötzlich standen sie auf einer schmalen Waldschneise. Sie war wie ein Notausgang aus dem Inferno. Die einzige Fluchtmöglichkeit!«
Doris schwieg. Aus dem Grau der Baumgardine drang der heisere Schlafschrei von Krähen.

»Nimm noch mal aus der Flasche!« schlug Köhlert vor.
»Warum hat es nicht geklappt mit dem Notausgang?« fragte Jagel gespannt, er spürte, wie sie litt.
Das verlöschende Feuer warf ein Netz von Schatten über die angespannten Züge der Frau.
»Sie rannten durch die Schneise, fort von den Panzern. Sie waren noch keine fünfzig Meter vorwärtsgekommen, als mein Vater jäh stoppte. Vor ihnen, regungslos im matten Mondlicht, standen vier Tiere. Wölfe.«
»Die haben damals nicht an Unterernährung gelitten!« Köhlert.
»Ja, damals sind viele Wolfsrudel den Flüchtlingstrecks gefolgt. Furchtbare Gerüchte über die Leichenfledderei der gefräßigen Raubtiere, Unholde und Monster waren damals im Umlauf. Keine Großmutter, die nicht mit eigenen Augen gesehen haben wollte, wie das Raubzeug nicht vor Kinderleichen zurückschreckte! In Wirklichkeit haben sich die Wölfe als eine Art Gesundheitspolizei betätigt. Sie rissen die halb verhungerten Kühe, die vor Schmerz schrien, weil niemand sie melkte. Sie stürzten sich auf verletzte oder erfrierende Schafe und Schweine.«
»Ich will verdammt sein, wenn deine Eltern das damals kapiert haben!« brummte Köhlert.
»Als diese Tiere auftauchten, war es mit der Selbstbeherrschung endgültig vorbei. Wenigstens bei meinem Vater. Er tat etwas, was sich mit dem Verstand nicht fassen läßt . . .«
Jagel biß sich auf die Lippen. Er bemerkte Doris' wachsende Erregung.
Ja, da stand der Mann, der eben dem Höllenschrecken der Panzer entkommen war und starrte auf das Wolfsrudel, das ihnen den Weg versperrte. Dann drehte er sich schreiend um und stürzte in Panik zurück, den Panzern entgegen.

Obwohl jeder diese Wendung erwartet hatte, murmelte Jagel ungläubig: »Ach, komm...«
»Ja, er war so geschockt, daß selbst seine Frau aus seinem Bewußtsein verdrängt worden war. Meine Mutter war wie Lots Frau zur Säule erstarrt und sah entsetzt hinter ihm her – unfähig, einen Schritt zu tun. Sie hat wohl nichts mehr gespürt in jenen Minuten, keine Angst, keinen Schmerz. Sie hat nur noch sachlich registriert...«
Doris Schilling durchlebte wieder die Szene, die ihre Vorstellungskraft ihr so oft vorgespielt hatte, sah den Mann, der nicht mehr Herr seiner Sinne war, den Panzern entgegentaumeln, sah, wie sich eines der Stahltiere in Bewegung setzte, vorruckte, während der Mann mit weit ausgebreiteten Armen sich ihm entgegenwarf. Und keiner stoppte. Der Mann nicht. Der Panzer nicht.
Der Panzer kroch einfach weiter. Doris hatte immer wieder die Szene abzuändern versucht: wie der Mann hinter dem Panzer einfach wieder auftauchte und weiterlief...
Aber er war ausgelöscht, für immer verschluckt worden von jener Kriegsnacht im sterbenden Masuren.

9

»Das war die Geschichte, wie mein Vater vor einem Rudel Wölfe in den Tod floh...«, beendete Doris ihren Bericht; sie lächelte schwermütig.
Aus der Ferne rief ein Kauz mit schrillen, gebrochenen Tönen. Wieder flatterten Krähen und ließen Schnee herabrieseln. Das letzte glühende Holzscheit zerfiel mit lautem, funkenstiebendem Knacken und Prasseln.
Die Männer schwiegen lange. Jagel kämpfte mit dem Verlangen, sich aus dem Schlafsack zu winden und Doris in seine Arme zu nehmen, ihr das Haar aus dem nassen Gesicht zu streichen.
Statt dessen fragte er nur: »Und deine Mutter?«
»Sie war unfähig, sich zu rühren. Sie stand vor den Wölfen und sah meinen Vater sterben. Die Wölfe zogen langsam vorüber und entschwanden... und danach gibt es eine lange Lücke im Gedächtnis meiner Mutter. Aber sie weiß, daß die Panzersoldaten den Treck entdeckten und weiterziehen ließen. Aber erst nachdem sie alles Brauchbare an sich genommen hatten, auch die Frauen... Nein, Hannes Köhlert, dies soll keine Greuelgeschichte über die damalige Grausamkeit der Russen sein. Die gleichen Flüchtlingstrecks, die gleichen Grausamkeiten hat es schon 1939 gegeben, als die Deutschen in Polen einfielen. Nur hört man hier im Westen nichts, absolut nichts davon, wie die fliehenden polnischen Bauern sich nach Rußland hinein zu retten versuchten, als sie von ihren Höfen vertrieben wurden. Meine polnischen Mitarbeiter in Bialowieza wissen ein Liedchen davon zu singen!«

Köhlert wollte einer Auseinandersetzung darüber aus dem Wege gehen. »Jetzt weiß ich, woher du deine Theorie von den Wölfen hast, die durch Manöver und Panzer verstört worden sind. Damals war dein Vater geschockt worden, jetzt sind es die Wölfe.«
»Richtig! Das absurde Reagieren meines Vaters hat mich übrigens auch dazu getrieben, Verhaltensforscherin zu werden.«
»Hast du heute schon eine Erklärung dafür?« fragte Jagel.
»Höchstens eine halbe. Die Urangst vor dem wilden Wolf sitzt einfach tiefer als die Angst vor Panzern. Die wurden erst später von Menschen geschaffen und sind daher nicht Teil des atavistischen Unbewußten. Man kann das Problem auch noch so sehen: Die Wölfe waren das absolut Fremde, die Bedrohung schlechthin. Die Panzer waren zwar auch die Bedrohung, aber sie waren von Menschen geschaffen und hatten Menschen als Lenker. Als sich das Unterbewußtsein so oder so entscheiden mußte, entschied es sich für jene Bedrohung, der wenigstens noch ein Hauch von Mensch anhaftete.«
»Ich habe mal während meiner Pilotenausbildung von einem ähnlichen Fall gehört«, berichtete Jagel. »Ein Passagierflugzeug hatte Bruch gemacht und brannte. Eine Stewardeß hatte sich in der brennenden Kabine in die äußerste, hintere Ecke des Rumpfes geflüchtet. Vor ihr war die brennende Kabine, und die Flammen waren nur noch fünf Meter von ihr entfernt. Aber weniger als drei Meter von ihr entfernt war die offene Kabinentür! Die Stewardeß ist verbrannt!«
»Bitte?« fragte Köhlert. »Wie war das?«
»Die Urangst vor dem Feuer war so groß, daß das geschockte Mädchen keinen Schritt in Richtung Kabinentür und somit auch zum Feuer hin wagte!« erläuterte Doris.
»Ja, das gibt es. Unser Oberstübchen-Bewußtsein wird in

derartigen Situationen völlig ausgeschaltet. Wir reagieren dann genauso unlogisch wie in unseren Träumen. Durch das Studium des Traumlebens kommt man unserem atavistischen Bewußtsein auf die Spur.«
»Na fein«, brummelte Köhlert, »aber das hilft deinem Vater auch nicht wieder aufs Fahrrad!« Er stutzte; alle stutzten. »Was ist das?«
Ein jäher, dumpfer Schrei ließ sie hochfahren.

Die Männer vom Schmierenkino – wie die Managergruppe sie bezeichnete – mußten gute Werbearbeit geleistet haben: Der Keller des Wasserschlosses war lange vor Beginn bis zum letzten Platz gefüllt. Dabei mußten die letzten achthundert Meter zu Fuß durch kniehohen Pulverschnee bewältigt werden. Das wintertüchtigste Auto schaffte es nur bis *Hilmanns Eck*, einer Buchengruppe, unter der vor mehr als hundert Jahren der berüchtigte Kindermörder Hilmann unter den Schüssen beherzter Bauern zusammengebrochen war.
Kein heimeliger Ort, dachte Brinkmann inmitten seiner laut lästernden Kollegen. Aber genau die richtige Lokalität für eine Satansmesse. Oder das, was die smarten Anpreiser unter diesem Etikett verkaufen wollten. Er wurde an Erzählungen seines Vaters erinnert, der ihm einmal von einer Razzia berichtet hatte, die er als SA-Mann im Versammlungskeller einer Freimaurerloge mitgemacht hatte. Da hatten angeblich seltsame Einweihungsriten stattgefunden, und der Anwärter sollte nächtelang in einem verschlossenen Sarg gelegen haben. Sarg und Kultgegenstände wurden später in einer Ausstellung gezeigt. Noch später freilich hatte sich herausgestellt, daß der Keller vor der Razzia durch SS-Einheiten vorbereitet worden war, damit man einen Anlaß für die Verhaftung der Freimaurer hatte.
Daran dachte Brinkmann, während ein unscheinbar, aber

korrekt gekleideter Mann (er hätte einer der ihren sein können) das provisorisch hergerichtete Podium vor der Leinwand betrat und offenbar einen Vortrag halten wollte. Natürlich: Man durfte nicht in Konflikt mit Polizei und Gesetzen geraten, das Ganze mußte einen Anstrich von Wissenschaftlichkeit haben. Gezeigt werden sollte ein künstlerisch wertvoller Informationsfilm, der steuerlich absetzbar war und Kultur vermittelte.
Hier fand keine Schwarze Messe statt, sondern eine Filmvorführung.
»Auf dem Altar des luziferischen Kultes«, begann der Vortragende, »ist oben unten, Schmerz ist Freude, Sklaverei ist Freiheit, Finsternis ist Licht.
Der Altar Luzifers wird gebildet durch eine Frau. Sie liegt mit gespreizten Schenkeln und gekreuzten Armen rechtwinklig zur Bühne, ihre Hände halten je eine schwarze Kerze; unter ihrem Kopf liegt ein Kissen. Die Altarwand zeigt das Signum Baphomets.
Ich möchte Ihnen sinngemäß Heinrich Heine zitieren, der achtzehnhundertvierunddreißig schrieb: Sollte jemals das Kreuz brechen, dann wird jene Berserkerwut aus dem wilden Wahnsinn der alten Helden über uns kommen, von dem die nordischen Dichter künden. Der Talismann ist zerbrechlich; und der Tag wird kommen, an dem er zerbricht. Die alten Steingötter werden sich aus den längst vergessenen Ruinen erheben und sich den Staub von tausend Jahren aus den Augen reiben; und Thor, zurückspringend ins Leben mit seinem Riesenhammer, wird die gotischen Kathedralen zerschmettern!
Der Ritus des Tierdramas wurde ursprünglich vollzogen durch den Orden der Illuminaten, den Adam Weishaupt 1776 gegründet hat. Dieter Hertel in München war der erste, der den Kult des Tierdramas aufführte: am 31. Juli 1781. Das Manuskript, das dem Film zugrunde liegt, geht zurück auf das Jahr 1887.

Es gibt Beweise, daß viele bekannte Autoren Mitglieder des Ordo Templi Orientis waren, dessen Basis die Illuminaten waren. Zum Beispiel: Yeats, Wells, Carl Hauptmann, Aldous Huxley, George Orwell. Und letzten Endes enthält das Tierdrama die gleiche Botschaft wie Nietzsches Zarathustra: Tier und Gottmensch gleichen sich. Obwohl als Begleitmusik die Werke Bachs, de Grignys, Scarlattis, Palestrinas, Marchands, Couperins, Buxtehudes und Francks die liturgischen Stimmungen vermitteln könnten, steht an der Spitze selbstverständlich *Also sprach Zarathustra* von Richard Strauss. Auch Igor Strawinskis *Le sacre du printemps* wäre natürlich genauso passend.«
Die Stimme des Vortragenden, sein Sprechstil und die Unaufdringlichkeit seiner Worte standen im Gegensatz zu der lauten Unruhe, die von den Hereinströmenden und Platzsuchenden verursacht wurde. Der kurze, aggressive Duktus eines Wahlredners wäre eher am Platz gewesen; die Masse, die hier zusammengeströmt war, wollte Sensation und Sonntagsvergnügen, keine wissenschaftliche Einführung in die Mysterien schwarzer Magie.
Brinkmann sah sich verstört um.
Eine Rockergruppe versuchte, sich rücksichtslos Platz zu verschaffen. Brave Frankenthaler Bürger mit biederen Gesichtern behaupteten sich mit einer brutalen Vehemenz, die den Rockern kaum nachstand. In der hinteren Kellerhälfte bestanden die Sitzgelegenheiten allerdings nur noch aus langen, rohen Holzbänken, deren Kapazität Auslegungssache war. Brinkmann saß inmitten seiner Lehrgangskollegen in feudalen Sesseln, die offenbar aus den oberen Räumen des Wasserschlosses stammten. Die Extravaganz war ihnen, obwohl man den Preis schließlich auf achtzig Mark heruntergehandelt hatte, immer noch teuer genug zu stehen gekommen; Brinkmann hatte in-

zwischen den Einheitspreis für die einfachen Bürger erfahren: sieben Mark fünfzig.
Seitlich neben den Sitzreihen hatte man einen provisorischen Getränkeausschank errichtet. Während der Vortragende sanft und leidenschaftslos fortfuhr, drängte man sich vor der schmalen Brettertheke, um Bier, Obstler oder Hausmarkesekt zu ergattern. Aber kaum fiel in den Erläuterungen das Wort *Wolf*, verebbte wie auf ein geheimes Zeichen hin der Tumult.
»Wir haben lange überlegt, ob wir nicht statt des Tierdramas eine andere Schwarze Messe zeigen sollten: die der elektrischen Vorspiele *The Law of the Trapezoid*. Aber für die Eingeweihten haben die elektrischen Vorspiele traurigen Ruhm erlangt durch ihre Beziehung zu Nazi-Deutschland, insbesondere zum Totenkopf-Orden der SS.
In den Jahren zwischen 1932 und 1935 wurden sie von den Intellektuellen des Reichssicherheitsdienstes mißbraucht und verflochten mit dem Symbolismus der SS. Der Kult wurde oft in vorschriftsmäßiger SS-Uniform begangen; als Eingangsmusik wurde gesungen: *Unsere Fahne flattert uns voran*. Danach folgten Schallplatten mit Wagnerscher Musik. Auch Geheimgesellschaften wie VRIL, THULE, FREUNDE VON LUCIFER, GERMANIA huldigten diesem Kult. Später folgte AHNENERBE.
Aber seitdem in diesem Land die Wölfe umgehen, gibt es nur noch eine einzige gültige Schwarze Messe: die des Tierdramas. Wir werden sie jetzt gemeinsam nachvollziehen – anhand des Filmes, der mehr ist als bloßes Leinwandspektakel: Sie selber werden einbezogen, Sie sind die Teilhaber an der Schwarzen Messe! *Nicht die Rinde oder Bäume zu zerkratzen: das ist das Gesetz. Sind wir nicht Menschen?*«
Nach diesen Worten folgte eine lange, atemlose Stille. Das Licht erlosch.

Dann sagte der Public-Relations-Manager Freiß dicht am Ohr von Peter K. Brinkmann:
»Was für ein Schmierentheater! Billigstes!«
Aber Brinkmann schwieg demonstrativ.

10

»Ein Wolf ist in die Falle gegangen!« stellte Doris lakonisch fest. Der Schrei hatte sich dumpf grollend durch die Abendstille gezogen und war dann gedämpft erloschen, als habe man eine Decke über den Schreier geworfen.
»Auf und hin!«
Sie sprangen auf; und wieder war es Jagel, der alle antrieb und wie im Fieber vorwärtsdrängte. Der Lichtkegel seiner Taschenlampe geisterte wie ein Irrlicht voraus. Dabei jagte eine Fülle von Gedanken durch sein Hirn, ausgelöst durch die Verblüffung über die Reaktionen der drei. Nach den Strapazen des Nachmittags hatten sie fast gemütlich in ihren Schlafsäcken geruht und geplaudert wie an Köhlerts Kamin. Jetzt war Jagels Haß wieder da, drängender als vorher. Ihr Verhalten widersprach jeder Psychologie: Man legte sich nicht im winterlichen Wald behaglich um ein Feuer, wenn man von Wölfen umschlichen wurde. Berichtete man in aller Seelenruhe von frühen Kindheitserlebnissen, wenn man in einer Grenzsituation war? Und hatte er nicht selber eben noch entspannt den Schilderungen von Doris gelauscht, während er jetzt nichts anderes im Sinn hatte, als den »Töter« gefangen im Eisen zu sehen?
Dornenranken, vereiste Hügelkuppen, rutschige Hänge: Die ganze Natur schien sich für die Wölfe gegen sie zu verbinden. Sie mußten Umwege machen. Jagel strauchelte, brach in ein gefrorenes Rinnsal wie in eine Falle ein; Köhlert mußte ihn mühsam herausziehen.
Doris verstrickte sich in eine Strauchhecke wie in ein

klebriges Netz, sie kam und kam nicht frei, die Bindung ihres rechten Skis löste sich, sie mußte ihren Mantel ausziehen, um aus der Hecke zu schlüpfen; dann tauchte Köhlert schließlich hinein, um Mantel und Ski zurückzuangeln.

Wenn Köhlert als rettender Engel einsprang, mußte er sein Gewehr beiseite stellen – meistens lehnte er es an einen Baumstamm. Jagel fragte sich verzweifelt, was geschehen würde, wenn gerade dann Attila aus dem Grau springen würde, mit größerer Treffsicherheit als beim erstenmal.

Unmittelbar vor ihnen klang ein Geheul auf, das durch Mark und Bein ging. Alle erstarrten. Drei Augenpaare versuchten, das milchige Dunkel zu durchdringen, auf das Jagel seine Lampe gerichtet hielt.

»Scheiße, Pisse, Kacke, Arsch – diese gottverdammte Finsternis!« reagierte Köhlert seine Bedrängnis ab.

»Ab jetzt hilfst du keinem mehr von uns!« befahl Jagel. »Du kennst jetzt nur dein Gewehr und hältst es pausenlos im Anschlag! Wer steckenbleibt, bleibt stecken!«

Er zögerte. Er war die Spitze. Er würde als erster angesprungen werden. In ihm kämpften die widersprechendsten Empfindungen – ein ganzes Rudel psychologischer Wölfe! Jagel, der Hasser! Jagel, der Feigling! Jagel, der Abseitsstehende! (Ich bin ein schlichter Hubschrauberpilot, was habe ich hier verloren?) Jagel, der Rächende! (Ihr Wolfsschweine! Die arme Christiane, die arme Miß PAN AM!) Jagel, der Inkonsequente! (Und dieser Managertyp? Der läßt dich kalt?) Jagel, der sich selber Unheimliche! (Ist Mensch nicht gleich Mensch, Opfer nicht gleich Opfer? Erinnert dich dieser Kürschner an Waitzenburg?) Jagel, der Held! (Wenn einer von uns dran glauben muß, will ich der erste sein!) Jagel, der Un-Held! (Was für ein Scheiß, was für ein gottverdammter Scheiß! Mir geht die Muffe! Mir geht der Arsch auf Grundeis!) Jagel, der

große Liebende! (Für dich, Doris! Für deine Scheiß-Wölfe!) ...
Geheimnisvolle Sentenzen gingen ihm durch den Sinn ... *Einsam und ausgestoßen im nordischen Mondlicht* ... Wie waren derartige Sätze in sein Unterbewußtsein gelangt? *Töte den Wolf in dir, den Urwolf!* Die Autofahrten mit Doris kamen ihm in den Sinn, die Radiomusik ... Surrealistische Vorstellung: Der Vorhang hebt sich, zum Vorschein kommt nicht das Rudel, sondern eine Rockgruppe, der Schlagzeuger drischt auf seine Trommeln ein, die Gitarristen heben ihre Gitarrenhälse wie Penisse in die Waldnacht hinauf ...
»Weiter!« drängte Doris.
Plötzlich hatte er das Gefühl, in eine Falle zu gehen. Die Tiere täuschten ihre Fesseln nur vor. Gleich würden sie sich auf die Gruppe stürzen, sich rächen für alle Verfolgung und Schmach, die ihnen von der Menschheit seit Jahrtausenden angetan worden war.
Seine Augen brannten von dem verzweifelten Bemühen, die Finsternis zu durchdringen. Da war die Buche mit der von Rehböcken zerstörten Rinde, die er sich als Wegmal beim Vergraben der Fallen gemerkt hatte. Keine zwanzig Schritt dahinter mußte die erste Falle liegen. Das Heulen der Wölfe war plötzlich verstummt; sie witterten die Nähe der Menschen.
Er ließ seinen Lichtkegel zwischen den grauen Konturen der Stämme hin und her jagen. Da war der erste Tierschemen. Köhlert war ausgeschert und mit dem Gewehr in Anschlag gegangen. Doris drängte sich neben Jagel, um das Tier besser erkennen zu können.
»Nummer eins!« zählte sie sachlich. »Eine Wölfin. Wahrscheinlich Katharina die Große! Ja ... Weiter!«
Sie machten einen Bogen um das Tier, das mit seiner rechten Vorderpfote im schweren Eisen eingeklemmt worden war. Im schwankenden Lampenlicht erkannte Ja-

gel, daß sich sein Fell gesträubt hatte und klitschnaß vor Angstschweiß war. Zum erstenmal befiel ihn tiefes Mitleid.
Auch die nächste Falle war besetzt: wieder ein Weibchen.
»Goldauge!« stellte Doris fest.
Dieser Wolf hatte beide Vorderpfoten eingeklemmt, jedoch sehr weit vorn an den Fußballen und so, daß er kaum Schmerzen zu haben schien. Als Jagel ihm zu nahe kam, rümpfte er drohend die Nüstern und zeigte seine Schneidezähne. Selbst im Strahl der Lampe glänzten seine Lichter noch golden auf.
»Hoffen wir, daß alle Fallen besetzt sind...« Jagel bahnte sich einen Weg durch Brombeergestrüpp. »Sonst...«
»Weiter!« drängte Doris knapp.
Dann standen sie vor der dritten Falle. Sie war leer. Der Boden war aufgewühlt, und die Hälfte des Bügels lag frei. Sie war zugeschnappt. Der Wolf mußte sich im letzten Augenblick gerettet haben.
»Da haben wir schon mal eines der Tiere auf dem Hals!« Köhlert suchte angespannt das Dunkel ab und drehte sich dabei um sich selber. »Noch dazu ein besonders wild gewordenes!«
»Keine Theorien! Weiter!«
Alle atmeten hörbar auf, als sie entdeckten, daß die vierte und letzte Falle besetzt war.
»Jetzt können wir nur beten, daß es Attila ist!« begann Jagel wieder. »Sonst...«
Aber es war nicht Attila; sie sahen es überdeutlich. Es war die dritte Wölfin. Sie blutete an der rechten Flanke. Sie lag hechelnd am Boden, und als die Gruppe sich näherte, versuchte sie verzweifelt, sich mit der Falle in die Büsche zu schieben.
»Tatjana!« sagte Doris. »Sie ist am übelsten dran. Sie ist

mit beiden Vorderläufen in die Falle geraten und mindestens einer scheint gebrochen zu sein. Sie blutet vorn und hinten!«

Jagel ließ den Lichtkegel über den Kopf der Wölfin gleiten.

»Sie hat Schaum vor dem Maul!«

»Soll ich sie erschießen? fragte Köhlert eifrig.

»Um Himmels willen – nein. So schlimm ist es nun auch wieder nicht! Diese Tiere sind äußerst widerstandsfähig und erholen sich rasch!«

»Das kalte klinische Registrieren eines Chirurgen, der seinem Übungsobjekt die Knochen zersägt!« lästerte Köhlert. Dann sprach er aus, was allen auf der Zunge lag: »Attila ist weg! Der »Töter« läuft frei herum!«

»Scheiße!« rief Doris Schilling laut in das Schneetreiben. »Das ist eine gottverdammte Scheiße! Den müssen wir jetzt auf die schnellste Art jagen und abschießen! Sonst . . .«

»Sonst?« fragte Köhlert.

Aber jeder wußte, was gemeint war.

11

Brinkmann befand sich in einem seltsamen Schwebezustand zwischen bitterer Realität und hoffnungsvoller Illusion. Sein Bewußtsein verdrängte den Tod Evelyns, seine indirekte Schuld daran und seine Feigheit vor seiner Frau. Natürlich hätte er darauf bestehen müssen, nach Schöllkrippen zu fahren. Anschließend hätte er in Stuttgart Eveleyns Mutter besuchen müssen, ganz gleich, ob sie jemals ein Wort über sein Verhältnis zu ihrer Tochter erfahren hatte. Statt dessen hatte er selbst angesichts ihres Todes keine größeren Sorgen gehabt, als sein illegales Verhältnis geheimzuhalten.
Ich bin ein Schwein! dachte er. Aber selbst diese Erkenntnis bringt mich nicht dazu, Farbe zu bekennen!
Dabei war seine Frau nicht einmal mitgekommen. Sie hatte einen Besuch bei der Frau des Kurdirektors vorgezogen – immer alert, wenn es darum ging, gesellschaftlich wichtige Beziehungen anzuknüpfen, man konnte ja nie wissen. Vielleicht kaufte man sich einmal in Bad Frankenthal ein? Ein aufstrebender Kurort, der auf dem besten Weg war, Nummer eins zu werden.
Kein Schwein. Sondern ein reißender Wolf!
Ja, so sah er sich! Nicht: *Peter und der Wolf*, sondern: *Peter K. Brinkmann, der Wolf. Der Menschentöter.* Der *Töter* schlechthin. Er hatte Evelyn Bach getötet – durch seine Einladung, ihn zu besuchen, *um ein rasantes, leidenschaftliches Weekend miteinander zu verbringen: zweiundsiebzig Stunden im Bett.* So hatte er oft geschrieben; und sie war immer gekommen. Auch diesmal hatte

er sie in die Falle gelockt: *ein Wolf in Menschenkleidern.* Er hatte sie haben wollen, trotz der Vorwarnung durch den Unfall von Christiane, selbst trotz des Verschwindens seines Lehrgangskollegen. *Bis daß sein Tod sie schied?* Nicht einmal das! Liebe ging über Leichen; aber auch von Liebe keine Spur: nichts als Bettleidenschaft.
Und jetzt floh er in die Unwirklichkeit eines Kellertheater-Happenings. Das war das richtige Wort: Happening! Konnte man die krampfhaften Bemühungen, einen simplen Underground-Film wissenschaftlich aufzuwerten, besser bezeichnen? Welch eine Fehleinschätzung seitens dieser fliegenden Filmleute! Sollten sie damit auf den Campus der Universitäten gehen. In Bad Frankenthal mußte, darin hatte Freiß recht, ein solches pseudowissenschaftliches Gehabe wie Schmierentheater wirken!
Der Redner war abgetreten.
Brinkmann machte diese Feststellung, als das Pult schon abgeräumt worden war. Mit seinen Gedanken war er längst jenseits der Realität gewesen; und jetzt erkannte er klar, daß er sich nach jeder Möglichkeit sehnte, ihr zu entfliehen.
Er zwängte sich aus seiner Sesselreihe, drängte sich rücksichtslos an der Theke vor und ließ sich eine halbe Flasche Sekt geben. Er saß kaum wieder, als er den ersten Pappbecher schon geleert hatte. Die Schwarze Messe als Vehikel, seinem Schuldbewußtsein zu entkommen.
Er beobachtete die Vorgänge vor ihm wie fremdartige Manipulationen, die er nicht zu deuten wußte. Da war die Leinwand. Aber ihre Ränder waren nicht gradlinig abgeschnitten. Sie wirkte wie ein Papierfetzen, den man wild aus einer Zeitung gerissen hatte. Ihr Zickzackrand ging fast nahtlos in das wirre Liniengeflecht der unverputzten Kellerwand über. Um die letzten Grenzen zu verwischen, hatte man rechts drei Immergrünsträucher in Töpfen aufgestellt, die halb die Leinwand bedeckten. Links stand,

ebenfalls teilweise die Leinwand verdeckend, ein Hundezwinger mit einem Schäferhund. Der Hund war offensichtlich mit Tabletten beruhigt worden; er lag apathisch, die Schnauze auf den Vorderläufen, auf dem Holzboden.
Brinkmann sah sich noch einmal um.
Wie zum Abschied, dachte er. Er ahnte, daß ihn die Vorgänge auf der Leinwand so fesseln würden (weil sein Unterbewußtsein es wünschte), daß er Keller und Menschen und Lehrgang vergessen würde. Total.
Hinter ihm gingen Bierhumpen, Flaschen, Krüge reihum. Die Jugendlichen rauchten. Fremdartige Gerüche drangen in seine Nase: In den Seitengängen waren Räucherstäbchen angesteckt worden. War das nur Weihrauch- oder Sandelholzduft? Hasch, dachte Brinkmann, Gras, Schwarzer Afghan. In mehreren Ecken entdeckte er Jugendliche, die sich hinter Trommeln aufgestellt hatten.
Während der Vorbereitungen für die Filmvorführung hatten die feuchten Kellerwände widergehallt von den lauten Scherzen der Männer, dem Gekicher der Frauen, den Rufen der Rocker. In einer Nische diskutierten Studenten über Strawinski: die Uraufführung von *Le sacre du printemps* im Jahr 1913 sei ein peinlicher Mißerfolg gewesen. Harmonik, Rhythmik und polytonale Neuerungen seien bis an die äußersten Grenzen getrieben worden, das Ballett so schwierig gestaltet, daß Nijinski 126 Proben benötigt habe.
Brinkmann, den letzten Becher Sekt vor sich, lachte laut auf.
Hier saß er, ein harmloser Geschäftsmann, der sich durch einen Lehrgang weiterbilden wollte: *Kann ich meinen Untergebenen ein Gefühl der Bedeutsamkeit vermitteln, wenn ich sie für absolute Nullen halte?* Was war dabei herausgekommen? *Evelyns Tod. Vom Wolf zerfleischt. Ihr Seidenhaar. Ihre Mandelhaut. Ihre cognacbraunen Schenkel.*

Tamtam-Pochen: das war noch wirklich. Da standen sie, in verwaschenen Jeans über ihre Trommeln geneigt. Mit Gesichtszügen, die Trance vortäuschen sollten. Oder war das schon echt, waren sie schon *high*?
Jetzt ging das Licht aus; aber da waren Fackeln (Party-Leuchten, dachte Brinkmann, wie in einem kurzen Aufbäumen seines erlöschenden Wirklichkeitssinnes).
Die Schwarze Messe begann.
Ein Raunen ging durch die Menge. Der Film lief; aber nichts war auf der Leinwand als die ersten leeren Bilder, die Regen vortäuschen oder skurrile Flecken. Aber hier schien der Film bewußt zerkratzt worden zu sein. Die optischen Störungen wurden dichter und dichter, als hätten die Handelnden sich entschlossen, konkret sichtbar zu werden.
Statt dessen wurde ein Scheinwerfer (nein, eine starke Taschenlampe! stellte Brinkmann in seinem letzten Versuch, wirklichkeitsbezogen zu bleiben, fest) auf den Hundezwinger gerichtet. Der Schäferhund blinzelte.
Dann, ohne Übergang, ohne Text, tauchten, wie aus diffusen Schneeschauern, Gestalten auf. (Ja, die lückenlose Verbindung von Kellerrealität und Filmleinwand war bewundernswert gelungen!) Ihre Schritte waren langsam und gemessen, ihre Gesten hatten etwas beschwörend Kultisches. In ihren Bewegungen und Gebärden erinnerten sie an die Darstellungen auf ägyptischen Sarkophagen; ihre Gesichter waren flach und im Profil aufgenommen worden.
Obwohl seine Sinne von dem intensiven Alkoholgenuß umnebelt waren, erfaßten sie die Vorgänge auf der Leinwand mit einer Klarheit, wie er sie nie erfahren hatte. *Die Leinwand wurde zu einem Transparent, hinter dem er die erlösende Wirklichkeit erkannte.*
Seltsam, seltsam, dachte er noch, ehe er sich völlig verlor. Tamburine, Flöten, Trommeln, Rasseln und Schellen ...

Gibt es das noch? Ja, es gibt sie, da sind sie. Und da ist ein Priester. Da sind drei Helfer . . . nennt man sie nicht Ministranten? Da ist . . . nein, da war eben eine Frau. Nackt. Fort. Nur geträumt? War das noch Leinwand? War diese Frau *neben der Leinwand?* Wie der Hund?
»Da ist der Priester!« sagte er laut.
Der Priester trug eine schwarze Robe mit offener Kapuze. Drei Helfer waren um ihn. Ihre Kapuze war geschlossen. Ein Mann mit einer riesigen Ochsenschwanzpeitsche war plötzlich da. An seinem Zeigefinger glühte ein Rubin auf.
Flackernde Fackeln.
Da war die nackte Frau wieder – hatte man sie schon einmal erblickt? Sie starrte die Zuschauer regungslos aus dunkel umschatteten Augen an.
Da waren Männer; da war ein Anbeter, Anrufer. Er trug eine Maske, die halb tierisch, halb menschlich war. Da waren die Männer mit Masken, die Tiger, Löwen, Stiere oder Rehe darstellten. Der Anrufer hielt einen schweren Eichenstab, mit dem er oft emphatisch auf den Boden stampfte.
Da war sie, die Musik von *Le sacre du printemps* – waren das echte Gongs und Trommeln, die sie begleiteten? Da war ein Altar. Da war die nackte Frau. Da war ein Metallkäfig mit einer lebenden Maus.
Verdammt nein, dachte Brinkmann. Nicht lebend! Film! Der Schäferhund direkt daneben, der war lebend! Wenn auch schläfrig.
Wenn auch schläfrig . . . Fühlte sich Brinkmann schläfrig? Er fühlte sich hellwach – *mit seinem neuen Bewußtsein.*
Da war ein Mann neben dem Priester . . . wie nannte man ihn? Liktor? Der Liktor stand links vom Altar, ein Gongschläger rechts daneben. Während der Anrufer mit der Litanei begann, ertönte sanft der Gong. Der Priester rief

Namen: *Fenris. Midgard. Pan. Behemoth.* Dann zog er sich an die Peripherie zurück.

Jetzt sprach der Anrufer. Um ihn versammelten sich seine Tiermenschen.

»Ich bin der Sprecher des Gesetzes! Hier sind alle, die neu sind, um das Gesetz zu lernen. Ich stehe im Dunkeln und spreche das Gesetz. Kein Entkommen! Grausam ist die Strafe für solche, die das Gesetz brechen. Manche wollen den Dingen folgen, die sich bewegen, aufpassen, schleichen, warten, springen um zu töten und zu beißen. Kein Entkommen!

Beiße tief und reichlich! Sauge das Blut!

Manche wollen mit den Zähnen weinen und die Dinge mit den Händen aufwühlen und sich in die Erde kuscheln. Manche klettern auf die Bäume, manche kratzen an den Gräben des Todes, manche kämpfen mit der Stirn, den Füßen oder Klauen, manche beißen plötzlich zu ohne Veranlassung! Die Bestrafung ist streng und gewiß. Deswegen lerne das Gesetz. Sage die Wörter! Sage die Wörter! Sage die Wörter!«

Als der Anrufer zum erstenmal *Kein Entkommen* gerufen hatte, hatten die Tiermenschen emphatisch im Chor skandiert: *Kein Entkommen, kein Entkommen!*

Jetzt wiederholten sie Wort für Wort, was der Anrufer fragte:

»Nicht auf allen vieren zu gehen: das ist das Gesetz. Sind wir nicht Menschen?«

»Nicht die Rinde oder die Bäume zu zerkratzen: das ist das Gesetz. Sind wir nicht Menschen?«

»Nicht zu murren oder brüllen: das ist das Gesetz. Sind wir nicht Menschen?«

»Nicht unsere Fangzähne im Zorn zu zeigen: das ist das Gesetz. Sind wir nicht Menschen?«

»Nicht unsere Zugehörigkeit zu zerstören: das ist das Gesetz. Sind wir nicht Menschen?«

»Nicht zu töten, ohne zu denken: das ist das Gesetz. Sind wir nicht Menschen?«
Jetzt wechselte die Litanei den Rhythmus. Heftiger, knapper setzte sich der Wechselsprechgesang fort:
»Der Mensch ist Gott!«
»Wir sind Menschen!«
»Wir sind Götter!«
»Gott ist Mensch!«
Brinkmann schrak auf.
Da waren noch ein paar, die hatten gelacht.
Im Keller? Auf der Leinwand?
Er vermochte kaum noch zu unterscheiden.
Der Schäferhund. Im flackernden Licht der Fackeln. War das echt? War das Film? Der Wolfshund . . . Ja, er bleckte die Reißzähne wie ein Wolf, das war Film. War es Film?
Die mächtigen Wölfe, die in einem Wirbel von Tod und Schrecken traben und ein Meer von Tod und Tränen in ihren Eingeweiden bergen.
Worte, Sätze, Beschwörungen.
Musik. Dunkel und mysteriös. Fagott. Baßklarinette. Ein Chor, unterbrochen von Flöten. Bizarre Rhythmen. Jähe Stille. Das blutrote Blecken von Raubtierkiefern. Ekstatische Tänze in Überblendungen. Junge, zartverschleierte Mädchen in Pastellfarben. Hart und drohend dagegen: Wolfszähne.
Wolfszähne? Da reckte sich ein sichelförmiges Messer den Mädchen entgegen, *das hatte der Priester auf den Altar gesteckt.*
»Evelyn!« sagte Brinkmann laut. Irgend jemand hatte ihm eine zweite Flasche Sekt gebracht. Er trank, als sei er tagelang auf allen vieren durch die Wüste gekrochen.
»Evelyn!«
Nein, das Messer konnte nicht echt sein: eine Überblendung, es ahmte die Form der Reißzähne nach, ersetzte sie.

Ein Mädchen drehte sich wie ein sanfter Nebelschleier, sein Körper löste sich auf, gewann erneut Konturen ... da war, unabwendbar, der Schatten des Messers, *es mußte echt sein*, im echten Holz des echten Altars stekken, der vor der Filmleinwand stand.
Fieberhaft hämmerten Trommeln und Blasinstrumente ihren harten Synkopenrhythmus, während die Tänzerin sich mehr und mehr in diffuse Nebelschleier auflöste ...
Dann – harter Schnitt – waren Priester, Anrufer, Ministranten wieder da.
»Gott ist Mensch!«
»Sein Haus ist das Haus des Schmerzes!«
»Sein ist die Hand, die schafft!«
»Sein ist die Hand, die verletzt!«
»Sein ist die Hand, die heilt!«
»Sein ist der leuchtende Blitz!«
»Sein ist die tiefe See!«
»Sein sind die Sterne und der Himmel!«
»Sein sind die Gesetze des Landes!«
»Sein ist der Ort genannt Himmel!«
»Sein ist der Ort genannt Hölle!«
»Sein ist, was unser ist!«
»Er ist, was wir sind!«
Niemand im Keller räusperte sich.
Atemlose Stille.
Der Anrufer begann wieder: »Ich bin der Sprecher des Gesetzes. Hier sind alle, die neu sind, um das Gesetz zu lernen. Ich stehe im Dunkeln und spreche das Gesetz. Keiner entkommt!«
»Keiner entkommt!« wiederholten die Tiermenschen.
»Grausam ist die Strafe für solche, die das Gesetz brechen. Keiner entkommt!«
»Keiner entkommt!«
Jetzt begann die Litanei noch einmal von vorn, Gongs und Trommeln wurden heftiger, die Tonbandmusik dröhnte

durch die unterirdischen Gewölbe. Fackeln und Kerzen warfen flackernde Schatten.
»Gott ist Mensch!« rief der Anrufer.
Und die Tiermenschen antworteten: »Gott ist Mensch!«
Und jetzt schrie der Anrufer, so daß es vielfältig zurückhallte: »Heil Satan!«
»Heil Satan!« klang es zurück.
Der Anrufer senkte sein Schwert. Der Priester trat vor und nahm es ihm ab.
Der Anrufer trat an den Mäusekäfig und öffnete ihn.
»Dies ist das Ende. Dort läuft eine Maus. Wer immer sie fängt, mag sich eine riesige Mütze aus ihrem Pelz machen!«
Während die Maus davonrannte, sanken die Tiermenschen auf alle viere herab und schoben sich langsam und lautlos aus dem Altarbezirk. Als letzter verließ der Anrufer die Szenerie.
Störungen. Regen... Kein abschließender Text. Aber der Film nahm und nahm kein Ende... Störungen, Streifen, Risse, Regen. Da stand noch immer der Hundekäfig. Da stand der Anrufer, zog den Verschlag auf:
»Wenn wir Menschen sein wollen: Tötet den Wolf in euch! Hier ist er!«
Da steckte noch immer das Messer griffbereit im Altar – *der war echt...*
Brinkmann versuchte, seine Blicke zu fokussieren. Alles verschwamm vor ihnen; nur das Messer blieb.
»Tötet! Tötet den Wolf in euch! Hier ist er!«
Plötzlich war die Gruppe der Rocker vor der Leinwand. Jeans. Lederjoppen.
»Tötet! Tötet den Töter!!«
Brinkmann sprang auf.
(Waren da Männer um ihn, die ihn zurückzuhalten versuchten? Vergebens! Er wußte, was er seiner Geliebten schuldig war!)

Irgend jemand führte seine Hand, lenkte sie exakt auf das blutrote Maul zu . . . Er stieß zu . . .
Nacht. Finsternis.
»Der Kerl ist ja stinkbesoffen!« sagte eine Stimme.
Dann schrien Frauen auf.
»Blut! Blut!«

12

»Köhlert an Köhlert. Bitte kommen!«
Köhlert hatte das Walkie-Talkie genommen. Es knackte und rauschte.
Dann kam Frau Köhlerts Stimme: »Hier auch! Hört ihr mich?«
»Laut und klar. Wir haben drei Wölfe gefangen!«
»Wo steckt der vierte?«
»Jagel versucht, im Schneegestöber seine Spuren auszumachen. Er kommt gerade zurück. Moment . . .«
»Habt ihr den Killerwolf?«
»Nein, verdammt, den haben wir genau nicht. Moment . . . Hallo?«
»Ja? Jetzt geht's euch dreckig, ohne Killerwolf!«
»Ja. Jagel sagt, er scheint zurückgetrabt zu sein. Also aufs Forsthaus zu. Er müßte also bei dir vorbeikommen!«
»Fein hast du das hingekriegt, Köhlert Hannes. Hättest du Meister Isegrim nicht eins aufs Fell brennen können?«
»Da sei Frau Doktor vor! Hör zu: Alarmier die Polizei. Die Bundeswehr. Wen immer du erreichen kannst. Dagegen hat auch die schöne Doris nichts einzuwenden!«
»Duzt du dich mit ihr?«
»Ja, aber dafür ist jetzt keine Zeit, verflucht. Hol die Polizei. Sie sollen den Flaschenhals abriegeln.«
»Geht leider nicht. Hätte längst die Polizei angerufen. Hannes, hier stimmt was nicht!«
»Was stimmt nicht? Verdammt, wir haben hier andere Sorgen!«

»Das Telefon ist endgültig hinüber. Im Radio hieß es, zahlreiche Telefonleitungen seien durch die Schneebelastungen zusammengebrochen. Unsere auch.
»Was ist mit den Spritzen und Käfigen?«
»Ja, wichtige Meldung. Ich habe einen Trecker mit Anhänger hier. Von Wilberts Hof. Ich hab dort angerufen, als die Verbindung noch einigermaßen funktioniert hat. Du siehst, Köhlert Hannes, ich bin nicht untätig.«
»Ja, ich habe die beste Frau der Welt!«
»Wenn du mir sagst, wohin ich Käfige und Spritzen schicken soll, kann ich die Männer sofort losschicken.«
»Die Wölfe sind einen Kilometer östlich der *Chinesischen Mauer* in die Falle gegangen. Wenn Wilbert mit seiner Ladung den Forstwirtschaftsweg 23 entlangfahren könnte? Von hier bis dorthin ist es eine halbe Stunde Fußweg. Wenn er Schlitten mitbringt, könnten wir dort die Käfige auf Schlitten umladen.«
»Der Treffpunkt wäre dann beim *Heilighain*?«
»Genau. Wir stehen mit einer Sturmlaterne da. Glaubst du, daß er durchkommen könnte?«
»Er fährt sofort los. Sein Schlepper ist das wintertüchtigste Fahrzeug von Frankenthal.«
Als Köhlert die Antennen zurückgesteckt hatte, horchte er auf. Auch Jagel und Doris lauschten regungslos.
Aus der Ferne kam ein Brausen heran, als nähere sich in rasender Fahrt ein Güterzug. Unwillkürlich drängten sie sich dichter zusammen und starrten einander an.
Dann war es über ihnen, riß riesige Ballen Schnee aus dem Geäst, wirbelte Zweige und Schneefontänen auf, schleuderte Doris zu Boden, fauchte, heulte und jaulte.
Jagels Sturmlaterne fiel zu Boden; und es wurde finster um sie.

Er wurde von Raserei gepackt.
Er starrte in die verhaßte Fratze des Wolfes, den zwei Ju-

gendliche aus dem Käfig zerrten und ihm grinsend zuschoben. Ich bin ganz klar, dachte er vage. Ich weiß, daß ich unheimliche Mengen Alkohol gesoffen habe, nicht erst hier, nicht erst heute abend. Die ganzen Tage schon habe ich mich systematisch vollaufen lassen ... systematisch ... Er wiederholte das komplizierte Wort ein paarmal und freute sich kindlich, daß sein Gehirn es einwandfrei und ohne Stottern denken konnte. Systematisch! Aber es macht mir überhaupt nichts aus! Ihr denkt, ich bin besoffen, aber ich bin ganz klar, und jetzt werde ich den Wolf töten, der meine Evelyn getötet hat, die meine einzige Liebe gewesen ist. Meine einzige Liebe ...
Jemand hatte ihm das Messer zugeschoben; er hatte zugestoßen. Mitten hinein in den Töter! Mit einer einzigen, treffsicheren Bewegung hatte er die Kehle getroffen.
Das Tier jaulte auf. Ein roter Sturzbach sprudelte auf den Boden. Das Jaulen ging in dumpfes Gurgeln über. Der Leib bäumte sich auf, die Glieder zuckten im Todeskampf.
Plötzlich waren bekannte Gesichter um ihn, plötzlich waren die fremden Gestalten wie vom Erdboden verschluckt.
»Brinkmann, sind Sie des Teufels?«
»Was, verdammt noch mal, haben Sie da angerichtet?«
Und wieder die Stimme: »Der Kerl ist ja stinkbesoffen!«

Der Wolf Attila stand vor der gerissenen Beute. Seine Nüstern bewegten sich auf den feinen Duftvibrationen wie Algen in der Strömung. Er war mißtrauisch; und er ahnte, daß etwas nicht stimmte. Er stand wie festgefroren, während seine Weibchen nicht widerstehen konnten und vorwärtstappten. Er wollte sie warnen; aber irgend etwas erzeugte Unsicherheit, verwirrte seinen Instinkt, wie es ihn schon so lange verwirrt hatte. Seitdem er aus

den vertrauten Schneesteppengefilden fort war, hatten seine Reaktionen ihn genarrt und verblüfft.
Mit jeder Verblüffung war sein Blutdurst gewachsen. Manchmal stürzte er sich auf Dornengestrüpp, in dem einmal ein Wiesel oder ein Jungfuchs hängengeblieben war und das noch immer einen feinen Verwesungsgeruch ausschickte. Dann wieder waren seine Reflexe so blockiert, daß er nicht einmal zupackte, wenn ein flügellahmes Birkhuhn vor ihm davonkroch.
Jetzt stand er da und registrierte mit zitternder Haut, wie die Wölfinnen auf die Beute zuschlichen. Er hatte sie selber angesprungen und geschlagen; aber jetzt war er wie blockiert.
Sie stelzten vorwärts, staksig und gierig zugleich.
Etwas in ihm trieb Erinnerungen in sein Bewußtsein, an besonnte Herbsttage in überirdisch stillen Revieren, als sie einander umspielt hatten, mit tänzelnder Rute. Sie hatten gebalgt und getobt, sorglos wie Neugeborene.
Und etwas erschreckte ihn; er ahnte nicht, was. Nervös vibrierte seine Haut in feinen Wellen. Er spürte, wie die Luft sich verwirbelte; die Strudel steigerten seine Angst. Seine Rute peitschte.
Er spürte die Erschütterung der zuschnappenden Fallen wie ein Erdbeben.
Die Glieder seiner Wölfinnen zuckten; seine eigenen zuckten – lange, bevor er ihr Heulen vernahm. Der Feind, der unsichtbare, hatte zugeschlagen.
Der Feind war überall und nirgends, seit langen Irrzügen, Mondnächten.
Er hatte ihn angeheult, angebrüllt in der Schneesteppe.
Der Feind war nicht geflohen. Er mußte vernichtet werden. Er war überall und nirgends.

13

Ganz hinten hatte das Mädchen Hertha gestanden. Sie hatte sich im Rhythmus der Musik gewiegt, und die Männer hinter ihr hatten lüsterne Blicke auf ihren Hintern geworfen. Als die Messe zu Ende war und sich die Männer an dem Käfig zu schaffen machten, hatte sie sich zum Ausgang gedrängt. Das verängstigte Tier sprang laut bellend hervor; und sie war die einzige gewesen, die gerufen hatte:
»Aber das ist ja gar kein Wolf. Das ist der Benno, der Hund vom Oberbürgermeister!«
Niemand hatte sie im Tumult gehört.
Sie taumelte die Kellerstufen hinauf, gestoßen, gedrängt, an allen möglichen Körperstellen von Männerhänden betastet. Als sie vor dem Schloß stand, verwirbelte ihr der aufgekommene Sturm die Haare. Sie schob sich aus der Masse heraus und duckte sich hinter einen Haselstrauch, bis man die Suche nach ihr aufgegeben hatte. Grölende Männerhorden zogen vorbei. Die ganze Stadt schien auf den Beinen zu sein.
Sie hatte die Wahl, inmitten der Menschenmassen gegen den Strom, zurück in ihre Wohnung zu gelangen oder sich vor den gierigen Männern in den Wald zu retten.
Der Sturm hatte den Himmel fast wolkenrein gefegt. Ein großer Silbermond schien inmitten der letzten Fetzen wild über die Föhrenwipfel zu jagen. Sie genoß das Prikkeln des strudelnden Schnees in ihrem Gesicht.
Plötzlich tauchte eine kleine Gestalt vor ihr auf.
»Jürgen Winters! Was machst du denn hier?«

Der Junge schien nicht die geringste Furcht zu haben · er genoß seinen Alleingang wie ein ganz großes Abenteuer.

»Psst! Mein Großvater ist zu den Männern hinunter und hat mich allein im Bett gelassen. Ich kann nicht schlafen. Ich bin hinunter auf die Straße. Die Wölfe haben geheult. Hast du Angst von den Wölfen? Was machst du hier?«

Sie sah ihn mit verwirrtem Blick an; ihr gestörter Geist vermochte nicht, die Zusammenhänge zu erfassen.

»Willst du mitkommen? Dann bleib hinter mir; ich trete eine Spur. Du mußt genau in meine Stapfen treten.«

Im nächsten Augenblick hatte sie ihn vergessen.

Niemand, sie selber am allerwenigsten, hätte zu sagen vermocht, was in ihr vorging. Sie sah den finstern Mischwald vor sich, der sich wie eine rissige Wand vor ihr erhob. Der Hang stieg leicht an.

Sie wußte aus lang zurückliegenden Fußwanderungen, daß sich vom Schloß ein schmaler Weg hinaufschlängelte zum Gipfel des Geyerkopfes. Er war eingeebnet und unsichtbar; aber intuitiv folgte sie seinen Windungen. Sie sank bis zu den Knöcheln ein, als sie sich vorwärts kämpfte. Sie wußte nicht, wohin sie wollte und weshalb. Es trieb sie einfach hangaufwärts. Sie lächelte. Ihr Lächeln war verzerrt, aber sie lächelte. Sie sah das Licht des Mondes; und es war das Licht, auf das sie zugehen mußte, stundenlang, tagelang, bis sie es erreichen würde. Äonenlang, wenn es sich ihr entziehen würde.

Bald begann sie zu keuchen. Aber noch im Keuchen lächelte sie. Das Licht stand groß und rund vor ihr über der Lichtung, durch deren Schneeverwehungen sie stapfte. Der Wind war mild und kühl; kein Laut war in der Nacht.

Kein Laut? Hinter ihr atmete Jürgen, das hörte sie.

Sie hielt inne, um sich über die klitschnasse Stirn, das klebende Haar zu streichen.

Oh, sie kannte die Laute der Nacht! Das Knacken der Zweige, wenn der Waldkauz aus seiner Höhle im Kurpark aufflog zum ersten Beutezug. Das Unken der Frösche im Gartenteich des einst kurfürstlichen Schlosses. Das Zirpen der Schwalben, wenn sie sich hinter dem Bauernhof für den Herbstzug sammelten. Das Bellen der einsamen Hofhunde, wenn sie den Mond anheulten.
Der kleine Jürgen zupfte sie am Mantel.
»Jetzt kann ich aber nicht mehr!«
Der Wind heulte über die Hügel. Der Weg, dessen Windungen sie verfolgt hatten, wand sich durch eine schluchtartige Senke aufwärts. Sie waren geschützt gewesen.
Vor Hertha tauchte der dunkle Schatten eines Holzstapels auf. Im Herbst wurden hier gefällte Bäume durch die Trecker des Forstamtes abtransportiert.
»Setz dich auf den Stapel und warte, bis ich zurückkomme!«
»Wohin willst du denn noch, Hertha?«
»Weiter. Ich weiß nicht. Ich muß noch weitergehen!«
»Sehr viel weiter?«
»Ich weiß nicht! Warte hier.«
Mit ihren starken, groben Armen hob sie den Jungen hoch und setzte ihn auf den Stapel. Ihre Blicke überflogen unsicher die Szenerie.
»Bleibst du lange?«
»Nicht lange.«
»Wie lange nicht?«
»Nur wenig lange.«
»Gut, ich warte!« Er hatte nicht die geringste Angst. Er fühlte sich vertraut im Wald. Sein Großvater hatte ihn oft mit hinausgenommen; sie waren hügelauf, hügelab gewandert. Der Großvater kannte jede Blume, jeden Pilz. Und jeden Stern. Ja, sie waren auch abends im Herbstdunkel losgezogen; und der Großvater hatte ihm die

Sternbilder über der Lichtung gezeigt und ihre Hauptsterne: Beteigeuze und Aldebaran, Wega und Polarstern.
»Mach nur, Hertha, ich warte schon.«
Jetzt erkannte er Orion und Siebengestirn, fahl im Licht des Mondes. Sie flößten ihm Vertrauen ein.
Hatte da nicht eben wieder der Wolf geheult?
Der kleine Jürgen lauschte. Aber das Seufzen, Knacken und Stöhnen der windgeschüttelten Stämme war lauter. Er kuschelte sich tief in seine Pelzjoppe wie in Bettkissen und schielte durch den hochgeschlagenen Kragen auf die treibenden Sterne.

Wenn sie den Mond anheulten ...
Eben hatte sie die Hunde gehört, wie sie den Mond anheulten, ganz nah. Vor ihren Augen tanzten die Masken der Tiermenschen; ein Zebra, zwei Gazellenköpfe, Affenmenschen, ein Wolf.
Jetzt sah sie den Wolf klar und konturiert vor sich.
Er stand am Ende der Lichtung, und seine grünen Augen flackerten im fahlen Mondlicht. Sie lachte. Sie hatte den Wolf während der Messe besonders bewundert – die Art, wie er seinen Kopf im Rhythmus der Litanei gewiegt hatte. Jetzt war er wieder da; Hertha mochte ihn.
Jetzt war auch das Heulen der Hunde wieder da, weit, weit entfernt. Ein heiseres Wehklagen, rauher und gleichzeitig melancholischer als alles, was sie bisher gehört hatte. Ein sanftes Rascheln und Gleiten war hinter dem silberblauen Körper des Wolfes; es klang, als schoben sich dort leise die Tiermenschen in langen Roben durch den Schnee. Silbergrau war das Mondlicht, die Nacht, die Stimmung in Herthas Herzen, friedvoll und harmonisch.
Sie machte einen Schritt auf den Wolf zu. Sie wäre ihm gern mit der Hand übers schimmernde Fell gefahren. Das letzte Mal, da ihre Hand wirklich liebevoll über die Haut

eines lebenden Wesens gefahren war, war sieben Jahre her, da lag sie, gerade sechzehn, im Stallheu; und was danach mit ihr geschehen war, ruhte wie ein schwerer schwarzer Stein abgekapselt in ihr.

Die Nase des Wolfes schillerte feucht im Mondlicht; sie sah es ganz deutlich. Sie tat einen zweiten Schritt; das Tier knurrte sanft und zog reflexhaft die Lippen hoch. Hertha fand nichts Bösartiges darin und machte den dritten Schritt.

Jetzt standen sie sich unmittelbar gegenüber, der Wolf und das Mädchen Hertha.

Sie brauchte nur die Hand auszustrecken, sie würde seine Stirn kraulen können, diesen breitstirnigen Schädel, hinter dem die Erfahrungen eines mühevollen Steppenlebens kreisten wie Gestirne.

Keiner bewegte sich.

Nur aus dem Maul des Wolfs troff Speichel. Wo er in den Schnee fiel, bildeten sich dunkle, tiefe Ringe. Vor der vagen Mondscheibe türmte sich neues, bleischweres Gewölk. Das Silberblau wechselte in fahles Fischgrau.

»Hallo, Bruder Wolf!« sagte Hertha laut und deutlich.

Jetzt kam Bewegung in das Tier.

Es scharrte nervös mit den Krallen und duckte sich.

Hetha hob ihre Hand.

Das Tier duckte sich tiefer. Der Mond wurde ausgelöscht.

Der Wolf, der Attila, der »Töter« genannt wurde, tauchte seine Schnauze tiefer in den Schnee. Er fraß gern davon; seit Tagen hatte er kein fließendes Wasser mehr gefunden, das so rein schmeckte wie Schnee.

Er war den Fallen in Panik entsprungen. Er hatte noch einmal seine Nüstern hoch in den Himmel gereckt und tief die Witterung der gefangenen Wölfinnen eingesogen. Die Erregung vibrierte bis in seine Eingeweide hin-

ein; er ahnte, daß er von nun an seine Spuren allein weiterziehen würde. Bedrängnis und Bedrohung würden wachsen. Irgendwann würde die riesige Falle, in die er beim Verlassen der vertrauten Jagdgebiete langsam hineingeraten war, zuschnappen.
Er hatte vergessen, wie taufrisches Gras duftete. Verlernt, was man im grünen Licht eines Buchenwaldes tat, wenn man die Spur eines Wiesels fand. Betäubt hielt er manchmal inne, wenn er auf Menschengeruch stieß. Jahrtausende uralter Erfahrungen, die in ihm waren, warnten ihn und befahlen, die Flucht zu ergreifen. Aber da waren neue, seltsame Sensationen, die seine atavistischen Instinkte überdeckten und nie geahnte Aggressionsreflexe auslösten: metallisches Rumpeln und Klikken, kombiniert mit menschlichem Geruch, war ein solcher Auslöser.
In Augenblicken der Gefahr schnüffelte er mehr und länger, als angemessen war. Wenn seine Sinne erfuhren, wie gefährlich die Verzögerung war, schlugen seine Reflexe ins Gegenteil um: Er biß zu, wo er früher die Schnauze auf den Boden gedrückt, mißtrauisch nach oben schielend, den Angriff abgewartet hatte.
Er war gewohnt gewesen, daß das Steppengras bis zum Unterleib reichte, wenn man hindurchstrich. Er liebte den vertrauenerweckenden Kitzel. Jetzt folterte die Härte des Bodens seine Fußballen. Selbst das Wild schien trockener, saftloser zu schmecken. Hinter jedem Busch konnte das verhaßte, allgegenwärtige Metall auftauchen: Wälle, Türme, vorbeihastende stinkende Ungeheuer.
Oft zog sich sein Magen im Schrecken zusammen, obwohl er vertraute Beute gerissen hatte: Geräusche, seltsame Nuancen im Fleischgeschmack terrorisierten ihn. Oft glaubte er zu spüren, daß Herbst und Winter, daß Tag und Nacht weniger eindeutig und unmißverständlich wurden; alles ging ineinander über, nichts war ganz echt.

Die Helligkeit war weniger hell, die Finsternis weniger finster als früher. Das Gras roch weniger intensiv, sein Grün war weniger grün. Alles schien krank, blaß, fade geworden zu sein.
Er war ein Vagabund, ein Nomade in einer Landschaft geworden, die nicht die seine war.

14

»Köhlert an Köhlert!« drängte eine weibliche Stimme. »Bitte kommen!«
Jagel hörte die Worte, aber er verstand ihren Sinn nicht. Ich stehe auf, dachte er, ich setze mich an den Frühstückstisch, den hat Doris gedeckt: Graubrot, Knäckebrot, Pumpernickel; ich mag kein Weißbrot. Hausmacher Leberwurst und Schinken – keine Marmelade, gräßlich! Gräßlich ... Er versuchte, sich zu konzentrieren. Ich sitze da und werfe einen Blick in die Zeitung; Doris holt die Eier herein. *Attila verwandelt Abendland in Steppe. Unter den Opfern auch Jagel, Klaus, gestorben in treuer Pflichterfüllung. Bei erneuten Einfällen asiatischer Horden kam auch einer der prominentesten Vertreter abendländischer Kultur, Waitzenburg, Hermann der Cherusker, ums Leben. Aus Trauer über diesen Opfertod wird der Schlacht bei Bad Frankenthal alljährlich mit dreitätigem Freudenfest gedacht werden* ...
»Köhlert an Köhlert! Wo steckt ihr Mannsleute denn?«
Jagel raffte sich auf: Nacht. Wald. Finsternis. Die Stimme.
Die Stimme aus dem Walkie-Talkie. Frau Köhlert! Die Wölfe!
»Frau Köhlert, hier Jagel! Hier Schneesturm ... Moment!«
Er rappelte sich hoch, stand schwankend auf den Beinen. Der Sturm heulte. Die Kälte biß in sein Gesicht.
»Bitte kommen! Versteh kein Wort!«

Jagel umklammerte sein Sprechgerät und drückte es dicht an die Lippen.

»Frau Köhlert: Wir sind von einem Sturm überrascht worden. Die ersten Böen haben uns umgehauen! Aber wir haben die Wölfe!«

»Weiß ich doch schon!«

»Wir haben sie! Wir haben sie!«

»Auch Attila, den Töterwolf?«

»Moment mal...« Jagel strich sich über die schmerzende Stirn. Ein Sturmwirbel hatte ihn ausrutschen, auf eine Wurzel schlagen lassen. »Nein, den haben wir nicht!«

»Hier kommt eine wichtige Meldung! Ist Hannes in Ordnung?«

»Hannes?« Jagel sah sich um. Da tauchte neben ihm Köhlert auf, der hielt eine Frau im mächtigen Gorilla-Arm. »Ja, Ihr Gatte ist anwesend, voll und ganz...« Doris machte sich frei. Jagel hielt das Mikrofon mit der Hand zu. »Bist du... seid ihr okay?«

»Okay!« zeigte Doris mit dem Daumen.

»Hier ist die Taschenlampe!« Köhlert schaltete sie ein, wischte den Schnee vom Glas.

»Hier Hannes!« Köhlert hatte das Gerät übernommen. »Was gibt's?«

»Wollte euch sagen: Trecker ist abgefahren.«

»Dann müssen wir uns beeilen! Hier tobt ein Sturm!«

»Was für ein Sturm? Hier ist es... nein, nicht windstill. Ein bißchen böig. Aber kein Sturm.«

»Hier schon! Okay, wir ziehen los!«

Jagel ergriff Doris Hand; er glaubte, durch die Handschuhe hindurch ihr Blut pulsen zu fühlen.

»Nichts passiert?«

»Noch nicht! Was jetzt? Dieser Sturm... Der nimmt mir den Atem...«

Sie hatte ihren Schal aufs Gesicht gepreßt.

Noch nie hatte Jagel so intensiv einen nächtlichen

Schneesturm erlebt. Er hatte sie aus dem nächtlichen Schneegrau angesprungen wie Attila, genauso heftig und tückisch. Jetzt hatte sich der Wald, hatten sich Schnee und Stille in eine Orgie von Gewalt verwandelt.
Der Sturm hatte den Himmel aufgerissen. Der Mond stand voll und gelb über den Fichten; Wolkenfetzen jagten zerfleddert vorbei. Der Wald seufzte und stöhnte unter den Böenschlägen; der Schnee trieb in wirren Wirbeln waagerecht vorbei. Krachend brachen die geschüttelten Äste unter den gepeitschten Schneemassen zusammen.
Durch das Heulen des Sturms klangen die Schmerzens- und Schreckensschreie der gefangenen Tiere.
Jagel spürte, wie sein Gehirn zuverlässig und klar zu arbeiten begann. Als habe der Sturm einen reinigenden Strom hindurchgejagt. Er zerrte an seinem Rucksack und zog die Sturmlaterne heraus.
»Wir hängen sie an diesem Ast auf. Damit wir die Wölfe wiederfinden – auch wenn sie nicht mehr jaulen! Kommt her! Ich will die letzten Sturmhölzer anzünden!«
Sie stellten sich schützend um ihn; Köhlert breitete seinen Mantel aus. In seinem Schutz zündete Jagel die Laterne an. Dann knüpfte er sie sturmsicher an einem dicken Buchenast fest.
»Jetzt los!« drängte Doris. »Die Männer mit den Spritzen und Käfigen abfangen!«
Sie schrie die Worte in den Sturm hinein. Aber nur Jagel, der dicht neben ihr stand, hörte sie.

Die Brückenlampen des Wasserschlosses warfen gespenstische Schatten über die Menschengruppen, die sich unentschlossen auf dem Schloßplatz zusammenfügten und wieder trennten. Niemand mochte allein den finstern Weg zurück in die Stadt gehen; und niemand mochte den Anfang machen.
Angeregt, erregt, beschwipst oder volltrunken diskutier-

ten sie oder schrien einfach ihre Meinung zu dem seltsamen Abend in die Nachtluft.
Das blutrünstige Ende hatte alle aufgewühlt. Da der Keller geschlossen werden mußte, aber noch Alkoholika vom Stand übriggeblieben waren, baute der Schankwirt kurzerhand seine Bretttheke auf der Schloßbrücke auf und schenkte neu aus. Ein paar Verwegene sprangen aufs Eis des umringenden Schloßgrabens und begannen zu schlittern.
Eigentlich wollten die Bad Frankenthaler Bürger nach der Filmveranstaltung den tief verschneiten Waldweg zurück in die Stadt nehmen.
Niemand hätte später zu sagen gewußt, wer oder was die Wende bewirkte. Plötzlich war ein Gerücht da, das von Gruppe zu Gruppe weitergegeben wurde:
Das Mädchen Hertha, ja, die mit dem appetitlichen Hintern, die sei spurlos verschwunden. Jemand habe beobachtet, wie sie sich seitwärts in die Büsche geschlagen habe. Mit einem Mann? Natürlich mit einem Mann, derlei rasante Puppen schlügen sich immer mit Männern in die Büsche! Bei der Kälte? Im Sturm? Auch da, Hertha wäre nicht Hertha, wenn sie es nicht auch bei arktischer Kälte im Schneesturm treiben würde. Die konnte doch immer und jederzeit.
Aber jetzt war sie verschwunden. Männer, die sie beobachtet hatten, waren ihr nachgegangen – keine Spur mehr ... Ob da der Wolf dahintersteckte?
Einer griff das Stichwort auf: Die Wölfe stecken dahinter! Hatte denn jemand die Wölfe gesehen? Gesehen nicht, aber man wußte ja Bescheid. Was wußte man? Die Wölfe waren hinter der Hertha her, das wußte man jetzt.
Die Richtung? Ja, hinauf zum Forsthaus! Und auch hinauf zur Jägerklause, wo die kleine Christiane ... Da war Bernt Egeler, der rasch seine Gruppe WOLFSKILL zusammengerufen hatte. Sie hatten kläglich versagt, mit ihren

selbstgedrehten Lassos und Schlingen, ihren illegalen Pistolen und Flinten, ihren Fallen und Rindslederpeitschen. Jetzt bot sich die Gelegenheit zur Revanche, zur Wiederherstellung des lädierten Rufes.
»Männer! Auf! Mir nach! Die Polizei hat heute nacht Wichtigeres zu tun, als uns ehrbare Bürger vor den reißenden Bestien aus dem Osten zu schützen! Sie muß Parkplatzsünder aufschreiben, deren eingeschneite Autos seit Tagen die Parkuhren blockieren!«
Da war auch die Gruppe der Rocker, die erfolgreich Zwietracht zwischen den einzelnen Gruppen säte und sie gegeneinander in Harnisch brachte.
Bald bewegte sich eine lärmende, weit auseinandergezogene Schlange zum Forsthaus hinauf. Die vorderen Reihen bahnten wie ein Schneepflug eine Passage für die weniger Starken und Ausdauernden. Egeler versuchte sich mit seinen Männern mehrfach vergeblich an die Spitze zu setzen. Baade – mit Sympathisanten aus der Bürgerinitiative RETTET UNSERE KINDER – war zunächst mit Karlshoofen und einigen Feuerwehrleuten allen voraus – bis ihm das Schneepflugspiel zu anstrengend wurde. Er war schließlich nicht mehr der Jüngste, schon gar nicht der Schlankste.
Trotzdem hielten beide atemringend durch – sie hätten gern als Initiatoren der Spontanaktion gegolten. Niemand kannte genau Zweck und Ziel, auch Baader und Karlshoofen hätten keine Antwort gewußt. Dazu waren die Köpfe allemal zu sehr durch Obstler und Bier vernebelt worden.
Wenn sich irgendwo die Schlange staute – weil Männer strauchelten und bequemlichkeitshalber gleich liegenblieben, weil Partyfackeln funkensprühend auseinanderbrachen (wer hatte sie eigentlich kostenlos verteilt?) oder weil die Spitzengruppe an einer Krümmung in den Wald geraten war, statt der einstigen Straße zu folgen –, dann

munterten Sprechchöre (wer hatte sie initiiert?) die Massen auf, nicht zu kapitulieren.

»Naturschutz für Wölfe! Wir fordern Kinderschutz für Kinder!«

»Lieber den Wald ohne Wölfe als das Heim ohne Kinder!«

»Der Wolf! Der Wolf ist los! Tötet den Wolf!!«

Der Schrei setzte sich durch die Vorwärtsstürmenden von vorn nach hinten fort, bis er wie ein Bekenntnis aus aller Munde stieg. Die letzten Reihen glaubten, vorn sei er bereits gesichtet worden und drängten um so heftiger nach. Die Spitze fühlte sich angestachelt und wollte nicht als zaghaft gelten.

»Das Schwein! Nieder mit ihm! Nieder mit allen Schweinen!!«

Baader und Karlshoofen, die von der Spitzengruppe immer mehr zur Mitte abgefallen waren, wußten längst, daß ihnen die Kontrolle entglitten war. Die Vorgänge spielten sich nach Gesetzen ab, gegen die sie machtlos waren. Auch vor ihnen hatte der Rausch nicht haltgemacht, und es war angenehm, sich auf seinen Wogen treiben und schieben zu lassen.

»Killt sie! Killt sie!!«

Egeler versuchte einen Witz, um die Hysterie aufzulockern. Er rief in die tobende Menge: »Erst Rotkäppchen, dann die sieben Geißlein! Weg mit ihm!«

Baader fügte hinzu: »Wer Rotkäppchen frißt, der frißt auch unsere Kinder!«

Die Masse griff die Stichworte sofort auf und kombinierte neue Schlachtrufe:

»Killt den Rotkäppchen-Killer!«

»Killt alle, die den Rotkäppchen-Killer in Schutz nehmen!«

15

Waitzenburg saß allein bei einem kleinen Samstagabend-Spätimbiß, als das Telefon klingelte. Ärgerlich über die Störung schob er Hühnersalat, Toast und Pils beiseite und ging zum Hörer. Ellertsen war am Ende der Leitung.
»Sie haben mir gerade noch gefehlt, Ellertsen. Mit Ihnen rede ich doch gar nicht mehr!«
»Es wäre aber doch klug von Ihnen, mit mir zu reden! Ich habe einen heißen Tip für Sie. Brandheiß!«
Geschult und routiniert wie er war, biß der Direktor keinesfalls an.
»Sie haben mich mit Ihren Sensationsberichten hübsch in die Scheiße geritten. Oberbürgermeister und Kurdirektor unfähig, mit ein paar herumstreunenden Wölfen fertig zu werden!«
»Das haben wir nie geschrieben. Nicht im entferntesten!«
»Hab ich auch nicht behauptet. Aber jeder, der Ihr Käseblatt liest, muß zu dieser Folgerung gelangen.«
»Man kann den Lesern das Denken nicht verbieten. Aber jetzt hören Sie zu . . . Wieso habe ich Ihnen gerade noch gefehlt?«
»Frau Migräne und damit übelste Laune. Mit Damen aus dem Wohlfahrtskomitee abgedampft ins Kino. Kaum Bier im Haus. Scheißsamstag!«
»Hier kommt mein Tip!«
»Moment, hol mir nur mal was zu Knabbern ran. Mordshunger plötzlich!«

Waitzenburg ließ sich demonstrativ viel Zeit.
Endlich konnte Ellertsen seine Neuigkeit loswerden.
»Zwischen Schöllbronn und dem Forsthaus tut sich was. Da war irgend so ein Underground-Film gelaufen für die reifere Jugend oder so. Riesentreff, Highlife, alles versammelt: Hippies, Rocker, Linke, Chaoten, Greise über sechzig, die noch mal achtzehn sein möchten...«
»Sagen Sie dem Schlachtermeister Uhlers, er soll 'ne Würstchenbude aufmachen, damit die Leute nicht verhungern.«
»Ja, richtig gemütliches *social life*! Aber nach dem Film, da ging es rund. Die Leute sind in so 'ne Art Rausch geraten.«
»Sexorgie im Kino?«
»Nee, weiß nicht. Aber da haben sich eine Menge einfache Leute unter die Randalierer gemischt. Bauern hauptsächlich, die hier sonntags in unseren Kneipen ihre Subventionen versaufen. Es geht jetzt um den Wolf!«
»Um den Wolf! Mann, Ellertsen, hätten Sie das nicht schon mal eher sagen können?«
»Sie mußten ja unbedingt erst noch drei Gänge zu sich nehmen!«
»Was ist mit dem Wolf?«
»Er soll gesichtet worden sein. Im Wald oberhalb des Wasserschlosses. Der Wald geht doch im hinteren Teil in Ihr Revier über, nicht?«
»Ja. Aber da kann kein Wolf sein. Ich habe meinen Revierförster mit der Sicherstellung der Wölfe beauftragt, – das wissen Sie doch! Ich habe Europas berühmteste Wolfsforscherin dazu geladen. Ich habe...«
»Herr Waitzenburg, dies ist keine Pressekonferenz. Haben Sie denn gar keinen Kontakt zu Ihren Spezialisten?«
Der Direktor verschluckte sich. »Das ist doch gerade das Handikap! Da ist 'ne Telefonleitung zusammengebrochen – ausgerechnet zum Köhlert hin im Forsthaus. Aber

die Leute stehen ihren Mann, da können Sie Gift drauf nehmen!«

»Jetzt soll aber ein Wolf gesichtet worden sein. Frei umherlaufend. Jetzt ziehen sie alle zum Forsthaus rauf; den Wolf wollen sie jagen! Mit Hacken, Schaufeln, Mistgabeln und Kinderpistolen. Die Leute sind besoffen; aber man sollte sich mal drum kümmern. Deshalb hab' ich Sie angerufen. Sie sollten sich mal drum kümmern. Die Leute zur Ordnung rufen. Ihnen klarmachen, wer hier wirklich den Wolf jagt!«

»Ellertsen, was ist mit der Polizei?«

»Bis jetzt ist die mit einundzwanzig Auffahrunfällen in Richtung B 276 und Autobahn beschäftigt. Die Leute drehen heute einfach alle durch. Ich hab' den Anruf höchst geheim gekriegt, da weiß noch keiner, daß da was im Busch ist im Wald. Nur Sie!«

»Sie haben wohl ein schlechtes Gewissen? Kann man denn da hin mit dem Wagen? Meines Wissens ist der Weg zum Forsthaus nicht mehr befahrbar.«

»Mit Schneeketten schon.«

»Ich hab' keinen Wagen mit Schneeketten mehr. Den großen hat der Jagel und die Jagdgruppe. Mit dem Porsche ist meine Frau ins Kino!«

»Ich hab' vor, meinen besten Reporter hinzuschicken. Der hat einen wintertüchtigen Volvo. Soll er bei Ihnen vorbeikommen?«

»In knapp zehn Minuten bin ich ausgerüstet!«

»So rasch geht's nicht. Aber in, sagen wir, fünfundzwanzig ist er da. Sie sehen, ich will nur das Beste für Ihre Public Relations!«

»Wir reden später mal drüber, Ellertsen. Vielen Dank erst mal. Vorausgesetzt, es ist keine Zeitungsente!«

»Die Ente wird ein Wolf sein!« witzelte Ellertsen und legte auf.

Bei diesem Unternehmen haben wir alle Fehler gemacht, dachte Doris, während sie sich mühsam gegen die Sturmböen vorwärtshangelte. Aber meine waren die verheerendsten! Ich hätte eher an die Spritzen denken müssen; ich hätte sie bequem einstecken können. Dann wären die Wölfe jezt betäubt. Die Tiere würden nicht leiden ... Sie duckte sich tief in ihren Mantelkragen. Andererseits hat meine Absicht, die Wölfe zu retten, dazu geführt, daß Attila frei herumjagt. Der einzige gefährliche Wolf!
Hannes hätte ihn schießen können – vielleicht ... Nein, er hatte auf Goldauge angelegt; er hätte Attila nie getroffen. Trotzdem ... Jedes Opfer, das Attila jetzt fordert, geht zu meinen Lasten! Und er wird angreifen; er ist jetzt eine reißende Bestie: Attila, der »Töter«!
Doris, die Komplizin des Töters!
Plötzlich ergriff jemand ihre Hand.
»Klaus!«
Er hörte sie nicht. Der Sturm heulte.
»Doris, wir schaffen das schon!«
Sie hörte ihn nicht. Der Sturm heulte.

Da brachen ganze Äste voller Schneelasten krachend vor ihnen herunter. Einmal wurde Köhlert zugedeckt, ein andermal Jagel. Und Jagel dachte daran, daß sie diesen Weg nun noch einmal zurück mußten – mit den leeren Käfigen. Und dann noch einmal, nämlich mit den vollen Käfigen!
Immerhin, dachte Köhlert, der ähnliche Gedankengänge hatte, noch schlimmer wäre dieses Unternehmen gelaufen, wenn wir nicht nur die halbe Stunde bis zu Wilberts Trecker, sondern bis zum *Home Sweet Home* gehabt hätten. Es lebe Wilberts Trecker.
Das gottverdammte Elend ist nur, dachte Doris und versuchte, mit ihren Skiern über Schneewälle zu setzen, die

wie durch ein Erdbeben aufgewölbt worden waren, daß der einzige Wolf, der überhaupt gefährlich ist, nach wie vor in Freiheit ist. Damit ist das ganze Unternehmen gescheitert.

16

Mit zäher Verbissenheit arbeitete sich Köhlert vorwärts. Seine Wut auf den Wolf Attila, der ihnen die qualvollen Stunden eingebrockt hatte, war größer als die Angst vor seinen Zähnen. Er fragte sich verzweifelt, wie eine Frau, die noch dazu eine Studierte war, diese Strapazen aushielt. Waren die Männer heute auch nicht mehr das, was sie mal gewesen waren?
Er versuchte sich vorzustellen, er sei auf Safari in Kenia und kramte seine letzten Brocken Suaheli aus dem Gedächtnis:
»*Martini ya mawe bili!*« sagte er laut in den heulenden Sturm hinein.
Ja, jetzt zwei Martinis mit einer schönen, interessanten Frau an einer Bar in Arusha!
»Trecker schon in Sicht?« keuchte Jagel und versuchte, aufzuholen und gleichzeitig Doris nicht allein zurückzulassen.
»*Nenda kutazama tommy na lete hapa upesi kidogo, bloody nugu!*« schrie Köhlert; Jagel nickte apathisch.
Ja, geh nach der Thompsongazelle gucken und bring sie her, ein bißchen schnell, wenn's geht, du blöder Affe! Statt dessen war er bei den letzten Worten ausgerutscht und robbte jetzt auf allen vieren! Hol das große Gewehr für den Herrn hervor und lade es gleich mit Patronen, schnell!
»*Toa bunduki mkubwa kwa bwana, upesi upesi, na tia risasi!*«
»Da steht der Trecker!« rief Jagel. »Falls du das meinst!«

Und da stand breitbeinig der Bauer Wilbert im Scheinwerferlicht des gemütlich tuckernden Treckers und lachte seine beiden Helfer an. Er zog eine verbeulte Thermosflasche hervor und goß einen köstlich dampfenden Schluck Kaffe in die Plastikbecher.

»Köhlert an Köhlert.«
»Hier Köhlert. Habt ihr Wilbert?«
»Wir haben ihn! Die Schlitten sind schon abgeladen. Die Käfige drauf. In fünf Minuten ziehen wir los. Zurück!«
»Wer ist wir, Hannes?«
»Wir drei. Wilbert wartet mit seinen beiden Männern auf unsere Rückkehr.«
»Müßt ihr unbedingt alle drei zurück?«
»Ja. Doris ... Frau Doktor, weil sie spritzen muß. Ich, weil ich mit dem Gewehr Deckung gebe. Wegen Attila. Nur Klaus könnte zurückbleiben. Kann aber nicht. Wird schwierig sein, die lieben Hundchen zum Stillhalten zu bringen, wenn es pieks macht.«

»Klaus?«
»Doris?«
»Ich weiß nicht, ob ich das schaffe. Noch mal zurück, noch mal hierher.«
»Wenn du mir zeigst, wie man spritzen muß ... ich mach das schon!«
»Unmöglich! Du mußt leuchten. Zur Not auch einspringen, wenn sich die Tiere wie wild gebärden!«
Sie strich ihm über die Stirn. Es war der einzige Teil, der nicht gegen den Sturm geschützt war.
»Ich könnte es trotzdem versuchen.«
»Danke. Ich werde es schon schaffen! Dein Angebot hilft mir mehr als drei Tassen Kaffee!«

Der Rückweg bereitete trotz der käfigbeladenen Schlitten wenig Schwierigkeiten. Ihr Durchhaltevermögen hingegen war auf dem Nullpunkt. Die Aussicht, den gleichen Weg zum drittenmal – und dann mit den beladenen Käfigen – zurücklegen zu müssen, raubte ihnen allen gleichermaßen den Mut. Sie waren weder Helden noch Supermenschen; niemand war auf eine derartige Strapaze körperlich vorbereitet.

Vor ihren dampfenden Kaffeebechern hatten sie kurz die Möglichkeiten des Rollentausches besprochen und sie alle verworfen. Doris wurde wegen der Spritzen benötigt, Jagel wollte sie auf keinen Fall allein lassen, Köhlert war der beste Schütze. Wilbert und seine Leute mußten zurückbleiben, weil Frau Köhlert versäumt hatte, ihnen Skibretter mitzugeben.

Um durchzuhalten, stellte sich Köhlert auf dem Rückweg einzelne Szenen wie Fotos vor, die er tagebuchartig kommentierte:

Köhlert vor dem erlegten Mordwolf. Ein recht einschüchterndes Biest, der Töter!

Hannes Köhlert vor einer sehr toten Bestie.

Schneesturm die ganze Nacht. Keuchende Luftmassen, brüllende Raserei.

Das Fernsehen: Sie haben Ihre Jagderfahrung, die schließlich zu diesem schönen Ergebnis geführt hat, in Afrika gesammelt? – Mein Lieblingsgewehr war dort eine Winchesterbüchse vom Kaliber .9,5. Sie entspricht in der Leistung unserer deutschen .9,3, wenn man vierundsechziger Patronen benutzt. Mit Hochleistungspatronen konnte man sie gut gegen Großwild benutzen.

»Sie leben und sie heulen noch!« sagte Jagel.

Sie waren wieder bei den Wölfen; Köhlert mußte minutenlang im Gehen geschlafen haben.

Jagel vollbrachte wahre Meisterleistungen im Nahkampf

mit den Wölfen. Er sprang sie von hinten an. Er drückte ihren Kopf zwischen die Vorderläufe, mit denen sie gefangen in den Eisen hingen. Kaum weniger dramatisch war Doris' Kampf mit der Tücke des Objekts. Unter dem Schutz von Köhlerts weit gebreitetem Mantel mußte sie mit froststeifen Fingern die Spritzen vorbereiten und sie in die Hinterschenkel des Tieres stoßen, das Jagel – rittlings auf ihm hockend – zur Ruhe zwang.
Im Sturm, beim flackernden Licht der Sturmlaterne, mit zu Boden fallenden Kanülen und Streichhölzern, bot das Unternehmen kaum weniger Tücken als Jagels Versuch, ein Feuer zu entzünden.
Tatjana, Goldauge, Katharina die Große . . . endlich lagen alle drei Tiere apathisch im Schnee, nur die Flanken zitterten nervös.
Köhlert stellte sich mit entsichertem Gewehr vor jedem einzelnen Tier auf, dessen Falleisen gelöst und das von Jagel in den von hinten herangeschobenen Käfig gezerrt wurde.
Katharina die Große war auch die schwerste, Köhlert mußte seine Waffe im Stich lassen und helfen. Dann wuchteten die beiden Männer die besetzten Käfige auf die Schlitten, banden sie fest und traten den Rückzug an.
Der Sturm hatte den Himmel leergefegt, ein voller, runder Mond stand über den Spessartfichten.
Wenn Jagel den Mund öffnete, drückte der Sturm ihm den Atem zurück in die Lunge. Fauchend zerrten die Schneeböen an den Käfigen. Die Schlittentaue knatterten. Doris duckte sich wie unter Faustschlägen.
Sie zogen ihre Schlitten an. Der Mond stand, Vertrauen ausstrahlend, über ihnen. Zuversichtlich begannen sie den Rückzug. Die Zugriemen schnitten tief in die Kleidung; sie spürten den Druck auf dem Schlüsselbein. Aber sie kamen vorwärts.

Wäre das Gelände so geblieben wie am Anfang, so wären sie in vierzig Minuten wieder beim Trecker gewesen. Sie bewegten sich in einer schmalen, glatten Furche zwischen zwei dünenähnlichen Bodenwellen. Dann legten sich die Wellen quer; und jeder Anstieg machte sich schmerzhaft bemerkbar. Auf den Kuppen lag der Schnee dünner, der Bodenwuchs drang durch; die Schlitten verhakten sich. Hangabwärts rutschten die Schlitten so schnell, daß sie rennen und springen mußten, um nicht überfahren zu werden.

Ein Dünenrücken folgte dem anderen, die Abhänge wurden steiler, der Schnee gefährlich locker. Auf dem Hinweg war ihnen dieser Tatbestand nicht bewußt geworden. Doris litt am meisten. Sie blieb oft stehen, um Atem zu holen. Ihre Knie zitterten vor Müdigkeit. Die Lippen waren schmerzhaft aufgeplatzt, die Wangen brannten, und die trockene Frostluft erzeugte Durst.

Immer war Jagel in ihrer unmittelbaren Nähe, bereit, zu schieben, ihren verhakten Schlitten flottzumachen, ihr Trost zuzusprechen.

Sie stolperte von Hügelkuppe zu Hügelkuppe. Sie wunderte sich, daß die Zeit so langsam verstrich – sie waren erst seit zwölf Minuten unterwegs.

Kaum hatte Köhlert auf die Uhr gesehen, als das Walkie-Talkie anschlug:

»Köhlert an Köhlert.«

»Hier Hannes, was gibt's? Wir sind in einer halben Stunde bei Wilbert. Wölfe verladen.«

»Hannes, hier stimmt was nicht. Ich habe Angst!«

»Was ist los?«

»Da kommt ein seltsamer Fackelzug den Weg zu uns herauf.«

»Und?«

»Was wollen die? Mindestens hundert Leute!«

»Und?«

»Nichts und! Mir ist unheimlich. Sie grölen und singen!«
»Was singen sie?«
»Alles mögliche durcheinander. *O du schöner Westerwald*, zum Beispiel.«
»Ruf die Polizei!«
»Kann ich doch nicht. Telefonleitung kaputt! Was wollen die hier oben? Mir ist unheimlich!«
»Wir kommen so rasch wie möglich!«
»Am liebsten noch etwas rascher!«
Jetzt war es Köhlert, der die anderen vorwärtstrieb.

Jagel hatte einen Motor, der ihn alle Erschöpfung vergessen ließ: sein Haß auf Attila. Wenn der Wolf weiter tötete, fiel jedes Opfer auf Doris zurück – das hatte er klar erkannt. Und Attila würde töten, und es gab nur zwei Möglichkeiten für ihn: Er war durch seine Blutgier zurückgetrieben worden in die Nähe der Frankenthaler Bürger – oder er schlich noch immer um sie herum und waretete auf eine Gelegenheit, sie aus dem Dunkel der Hecken anzuspringen.
Köhlert sicherte schon lange nicht mehr. Er trug sein Gewehr umgehängt und hatte nur noch vor, möglichst rasch ins Forsthaus zu gelangen.
Um so umsichtiger ging Jagel vor; und immer blieb er dicht bei Doris.
Das Mondlicht tauchte den Wald in einen bläulichen Schimmer. Die Schneekristalle funkelten wie Diamanten. Die Bäume warfen schwere, tiefblaue Schatten. Birken, dachte Jagel, gibt es die tatsächlich noch in einem deutschen Forst? Die schlanken, silbernen Stämme wanden sich graziös wie Ballettänzerinnen. Lichtes Unterholz – hier konnte sich kein Wolf verstecken!
Hier nicht! Aber schon war der Birkenhain zu Ende, wurde abgelöst durch Hainbuchen. Die Hainbuchen gin-

gen über in soliden Lärchenwald, und dann waren die Fichten wieder da – die schattenreichen ewigen deutschen Fichten!
Er erinnerte sich: Hinter den Fichten lag eine Senke, hinter der Senke kam eine Eschengruppe, dahinter war ihr Ziel, wartete Wilberts Trecker.

17

Der Volvo mit Waitzenburg und dem Reporter Tommosius stieß einen Kilometer oberhalb der Wasserburg und zweieinhalb Kilometer vor dem Forsthaus auf den Zug. Der Reporter war ein bärtiger junger Mann Mitte Dreißig, dessen Fotos unter dem Kürzel *tom* publiziert wurden. Im Fond des Wagens lag ein riesiges Arsenal von Tele-, Weitwinkel- und Zoomobjektiven ausgebreitet. Als Spezialität hatte er eine Leuchtpistole bereit, in deren Handhabung er Waitzenburg eingeweiht hatte: Mit einer Brenndauer von zwölf Sekunden schwebte an einem Fallschirm eine Fackel zur Erde, die – vietnamerprobt – die Nacht in Taghelle verwandelte.
Als die Scheinwerferkegel zum erstenmal die mühsam aufwärtsziehende Menschenmasse erfaßten, erschrak Waitzenburg. So hatte er sich das Samstagabend-Vergnügen seiner Bürger nicht vorgestellt! Da wälzte sich eine Menschenmenge unaufhaltsam wie ein Stoßkeil vorwärts – mit Gesängen, Parolen, Schlachtrufen. Das war kein harmloser Scherz mehr, der von den ewigen Anarchisten und Berufslinken in eine Möchtegern-Demonstration umfunktioniert werden sollte. Das war blutiger Ernst; und offensichtlich war das, was sich hier ohne Zutun der obligatorischen Sündenböcke abspielte, noch bedrohlicher.
Der Zug wurde von Fackelträgern umsäumt. Irgend jemand mußte seinen Lagerbestand an Partyfackeln und Gartenleuchten verramscht haben. Wenn der Zug an der Spitze stockte, weil Schneeverwehungen den Weg ver-

sperrten, wurde er von hinten mit rhythmischen Rufen angefeuert:

»Jagt ihn, schlagt ihn, killt den Wolf. Jagt ihn, schlagt ihn, killt den Wolf. Jagt ihn, schlagt ihn, killt den Wolf!!«

Zwischen den Stimmen wurde das dumpfe Pochen einer Tamtam hörbar. Da gab es also ein paar Afrika-Touristen, dachte Waizenburg, die sich aus Kenia Pseudo-Eingeborenentrommeln mitgebracht hatten. Hier bot sich eine günstige Gelegenheit, mit diesen Errungenschaften zu prahlen! Er versuchte, die Dinge harmlos zu sehen, aber als er beobachtete, wie der aufreizende Rhythmus alle erfaßte und das Gleichmaß der Rufparolen zerstörte, würgte es ihn in der Kehle. Bald hatte er im scheinbaren Chaos zwei Hauptgruppen ausgemacht, die sich kontrapunktisch ablösten, unterbrachen oder ergänzten: die Jugendlichen mit ihren Beat- und Rockrhythmen, die sich im Scheinwerferlicht zu einem eigenartigen vorwärtsdrängenden Tanzrhythmus zusammendrängten und auf die Schläge der Tamtam ansprachen. Und eine zweite Gruppe der Älteren, der Neugierigen, der wutentbrannten Bauern und Bürger, die auf straffen Rhythmus reagierten, die kernige Parolen in die Menge schleuderten und vorwärtsmarschierten, als wollten sie ein imaginäres Reichstagsgebäude oder eine feindliche Stellung stürmen.

»Hasch!« sagte Waitzenburg zu Tommosius. »Rauschgift. Marihuana. LSD!«

»Schnaps!« erwiderte Tommosius nüchtern. »Obstler! Bärenfang! Bier, faßweise!«

»Schöne Scheiße!« bemerkte Waitzenburg. »Da kommen wir nie durch!«

»Vorläufig nicht!«

Aber hier hinten war Waitzenburg völlig ohne Bedeutung. Niemand hatte dem Wagen bisher überhaupt Beachtung geschenkt, geschweige denn den hinter den

Scheinwerferlichtern versteckten Oberbürgermeister entdeckt.

Wilbert schob Doris auf den spartanischen Beifahrersitz. Die provisorische Stoffverkleidung flappte und klapperte im Sturm. Hinten waren Köhlert und Jagel aufgesprungen. Der Schlepper ruckte an; haltlos mahlten die riesigen Räder im Schnee, dann faßten sie. Der Trecker sprang vorwärts wie ein Raubtier auf seine Beute.
Hinten versuchte Jagel, Sprechfunkverbindung mit dem Forsthaus herzustellen. Drei mißlungene Versuche; niemand hatte geantwortet.
»Kälteschock!« kommentierte Köhlert lakonisch.
»Scheißtechnik! Nie in Alaska erprobt!«
Jagel griff reflexhaft in die Käfigstäbe, um sich Halt zu verschaffen. Wilbert donnerte über den schmalen, kurvenreichen Holzabfuhrweg, als wolle er ein internationales Rennen für Trecker gewinnen.
»Weiß nicht . . .« Er zögerte. »Da war was! Da hat einer die Taste gedrückt. Jetzt ist wieder alles tot!«
»Wieso einer? Kann nur Helga sein!« brummte Köhlert.
»Warum macht sie dann nicht das Maul auf?«

Die Scheinwerferkegel fraßen sich durch die Schatten der Waldstücke.
»Hier, Hannes! Ich hab sie!« rief Jagel.
Da war die Stimme von Frau Köhlert. Irgend etwas mußte passiert sein.
»Köhlert an Köhlert.«
Köhlert übernahm, ließ beinahe, in einer haarsträubenden Kurve, das Gerät fallen. »Was ist los, Alte?«
»Hier sind ein Dutzend Männer. Hier läuft so eine Art Erpressung ab.«
»Geiselnahme!« sagte eine rauhe Männerstimme im Hintergrund.

»Ach, dieser Scheiß!« Köhlerts Schläfenadern schwollen drohend an. »Wartet nur, ihr Hurenböcke! Gleich bin ich da!«
»Mäßigen Sie sich!« sagte eine Stimme, jetzt direkt am Apparat. »Wir wollen nicht Ihre Frau! Wir wollen die Wölfe!«
»Die Wölfe kommen! Sie werden euch fressen!«
»Hannes . . .« Die Stimme von Frau Köhlert. »Sie haben Messer. Sie wollen die Wölfe massakrieren. Sie sind stinkbesoffen.«
»Natürlich sind sie stinkbesoffen, das riecht man bis hierher! Wir kommen!«
Köhlert griff einen Ast, der durch Wilberts wüste Fahrweise abgerissen und auf den Anhänger geschleudert worden war. Er trommelte damit gegen die Leinwand des Fahrerhäuschens.
»Fahr zu! Fahr zu!«

18

»Sie haben den Wolf!« rief der Reporter und bahnte sich einen Weg durch die Menge. »Mein Gott, sie haben ihn!«
Waitzenburg sprang aus dem Wagen. Sie hatten den Wolf – und er, Oberbürgermeister und Kurdirektor, war nicht dabei? Neben ihm stand Ellertsens Starreporter – und noch immer war kein Bild geschossen worden von *Oberbürgermeister Waitzenburg und der Wolf!*
»Tot? Verletzt?«
Tommosius zuckte die Schultern. »Entdeckt...« Er zögerte.
Dieses Eingeständnis verlieh Waitzenburg ungeheure Spannkraft.
»Los! Nichts wie in die vordersten Linien! Haben Sie Ihr Equipment?« Der englische Ausdruck gab ihm die Illusion, mit einem ehemaligen LIFE-Reporter unterwegs zu sein. »Auf in den Kampf!«
Geschrei, wild lachende, tobende Männer – hindurch! Waitzenburg kam sich vor wie bei einem Stoßtruppunternehmen im Raum mittlere Ostfront. Er empfand sich als Rammbock für Tommosius, der mit seinen Kameras kampfbehindert war. Er ruderte und tauchte mit den Armen durch die wogende Masse wie ein Schwimmer durch Tang und Schlamm. Er teilte erst Püffe, später gezielte Hiebe aus...
Unmerklich war sein Kampf gegen die Fleischmassen übergegangen in einen Kampf gegen die Natur. Tiefer und tiefer war er im Schnee versunken, höher und hin-

dernisreicher waren die Bermen und Bodenwellen geworden, die Menschen spärlicher. Längst war der Hauptstrom weit hinter ihm zurückgeblieben. Plötzlich war auch die Stille da.
Und da war ein Waldstück, das wie eine Insel inmitten junger Fichtenschonungen lag. Dahinter kringelte sich der Rauch eines Hauses im Mondlicht. Er war beim Revierabschnitt 73 C, wo er vor drei Jahren einen kapitalen Zwölfender erlegt hatte. Die Erinnerung daran ließ ihn schmerzlich sein Gewehr vermissen. Sein Hauptinteresse war auf Tommosius' Kameras konzentriert gewesen.
Etwa fünfundzwanzig Männer hatten das winzige Waldstück umstellt. Soweit Waitzenburg sehen konnte, trugen sie nichts als Knüppel, Steine, Riemen. Einer kam auf ihn zu: Ammermann von der Freiwilligen Feuerwehr Bad Frankenthals.
»Wir haben ihn, Herr Oberbürgermeister!« Er strahlte. »Er sitzt da drin! Einer hat ihn springen sehen. Er kam aus Ihrem Revier herauf!«
»Polizei- oder Bundeswehreinheiten hier?« fragte Waitzenburg knapp wie ein Schlachtengeneral.
»Die suchen doch alle nördlich von Bad Frankenthal im Schöllkrippener Forst! Weil von dreiundsiebzig Wolfsmeldungen siebenundfünfzig von dort stammen sollen!«
Waitzenburg atmete auf: keine Gefahr für seinen großen Auftritt!
»So viele Schäferhunde gibt es doch gar nicht bei denen!« meinte er leutselig. »Da müssen auch Möpse und Zwergpudel darunter gewesen sein!« Dann, streng: »Wieviel Männer haben Sie unter sich?«
Ammermann, der bisher gar nicht gewußt hatte, daß er überhaupt jemanden unter sich hatte, erwiderte soldatisch gehorsam: »Um die dreißig! Darunter drei von meiner Wehr. Zuverlässige Männer!«

»Gut! Brav!« Waitzenburg zögerte; ihm fiel nicht allzuviel ein. Ammermann sah ihn so ergeben erwartungsvoll an, daß er sich zu Entschlüssen aufraffte, die er unter normalen Umständen kaum zu denken gewagt hätte. »Keine Schußwaffen? Niemand hat ein Gewehr?«
»Leider – nein!«
»Ausgezeichnet! Sie weisen jetzt die Männer auf der Rückseite an, langsam in den Forst einzudringen. Als Treiber! Mit Lärm und Geschrei. Später schließen sich dann die Seiten an. Der Forst wird ausgequetscht wie eine Wasserblase.«
»Aber . . .«
»Richtig! Der Wolf wird hierher getrieben werden. Und hier wird er herausgejagt kommen!«
»Aber . . .«
»Wiederum richtig. Ich werde ihn erschlagen. Assistiert von einigen Ihrer tapfersten Männer. Sie, Ammermann, geben mir Deckung . . .«
»Und einen Knüppel. Den brauchen Sie doch wohl!«
»Und einen Knüppel! Wenn er gesprungen kommt, stürzen wir uns auf ihn. Ich werde ihn erschlagen!«
»Aber . . .«
»Nicht richtig, diesmal! Wollen Sie denn, daß der Unhold noch weiter in unseren Landen umgeht? Einer muß ihn doch endlich zur Strecke bringen!« Waitzenburg warf einen schrägen Blick auf seinen Begleiter, der mit seinen froststeifen Fingern nur schlecht mit seinen Kameras klarkam. »Jetzt gehen Sie, Ammermann, und weisen Sie die Männer an. Ich erwarte in spätestens zehn Minuten Vollzugsmeldung. In fünfzehn startet die Treibjagd! Alles klar?«
»Alles klar.« Der Feuerwehrhauptmann zögerte und ließ zweifelnd seine Blicke über die Männergrüppchen schweifen, die sich herangedrängt hatten.
Dann zog er los, und Waitzenburg dachte: Dieser Voll-

idiot von Köhlert! Einen hat er schon mal entwischen lassen! Ob er wenigstens die anderen hat? Oder vielleicht war es doch nur ein Einzelgänger? Ich habe nicht die geringste Übersicht. Alles oder nichts, heißt die Parole!
»Ich könnte ihm mein Stativ über den Schädel hauen!« schlug der Reporter vor, als er sah, wie Waitzenburg sich einen dicken Ast mit den Widerhaken abgebrochener Zweige aus dem Gebüsch holte und seine Festigkeit prüfte. »Das ist doch reiner Wahnsinn! Das gehetzte Tier wird Sie anspringen. Dann ist es um Sie geschehen!«
»Suchen Sie sich lieber einen wolfssicheren Standort aus! Ich erwarte einwandfreie Shots von Ihnen. Es muß die Bildserie Ihres Lebens werden! Damit schießen Sie sich in die erste Garnitur hinauf!« Und dann äußerte er ohne Sachkenntnis unwillkürlich einen Satz, der die Sache haargenau traf: »Das gehetzte Tier wird ziemlich abgehetzt sein inzwischen!«

Unter der Hofbeleuchtung des Forsthauses standen sie sich gegenüber: die Wolfsjäger und dreizehn sonst so biedere Bürger von Bad Frankenthal.
Ja, bieder waren sie gewesen. Köhlert und Jagel kannten einige aus der Gruppe. Nein, das waren nicht die Rocker, schon gar nicht die Linken, denen man alle Übel der Zeit anhängte – das waren nichts weiter als schlichte Bürger. Jagels Friseur war darunter; Köhlert erkannte einen Kassierer aus seinem bevorzugten Supermarkt. Die Tochter von Krempt war dabei; und Krempt war immerhin der größte Herrenkonfektions-Hersteller des Gebietes Untermain.
Und alle, alle waren lediglich in heiligem Zorn entbrannt über die Wölfe und forderten sie. Da lagen sie apathisch in ihren engen Käfigen, jedermann sah sie, und jetzt mußten sie dran glauben.
»Sie müssen dran glauben!« sagte der Kassierer Pasch

und spielte mit seiner Pistole, einer *SIG-Sauer* P 230, wie Jagél sofort feststellte.

»Diese Wölfe gehören mir!«

Doris war ohne Zögern vorgetreten. Keiner ihrer Begleiter hatte Zeit zum Antworten gehabt.

»Diese Wölfe sind als schießbares Raubzeug freigegeben!« Das war Kiebnitz, der Friseur. »Laut Beschluß des bayerischen Innenministeriums. Wir werden sie schießen.«

»Gern!« sagte Köhlert und trat noch weiter vor als Doris. »Über meine Leiche!«

»Uns genügen die Leichen der Wölfe! Ihre Frau wird nichts dagegen haben.«

Frau Köhlert stand zwischen zwei Männern, die Jagel ebenfalls kannte: Robutsch, ein Autoschlosser aus der Tankstelle Escher. Ebert vom Einwohnermeldeamt. Sie wischte sich nervös über ihr Gesicht. Das funzelige Hoflicht schwankte im Wind und warf gespenstische, tiefe Schatten darüber.

»Auf den Abschuß eines Wolfes stehen zehn blaue Riesen!« sagte Ebert in jenem Jargon, den Jagel so haßte.

»Hinter uns steht die gesamte Einwohnerschaft von Bad Frankenthal!« ergänzte Robutsch. »Wir werden jetzt die Wölfe erschießen. Wer sich widersetzt . . .« Er blickte mit funkelnden Augen um sich. »Aber es wird sich niemand widersetzen.« Er packte Frau Köhlert hart am Handgelenk; sie schrie auf. »Frau Köhlert ist dafür, die Bestien abzuschießen!«

»Tu es nicht!« schrie Frau Köhlert.

Keiner wußte genau, was sie meinte. Denn Köhlert, Hannes, war vorgesprungen, als seine Frau aufschrie. Er hatte seine *Mannlicher* drohend geschwenkt, als wolle er damit zuschlagen. Aber als die Eindringlinge sich nicht einschüchtern ließen, hatte er den Lauf gesenkt und war deutlicher geworden.

»Ich werde diese Bestien abschießen!« schrie Köhlert. »Ja, das werde ich tun!«
Er legte auf Kiebnitz an. Kiebnitz lachte irre auf und schüttelte heftig den Kopf, als wolle er einen Alptraum verscheuchen. Unbeirrt ging er auf den nächsten Käfig zu und winkte Pasch heran. Pasch kam, mit entsicherter Pistole.
»Zwischen die Augen!« wies Kiebnitz an. »Dann ist er sofort hin!«
Pasch winkelte seinen rechten Arm an und legte den Pistolenlauf darüber; er war Linkshänder. Goldauge blinzelte ihn betroffen an, hob die Schnauze; sie fiel zurück. Die Augen schlossen sich wieder.
Ein Schuß krachte. Steine spritzten auf. Ein Kellerfenster zersplitterte.
Köhlert hatte geschossen. Er hatte exakt fünfzig Zentimeter vor Pasch in den Hofboden gezielt und exakt fünfzig Zentimeter vor Pasch in den Hofboden geschossen.
Pasch sprang zurück. Dabei prallte er gegen den Käfig von Katharina. Sie zog die Oberlippe zurück, ohne aus ihrer Betäubung zu erwachen. Tiefe Knurrlaute entwichen ihrer Kehle.
Die Gruppe wogte unentschlossen vor und zurück. Würde Köhlert seine Drohung wahrmachen? War seine Warnung ernst gemeint?
Jagel stürzte auf Pasch zu und entriß ihm die Pistole.
»Damit schießt ein Held wie du sowieso bloß Löcher in die Luft!« Er steckte die Waffe in die Manteltasche. Mit seinen Armen umspannte er den Käfig von Tatjana. Es sah aus, als sei er ans Kreuz geschlagen worden. »Die Wölfe haben euch nichts getan. Sie bleiben am Leben!«
Einer höhnte: »Nichts getan? Es sind Killer, die beinahe drei Menschen auf dem Gewissen haben!«
»Gewissen?« fiel ein zweiter ein. »Mörderbestien haben kein Gewissen! Abknallen! Abknallen!«

Doris trat vor. Im schwachen Licht der Hoflaterne wirkte sie noch erschöpfter, als sie ohnehin schon war.

»Hört zu! Es gibt nur einen Wolf, der uns, der euch gefährlich werden kann. Es ist der, der zwei Menschen getötet und ein Kind verletzt hat. Zeigt ihn uns, und wir werden in schießen!«

»Da hocken sie! Hinter Gittern!«

»Sie haben niemand angefallen. Weder Christiane noch Dieter Kürschner noch Miß PAN AM. Es sind scheue Tiere. Der ›Töter‹ läuft frei herum. Ihr hindert uns daran, ihn zu jagen!«

Ebert rief: »Zehn blaue Riesen für jeden Wolf! Das gibt dreißig!«

»Das gibt eine Anzeige wegen Hausfriedensbruch!« schrie Köhlert.

Doris fügte hinzu: »Und einen Zivilprozeß wegen versuchter Geiselnahme!« Ihr Gesicht sah aschfahl aus.

»Zeigt uns den letzten Wolf, der noch frei herumläuft.«

Kiebnitz zögerte. »Unten beim Oberbürgermeister, da machen sie Jagd auf einen!«

Jagel und Köhlert sahen sich an.

»Bringt ihr uns hin?«

»Mich auch!« forderte Doris. »Aber rasch! Sonst entkommt der ›Töter‹! Seid ihr Idioten in der Lage, einer Dame den Weg zu bahnen?«

19

»Meine Männer fertig zur Treibjagd!« meldete der Feuerwehrhauptmann.
Plötzlich war Stille eingekehrt. Man konnte den Schnee aus dem Geäst brechen hören. Waitzenburg atmete schwer. Die erwartungsvolle Spannung belastete ihn. Vor ihm lag der winzige Forst, nicht größer als ein durchschnittliches Villengrundstück. Dahinter schickten sich Männer an, etwas auf ihn zuzutreiben, das sich als menschentötende Bestie entpuppt hatte. Hinter ihm hatte die haltlose Gruppe der Randalierenden offenbar Haltung gewonnen. Sofern sie überhaupt noch in der Lage gewesen waren, die Straßenwälle des Waldweges zu erklettern, umstanden sie ihn jetzt im Halbkreis. In atemloser Stille.
Nein, niemand umstand ihn. Alle hielten sich in ehrfürchtigem Abstand weit hinter ihm. Nur die drei Männer von der Feuerwehr, knüppelbewaffnet wie er, waren in seiner Nähe. Ammermann gesellte sich hinzu. Der Reporter hatte sich in gebührender Entfernung aufgebaut, als wolle er nur Gesamtaufnahmen der Szene schießen. Aber er hielt alles bereit: Tele, Blitzlicht, Leuchtfackeln.
Worauf habe ich mich da eingelassen, dachte Waitzenburg. Ich habe es so gewollt: alles oder nichts! Dies ist die Stunde der Wahrheit!
Er gab das Zeichen. Der Befehl zur Treibjagd wurde von der Männerkette von Mund zu Mund weitergerufen; und er registrierte die Sekunden, in denen sich die Laute bis zur hinteren Waldecke entfernten, um dann in jähes To-

ben auszubrechen. Sekunden wie Ewigkeiten, in denen sein Leben zur Diskussion stand.
Feiges Pack, dachte er, während seine Gier, weiterzuleben, Aggressionslust auslöste. Da steht es nun plötzlich: stumm und starr wie ein Wald! Eben noch hat es getobt, eben noch war ich – hoffentlich – einer der ihren. Jetzt haben sie sich distanziert, die Feiglinge! Erst waren wir alle solidarisch. Der Kampf gegen den Wolf hatte uns verbunden! Kaum hat sich einer bereit erklärt, den Kampf aufzunehmen, weichen sie zurück. Die Drückeberger! Die ewigen Opportunisten! Die Gelegenheits-Schweine. Erst mal abwarten, ob man jubeln oder pfui schreien soll! Wenn ich siege, bin ich ihr Held! Wenn ich untergehe, haben sie es immer schon gewußt!
Dann dachte er: Köhlert! Warum ist Köhlert nicht da? Mit seiner *Mannlicher*! Der würde mich hier rausschießen – der ja! Mein Revierförster! Der würde notfalls sterben, um mich zu retten! Hier stehe ich! Keiner hilft mir!
Dann setzte das Lärmen der Männer ein: Blechschläge, Holzschläge. Das Prasseln von Steinen und Ästen. Das Scheppern von Büchsen. Schreie. Gebrüll.
Aber Waitzenburg hatte, fast gleichzeitig, noch andere Geräusche vernommen. Hinter sich: auch dort Geschrei, wütende Rufe. Aber vereinzelter. Differenzierter. Dann: ein Schuß . . .
Endlich, dachte Waitzenburg. Endlich, endlich ein Gewehr!

Nachdem der Schuß gefallen war, kehrte eine unwirkliche Stille ein. Sie hielt nur wenige Sekunden an. Die Treiber waren auf den Wolf gestoßen und vor Schreck erstarrt, als sie das gewaltige Tier zum Fluchtsprung ansetzen sahen. In diesen Sekunden empfand sich Waitzenburg als Mittelpunkt der Welt.

Nacktkalter Mond über der Lichtung, blaue Föhrenschatten auf verharschtem Schnee: die Stunde der Wahrheit war gekommen.
Die Augen der Welt blickten auf ihn. Er würde Bad Frankenthal vom Bösen erlösen. Hier stand er, mit nichts als einem Knüppel in der Hand; er konnte nicht anders.
Ein grauer Blitz.
Sein Arm zuckte. Drei Schritte vor ihm wirbelte der Schnee auf. Da lag die Bestie, vor ihm hingeworfen wie ein Sack Zement.
Er starrte gebannt auf den formlosen aschgrauen Haufen, aus dem sich langsam das Rot des bleckenden Mauls auftat.

»Das ist er! Er ist gesprungen!« rief Köhlert.
Sie waren bis auf siebzig Meter herangedrungen; und die Szenerie lag im fahlen Schein des Mondes und im gespenstischen Schein der schwankenden letzten Straßenlaternen.
»Das ist er! Das ist Attila!« Doris schrie die Worte in die Nacht hinaus. »Töte ihn!«
Köhlert hatte sein Gewehr heruntergerissen und angelegt. Trotz aller durchstandenen Strapazen zitterte seine Hand nicht. Er stellte seinen Fuß zurecht. Er postierte sich ruhig und selbstsicher. Er federte leicht in den Kniegelenken. Er sah aus, als wolle er eine Bilderbuch-Demonstration für Jagdschüler geben.
Waitzenburg war keinen Schritt zurückgewichen. Er hatte erwartet, unter dem schweren Körper der Bestie begraben zu werden. Attila war zu kurz gesprungen, das hatte ihn überrascht. Noch war Zeit, zurückzuweichen in den Schutz der Männer, die hinter ihm standen. Eine Macht, die stärker war als sein Selbsterhaltungstrieb, lähmte seine Glieder. Er sah nicht, wie Köhlert – herbeigedacht wie durch einen Zauberspruch – seine *Safari* an-

legte und Druckpunkt nahm. Seine Augen waren starr auf das Tier gerichtet.

Der Wolf, der Attila, der »Töter« genannt wurde, duckte sich zitternd zu seinem letzten Sprung. Er war von den Ausdünstungen der Menschen umringt. Lückenlos wie in einem Käfig. Er mußte hindurch. Er legte seine ganze verbliebene Kraft in diesen letzten Sprung hinein. Zurück in die Freiheit. Er zog alles, was er an geballter Kraft aktivieren konnte, in sich zusammen.
Er sprang.

Waitzenburg sah ihn auf sich zufliegen – blutroter Rachen, graue Wucht, die alles unter sich begraben würde.
Schieß doch! dachte er, schieß doch!!
Er schwang seinen Knüppel. Mit der Gewalt eines Federkiels. *Schieß doch!! Schieß doch endlich!!*

Aber Köhlert schoß nicht.
»Schieß doch! Schieß doch endlich!« schrie Doris.
Aber Köhlert schoß nicht.
Er nahm Druckpunkt. Er hatte ihn haargenau im Visier. Waitzenburg.
Er dachte: Jetzt abdrücken. Rache für alles.
Aber er schoß nicht.
Da lag Attila. Da duckte er sich. Da sprang er. Jetzt war er in Köhlerts Visier. Aber er drückte nicht ab. Er verfolgte mit dem Lauf den Sprung.
»Schieß doch endlich!« schrie Doris wieder.
Aber Köhlert schoß nicht. Noch immer nicht.
Sein Gewehrlauf sprang zusammen mit Attila. Sprang Waitzenburg an; da war es wieder: das Ziel. Da war der »Töter« und stürzte sich über Waitzenburg.
Jetzt schoß er. Jetzt drang der Hall des Schusses dröhnend durch die Winternacht.

Blutüberströmt brach Waitzenburg zusammen.
Blutüberströmt brach der Wolf Attila zusammen.
Zum letztenmal versuchte er, seinen Kopf aufzurichten. Seine Lichter schweiften haltlos weit über die Föhrenwipfel hinaus: Polarstern, Stier, Orion. In seinen Lauschern waren wieder die Laute der Tundra: das Scharren von Klauen über die Grasnarbe, das scharfe Klacken aufeinanderprallender Hirschgeweihe, das dumpfe Rauschen von Steppenadlerschwingen.
Seine Blicke reichten jetzt tief in den Kosmos hinein, während seine Augen sich langsam schlossen, verklebt von schleimigen Sekreten. Sein Kopf wurde zu Boden geschmettert, endgültig und unwiderruflich.
Eine letzte Welle von Erregung lief über sein zerschundenes Fell.
Und während sein zerfetzter Leib langsam in die Winternacht hinausblutete, sah sein Blick hinter den roten Fluten den weißen Steppenadler herankreisen, sich senken und auffliegen, und irgend etwas in ihm flog mit und empfand ein berauschendes Gefühl der Schwerelosigkeit. Die Nacht war kühl und klar und grenzenlos.

Die Nachricht von der Vernichtung des Töters löste einen Taumel der Begeisterung aus. Alle drängten vor, um einen Blick auf den riesigen Kadaver zu werfen, der von vier Männern davongeschleift wurde. Eine breite Blutspur blieb zurück.
Tommosius schoß Leuchtfackel um Leuchtfackel ab; bei ihrem Licht machten sich die Feuerwehrmänner daran, Waitzenburg möglichst behutsam zu seinem Wagen zu tragen. Er war bewußtlos, und seine rechte Hüfte sah aus, als sei sie zwischen zwei Felsbrocken zermahlen worden.
Die Nachricht von seinem Mißgeschick erreichte die rasende Masse später als die Siegesmeldung. Und so empfing ihn jubelndes Triumphgeschrei.

In den Kneipen und Bierkellern von Bad Frankenthal wurde bis zum frühen Morgen gezecht, gefeiert, randaliert. Das sensationellste Ereignis in der neueren Geschichte Bad Frankenthals wurde mit Strömen von Bier und Klarem begossen.

20

»Wenn du im Frühjahr kommst, mußt du mir einen *Bärenfang* mitbringen. Zur Erinnerung an unser Abenteuer!«
Sie saßen in der »Sauhatz«-Bar und tranken Obstler und *Bärenfang*. Früher Nachmittag, der Barpianist konnte es sich noch leisten, Jazz zu spielen, kaum Gäste. Sie waren auf dem Weg zum Rhein-Main-Flughafen. Um 18 Uhr würde die dreistrahlige Tupolew 134-A der LOT nach Warschau starten. In ihren Frachtraum würden die drei Wölfe Tatjana, Goldauge und Katharina die Große verladen werden.
Jagel sah seine Jagdgefährtin melancholisch an. »Jeder Monat wird wie ein langes Jahr vor mir liegen!«
»Ich schicke dir zwischendurch mal einen echten *Miod Pitny*, einen polnischen Honigwein.«
Eine halbe Stunde nach dem Start der Tupolew würde sie die Boeing nach München nehmen und nach Ismaning zurückkehren, dort ihre Zelte abbrechen und vier Wochen später den Wölfen nach Bialowieza folgen.
Strahlende Sonne lag über Bad Frankenthal. Die Straßen waren voll von flanierenden Müßiggängern. Es war Freitag, fast eine Woche war vergangen seit dem *Terror der Wölfe*. Unter dieser Bezeichnung sprach man über die Jagd wie über einen fernen, grausigen Spuk, von dem noch die Großväter ihren Enkeln berichten würden.
»Sobald Waitzenburg aus dem Schlimmsten heraus ist, teile ich ihm meine Kündigung mit!« versprach Jagel.
»Das wirft ihn um Wochen zurück!«

»Immerhin hat er bloß Fleischwunden, wie uns Doktor Trapps gestern gesagt hat.«
»Doktor Trapps hat sich zu einem Spezialisten für Wolfsbisse entwickelt.«
»Erinnerst du dich noch an die seltsamen Erscheinungen, die wir nachmittags vor uns gesehen haben?«
»Die fliegenden Schatten in den Bäumen?«
»Ja. Sie werden mir immer ein Rätsel bleiben!«
»Mir nicht. Ich bin inzwischen dahintergekommen. Ich hätte längst darauf kommen sollen – als Hubschrauberpilot. Daran siehst du, unter welchem Streß ich damals gestanden habe.«
»Waren es Vögel?«
»Nein. Es waren unsere eigenen Schatten, verzerrt. Erinnerst du dich? Die Sonne war gerade schwach durchgebrochen. Sie stand hinter uns. Und vor uns hatten der Schnee und der leichte Nebel eine Art Leinwand ausgespannt. Darauf wurden unsere Schatten projiziert.«
»Dann haben wir uns selber solchen Schrecken eingejagt?«
»Ja. Sollten wir nie wieder tun.« Er küßte sie auf die Stirn. »Vom Hubschrauber aus lassen sich derartige Licht- und Schattenspiele oft beobachten: Wenn man Wolken unter sich hat zum Beispiel. Der Schatten des Hubschraubers ist dann oft noch mit einer Regenbogen-Aura umgeben.«
»Glaubst du, Big Chief wird Verständnis für deine Berufs- und Ortsveränderung aufbringen?«
»Kaum! Vom gutbezahlten Cheffahrer und -flieger mit luxuriöser Dienstwohnung zum naturwissenschaftlichen Hilfsarbeiter mit Gastaufenthalts-Erlaubnis!«
»Wir werden sehr bescheiden wohnen – neben dem Touristenhotel am Parkeingang. Unser Hauptverkehrsmittel wird das Fahrrad sein. Aber wenn es dich tröstet: Voriges Jahr sind allein mehr als siebentausend amerikanische Globetrotter gekommen, um das größte Wisent-Reservat

der Welt zu besichtigen. Du hättest die Old Ladies sehen sollen, wie sie mit ihrem fetten Hintern durch die Herden trampelten!«
»Du brauchst mich nicht zu trösten. Ich freue mich, der Über-Zivilisation für eine Zeit den Rücken zu kehren. Köhlert hätte auch gern mitgemacht, muß aber Rücksicht auf seine Frau nehmen!«
»Hat er nun bewußt gezögert – oder nicht?«
»Sagen wir so: Er hat sofort abgedrückt. Aber Waitzenburgs Machenschaften haben den Flug des Geschosses verzögert.«
»Gut formuliert. Sprechen wir ihn frei?«
»Nein. Aber wir sprechen ihn auch nicht schuldig!«
Er beugte sich vor und streichelte ihr Gesicht. Die Wangen waren zerkratzt, die Lippen trugen noch immer Spuren von Frost.
»Wenn du im Frühling kommst, nimmst du die LOT 234 von Warschau nach Bialystok. Ich hole dich da ab.«
»In deinem roten *Polski Fiat?*«
»In meinem roten *Polski Fiat!* Und bevor wir die einsame Birkenchaussee zur russischen Grenze einschlagen, werden wir im Stadtzentrum die Schwarze Madonna von Bialystok besichtigen. Einverstanden?«
»Einverstanden!«
Jagel blickte wehmütig die Geschäftsstraße entlang. Ein paar Straßenhunde balgten sich um eine Plastiktüte mit Fleischresten. Sie kläfften hysterisch und verbissen sich ineinander. Eine Straßenmischung aus Chow-Chow und Collie hinkte mit schweren Flankenbissen davon.
Doris erriet seine Gedanken. »Heutzutage sind die Hunde genauso degeneriert wie die Menschen. Keine natürlichen Instinkte und Gefühle mehr. Die Hunde zerfleischen einander, weil sie gar keine Beißhemmungen mehr haben. Da lobe ich mir die Wölfe!«
»Weißt du noch, wie wir das Rudel zum erstenmal gese-

hen haben? Vom Forsthaus aus?« Er nahm ihre Hand. »Dieses Bild, eingerahmt durch das verstaubte Dachfenster – wie ein Einblick in eine jenseitige Welt war das. Damals habe ich dich zum erstenmal richtig verstanden. Und angefangen, dich zu lieben.«
»Weißt du, was mich an dir so fasziniert hat? Schon viel früher?«
»Schon früher?«
»Ja. Diese Fotos von den ersten Wolfsspuren. Wie du deinen Schuh daneben gestellt hast... das fand ich köstlich!«
Sie lachten; der Pianist spielte jetzt, im Dezember, *Summertime* und versuchte, Oscar Peterson zu imitieren.
»Dieses Wolfsrudel, wie sich seine Leiber gegeneinander, miteinander bewegten... Dann Attila, wie er seine Überlegenheit bekundete durch... wie nennt man diese Art von Biß?«
»Durch Über-die-Schnauze-Beißen. Die unterlegenen Weibchen haben ihre Schnauze geschlossen hingehalten. Er hat darüber hinweggeschnappt, aber ohne zu verletzen. Ganz anders als diese degenerierten Hunde dort!«
»Ich komme!« wiederholte er. »Ich fliege nach Bialystok und steige aus, und ein roter Fiat steht da, und du stehst da, und wir sehen uns die Schwarze Madonna von Bialystok an.«
»Dort geht Karlshoofen!« rief Doris. »Er hat dafür gesorgt, daß Waitzenburg unbehelligt durch die aufgebrachten Menschenmassen transportiert werden konnte.«
»Vorher hat er kaum weniger verrückt gespielt als die anderen – nach dem, was ich erfahren habe!«
»Sie sind wohl alle wie von Sinnen gewesen. Jetzt sehen sie wieder ganz normal aus – die Bürger von Frankenthal.«
»Bad Frankenthal, bitte. Waitzenburg legt Wert darauf.

Er hat den Ort bewußt nie anders genannt.« Der Pianist spielte jetzt *Bridge over troubled water* – mit einem Touch von Simon and Garfunkel. »Ist es dort eine einsame Gegend?«
»Eine sehr einsame! Spätestens ab Hajnowka, wo das Reservat beginnt. Da fährt kaum noch ein Auto. Wir können oft anhalten und...«
»Und?«,
»Ich könnte dir vorher die Wisente im Reservat Pokazowy zeigen. Der Eingang ist kurz vor der Narew.«
»Und?«
»Okay! Küß mich!«
Er beugte sich vor und küßte sie zärtlich. Hinter ihnen formierte sich das erste Nachmittags-Kaffeekränzchen.
»Glaubst du, wir werden dort unsere Wölfe jemals wiederfinden? Im Urwald von Bialowieza? Dicht an der russischen Grenze?«
»Wir werden sie suchen!«
»Goldauge... Tatjana...«
»Katharina die Große...«
»Wenn wir die Wölfe nicht finden... Ich habe auf jeden Fall gefunden, was ich gesucht habe.«
»Was denn, Jagel, Klaus?«
Er grinste.
»Auf der Treckerfahrt ist mir mein allerletztes Sturmstreichholz runtergefallen. Ich hatte mir immer vorgestellt: Irgendwann würde ich mit dir in einem schneefreien Lokal sitzen, ohne Stürme, Frost und Nebel, und dir damit ein heimeliges Kerzenlicht anzünden. Jetzt ist es soweit. Ich habe es wiedergefunden: verklemmt im Hemdärmelaufschlag! Hier ist es!«
»Scheusal!« sagte sie und küßte ihn zärtlich.